범우비평판세계문학선 16-❷

고원의 사랑 · 옥중기

루이제 린저 지음 / 김문숙 · 홍경호 옮김

범우사

차 례

▨ 이 책을 읽는 분에게

루이제 린저는 91세를 일기로 2002년에 작고했다. 이리하여 독일 전전세대戰前世代의 작가군作家群은 한 사람도 예외 없이 모두가 숨을 거두었다. 그녀와 이들 전전세대에 대한 올바른 문학적 평가가 내려져야 할 시점에서 그녀의 주요 작품 가운데 이를 가능하게 할 만한 두 작품, 《옥중기》와 《고원의 사랑》이 범우사에 의해서 새롭게 출판된다.

헤르만 헤세나 토마스 만과 같은 거인들이 이미 타계했고, 창작보다는 사회적인 활동에 보다 주력했던 하인리히 뵐도 1985년에 작고했으므로 루이제 린저에 대한 연구는 전전세대를 재정리하고 그들의 공과功過를 재평가해 본다는 점에서도 그 의의가 크다 할 것이다.

지나치게 중후重厚한 독일인들의 작품이 대중으로부터 외면을 당하고 작가와 대중이 완전히 유리되어 작가가 더욱 고독한 입장에 빠지게 된다면, 루이제 린저에 대한 현재의 평가는 크게 달라질 가능성이 있다. 그리고 이 점이 바로 이 작가의 가장 큰 공헌이라고 할 수 있다. 대중을 이끌어 책의 세계로 인도하는 일은 넓은 의미로 보아서 문단을 위한 활력소가 아니겠는가.

《옥중기》는 제3제국의 옥사에서 일어났던 일상사를 기록으로 남겨 두려는 것에 불과하다고 작가는 말한 바 있지만, 뒷날을 경계하려는 작가의 의도가 그대로 배어 있어서 읽는 사람들로 하여금 옷깃을 여미게 한다. 개인이나 가족이라는 비좁은 테두리에서 살던 한 여인이 인인애隣人愛에 눈을 뜬 결과의 산물이라고 할 수 있는 이 작품은 그녀의 사회적인 활동과 그 뜻을 헤아려 볼 수 있는 귀중한 기록이기도 하고, 이후에 발표된 《바르샤바에서 온 얀 로벨》, 《속죄양》, 《다니엘라》, 그리고 그녀의 대표작 《생의 한가운데》 같은 작품들에 지대한 영향을 끼친 모티브이기도 하다.

그러므로 조심스럽게 진단하는 자의 입장에서 여러 각도로 다시 관찰하고 숙고한 뒤에 올바르고 근본적인 치료법을 써야만 오늘의 악을 결정적으로 극복할 수 있다는 것이 나의 신념이다.

인간의 기억으로부터 억지로 추방된 모든 것은 언젠가는 다시 강력한 위력으로 나타나게 된다. 작가는 이것을 염려했는데, 우리가 우려할 것이 과연 나치의 망령뿐이겠는가.

《옥중기》가 이런 엄숙한 명제를 제시한 기록이라고 한다면, 《고원의 사랑》은 이 작가의 필치에서 문학을 지망하려는 젊은이들이 많은 것들을 배우고 얻어야 할 작품이다. 뿐만 아니라 이 작품은 문학도와는 거리가 먼 대부분의 젊은 독자들을 위해서도 소중하다. 이 작품은 사랑에 고민하는 한 젊은 처녀가 방황과 혼돈을 헤치고 어떻게 그 사랑을 보다 높은 경지에까지 승화시키느냐 하는 문제를 다루고 있어 우리 젊은이들에게 삶의 지표를 제시해 주는 까닭이다.

그가 갑자기 몸을 돌려 그녀에게로 다가왔다. 그의 눈은 어두웠고, 그녀는 아무런 저항도 없이 그 어둠 속으로 빨려 들어갔다. 별안간 그녀는 마루에서 몸이 들려올려지는 것을 느끼고 세찬 몸짓으로 그의 품속으로 안겨 들었다. 숨이 막히고 기절할 것 같은 격렬한 포옹이었다.

옮긴이 홍경호

옥중기獄中記

서 문

2차 대전이 끝난 1년 뒤 나는 구치소에서 쓴 수기를 책으로 출판하였는데, 이 《옥중기》는 전후 독일에서 발간된 최초의 책 중의 하나이다. 그 책은 곧 매진되었으나 제2판을 찍고 난 후 나는 더 이상 그 책을 출간할 생각이 없어졌다. 거기엔 꽤 많은 이유가 있다. 그 첫번째 이유는 그때까지 내가 듣거나 읽었던 강제수용소에 있던 사람들의 괴로웠던 생활이나 쓰라린 체험에 비해 내 체험은 별로 언급할 만한 가치조차 없는 것으로 여겨진 까닭이다.

두번째 이유는 다음과 같다. 1947년에 나는 슈투트가르트 근처의 루트비크스부르크 수용소에 억류된 수백 명의 나치 친위대원들에게 강연을 하도록 뷔르템베르크주州의 나치 추방을 위한 특수협의회에 초대되었다. 나는 거기서 '전후 독일인의 분석에 대한 시도'—이와 같은 시도를 우리는 당시 '재교육'이라고 불렀다—라는 아주 실제적이고도 어려운 테마를 가지고 연설했는데, 그것은 그 당시까지도 생생했던 쓰라린 과거를 청산해 보려는 속셈이었다. 나는 수감자들 가운데 혼자 서게 되었는데, 그들은 여러 직업의 전문가·언론인·고급관리였던 사람들로 전부 지식인들이었다. 그런 모험을 하게 된 용기가 어디서 생겼는지 나는 잘 모르겠다. 아무튼 그때 나는 꽤 용기가 있었다. 강연이 반쯤 지나자 군인들로 둘러싸여 있던 한 무리가 자리를 떴지만 대부분의 사람들은 그냥 남아 있었다. 마지막 순서로는 대담對談이 있었으나 실제로는 토론이 아니라 가슴을 울리는 애절한 고백이었다. 나는 그 사람들 중에 많은 분들이 이미 자기의 잘못과 죄를 뉘우치고 있으며, 다시 뭔가를 배워서 어떤 직장이나 건설에 참여하려는 결심을 하고 있음을 실감하였다. 그래서 나는 그런 사람들의 석방을 위해 애썼다. 그러나 당시의 정부는 그런 좋은 기회를 놓치고 말았다. 몇 년 동안 나는, 결국은 체념한 나머지 옛날 구렁텅이 세계로 몸을 맡겨버린 많은 사람들로부터 편지를 받았다.(오늘날 몇몇은 완전히 사회의 일원이 되었지만, 자신의 과거에 대해서는 전혀 기억하질 못하고 있다. 그런 이유에서 나는 1947년 그때의 일을 놓쳐버린 좋은 기회라고 부르는 것이다.) 그래서 당시 나는《옥중기》의 재판再版 문제를 놓고 과거의 모든 쓰라린 생각은 그냥 묻어버리고, 단지 미래만을 바라보는 것이 더 좋은 일이라고 생각했던 것이다.

　세번째 이유는, 이 책이 도무지 내 마음에 들지 않는다는 점이다. 내 책은 너무나 딱딱하고 냉정해 과거의 내 교도소 생활 체험을 그릇되게 표현하고 있는 듯한 느낌이 든다. 거기서는 더 많은 것과 더 깊은 것을 체험할 수 있었기 때문에 굉장한 열정 속에서 옥중생활을 경험했다. 그러나 그곳에 있는 동안 나는 거의 종이를 가질 기회가 없었으며, 또 글을 쓸 만큼 충분한 시간적 여유도 갖지 못했기 때문에 중요한 사실만을 암호식으로 기록하여 간직했던 것이다. 나의 내부에서 일어나고 있던 많은 것에 관해서, 가령 인간은 그래야 한다든가 또 내가 그런 인간을 보기를 원했다는 것과는 상관 없이, 있는 그대로를 보여주는 인간에 대한 아주 새롭고 현실적인 사랑이 내 마음에 싹텄다는 사실에 대해서 입을 다물고 있었다. 비천卑賤한 사람들 가운데서 나는 비로소 인간을 알았고 사랑하게 되었다.

또한 나는 나의 위기에 관한 신과의 대화에 있어서도 입을 다물 었는데, 신이란 이러한 모든 비참한 것을 우리에게 던져 주고, 도 달할 수 없을 정도로 멀리 떨어져 있는 존재로만 여겨졌다. 하지만 이러한 신과의 대화는 너무나도 깊게 나의 내부에 자리잡고 있었기 때문에, 그것에 관해서는 도저히 글로 쓸 수가 없었다.

1945년 가을에 이 수기를 책으로 엮을 무렵, 나는 내적인, 또는 주관적인 체험의 고백이 아니라, 교도소에서의 극히 진실되고도 사 진을 찍은 것처럼 정확한 모습을 이 작품을 통해서 보여주고자 했 다. 뒤에 나는 좀더 추가하지 않았음을 곧 후회했지만, 처음 출판 할 당시에는 전혀 그런 의도가 없었던 것이다.

이러한 이유로 해서 나는 이 책이 별로 마음에 들지 않았다. 그렇 지만 나는 이 책을 그냥 그대로 출판하기로 했다.

20년이 지난 오늘, 이 책의 재발행에 반대하는 이유 가운데 두 가지는 없어진 셈이다. 그 대신 이제는 이 책을 발행하게 된 약간 의 이유를 덧붙이게 되었다.

전에 내가, 더 밝은 미래를 위해서 어두운 과거는 그냥 조용히 내 버려 둬야 한다고 생각했었을 때, 다른 사람들과 마찬가지로 나는 오류를 범하고 있었던 것이다. 요즈음에 와서 나는, 다른 사람들이 이제 와서야 깨닫게 된 것과 마찬가지로, 과거로부터 분리되어 독 립된 미래란 존재할 수 없다는 것을 알게 되었을 뿐 아니라, 과거 라는 것이 도대체 존재하지 않는다는 것도 알게 되었다. 과거란 현 재 속에 그대로 담겨 있는 것이며, 현재로부터 결코 분리될 수 없 는 것이다.

현재와, 우리가 미래라고 부르고 있는 또 다른 현재는 모두 우리들의 과거의 결과일 따름이다. 그것은 현재 일어나고 있는 모든 사건을 재판해 준다. 과거로부터 해방될 수가 있다고 우리는 잠시 동안 망상을 품을 수도 있을 것이다. 그렇지만 어느 때이건 과거는 다시 우리 앞에 나타나서, 미래로 향하는 좁은 길을 제시해 준다. 다른 길은 없다. 그 좁은 길을 두려워 피한다면 우리는 절대로 자유를 얻을 수가 없게 된다. 우리는 과거를 바라볼 용기를 가져야만 하고, 과거가 우리의 마음에 안 든다고 하더라도, 또는 그것이 아무리 나쁜 것이었다고 하더라도 어떤 것인지를 잘 파악하고 그것을 시인할 때에야 비로소 더 나은 미래로서의 길이 열리게 되는 것이다. 미래를 위해서 이 책은 읽혀야 하며, 어두운 과거를 우리들의 의식 안으로 떠오르게 하는 모든 다른 책들도 그러한 목적으로 읽혀져야만 할 것이다.

이 책이 내 마음에 들지 않는다는 건 사실 그리 중요한 것이 아님을 나는 말하고 싶다. 이 작품 속의 내 인간상이 너무도 유별나기 때문에 많은 독자들이 실망하고 당황한다 해도 그것은 별로 중요한 일이 아니다. 하지만 독자들은 내가 그때 생전 처음으로 스스로를 가차없이 바라보았으며, 완전히 새롭고 낯선 자신을 발견하고 또 바로 그것을 기록했다는 사실을 이해해 줘야 할 것이다. 그러면 다른 것은 쉽고 또 저절로 이해되리라 믿는다.

이 책을 새로 출판하게 된 최근의 가장 결정적인 계기는 몇 달 전, 아니 정확하게 말하면 1963년 1월 18일 베스트팔렌주의 함 역 열차 대합실과, 함에서 브라운슈바이크로 가는 기차 안에서 있었던 일 때문이었다. 기차가 한 시간 연착했기 때문에 다음 차를 탈 여행자들은 대합실로 들어가야만 했었다. 그때 나는 내 나이 또래의 몸집이 크고 건강한 생면부지의 남자와 자리를 같이하게 되었다.

그런데 그가 심상치 않은 얘기를 꺼냈다.

그는 말하기를, 요즘 젊은이들은 모두가 돼먹지 않았고 이상理想도 없는데 자기의 젊은 시절에는 그렇지가 않았다는 것이다. 그는 전에 친위대원이었는데 쓰라린 종말이 다가온 그 순간까지 몸과 마음을 바쳤었다는 것이다. 그리고 그 이상이란 것은 요즘 젊은이에게는 꼭 필요한, 이른바 자기 민족의 장래에 대한 신념·충성심·규율·정숙이라는 것이다. "그 정숙이란 도대체 뭡니까?" 하고 물어봤더니, 여자들과의 일을 저지르지 않고 무절제하지 않으며 법규를 지키는 것이란다. 그래서 나는 또 살인도 그 정숙에 속하는 거냐고 구체적으로 물었다. "살인이라뇨? 누굴 죽였단 말입니까? 전쟁중에는 어느 나라 사람이나 마찬가지로 해야만 하는 군인의 의무를 다했을 뿐입니다."

나는 그에게 강제수용소를 상기시켰다. 이 질문이 그를 불쾌하게 만든 모양이었는지 거기엔 국가의 적과 범죄자만이 있었다는 대답이었다.

"그렇다면 유대인은 어떻죠?"

"유대인도 국가의 적이지요."

"그렇다면 유대인 부인이나 어린아이도 그렇습니까?"

그것은 모두 미군들의 허위선전이며, 어떻게 해서 그런 소문이 나게 되었는지는 자기는 잘 알고 있다고 했다. 드레스덴에서 폭격으로 죽은 시체를 파내게 되었을 때 약간의 예외가 있었던 것을 미군들이 그걸 강제수용소에서 죽은 시체라고 발표했다는 것이다. 나는 그에게 자기가 옳지 않은 짓을 했다고는 생각하지 않느냐고 묻고 말았다.

"아뇨" 하고 그는 말했다. 또다시 그런 일이 있다고 해도 자기는 전과 똑같이 할 수밖에 없다는 것이었다.

물론 나는, 어느 누구도 상당한 노력을 기울이지 않고는 자기의 석연치 않은 의심스러운 과거를 내버릴 수 없다는 것을 잘 알고 있다. 그는 다만 정치적 혹은 개인적인 어쩔 수 없는 처지 때문에 그렇게 하고 만 것이다. 그 대화가 그렇게 열을 띠게 되었던 이유를 나는 훨씬 뒤에야 이해하게 되었다. 아무튼 그때로서는 이 만남이 나를 굉장히 흥분시켰기 때문에, 그 여행자가 나에게 돈을 버는 것 외에는 아무런 이상도 없고, 젊은이들이라고는 모두 썩어버린 이탈리아 땅에서 당신은 어떻게 살고 있느냐고 물었을 때 입을 다물고 있을 수가 없었다.

내가 탄 객실에는 이미 4명의 다른 승객들이 앉아 있었다. 여기서 나는 독자들이 다음 이야기를 믿어 주기를 부탁해야겠다. 그때의 광경은 다음과 같다. 나와 같은 객실에 탔던 사람들은 체코계 유대인 타입의 나이 든 부인, 드레스덴 출신의 남자, 몸집이 좋고 몸에 치장을 많이 한 라인란트 출신의 여자, 유대인 작가 앙드레 슈바르츠바르트의 소설 《정의의 마지막 사람》을 읽고 있는 신교 목사였는데, 내가 친위대원이었던 사람을 만났던 얘기를 하자 체코 여인은 고개를 돌리며 신문에 몸을 숙였고, 동독에서 온 그 남자는 이런 친위대원에 관해서 잡담이나 하기엔 그가 사는 동독에는 더 큰 고민거리가 많다는 듯이(그것은 사실이었다) 어깨를 으쓱해 보였다. 라인란트에서 온 여인은 "불쌍한 친위대원들 같으니! 아마 강제로 거기에 가담하게 됐을 거예요. 좋은 사람들이었을 텐데요. 그렇지만 도대체 왜 정치에 대해 얘길 꺼내지요? 나는 정치에 전혀 신경을 쓰지 않아요"라고 말했다. "신경을 안 써요? 1933년에도 그랬나요?" "그럼요, 그때도 그랬죠." "네, 그래서 히틀러가 나타났군요." 그녀는 나를 멍하니 바라보았다. "난 어떻게 할 수가 없었어요!" 하고 그녀는 말했다. 그는 도움을 청하면서 목사를 바라보았다. "아, 당신도 아시다시피 그건 정말 복잡한 문제입니다. 어떤 관점에서 역사를 보느냐 하는 것이 문제인 것 같아요"라고 그는 좀 짜증난 듯이 말했다. "도대체 어떤 관점에서 볼 때 그 과거가 나쁘지 않단 말씀이죠?"라고 나는 반문했다. 그는 아무 말이 없었다. 모두가 조용했다.

이 침묵을 위해서라도 나는 역시 내 책을 다시 출판하기로 결심했다. 지난 수십 년에 걸쳐 많은 목소리가 있었고, 수많은 양심이 깨우쳐졌고, 개선을 위한 수많은 노력이 시도되었다. 우리는 한번 깨우쳐진 것을 다시 잠들게 해서는 안 된다. 우리는—우리들이 과거를 가해자로서 체험했건, 피해자로서 체험했건—우리들의 과거를 완전히 '꿰뚫어보지' 않는 한 아무런 미래도 가질 수 없을 것이다. 그러한 목적에 이 책이 기여되길 바란다.

호기심 많은 독자를 위해 나는 당시 책에 들어 있지 않은 것을 덧붙이겠다. 내가 감금되어 있는 동안 베를린의 국민재판소에서는 악명 높은 프라이슬러 지도하에 나에 대한 재판이 열렸었다. 공소사실은 반역죄(제3국에 대한 국방 파괴와 저항)였다. 재판은 내가 불참한 가운데 열렸는데, 전쟁 막바지에 나를 베를린으로 호송한다는 건 매우 힘들었던 까닭이었다. 그들에게 나는 사실상 필요 없는 존재였다. 제시된 서류만 보고, 나는 참석하지도 않은 채, 그들은 사형선고를 내렸다. 내 사건은 꽤나 불리한 형편이었으므로, 내가 어떻게 살아났는지를 나는 전쟁이 끝난 얼마 뒤에야 비로소 알았다. 내 변호인이었던 트라운슈타인 출신의 메르켄슐라거 박사가 나더러, 혹시 나를 도와줄 수 있을 이렇다 할 나치당원을 알고 있느냐고 물었다. 한참 생각한 뒤에(나는 통 그런 사람을 몰랐으므로!) 우파영화사의 영화감독인 카알 리터 교수가 머리에 떠올랐다. 나는 그가 오래된 나치당원이라는 것과 괴벨스의 친구라는 것을 알고 있었다. 또한 그는 내가 정부의 반대자라는 것도 알고 있었으나 우리는 꽤 가까이 지냈다. 내가 감금되어 있다는 것을 알리자, 그는 곧 괴벨스에게 이번 체포는 잘못된 것이고, 자기는 나를 잘 알고 있으며, 이 고발은 거짓말투성이라고 설명했었다. 괴벨스는 뮌헨에 있는 비밀경찰로부터 내게 관한 서류를 가져오게 했고, 이 일은 여러 주일이나 걸렸다. 그러나 괴벨스 자신도 그 서류를 쉽게 없앨 수는 없었다. 왜냐하면 비밀경찰이나 보안담당 부처에서 내 사건을 너무나 잘 알고 있었던 까닭이다. 그래서 괴벨스는 서류를 다시 뮌헨으로 돌려보내야 했지만, 내 사건을 다시 한 번 조사해 보라는 명령을 내렸다. 리터는 그 얘기를 듣고는 많은 위험을 무릅쓰고 두 번째로 조정에 나섰다. 서류는 다시 베를린으로 돌아가 거기에 보관되어 있었는데, 그때 베를린이 불타버렸고 전쟁도 끝나서 석방이 되었던 것이다. 결국 나는 금빛 나치훈장 소유자인 카알 리터의 덕택으로 목숨을 구한 셈인데, 그걸 이 자리에서 입 다물고 그냥 지나칠 생각은 없다. 그의 도움은 정말 훌륭한 것이었고, 그의 그러한 일은 내 경우만이 아니었다. 다른 나라 사람들이 흔히 생각하듯이 나치당원이라 해서 전부가 악당은 아니며, 희생자라 해서 전부가 영웅 혹은 수난자受難者는 아니었다. 그들 전체에 대한 일괄적인 평가는 있을 수 없고, 또 있어서도 안 될 것이다.

그런데 나를 밀고했던 내 친구와 그녀의 남편이었던 '야전 비밀경찰요원'은 어찌되었을까? 내 친구는 남편이 전후에 감금되자 남편의 직장에 나가게 되었다. 그녀의 남편은 본래 초등학교 선생이었고 이미 오래 전부터 다시 선생 노릇을 하고 있다. 살인자(그가 살인자이지 무엇인가? 나를 단두대로 보내지 않았던가?)가 아이들을 교육하고 있다. 전후 2~3년 동안에 우리가 그에게 아이들을 믿고 맡길 만큼 그의 사람됨이 완전히 달라졌단 말인가? 나는 가끔 내가 바이에른 주정부州政府에 말을 해서 그의 교사직을 내놓도록 하지 않은 것이 잘못을 저지른 것이 아닐까 하고 반문해 본다. 나는 전쟁이 끝났을 때 그 친구에게 답장으로 아래와 같이 써 보냈다.

"나는 하나님의 심판에 맡기겠어. 왜냐하면 나는 누구에게도 복수의 사슬을 얽어매고 싶지 않으니까. 우리는 누구에게나 속죄하고 성실해질 수 있는 기회를 주어야 해."

루이제 린저

초판의 서문

나는 내 《옥중기》를 세상에 내놓는다. 이는 내 개인적인 체험이 중요한 것으로 여겨져서가 아니다. 한 개인의 체험은 수천의 체험 중의 하나에 불과하다. 그러나 내 운명이 바로 수천의 운명 중의 하나이기 때문에 나는 이것을 출판하는 것이다. 이 책엔 이렇다 할 특별한 것은 하나도 없다. 어찌 감히 강제수용소에 있었던 사람들의 고통과 비교할 수가 있겠는가? 그저 독일 제3제국의 취조교도소에서 있었던 일상사를 기록해 본 것에 불과하다. 여기에 기록된 것은 모두 사실이며 허구가 아니다. 그것은 나와 함께 몇 달을 지낸 다른 사람들이 증명할 수 있을 것이다.

오늘날, 그 무시무시하고 비참했던 체험은 이제 매장해 버리고 잊어버리자고 말하는 사람이 많다. 나처럼 제3제국의 패배로 간신히 단두대나 강제수용소에서 피해 나올 수 있었던 많은 사람들은 그들이 겪었던 것으로 말미암아 파멸의 길을 걸었다. 그들은 거기에 관해서는 더 이상 듣고 싶어하지 않는다. 거기서 간신히 살아 나온 사람들은 얘기한다. 또 많은 사람들은 그러한 개인적인 체험을 책으로 발행한다는 것은 너무 값싼 짓이라고 얘기하기도 한다.

나는 이러한 모든 이론異論을 고려하고 있다. 그러나 나는 그런 생각은 잘못된 생각이라고 믿고 있다.

자기 스스로 그것을 체험했던 많은 사람들이 더 이상 그 얘길 듣고 싶어하지 않는다는 것은 이해할 만하다. 이 책은 그러한 사람들을 위해 씌어진 것이 아니다. 이것은 그러한 것을 보지도 않았고, 인간의 자유가 악독한 방식으로 착취되는 꼴을 경험해 보지도 못한 그런 사람들을 위해서 씌어진 것이다. 국수주의니 군국주의니 하고 날뛰는 모든 것이 오늘날 곧장 완전파멸에의 길을 가고 있다는 것을 이해하려 하지 않는 그런 사람들을 위해 씌어진 것이다. 그리고 이 책은 소시민다운 확신 속에서, "우리는 야비하지 않고 선량하다. 그런데 사태는 그렇지 못하다"고 한 브레히트의 〈서 푼짜리 오페라〉의 쓰라린 말의 진리를 전혀 이해하지 못하는 그런 사람들을 위해서 씌어진 것이다. 악의 수렁으로 그들을 또다시 불러들이는 것은 정말 위험한 일이라고 말하는 사람들에게, 나는 진실을 묵살하고서 악의 범죄에 대한 기억은 은폐하려고만 하며 '아름다운 영혼의 세계'로만 도피하려는 것은 더 위험천만한 것임을 염두에 두라고 말하고 싶다.

인간의 기억으로부터 억지로 추방된 모든 것은 언젠가 다시 강력한 위력을 가지고 새로 나타나게 된다. 그러므로 조심스레 진단하는 자의 입장에서, 여러 각도에서 다시 관찰하고 숙고되고 올바른 근본적인 치료법을 써야만 오늘의 악을 결정적으로 극복할 수 있다는 것이 나의 신념이다. 이 책에 기록된 것이 전혀 의미 없는 것뿐이라고 말하는 사람이 있다면 나는 반박할 수가 없다. 그렇지만 나는 그 일이 내게만 관련되었던 것이 아니고, 또 이 책이 단순히 교도소 생활의 음울한 환영만을 보여주는 게 아니라 수천 명이 겪은 고난의 시기를 보존해 주고 있다고 대답할 수 있을 뿐이다.

　나는 가끔, 감금되어 판결을 기다리던 그때에 얼마나 괴로웠었느냐는 질문을 받는다. 자유라는 것이 마시고 숨쉴 공기만큼 절실한 자에겐 정말 괴롭지 않을 수 없던 시절이었다.

　그렇지만 나는 그 괴로웠던 시절을 나의 생애로부터 지워버리고 싶지는 않다. 내게 있어서는 교도소에서 있었던 일이 인생의 전환점이 될 수 있었다. 그 암담했던 시절에 나는 모든 위험을 조용한 태도로 받아들여야만 하는 고통스럽고 위험에 찬 한 인간에 불과했을 뿐이었다. 기댈 곳이나 시민으로서의 생활에 관한 환상 같은 건 생각해 볼 수 없었다. 그러한 위험에서 살아남은 사람들은 스스로가 '개조되고 자유스러우며 숙명으로부터 독립한', 전과는 전혀 다른 사람이 되었다는 것을 감동적으로 깨달을 수 있을 것이다.

루이제 린저

1944년 10월 22일

열흘 전부터 교도소에 들어와 있다. 오늘은 일요일. 5시쯤 된 것 같다. 나는 시계를 갖고 있지 않다. 여기 들어올 때 빗, 칫솔, 수건과 입고 있던 옷을 제외하고는 모든 것을 빼앗겼으니까. 5분 전부터 나는 연필과 몇 장의 종이를 내 소지품에 추가시킬 수 있게 되었다. 마룻바닥의 틈이 난 판자 아래에서 나는 종이와 연필, 초, 성냥, 반쯤 탄 담배를 찾아냈다.

담배는 부서져버렸고, 종이는 너무 오래되어 누렇게 변색돼 있었다. 아마 오랫동안을 거기에 있었던 모양이다. 거기에다 계속 숨겨놓으면 안전할 게다. 나는 이곳을 일기를 숨겨 두는 곳으로 사용할 작정이다. 여기선 글을 쓰는 게 금지되어 있지만 나는 쓸 작정이다. 내가 자유로운 몸으로 글을 쓸 수 있었던 그때에는 글을 쓴다는 것에 회의를 갖고 있었지만, 지금 글을 쓸 수 있다는 것은 내게 내려진 은총이라고 생각된다. 나와 나를 감금하고 있는 차가운 현실 사이에 은혜롭게도 어휘들이 끼여들어 왔다.

10분이 지났다. 간수의 열쇠뭉치가 짤그랑 소리를 낸다. 내 감방의 차입구差入口가 열린다. 사형선고를 받은 죄수라도 인간의 심정은 마찬가지여서, 혹시 내가 석방되지나 않을까 하는 어리석은 희망으로 화다닥 놀란다. 누군가가 중얼거린다. "정치범이래." 그리고는 문이 다시 닫힌다. 자물쇠가 채워진다. 나는 감방 안을 이리저리 걸어본다. 방은 세로가 열 걸음, 가로가 네 걸음쯤 되는 크기로 굉장히 높고 황량하다. 좁고 딱딱한 간이침대, 덮는 이불, 작은 테이블, 간이의자, 양철로 만든 세숫대야가 달린 벽상자, 깨진 거울과 한구석에 있는 변기. 이게 전부다. 변기는 감방에 있는 것 중에서 제일 고약한 물건이다. 그건 냄새가 지독하다. 매일 아침마다 뿌리는 클로르 냄새가 지독하게 난다. 게다가 덮개마저 안 달려 있다. 감방벽은 희게 칠해 놓았을 텐데 구석구석에 지저분한 오물이 튀겨져 있다. 방의 반쯤 되는 높이까지는 더러운 손으로 누른 자국이 지저분하고 검정이나 빨강 연필로 새겨 놓은 글씨, 그림 등이 그려져 있는데, 대부분은 양철로 만든 숟가락으로 새겨 놓은 것이다. 거기엔 폴란드 이름과 프랑스 이름이 꽤 많이 새겨져 있었다. 어떤 자는 앙리에트 페리오레처럼 "프랑스 만세"를 열두 번 이상이나 써 놓았다. 자유를 강탈한 나라에 대한 증오심은 고독 속에서 더욱더 강렬해진 것이리라. 창문 밑에는 폴란드어로 된 시詩가 적혀 있는데 그걸 읽지 못하는 게 정말 유감이다. 또 어떤 멋진 남자의 초상화가 붉은 연필로 그려져 있고 그 아래엔 "당신께 충성을!"이라고 쓰여 있다. 또,

모두 다 사라진다
모다 다 사라진다
히틀러도 사라지고
당黨도 사라진다.

라고 위안을 주는 문구도 적혀 있었다. "무슨 일에나 끝이 있다는 걸 알아야 한다. 나는 다섯 주일을 여기서 지냈다. 당신도 언젠가는 풀려날 것이다"라고도 씌어 있고, "하나님! 날 곧 석방시켜 주십시오. 난 죄가 없습니다!"라고 작은 글씨지만 꽤 감동적으로 씌어 있기도 하고, 그 옆에는 "저주받을 놈들"이라고 적혀 있기도 하다. 간이침대 위에는 수많은 날짜가 적혀 있는데, 여기에서 지낸 날을 긁어서 새겨 놓은 것이리라. 30일도 있고, 50일 이상도 새겨져 있다. 누구든지 언젠가는 이곳에서의 마지막 날이 있겠지. 나는 그걸로 위안을 삼기로 한다.

여러 사람의 손으로 그려진 음란한 그림도 굉장히 많은데, 다양한 사랑의 장면이 무척 세밀하고도 아름답게 노골적으로 그려져 있다. 성적性的인 환상이란 우리들의 묽은 아침 커피 속에서 거품을 내는 다량의 진정제를 가지고서도 약화시키거나 몰수할 수 없는 것이다. 이곳에서도 자유에 대한 욕망 이외에 또 하나의 다른 욕망을 느낄 수 있다는 게 놀랍다. 어두워졌다. 창문은 저 높이 있는데 창살로 막혀 있다. 유리는 무늬 있는 젖빛 유리로 되어 있어서 밖을 전혀 내다볼 수가 없다. 이제 저녁식사가 온다. 그리고는 기나긴 교도소의 밤이 시작된다. 불도 없고(방에는 스위치가 없어서 식사할 때도 옷을 벗을 때도 컴컴하다), 책도 없고, 사람의 소리도 없이. 6시를 치는 시계소리가 들리는 것 같다.

1944년 10월 23일

하루 중에서 나는 이 시간을 제일 즐긴다. 아침에 볼 때면 하루는 끝이 없는 것처럼 보이지만 오전만 지나고 나면 시간이 비교적 빨리 지나간다. 매일 아침 나는 새삼스럽게 교도소에 갇혀 있다는 것을 스스로에게 타일러야 한다. 나머지 시간은 머리 앞에 널빤지를 댄 기분으로 지낸다. 5시가 되면 아래위층에서 요란한 소리를 내면서 하루가 시작된다. 남자 죄수들은 조금 더 일찍 일어난다. 그들은 요란한 소릴 내면서 변기를 감방 밖으로 끌고 나가 세면소에 가져다 쏟는다. 그리고는 시끄럽게 신발 끄는 소리를 내며 사라진다. 침묵이 흐른다. 30분이 지난다. 나는 눈을 뜬 채로 누워 있다. 정신이 맑아진다. 내겐 이제 자유란 하나도 없으며, 쇠사슬과 빗장과 무거운 자물쇠가 달린 두꺼운 참나무 문 뒤에 갇혀 있다는 것, 나는 일어서서 나갈 수가 없는 신세이며, 내 아이들을 볼 수도 없고 내 인생이 지금까지 겪어 보지 못한 휘어잡을 수 없는 위험의 도가니에 빠져 있음을 나는 너무도 강하게 느낀다. 그들이 나를 어떻게 하려는지 통 알 수가 없다. 취조관 앞에 가서 심문이나 받았으면 하고 매일 기다려진다.

오늘은 나를 담당한 변호사가 왔다. 그는 내 서류가 뮌헨의 비밀경찰에게 보내졌으며, 일주일 정도는 여기에 더 있어야 할 것이라고 말했다. 내 질문에 대해서 그는 머뭇거리며 말을 회피하면서 막연히 몇 마디 위로의 말을 던졌다. 나는 꽤 조심해서, 전에 내가 경찰의 최초 심문에서 대답했던 답변을 그 어휘까지도 아주 정확하게 그에게 일러 주었다. 변호사는 나보다는 덜 조심하는 것 같았다. 틀림없이 그는 아주 강력한 반反나치주의자일 것이지만 그의 손과 발은 묶여 있는 것 같았다. 그는 전부터 자유주의자였던 것 같다. 그가 내 심산을 꿰뚫어보고 있는지의 여부는 잘 모르겠다. 하지만 나는 그가 비밀경찰 앞에 전혀 무력한 인물이며, 정치적 사건에 있어서 변호사란 원래가 실속 없는 외양뿐인 존재라는 것을 알고 있었다. 나는 내 장래에 대해서 별다른 기대를 하지 않고 있다. 나는 지쳐 있다.

아침 7시부터 저녁 5시까지 재봉실에서 2명의 나이든 부인들과 함께 지냈는데, 그들은 날 믿지 못하겠다는 듯이 묵묵히 대했다. 그래도 지금은 좀 나아진 편이다. 그들은 성서를 연구하는 사람들이었는데, M부인은 벌써 두 번째 여기에 들어온 셈이며, 13개월이나 되었다. 또 다른 여자는 11개월이 되었다. 성서를 연구하는 사람들이란 것부터가 벌써 반역죄로 기소되고도 남았다. 이 사람들은 철저한 평화주의자들이었으니까. 그들의 남편과 아이들은 전쟁에 나가는 것을 거부했다. 성서연구가인 W부인의 아들은 그것 때문에 교수형까지 당했다는데, 감옥에 들어앉은 그의 어머니는 그 일을 슬퍼하지도 않는 것 같았다. 여긴 모두 15명의 성서연구자들이 수감되어 있는데, 제일 나이 많은 여자는 85세나 되었다.

그 부인네들은 이상할 정도로 평안한 태도와 침착함, 강한 신앙심과 지독한 의무감을 갖고 있는 것같이 보였다. 그녀들은 세탁물을 깁고 꿰매고 수선하는 데 돈이나 받고 일하는 것처럼 열심히 일을 한다. 게다가 감금생활의 괴로움 같은 것은 전혀 느끼지 않는 모양이다. 언젠가는 '하늘나라'에서의 '영원한 평화'가 올 것을 확신하는 까닭일 것이다. 그때엔 정의의 나라가 세워질 것이며, 그러기 위해서는 우선 지상의 못된 권력자들을 쫓아내는 무시무시한 '아마겟돈' 전투가 있단다. 나치는 그걸 죄다 알고 있기 때문에 취조할 때에 '아마겟돈'에 대한 얘기를 하기만 하면 그렇게 펄쩍 뛴다는 것이다. 나는 정치적 구원이란 그렇게 초인간적인 힘에 의해 이루어지는 게 아니며, 그건 너무 안일한 방법이고, 우리들 스스로가 그것을 위해 애써야만 되는 것이며, 그래서 사회주의가 존재하는 것이라고 그들에게 대꾸했다. 나는 그들에게 사회의 기본문제를 알아듣기 쉽게 설명했다. 그랬더니 그들은 생각에 잠겨 머리를 흔들고 나서, 그것은 어리석은 생각이며 단지 '주님'만이 우리를 구원할 수 있다고 하였다. 그들은 어쩔 수 없는 광신주의에 사로잡혀 있다. 그들의 신앙교리는 내게 아무런 도움도 주질 못한다. 그들은 권력에 대한 증오심과 그리스도에 대한 희망 이외에는 다른 생각을 갖고 있지 못하는 것 같다. 그런데 이들 그리스도교 신자들이 얼마나 인정이 없나를 볼 때, 나는 이러한 교리에 대해서 불신감을 갖게 된다. 예를 들어, 나는 오늘 그 중 한 부인이 자기 친척으로부터 소포를 받는 것을 보았다. 그녀는 그것을 한구석에 조심스레 숨겨 놓고 우리들한테는 조금도 주지 않고 혼자서 다 먹어치웠다. 또 정오에는 실수로 우리 감방에 음식 한 그릇이 더 들어왔는데 제일 나이 먹은 P부인이 그것을 분배했다. 감자와 당근을 섞어 요리한 음식이었는데, 소스와 당근은 자기 그릇에 다 건져내고 우리들에게는 감자만 나누어 주었다.

1944년 10월 24일

지난 밤 나는 높은 산에 오르는 꿈을 꾸었다. 누군가가 내게 터키를 가리키고 있었는데, 그것은 커다란 갈색 천으로 장식이 달려 있었고 가운데에는 구멍이 많이 나 있었다. 나는 그것을 꿰매야만 되는데도 연합군을 위하여 거절해 버렸다. 연합군은 이 일을 자기들의 권리 침해라고 보고 있었다. 정말 무서운 꿈이다! 채 마르기도 전에 산더미처럼 쌓여서 감방에 던져진 빨랫감과 꿰매고 기워야 할 양말만으로도 싫증이 날 지경인데. 우리가 지내는 교도소의 약 2백 명 되는 남자 죄수와 150명의 여자 죄수, 또 베르나우 교도소의 남자 죄수들의 세탁물이었다. 거기엔 온전한 옷이라고는 거의 하나도 찾아볼 수가 없어서, 어떤 것을 어떻게 손을 대야 하는지 모를 지경이었다. 우리는 짜깁기 실이라고는 없어 양말과 내복을 꿰매려면 바느질 실을 써야 했다. 굵은 바늘과 무딘 가위, 털실은 그래도 꽤 많이 가지고 있었지만 그것은 세 바늘만 꿰매어도 못 쓰게 되곤 해서 옷의 구멍을 깁기는커녕 두껍게 기운 자국만 남겨 놓을 뿐이었다. 이 거친 양말은 무거운 나무신발을 신은 죄수들의 발을 너무도 아프게 문질러대기 때문에, 기워야 할 자리를 깁지 않은 채로, 구멍이 난 그대로 신고 다니는 게 더 나을 형편이다. 요즘은 그래도 못 쓰게 된 군복을 얻게 되어 그걸 가지고 여자들 옷을 깁는다. 전쟁이 1년만 더 계속된다면 죄수들은 문자 그대로 몸에 누더기만 걸치게 될 것이다.

죄수들은 옷을 소중히 생각할 줄 모른다. 그들은 몰래 갖고 들어온 물건을 숨기기 위하여 꿰맨 것과 안감을 찢어낸다. 때로는 홧김에 공연히 찢어 놓은 옷들이 우리 손에 올 때도 있다. 옷은 이상하게도 모두 너무 길거나 너무 넓거나 하다. 여기서도 멋을 낼 궁리를 하는 여자들이나 젊은 처녀들은, 옷을 찢거나 잘라서 치마를 짧게 하기도 하고, 손으로 옷에 단추 구멍을 내기도 하고, 몇 바늘 새로 솔기를 꿰매기도 한다. 감방에는 꿰맬 도구가 하나도 없고(칼, 가위, 바늘은 자살의 위험성 때문에 금지되고 있다), 그런 것을 훔칠 기회도 드물기 때문에 그들은 낡은 모포에서 실을 뽑는다. 그건 그렇고 우리는 2주일에 한 번씩 깨끗한 세탁물을 받는다.

오늘은 M부인과 P부인이 자기들이 체포된 경위를 얘기해 주었다. 이들은 제3제국 초기부터 박해를 당했다. 그러다가 1년 전쯤부터 독일 전역에 걸쳐 굉장한 체포 선풍이 불어서 성서를 연구하는 사람들은 모두 붙잡아 들였다. 그들은 고향에서 심문을 받았는데, 자기들의 신념을 고칠 생각은 조금도 하지 않았기 때문에 오랫동안의 고생스런 여행 끝에 뮌헨에 있는 비밀경찰서로 송치되었다. P부인은 얘기하길, 수송열차를 타고 거기 도착했을 때는 밤이었다는 것이다. 그녀와 동지들을 아주 깜깜한 곳으로 데리고 가더니 그 속에 몰아놓고는 자물쇠로 잠가버렸다. 그들은 어두운 속에서 어떤 물체에 걸려 넘어졌는데, 처음에는 무슨 자루인 줄 알았더니 나중에 보니 맨바닥에 누워 있는 사람들이었다. 거기에는 수백 명이 있었다. 먹지도 못하고, 아무것도 덮지 못하고, 물도 마시지 못한 채 남자와 여자들이 가축처럼 빽빽이 들어차 있었다. 밤중에 한 늙은 여자가 지쳐서 죽었다. 그 시체는 아침까지 그냥 방치되어 있었다. 며칠 동안을 사람들은 거기서 지냈다. 빵과 멀건 수프밖에 아무것도 먹지를 못했다. 사람은 수백 명이나 되는데 변기는 네댓 개밖에 안 돼서 남자와 여자들은 서로 가리지도 못한 채 용변을 봐야 했지만, 그것을 불평하는 사람들은 하나도 없었다. 며칠을 지낸 다음엔 하나씩 심문을 받았다. 비밀경찰이 "당신은 아돌프 히틀러의 적대자이지, 그렇지?" 하고 물었을 때 그녀는 "그렇습니다. 히틀러는 독재자고 반기독교인이고 사악한 악마지요. 그렇지만 그의 세월도 종말을 보고야 말 것입니다. 하나님이 몸소 그를 멸망시키실 테니까요. 아마겟돈이 멀지 않았습니다"라고 대답했다. 비밀경찰은 화가 치밀어 올라 장화로 그녀의 몸을 마구 차고 심한 욕지거리를 했다. 그렇지만 그녀는 아주 태연히 그의 나치 표지를 가리키면서, "당신은 반기독교의 표지를 달고 있습니다. 그것과 함께 파멸하고 말 것입니다. 그렇지만 우리는 그리스도와 함께 살면서 정의의 나라를 세울 겁니다"라고 대꾸했다. 그래서 그녀는 친위대원에게 끌려가서 주먹으로, 개머리판으로 얻어맞았다.

P부인이 얘기하길, 자기의 하나밖에 없는 아들은 군복무를 거부해서 1년 동안 교도소에서 보냈는데 그를 다시 끌어내서는 군복무를 시키고 있다고 말했다. 그렇지만 그 애는 아무도 죽이지 않을 것이라고, 정말 자랑스러워하며 그녀는 말했다. 비밀경찰은 이들을 고의적으로 사람들 눈에 띄도록 화물차에 싣고 온 도시를 누비며

뮌헨 근처 사타델하임 교도소로 데려갔다. 그들은 아무런 불평도 하지 않고 이 애기 전부를 말한다. 자기들의 신앙을 위해 고통당하는 것을 지극히 당연한 것으로 생각하는 모양이다. 그들의 말은 누구나 "성경에 이렇게 씌어 있습니다"라는 구절로 시작한다. "성경에 이렇게 씌어 있습니다. 올바른 자는 고통을 당하게 마련이다." 성경을 끌어내지 않더라도 나는 그들이 옳다는 것을 인정하지 않을 수 없다.

1944년 10월 25일

지금 막 내 변호사가 왔었다. 그가 말하길, 오늘 K가 그에게 왔었고 나를 만나 볼 허가를 얻으려고 애썼지만 거절당하고 말았다는 것이다. 내가 취조를 받을 때까진 나를 만날 수 없다는 것이다. K가 이곳에 왔었다. 바로 이 건물에. 그런데도 나는 그걸 전혀 모르고 있었다.

1944년 10월 26일

오늘은 기분이 좋질 않다. 우리들에게 그래도 인간적인 동정심을 보여주던 가장 연소年少한 교도관인 L부인이 방금 전해준 애긴데, 로젠하임이 폭격을 받았단다. 제일 큰 우리 아이도 그곳에 있는 내 부모한테 가 있다. 아마 그 애도 죽었는지 모른다. 게다가 나는 오늘 교감보矯監補와 다퉜다. 그녀가 재봉실로 오더니, "돼지들 같으니라구! 너희들 감방 좀 봐. 깨끗이 좀 해 봐. 돼지우리 같군! 집들도 저렇겠지! 돼지들 같으니라구!" 하고 소리쳤다. 나는 화가 머리 끝까지 치밀어올랐지만 될 수 있는 대로 참았다. "첫째, 나는 돼지가 아닙니다. 그리고 나를 그렇게 부를 권리가 당신에겐 없지 않습니까?"라고 말했다. M부인은 나더러 참으라는 근심스러운 신호를 했지만 나는 참을 수가 없었다. "또 둘째로, 이 방은 깨끗이 치운 겁니다. 바닥이 아직 깨끗하지 않거든 청소할 걸레나 솔을 주세요! 그게 없으면, 안 됐지만 청소할 수가 없습니다."교감보 얼굴이 벌개졌다. "뻔뻔스런 계집년 같으니! 나한테 대들다니!" 하고 소릴 질렀다.

나는 화가 나서 마구 날뛰었다. "그럼 어쩌란 말입니까?" 그녀는 나한테 덤벼들더니 때리려고 손을 쳐들었다. "아마 날 안 때리는 게 좋을 겁니다!"라고 소리를 지르면서 나도 손을 쳐들었다. 내 목소리 때문이었는지, 또는 어떤 다른 이유에서였는지 알 수 없지만, 아무튼 그녀는 손을 내리고 가버렸다. M부인은 걱정이 되어 창백한 얼굴로 "도대체 왜 이러는 거예요? 당신은 고등행정관에게 고발당할 거예요!"라고 말했다. 나에게 갑자기 걷잡을 수 없는 분노가 몰려왔다. 나는 책상을 두드리며, "나치 표지를 단 그 바보 같은 년이 날 모욕하다니! 우리가 지금 여기서 인간 대우를 받고 있다는 말인가!"라고 울부짖었다. P부인은 "제발 입 좀 다물어요. 우리 모두에게 해가 옵니다. 우린 아무 권리도 없다는 것을 모릅니까?"라고 말했다.

감방은 꽉 찼는데도 옆방에 또 한 여자가 오늘 들어왔다. 그 여자는 계속해서 훌쩍이며 운다. 폴란드 사람 같았다. 알아들을 수 없는 소리를 지르기도 하고, 분명치 않은 소리를 지르기도 한다. 그녀의 걷잡을 수 없는 절망이 내 신경 깊숙이 파고든다.

1944년 10월 27일

옆방에 들어온 폴란드 여자는 굉장히 젊은데 절도범에 협조한 죄로 체포되었다. 폴란드 노동자인 그녀의 애인과 그 친구는 그녀를 고용했던 농부에게 일요일 하루만 자전거 두 대를 빌려 달라고 간청했다. 그러고는 그걸 타고 고향으로 도망을 가버리고 말았다.그러자 농부는 그녀를 절도범으로 고소했고, 리오바라는 그 여자는 결국 감옥으로 들어오게 된 것이다. 그 불쌍한 여자는 여기서 완전히 절망에 빠지고 말았다. 애인이 그녀를 저버렸고, 게다가 그녀마저 경솔한 처사로 한심한 처지가 되고 만 것이다. 달아난 두 사람의 계획에 관해서는 정말 아무것도 몰랐던 것 같다. 아침에는 그녀의 고통이 최고로 달해 있었다. 머리와 주먹으로 벽과 문을 치면서 울부짖었으나 교도관은 한 사람도 나타나지 않았다.

나는 통 잠을 잘 수 없었다. 게다가 배가 고프기 시작했다. 여기에 들어온 처음 며칠 동안은 고집 때문에, 또 분노 때문에, 게다가 녹슨 숟가락과 음식이 담긴 양재기를 보고는 구역질이 나서 굶어버렸다. 그러다가 나는 굶는 것은 어리석은 짓이라고 스스로를 타이르기 시작했다. 나의 그러한 수동적인 반항쯤엔 아무도 걱정해 주는 사람이 없었다. 여기 들어오는 사람은 누구나 처음에는 거의 본능적으로, 혹은 어떤 계산에서 단식투쟁을 한다고 P부인이 내게 말했다. 하지만 한결같이 이내 그걸 집어치우고 만다. 음식은 양은 적고 형편없었다. 그리고 항상 되풀이되는 1주일의 식단표가 있는데, 그게 몇 달 이상을 그대로 반복되고 있어서 1월 5일에는 뭘 먹을지도 뻔한 일이다.

일요일 : 감자를 넣어 끓인 스튜. 가끔 고기힘줄 혹은 연골이 눈에 띈다. 우리가 특별메뉴로 부르는 두송실杜松實이 섞여 나올 때도 있기는 하다. 그게 이곳 부엌에서 사용하는 유일한 조미료인 셈이다. 저녁엔 작은 빵 두 조각, 마가린 한 조각, 한 숟가락의 잼에다 과일차를 줄 뿐이다.

월요일 : 절인 양배추, 감자. 저녁엔 싸구려 치즈에다가 감자 몇 조각. 감자 중에서 반은 못 먹을 것이고, 또 덜 익어서 설컹설컹할 때도 있다.

화요일 : 당근 몇 개 집어 넣어 요리한 감자. 저녁에는 빵과 멀건 수프.

수요일 : 일요일과 비슷한 고기힘줄 두세 덩이와 감자 조각을 넣은 다진 고기. 저녁에는 빵과 멀건 수프.

목요일 : 감자와 양배추. 저녁엔 빵과 멀건 수프.

금요일 : 나쁜 소시지(말고기란 얘기가 있다) 한 조각과 오트밀. 저녁에 빵과 멀건 수프.

토요일 : 튀긴 감자(물론 기름에 튀긴 게 아니라 그냥 태우기만 한 거다)와 멀건 수프. 저녁엔 허름한 소시지 한 조각.

음식들은 그럭저럭 괜찮은 셈이지만, 대부분 요리가 아니고 반쯤 되다 만 것으로, 썰렁하고 양념도 기름도 안 친 채 만들어진 것이고, 아주 짜거나 아니면 전혀 간을 하지 않은 맹탕이어서 맛이라곤 찾아볼래야 찾을 수 없다. 이러한 음식을 더러운 대접에다가 양철 숟가락과 함께 가져다 준다. 이 숟가락은 어찌나 더러운지, 행주도 없고 비누도 없지만, 찬물에다 헹구기라도 해야 먹을 수 있다. 그래서 배가 고파 죽을 지경이라도 식사 때면 입맛이 떨어지곤 한다. 영양가는 말할 것도 없다. 지방과 당분의 부족은 눈에 띄게 나타난다. 나는 굉장히 말랐다. 옷은 헐렁헐렁하고 얼굴도 움푹 패였고 늙었다. 관자놀이에는 흰머리도 생겼다. 나는 굶주리고 있다. M부인은 나한테 집에서 소포를 부쳐 오게 하라고 말한다. 일주일에 한 번은 1파운드의 검은 빵, 1파운드의 흰 빵, 1파운드의 과일과 잼 약간을 들여보낼 수가 있다는 것이다. 그 외에 다른 것은 모두 금지되어 있다. 나는 두 주일에 한 번씩 집에 편지를 보낼 수가 있다. 먹을 것을 좀 보내 달라고 청을 해야 했다. 나는 어떠한 일이 있더라도 여기서 견뎌내야 한다.

1944년 10월 28일

아직 심문이라고는 한 번도 받지 않았다. M부인이 오늘 소포로 들어온 빵의 반을 내게 주었다. 빵은 상당히 오래된 것이어서 딱딱했지만 괜찮았다. 그걸 밤에 먹으려고 먹질 않고 두었다. 나는 자정 직전에 자주 잠이 깼는데, 그때마다 너무 배가 고파서 잠을 이루지 못한다.

오늘 또 한명의 죄수가 들어왔는데 몸집이 큰 금발의 여자로, 임신 8개월의 무거운 몸으로 들어왔다. 그녀는 알고 보니 1940년에 전쟁포로로 독일에 오게 되고, 프랑스와의 휴전 이후에는 포로로 취급받지 않았던 어떤 프랑스 청년의 애인이었다. 그 당시엔 그러한 자유의 몸이 된 프랑스 사람과 가깝게 지내는 것이 금지되어 있지 않았었으니까. 그런데 남편이 몇 년 전에 행방불명이 되었단다. 이 H부인의 얘기로는 루시엥이라는 남자를 사랑하게 되었는데, 루시엥은 파리에 초콜렛 공장을 가지고 있었고, 그녀와 결혼하기로 약속했다는 것이다. 그녀는 임신을 하게 되었고, 루시엥은 곧장 그곳 시장市長에게로 가서 그 애의 아버지로서 신고를 했다. 그때까지는 모든 것이 순조로웠다. 그런데 프랑스가 연합군에 가담하여 독일과 싸우게 되자, 이곳에 있던 프랑스인들은 갑자기 다시 전쟁포로로 취급받게 된 것이다. 최근에 와서는 '적'과 정을 통하는 독일 여자는 벌을 받게 되어 있다. 그리하여 H부인은 만삭에 가까운 몸인데도 감옥으로 끌려오고 만 것이다. 그녀는 주저앉아 울었다. 그녀의 아름답고 창백한 얼굴은 굉장히 부어 있었다. 그녀는 먹지도 바느질도 하지 않고, 앞을 멍하니 바라보면서 애인의 이름만 계속해서 불러댈 뿐이었다.

오늘은 바깥일을 하는 한 죄수가 신문을 몰래 들여왔다. 신문에는 폴란드에서의 전쟁 상황이 적혀 있었는데, 상당히 얼버무리고 있음에도 불구하고 전쟁에 지고 있다는 것은 속일 수가 없었다. 어제부터는 굉장한 소문도 전해지고 있다. 러시아군이 빈으로 들어오고 있다는 것이다. 우리는 두 손을 들어 그러한 소문을 환영했다. 그런 소식은 우리들에게 석방을 뜻하는 까닭이다. 그렇지만 나는 별로 그 소식을 믿지 않았다. 전쟁은 아직도 몇 달 더 계속될 것이다.

오늘 아침 11시부터 11시 반까지 처음으로 다시 밖에 나가 보았는데, 밖이래야 높다란 돌담 사이에 있는 좁은 마당이었다. 원래 감옥 법규에 의하면, 매일 30분 동안 바깥 공기를 쐬게 되어 있다. 그런데 교도관이 우리에게 그런 시간적 여유를 주지 않는다. 어제는 보조교도관인 L부인이 우리들이 있는 재봉실에 왔었다. 그녀는 집고 꿰맬 자기 양말과 다리미질할 옷을 가끔 가져온다. 그것은 원래 금지된 일이지만 교도관쯤만 되어도 하고 싶은 생각만 있으면 마음대로 할 수가 있었다. 그녀는 아주 어리석고 수다스럽게 알랑대는 태도에다, 또 권위를 내세우는 묘한 말투로 기분 나쁘게 우리에게 말을 거는데, 말할 수 없을 정도로 우둔하다. 해가 비치는 것을 보고 P부인이 우리가 나가 바람 쐴 적당한 날씨라고 말해 봤다. 그러자 L부인은 "아이구, 정말 당신들을 마당에 내보내야 하는 건데! 그렇지만 11시 반이 다 되었으니 너무 늦었어요. 어쩔 수 없어요"라고 소리를 지르는 것이었다. 그래서 우리는 그렇게도 절실하게 바라는 맑은 공기 마시는 일을 못한 채 그나마 하루를 보내야만 했다. 우리는 그만 침울하고 맥이 풀렸다.

오늘은 교감보가 몸소 감시를 했다. 그녀는 자기의 의무를 마치 시계바늘처럼 에누리 없이 악질적으로 해낸다. 그녀는 정확하게 우리를 11시에 마당으로 내보냈다. 우리는 묵묵히 일어서서 우리 층과 계단 건너편을 가로지른 창살을 한 문 앞에 서서 기다려야 했다. 처음으로 나는 P부인과 M부인 이외의 다른 얼굴들을 보았다. 인간과 그들의 운명을 알아보고 싶어하는 내 호기심은 상당한 것이어서 그 짧은 순간에도 비밀리에 소근대는 소리로 많은 것을 알아낼 수 있었다. 내 앞에는 사람을 매혹시킬 만큼 아름다운 N부인이 가고 있었다. 그녀도 H부인과 마찬가지로, 프랑스인과 가깝게 지냈다는 이유로 체포되었다. 내 뒤엔 부드러운 눈빛의 곱추가 서 있었는데, 그녀도 성서를 연구하는 사람이었다. 그녀는 벌써 14개월을 감옥에서 지내고 있는데 병이 든 것 같다. 3명의 젊은 처녀들이 교감보와 다퉜다. 그들은 나무신을 신고는 걸을 수가 없다고 말하고 아픈 발을 내보이며 차라리 맨발로 걷겠다고 했다. 교감보는 그건 감옥 규정에 어긋나는 일이니 나무신을 가져오라고 소리를 질렀다. 그 처녀들은 말을 안 들었다. 그러자 교감보는 소리나게 따귀를 한 대씩 때렸는데, 너무도 갑작스런 일이었기 때문에 피할 겨를도 없었다. 18세밖에 안 된 제일 나이 어린 아가씨는, 그것은 죄수를 학대하는 일이며 또 그런 일은 금지되어 있으니 검사장에게 이것을 고발하겠다고 대들었다. 그녀가 우리를 뚫어져라 쳐다보는 동안 다른 죄수들은 시끄럽게 웃어댔다. 그래서 우리는 5분 동안 입을 다문 채 움직이지 않고 서 있어야만 했다.

나는 그녀의 얼굴을 바라보았다. 못생긴 얼굴도 아니고 별로 악한 얼굴도 아니었지만, 무미건조하고 표정이 없으며, 한마디로 죽은 얼굴이었다. 따귀를 때린 일이나 가혹한 태도, 무자비함은 악한 생각에서가 아니라, 단지 지독한 그녀의 의무감에서 연유한 것 같았다. 한 죄수가 층계에서 밑으로 떨어졌을 때 딱 한 번 그녀가 웃는 것을 나는 본 일이 있다. 그 웃음은 남이 잘못되는 것을 보고 웃는 그런 못된 웃음은 아니었고, 사소한 장면이지만 보고 재미있어하는 그런 어리석은 웃음이었는데 보기에 끔찍했다. 거칠대로 거칠어진, 인간이 아니라 교도관 일을 보는 기계에 불과한 것이다. 순간 나는 그녀에게 연민의 정을 느꼈다. 그때 그녀가 갑자기 째지는 듯한 소리로 "뭘 그렇게 쳐다봐, 당신 말야!" 하고 소릴 질렀다. 그래서 나는 "당신도 감정을 갖고 있는 사람인지 아닌지 생각해 보고 있었어요"라고 대꾸했다. 그랬더니 날 이상한 눈초리로 쳐다보더니 알아들을 수 없는 소리를 중얼거리고는 층계 위로 올라가라고 명령을 내렸다. 우리는 아주 천천히, 묵묵히 걸어가서 한 사람 한 사람씩 네 개의 창살문 앞에 묵묵히 기다리고 서 있었다.

그 문이 잠겨 있지 않을 때도 그렇게 했다. 여기서 나는 많은 것을 경험했다고 하겠다. 그 세 처녀는 지하 군수공장 H에서 군수품을 만들던 아가씨들이었다. 너무나도 강제적으로 끌려나가 일을 해야 했기 때문에, 그들은 거기서 도망을 쳐서 스위스 국경을 넘어가자고 했었단다. 그녀들이 정말 무슨 배짱으로 그런 짓을 생각해 냈는지는 아무도 모른다. 물론 그들은 붙잡혔다. 게다가 나중에 알게 된 얘기지만, 그들 중의 두 명은 도둑질까지도 했다는 것이다. 그 중 하나는 19세인데 벌써 세 번째로 형무소에 들어왔단다. 그녀는 여기서 별로 불행을 느끼지 못하는 모양이었다. 일곱 달째 여기에 있지만 아직도 기가 죽지 않았다. 그녀는 머리를 길게 곱슬곱슬하게 늘어뜨리고, 뺨엔 빨갛게 화장을 하고 있었다. 그녀는 나에게 자기는 종이와 침대보 찢은 조각만 있으면 머리를 곱슬거리게 말 수가 있다고 열심히 속삭여댔다. 교도관이 그걸 보기만 하면 빼앗아 가지만 얼마든지 또 만들 수가 있다는 것이다. 뺨에 바른 빛깔은 청소도구에서 훔쳐 낸 마룻바닥에 칠하는 거란다.

몇 주일 만에 처음으로 다시 밖에 나오게 되자 나는 어지러웠다. 태양은 밝게 빛나고 있었는데, 마당의 반쪽은 상당히 따스하고 또 다른 한쪽으로는 높은 담의 그림자가 져 있었다. 내가 전에 반 고흐의 감옥 그림에서 본 적이 있는 것과 똑같이, 우리는 일렬로 서서 좁은 마당을 입을 다문 채 기쁜 마음으로 따스하게 내리쪼이는 햇빛 아래서 동그라미를 만들며 돌아가기도 하고, 또는 그늘진 곳에서 몸을 떨면서 앉아 있지 않으면 안 되는 존재가 되었다. 20분 뒤에 우리는 다시 집 안으로 쫓겨 들어왔다.

1944년 10월 29일

어제는 어두운 데서 너무 오랫동안 글을 썼다. 그래서 오늘 아침 바느질을 하려니까 잘 보이지가 않았다. 오전에 H부인과 함께 부엌에 가서 야채를 씻게 된 것은 정말 다행이었다.

아주 모양 없지만 그래도 꽤 청결한 부엌엔 죄수용의 커다란 솥이 두 개 있었고, 이곳 고용인들을 위한 큰 화덕이 있었다. 우리들 넷은 자배기에 가득 담긴 감자를 내일 쓸 수 있도록 껍질을 벗겨야 했다. 우리가 먹을 점심은 벌써 큰 솥에서 부글부글 끓고 있었다. 그것은 매주 일요일이면 먹는 것으로, 감자 조각과 두송실과 고기 찌꺼기를 섞은 스튜였다. 몸집이 크고 기운이 세어 보이는 한 처녀가 서서 그걸 막대기로 젓고 있었다. 그곳 고용인들을 위한 화덕에서는 돼지고기가 지글지글 끓고 있었고, 어떤 식탁에는 상추 샐러드 한 접시도 놓여 있었다. 우리는 그 고기 냄새를 들이마시고 얼른 상추 몇 잎을 훔쳐 씹어 삼켰다. 우리들은 몇 주일 전부터 싱싱한 야채를 통 먹어 보지를 못했던 것이다. 40세쯤 된 못된 요리 당번이 그걸 보고 "무슨 꿍꿍이 수작들이야? 훔칠려고? 그 상추는 여기서 일하는 분들 거란 말이야! 이 도둑년들!" 하고 성을 내면서 외쳤다. 나는 그녀도 교도관인 줄 알고 기가 죽었다. 5분쯤 지나서 나는 그녀가 손바닥만큼이나 큰 고기 몇 덩어리를 몰래 옆방에서 먹어치우는 걸 보았다. 부엌 창문으로 자신이 비치고 있다는 것을 전혀 눈치채지 못한 것 같았다. 그리고는 화덕에서 구운 고기를 꺼내 군침을 삼키는 우리들 눈 앞을 지나 부엌 밖으로 들고 나갔다. 그러고는 크고 먹음직한 돼지고기 한 접시를 들고 다시 들어왔다. 그러더니 우리들 눈 앞에서 혼자 다 먹어치우는 것이었다. 갑자기 증오에 찬 얼굴들과 죄수들의 떠들어대는 소리가 내게 가까이 왔다. 그 이유를 알아보기도 전에 보조교도관인 B양이 나타났는데, 그녀는 젊고 착한 성격을 가진, 이런 곳엔 전혀 어울리지 않는 사람이었다. 손에 과일과 마카로니를 가져와서는 요리 당번 앞에 그걸 놓았다. "우리한테 그렇게 좋은 고기를 갖다 주셔서 드리는 거예요." 요리 당번은 이를 드러내고 웃더니 접시를 곧 옆방으로 들고 가버렸다. 그 앞에 섰던 몸집이 좋은 처녀와 흰 앞치마를 두른 처녀가 합세를 했다. 셋은 그걸 모두 먹어치웠을 것이다. 내 위胃는 쪼르륵 소리를 냈고 정의감은 더욱 더 치밀어 올랐다. 이게 도대체 뭔가? 우리 죄수들은 이른 아침에 우유도 타지 않은 형편없는 대용代用 커피에다 작은 흑빵 두 조각밖에 먹은 게 없고, 지금은 벌써 11시 반이나 됐는데 배 속에는 상추 몇 잎밖에 들어간 게 없다.

이제 나는 정말 재미있는 사실을 알아냈다. 죄수가 아닌 줄 알았던 요리사 A는 알고 보니 죄수였다. 벌써 3년째 교도소에 들어와 있으며, R에 있는 큰 호텔 주인으로, 거기에는 나치 고아원이 수용되어 있었는데 식료품을 빼돌리다가 붙잡힌 것이었다. 나는 아직도 그 기사가 신문에 났던 것을 기억하고 있다. 그녀는 애들을 굶겨

가면서 식료품을 엄청난 값으로 암거래하는 데에 열을 올렸었던 것이다. 그렇다면 그녀는 더 큰 교도소에 수감되어 있어야만 하지 않을까? 어째서 교도관 같은 노릇을 감히 하고 있단 말인가? 왜 그녀에게만 가장 좋은 음식을 숨겨서 주는 것인가? 어째서 특별대우를 받고 있는가? 다른 죄수들에게 배당된 고기를 왜 그녀가 혼자서 먹는 걸까? 어째서 그녀는, P부인 말대로라면, 자주 자기의 '전쟁 경제상의 중요한 사업'이 잘되어 가고 있는지 살펴보러 집에 가도 좋단 말인가? 어째서 그녀는 그렇게도 먹고 싶은 상추 몇 잎마저 못 먹게 하는 것일까? 어째서 그녀는 우리를 도둑년이라고 부르는 것일까? 왜 여기서는 아무도 그녀에게 대들지 못하는 것일까? P부인이 설명하길, 그건 아주 간단한 이유 때문이란다. 그녀로부터 상당한 식료품이 교도소로 들어오기 때문이라고. 누굴 위한 식료품이냐고? 물론 죄수들을 위한 것은 아니다. 왜 그녀는 다른 죄수들과 달리 일주일에 한 번씩 소포를 받을 수 있는 것일까? 어째서 그녀만이 신문을 가질 수 있는 것일까? 아까 그 두명의 처녀는 그녀와 한 패거리다. 하나는 1년 반을 교도소에서 지냈다는데, 왜 여길 오게 되었는지는 아무도 모르지만, 여기서 가까운 곳의 시장市長 딸이란다. 다른 하나는 3년 언도를 받은 여자인데 장사를 했었단다. 그녀는 식료품 구매권을 가지고 매매를 하였다. 그들 셋은 외양도 좋고 붉은 뺨에다가 살도 찌고 건강하다. 우리들은 창백하고 여위고 노쇠해 가고 있는 반면에. 그들은 감방을 함께 사용하고 있다. 아침저녁으로 환하게 불을 켤 수도 있고, 세수할 더운 물도 가질 수 있고, 매일 저녁 부엌에서 차가 들어 있는 주전자를 가져온다. 우리들한테 배당된 것을 훔친 마가린·버터·소시지 등 식료품도 한 상자나 갖고 있다. 교도소 행정관이나 교도관은 물론이거니와 죄수들도 모두 다 그 사실을 알고 있지만, 거기에 관해서 감히 얘기를 꺼

넬 사람은 없다. 나는 세상이란 못되고 어리석고 잔악하다고 이해
하는 것을 못 배우고 말 모양이다.

점심때는 좀 즐거웠다. 조금의 위로를 받을 수 있었다. 내가 재봉
실에서 돌아왔을 때, 아주 어린 아가씨가 눈에 띄었고 나는 보자마
자 그녀에게 매혹됐다. 그녀는 열일곱 살 먹은, 프랑스 아미앵 출
신이었는데 나는 곧 그녀와 얘길 주고받게 되었다. 그녀의 아버지
는 공산주의자였다. 독일이 북프랑스를 점령하자 독일인들은 그에
게서 그의 부인과 외딸인 쟈넷을 데려갔다. 아버지는 지크부르크
강제수용소로 끌려갔고 어머니는 행방불명된 채, 당시 아직 열다섯
살도 안 된 쟈넷은 2년 반의 형을 언도받아 그 후 이곳저곳 교도소
생활을 했다. 그녀는 남부독일에 있는 큰 교도소는 모두 다 알고
있다. 이제 며칠만 있으면 석방이 될 것이다. 그녀는 창백했지만
지금 막 처음으로 교도소에 들어온 것처럼 단정했다. 내가 그녀를
처음 보았을 때 그녀는 바느질을 계속하면서 혼자 울고 있었다. 내
가 프랑스어로 말을 걸자, 그 애는 눈물을 흘리면서 반가워했다.
그 애는 너무도 많을 걸 겪고 고통도 많이 당해 꿈이란 찾아볼 수
도 없는 그런 애였다. 우리는 오래 얘기를 했다. 곧 석방이 될 텐데
왜 우느냐고 물어보았더니, "아유, 그건 겉으로만 석방되는 거예
요"라고 대답했다. 외국인 보호수용소도 돌아다녀 봤는데 거기도
교도소와 별다를 게 없는 곳이라고 말했다. 나는 그녀에게 내 고향
주소를 가르쳐 주었고, 그 애는 그걸 아주 능란하고도 조심스럽게
바늘을 이용해 남이 알아볼 수 없는 글씨로 주머니 빗에다가 새겨
놓았다. K에게 내 옷을 몇 벌 달라고 하라고 일렀지만 그것도 오래
가질 수는 없을 거다. 그녀와의 대화가 내게 어느 정도 위로를 준
것임이 틀림없다. 그렇게 어린 사람이 자기 일을 당연하듯 용단勇斷
으로 처리하는 것을 보고 나의 절망이 부끄러워졌다.

1944년 10월 30일

오늘 새벽 4시에 공습경보가 울렸다. 우리는 어둠 속에서 옷을 입어야만 했다. 얼마 되지도 않는 물건과 침대보를 한데 묶게 하더니 우리를 1층으로 몰았다. 교도소에도 큰 방공호가 하나 있는데, 고용인들을 위한 것이었지만, 실제에 있어서는 몇몇 죄수들에게도 허용되는 것이었다. 나는 요리사 A가 그녀와 한 패거리인 두 처녀와 3년 반의 언도를 받은 사무소 사람 Z와 함께 고용인용 방공호로 사라지는 것을 보았다. 우리들은 긴 복도의 더러운 바닥에다 던져 놓은 침대보 보따리 위에 쪼그리고 앉아 있었다. 대문은 열려 있었지만, 우리들은 큰 철책을 친 문 안에 갇혀 버림을 받은 채 앉아 있었다. 만약 여기에 폭탄이 떨어진다면 우리는 죽고 말 것이다. 공기의 압력 때문에 저절로 열린다면 모를까, 아무도 우리에게 문을 열어 줄 사람은 없을 테니까. 경보 소리만 울려도 관리들은 정신을 잃고 이리저리 정신없이 뛰어다니면서 바보 같은 명령만을 쓸데없이 되뇌는 것이다. 우리는 지쳐서 마룻바닥 위에 웅크리고 앉은 채 추위에 떨었다. 우리는 어둠 속에 앉아 있었는데, 건너쪽 복도에서 희미한 불빛이 조금 새어나와 철책은 우리 위에 검은 그림자를 던지고 있었다.

멋진 영화 장면이었다. 그렇지만 우리가 참아내기에는 별로 멋질 것도 없는 것이었다. 나는 기침과 콧물이 나고, 신장腎臟에도 아픔을 느꼈다. 우리는 항상 번호가 적힌 인식표를 목에 매고 있었다. 내가 갈기갈기 찢긴 몸으로 어디엔가 쓰러져 있다 해도 번호를 보고서 알아 낼 수 있으리라! 나는 150번이다.

나는 다시 몇몇 사람들의 처지를 알게 되었다. 북프랑스 사람인 두 자매는 루벤스 그림에 나오는 사람들처럼 생겼다. 금발에 장밋빛 혈색으로 힘이 넘치고 활짝 핀 자매들인데 독일로 끌려왔다. 그들은 뮌헨의 어떤 병원에서 간호보조원으로 일하고 있었는데, 서부 전선이 점점 라인강 쪽으로 밀려오는 것을 알고서 어느 날 전선 쪽으로 떠났다. 그런데 묘하게도 서쪽으로 간다는 것이 동쪽 베르히데스가덴까지 오게 되었고, 거기서 그만 체포되었다. 그들은 벌써 6주일을 여기서 지냈는데 언제 풀려날지 알지 못하고 있다. 배고픔쯤은 그들에겐 그리 큰 문제가 아닌 것 같다. 헤어져 있는 게 더 괴로운 것 같았다. 그들은 물론, 같은 감방에 감금되어 있는 게 아니라 각기 혼자서 지내고 있었다. 내가 '물론'이라고 말한 것은, 여기선 감금의 고통을 더는 것이면 무엇이나 할 것 없이 의도적으로 저지당하고 있기 때문이다. 그들은 지금 즐거운 기분으로 서로 부둥켜 안고서 작은 목소리로 프랑스 유행가를 부르고 있다. 동생은 좀 얼뜨고 악의가 없이 보이지만 언니는 얄미울 정도로 약다. 그녀가 눈동자를 재빨리 돌리는 것으로 보아, 주위를 쉴새없이 관찰하고 그것을 마음속 깊이 기록해 두고 있음을 알 수 있었다. 그녀는 독일 사람을 멸시하고 있으며, 우리를 미워하는 것을 숨기려고 하지 않았다. 하지만 나에게는 공손히 대했다. 그녀는 프랑스 음악에 관해서도 꽤 잘 알았다. 또 독일문학도 프랑스어 번역으로 된 것을 많이 읽은 것 같다. 동생이 독일인을 믿는 눈치로 접근하려고 하면, 언니는 심한 꾸지람을 하곤 했다.

　다른 5명의 프랑스인과 벨기에인들도 같은 태도로 우리를 대했다. 뻔뻔스런 주먹코의 벨기에 여자는 자기 고용주를 "독일놈"이라고 불러 여기에 들어오게 되었다. 내가 그녀에게 왜 그랬는가 이유를 물었더니, "당신네들은 모두 다 똑같아" 하고 대답했다. 나는 태연히 "어째서 우리가 전부 독일놈이죠?" 하고 물었다. "너희들은 형편없는 것들이야. 거칠고 악의에 차 있고, 너희들은 모두 나치놈들이지 않아?"라고 대답했다. 그녀에게 내가 여기 들어오게 된 것은 나치가 아닌 까닭이라고 설명하자, 나를 믿을 수 없다는 듯 위에서 아래로 훑어보더니 기분 나쁘다는 듯이 고개를 돌렸다. 얼마나 무서운 범국민적 증오심이 그녀와 프랑스 사람들 속에 자리잡고 있는 것인가! 지난번 전쟁 이후 그렇게 애써 마련되었던 독·프 간의 민족 이해의 길이 무슨 소용이 있었단 말인가?

나는 어떤 젊은 여자 곁에 앉게 되었는데, 그 여자는 주저하지도 않고 별로 쓸데없는 농담에서부터 아주 위험스러운 정치에 관한 농담까지도 계속 해대었다. 그녀는, 자기는 두 러시아인과 정을 통했기 때문에 체포됐다는 것이다. 그녀의 아버지는 러시아인이고, 또 그녀도 러시안인에 대해 어느 정도 호의를 가지고 있다는 것이었다. 꽤 별난 사람으로 몸집이 작고 연약하지만, 지성적이며 속셈을 알 수 없어 뵈는데다가 위험스러운 인물이다. 내 생각에는 뭔가를 숨기고 있는 것 같다. 그녀는 심문을 받고 있는 중이다.

20세가 된 어떤 처녀는 아이를 죽인 죄로 여기 들어왔다. 그녀가 죽인 애는 벌써 두번째 아이로, 그 여자는 검은 머리에 검은 눈을 가졌고 퍽 예쁘게 생겼다. 왜 그런 짓을 했는지는 이해하기가 곤란하다. 그녀는 어떤 농부의 아들과 관계해서 애를 낳았다. 그 남자는 결혼을 해주지는 않았지만 아이는 자기가 맡고 여자에게는 돈으로 해결을 하기로 했다. 모든 게 그럭저럭 잘되어 나갔다. 그런데 아이를 낳을 때 그녀 혼자 있었다. 아이의 머리를 어찌나 오랫동안 침대 가장자리에다가 쳤던지, 아이는 결국 죽고 말았다. 왜 그랬느냐고 내가 물어보았더니, "나도 잘 모르겠어요" 하고 그녀는 대답을 했다. 그 대답이 거짓말 같지는 않다. 벌에 대한 두려움, 돈 걱정, 또는 그 아이의 아버지에 대한 증오감 때문에 그런 것 같지도 않다. 그녀는 조금 어리석기는 하지만 계산엔 밝아 보였다. 3일 후면 공판이 있을 예정이다.

여기엔 영아 살해범이 또 하나 있는데, 그녀는 3년 반의 언도를 받았다. 꽤 건강한 붉은 머리의 하녀로, 너무나 빨래를 많이 해서 거칠고 보기 흉한 손을 갖고 있었다. 그녀는 폴란드 사람과 관계를 갖고 있었는데, 그 아버지에 관한 것은 아직도 비밀로 남아 있는 채 애가 태어났다. 그래서 그녀의 주인이 애를 맡아 기르기로 했는데, 그러던 어느 날 그녀는 석 달 된 자기 아이를 질식시켜 죽여버리고 말았다. 무엇 때문에 그런 짓을 했을까? 어리석은 분노의 발작 때문에? 어쩌면 아기가 너무 많이 울어댔는지도 모르겠다. 또 갑자기 애가 짐스러웠는지도 알 수 없다. 인간은 그렇게도 잔인하고 끔찍한 행동을 저지를 잠재력을 갖고 있는 것이다. 벌은 가혹하지만, 그녀가 3년 반 동안을 컴컴한 감옥 속에서 빨래하고 깁는 일을 하며 지내고 나서 더 나은 사람이 될는지는 의심스럽다. 나는 재판관이 되고 싶지는 않다.

1944년 11월 1일

오늘은 만영절萬靈節이다.

어젯밤에는 큰 법석이 일어났었다. 별안간 공습경보가 울리고 전화의 벨소리가 요란했다. 그리고는 호각을 단 자동차의 경적 울리는 소리가 나더니, 얼마 뒤에는 시내 여기저기에서 총소리가 났다. 나는 러시아 군인 아니면 연합군이 오는 줄 알고 굉장히 흥분했었다. 자동차가 다시 지나갔다. 문이 열리고 닫히더니 조용해졌다. 아침에야 비로소 두 명의 폴란드인이 탈출을 시도했다는 것을 알았다. 한 명은 도망했지만 다른 사람은 총을 맞고 체포되었다고 한다. 아침부터 나는 탈출하고 싶어 미칠 것 같은 기분에 사로잡혀 있었다. 오전에 나는 P부인, M부인과 함께 빨래를 가지러 건조실에 갔었다. 우리들밖에 없었다. 나는 스팀 파이프 위로 기어 올라가서 창으로 밖을 내다보았다. 저 아래편에 안개 낀 도시가 보였다. 노란빛과 빨간빛의 활엽수림으로 덮인 언덕, 그 뒤의 산에는 벌써 눈이 수북이 쌓여 있었다. 나는 자유의 공기를 들이마셨다. P부인은 내가 뭘 생각하고 있는지 아마 눈치를 챈 모양이었다. 나를 마구 끌어내리더니 "큰일나요, 내려오세요. 일을 해야지요" 하고 말했다. 혼자 남게 되자 나는 다시 한 번 거기에 기어 올라가 보았다. 창문에서 1, 2미터쯤 밑에는 지붕에서 내려오는 홈통이 있었고, 홈통 옆에는 피뢰침이 세워져 있었으며, 그 강한 철사는 집의 담을 타고 마당으로 연결되어 있었다. 그리고 담 위로는 나무가 한 그루 비스듬히 서 있었다. 잘하면 그리로 해서 도망칠 수가 있을 것 같았다. 어리석은 생각이라는 것을 잘 알고 있지만 그 탈출 계획이 내 머리를 떠나지 않고 있다. 오늘 밤 나는 갑자기, K가 나를 구원해 줄 아무런 방책도 마련하지 못하고 있는 걸 원망하고 있다. 가령 그는 비행기를 한 대 빌려서 우리가 마당을 걸어다닐 시간에 날아와서 내가 재빨리 붙잡고 올라갈 밧줄을 내려보내 나를 데려갈 수도 있을 것이다. 나는 혼자 웃는다. 그게 바로 여기에서 자주 말하는 '교도소 정신병'이란 것일 게다. 여기선 사람이 아파서 의사한테 가면, "당신은 아픈 게 아니라 교도소 정신병에 걸려 있을 뿐이오" 하고 말한다. 그 말은 여기선 무식한 사람들도 자주 사용하는 단어였다.

오늘 점심때 또다시 공습경보가 울렸었다. 우리는 두 시간 동안을 차가운 아래층 마룻바닥에 앉아 있었다. 우리가 거기에 쪼그리고 앉아 있을 때, 밖으로 일하러 나갔던 남자들이 돌아와서 우리들 앞을 지나 자기네 감방으로 갔다. 그때 갑자기 임신부인 H부인이 나지막한 목소리로 외쳤다. 그녀는 그 죄수들 가운데서 애인 루시

엥을 발견한 것이다. 그들은 단 한 마디도 주고받지 못했다. 애인도 역시 체포당한 것이다.

오늘은 Sch부인이 감시를 하였다. 그녀는 신경질적이고 꽤 난폭한 성격을 갖고 있었다. 우리가 시끄럽게 굴자 우리를 보고 "이 볼셰비키들, 공산당 떼거리들, 러시아놈들 같으니. 아가리를 닥치지 않으면 혼내 주겠어" 하고 소리를 꽥 질렀다. 그녀는 아주 미움을 받고 있다. 나는 '대장장이'라고 불리는 10명의 여자들 곁에 앉게 되었는데, 그들은 군수공장에서 쇠붙이에다 글씨를 새기는 일을 하고 있었다. 그들은 누구보다도 반항적이었다. 그들의 말에 의하면, 밖에서 일할 때 Sch부인이 그들을 때린다는 것이다. 요 얼마 전에 그들은 무거운 쇠막대기를 가득 실은 마차를 산 위로 밀어 올리는 일을 했다. 기운이 없어서 잠깐 멈출 때도 있었는데, 그때마다 Sch부인은 주머니에서 쇠막대기를 꺼내 머리를 때리며 그들을 계속 몰아댔다는 것이다. 지나가던 사람들이 그 광경을 보고는 항의를 했는데 아직은 아무 일도 일어나지 않았다. 무슨 일이 일어난다면 그거야말로 정말 이상한 일일 것이다.

경보가 끝나기 직전에 키가 크고 깡마른 남자가 우리에게 왔다. 나는 그가 새로운 교도관이거나 무슨 기술직공인 줄 알았다. 그런데 알고 보니 그는 검사였다. 굉장히 기분 나쁜 목소리로 그는 "부탁이나 바라는 것이나 불만 있는 분은 앞으로 나오시오" 하고 소리를 질렀다. 대장장이 중에서 제일 나이 많은 브레멘 출신의 강직한 S부인이 일어서서 말했다. "교도관이 우리를 때려도 괜찮습니까?" 검사는 시큰둥한 얼굴을 했다. "그래?" 그는 무뚝뚝하게 말했다. S부인은 용기있게 "Sch부인이 우리를 때립니다. 여기 일곱 명의 증인이 있습니다"라고 말했다. 검사는 귀찮다는 듯이 "알았어, 알았어. 얘기 들었어" 하고 말했다. S부인이 얼굴을 잔뜩 찌푸리고 다시 "Sch부인이 우리를 보고 볼셰비키, 공산당, 러시아놈들이라고 불렀습니다. 그래도 괜찮습니까?" 하고 대들었다. 우리는 웃었다. 검사는 아니라는 몸짓을 하더니, "그런 시시한 일을 내가 알게 뭐요? 다음 사람!" 하고 말했다. 그러자 임신부인 H가 나와서 "저는 8개월째인데 계속 아파요. 의사에게 보내 달라 간청을 했습니다만 보내 주지를 않습니다" 하고 말했다. 거기에 대해 그는 "교도소 의사는 무엇 때문에 있는 거요? 그에게 한번 가 보시오" 하고 다음 사람으로 넘어갔다. H부인은 "그렇지만 그에게 갔더니 아무 이상도 없고 교도소 정신병이랍니다" 하고 말했다. 그러자 S부인이 덧붙여서 "배가 고파서 그런 겁니다. 만삭이 다 된 임신부가 어떻게 멀건 수프에 감자만 먹고 삽니까? 밖에서는 임신부에게 우유와 버터를 줍니다. 애기를 낳으면 히틀러에게 보상을 받습니다. 그런데 여기서는 임신부는 굶어 죽어야 한다는 말입니까?"라고 나서서 말했다. "입 좀 다무시오." 검사는 귀찮다는 듯이 말했다. "그렇지 않으면 체포하겠소." "체포 같은 것은 이제 무섭지도 않습니다" 하고 S부인이 말했다. 검사는 그 말을 못 들은 체 그냥 넘겨버리고 "자, 다음 사람?" 하고 말했다. 몸집이 크고 꽤 유식해 보이는 다른 여자가 나서서 말했다. "제가 여기 들어올 때에 보따리에 버터 한 파운드를 가져왔었습니다. 버터는 수하물계에 맡겨 놓았는데 벌써 2주일이나 됩니다. 나는 전쟁터에 나가 있는 아들에게 그걸 보내려고 했었습니다. 버터는 아마 상했을 거예요. 그걸 부엌에 가져다가 기름으로 녹여서 보내 주실 수는 없을까요?" 검사는 하품을 했다. 우리가 그를 지루하게 만든 모양이었다. "그건 누구를 시켜서 집으로 보내면 되지 않소?" "하지만 누구를 시킵니까?" 그녀는 화가 나서 소리질렀다. "그건 불가능합니다." "그렇다면 여기 부엌에서 사용하면 되지 않소?" "내 아들은 그걸 꼭 필요로 하고 있을 텐데요."

"당신은 지금 교도소에 있지 않소, 안 그렇소? 다음 사람." 몸집이 크고 유식해 보이는 여자가 나지막한 목소리로 말했다. "흥, 탄원을 해봤자 아무 소용도 없다는 내 말이 맞다는 게 다시 증명된 셈이죠." 그러자 검사는 그녀에게 좋지 못한, 그리고 상당히 불안스러워 보이는 눈초리를 보냈다. 심상치 않은 일이 있는 것 같아 보였다. 다음 번 경보가 울리면 그녀와 얘기를 좀 해봐야겠다. 검사는 "다음 사람?" 하고 또 소리쳤다. 뒤쪽 어둠침침한 곳에 서 있던 한 패 중에서, "얘긴 해 뭘 해? 검사놈도 마찬가진걸. 1년을 여기 있었지만 검사가 우리를 도와준 걸 한 번도 본적이 없지 않소?" 하고 말하는 소리가 들렸다. "괜히 한번 연극으로 그래 보는 거지, 뭘" 하는 소리도 들렸다. 검사는 얼굴이 벌개졌다. "누구냐?" 하고 소리를 질렀다. 그러나 아무도 나서는 자가 없었다. 150명이나 되는 사람들 중에서 얘기한 자를 찾아낸다는 것은 불가능한 일이었다. 그는 가기로 작정했다. 많은 사람들이 그의 뒤에다 욕설을 했다. 그가 가버리자 간수인 Sch부인이 왔다. "두고 보시오!" 하고 Sch부인이 소리를 질렀다. "당신네들한테 앙갚음을 할 때가 있을 테니. 교도관을 고발하면 어쩔거요? 흥! 한번 두고 보시오. 언젠가는……" 이라고 했다. "언젠가는이라니?" S부인도 한마디 했다. "아니, 아무 말도 안 했소." 우리는 낄낄 웃어댔다. Sch부인은 욕을 해대면서 물러가 안전한 창살 앞에 가서 서더니 소릴 질렀다. "다음 번 공습경보 때엔 당신들을 감방에다가 그대로 내버려 둘 테야! 당신네 같은 것들은 방공防空이 필요없어. 당신들은 걱정해 줄 필요가 없는 것들이야. 폭탄이 당신들같이 형편없는 것들을 처치해 버리거나 했으면 좋겠군." 나는 화가 나서 날뛰었지만 P부인이 붙잡았다. "그래 봐야 아무 소용없는 일입니다" 하고 그녀는 말했다. "성경에 씌어 있기를, 언젠가는 주님께서 내려오셔서……." 유감스럽게도 나는 그 성경구절을 기억하지 못하고 있다—그리고는 내 종이도 이제는 마지막이다. 새것을 마련해야겠다. 서랍 속에 들어 있는 포장지에다 써야겠다. 그 다음엔 죄수 명단을 적은 뒤지(밑씻개로 쓰는 종이 : 편집자 주) 뒷장과 모퉁이에 써야 할 게다.

1944년 11월 3일

어제부터 나는 독방에 있지 않고 다른 죄수 네 명과 함께 지내고 있다. 지금까지의 조용한 감방생활을 아쉬워 할 뿐이다. 다른 사람들과 함께 지낸다는 것은 한 가지 장점이 있긴 하다. 괴로운 시간에도 그렇게 외롭지가 않다는 것이다. 그 나머지는 모두 단점뿐이다. 옆 사람들이 잡담을 해대면 쉴 수도 없고, 또 네다섯 번씩 시끄럽게 용변 보러 가는 사람도 있으며, 설사를 하는 사람도 있고, 또 어떤 경우에는 도찰塗擦 염료 냄새를 풍길 때도 있다. 어떤 사람은 방의 창문을 열어 놓고 싶은데 다른 사람은 신경통 때문에 창문을 닫고 싶다는 등등이다. 이 큰 방은 내가 먼저 있었던 감방보다 더 춥다. 아직도 난방은 되어 있지 않다. 밖에는 벌써 눈이 쌓여 있는데. 올해는 예년과는 달리 일찍 추위가 왔다. 밤에는 너무 추워서 잠을 잘 수가 없다. 기침과 신장의 고통은 이루 말할 수가 없을 정도이다.

나와 함께 지내고 있는 사람들은 정말 별난 사람들이다. 마리아는 어제 여기에 들어왔는데 군수공장 H에서 온 투실투실하고 몸집이 작은 요리사이다. 그녀는 얘기를 조리 없이 늘어놓았는데, 무죄라는 것인지 유죄라는 것인지 도무지 알아들을 수가 없다. 아마 그녀는 수용소 부엌에서 식료품을 훔친 모양이다. 여기저기 그런 일들 천지다.

몸집이 큰 처녀인 레지는 그리스인 같은 체격과 얼굴을 가지고 있다. 우리에게 말을 하느라고 입을 열기만 하면, 우리는 그녀의 우매함에 놀라게 된다. 그녀의 눈은 무엇엔가 쫓기는 사람처럼 슬프게 보인다. 그녀는 벌써 두 명의 남자들로부터 두 명의 사생아를 낳았는데, 세번째 애를 지금 임신한 거나 아닌지 모르겠다. 그녀는 좋지 못한 일에 말려들었다. 그녀는 어떤 젊은이를 알게 되었는데 그는 군인이었다. 그 남자는, 자기는 휴가중이라고 말했다. 그들은 서로 급격히 사랑하게 되었고, 그는 매일 상당히 많은 양식을 가져다 주었다. 그들은 약혼도 했다. 6주쯤은 꽤 멋들어지게 살았다. 그런데 어느 날, 경찰이 신랑과 신부를 모두 붙잡으러 왔다. 알고 보니 그 젊은이는 탈영병으로 식량을 훔쳐다가 그녀에게 준 것이었다. 레지는, 자기는 전혀 알지 못하는 일이라고 주장했다. 그녀의 어리석음으로 미루어 보아 그건 믿을 만한 얘기다. 그녀는 옷을 입은 채로 간이침대에 누워서 그치지 않고 훌쩍였다. 손수건이 젖으면 그것을 세면대로 가져가 빨아서 그 위에 널어 말렸다. 그런데 그녀는 애인에 대해서는 조금도 슬퍼하지를 않았다. 그 남자에게 어떤 운명이 닥쳐올는지 그녀로서는 전혀 알지 못했던 것이다. 그녀는 그를 나쁘게만 생각했다. 자기에게 불행을 가져다 주었으니까. 그래서 그를 건달이라고, 개 같은 자식이라고, 사기꾼이라 부르고 그를 사랑했었던 것은 완전히 잊어버리고 있었다. 제일 걱정되는 일은 또 임신하지 않았나 하는 것뿐이었다.

세번째는 55세 된 H부인인데 오스트리아인으로 뚱뚱하고 머리는 붉은 블론드로 염색을 하고 있었다. 그녀는 어제 여기에 들어왔는데, 첫날 저녁에 나한테 자기 신세를 털어놓았다. 젊었을 때 그녀는 홀란드 어느 호텔의 하녀였고, 그 뒤엔 취리히에서 여급생활을 했는데, 얼마나 오랫동안 그런 생활을 했었는지 헤아릴 수 없을 정도이다. 그녀는 사생아를 둘 낳았는데 애의 아버지는 1차 세계대전 때 전사하고 말았다. 그래서 애를 혼자 길러야만 되었다. 사실 그녀는 그 일을 잘 해냈다. 그녀는 안마사 노릇도, 목욕탕 감독 노릇도 해 봤다. 그래서 큰 요양지는 모두 잘 알고 있었고, 사회 명사급도 많이 알고 있었다. 또 재미난 얘기도 많이 알고 있었고, 향수, 호기심, 스캔들, 부패 등의 세상사에 매우 밝았다. 물론 그런 세계는 자신이 들어가 보진 않았지만 고된 일 이외에도 꽤 많은 것을 체험했던 것이다. 그녀는 비록 목욕탕의 여자나 하녀의 눈으로 보기는 했지만, 그러한 세계의 일면을 밑바닥까지 철저하게 보았다. 그 세계는 결코 아름다운 세계는 아니었지만, 그녀의 얘기는 우리를 즐겁게 해주었다. 그녀가 마리 폰 에브너 에쉔바하를 빈에서 마사지 해줬다는 사실에 나는 특히 흥미가 있었다. 부귀와 영화와 나태의 그 세계에 관한 얘기는 어젯밤 우리를 환상의 세계로 이끌어 갔다. 그래서 우리는 쇠꼬리수프, 으깬 감자와 구즈베리 젤리가 든 노루 등심, 오믈렛과 스플레와 그 음식에 따라서 마실 포도주 종류 등의 메뉴를 상상해 보았다. H부인이 이런 걸 잘 알고 있다. 어제 저녁에 먹은 그 멀건 수프는 눌러붙어서 거의 못 먹을 형편이었다. 우리는 굉장히 배가 고팠다.

H부인은 '정치범'이었다. 그런데 그녀의 범죄란 사실 우스꽝스러운 것이었고, 그녀의 정치적 태도도 정말로 의심스러운 것이었다. 그녀는 잘츠부르크 출신의 오래된 '지하당원'이었고, 오스트리아의 나치 전위대원이었다. 그 때문에 1938년 이전에 벌써 4개월을 호엔잘츠부르크 구치소에 감금되기도 하였다. 그녀의 아들은 교사였을 뿐만 아니라 당黨의 중요한 간부인 모양이다. 요즘에는 노르웨이에 간 아들로부터 소식이 없는 모양이었다. 그녀가 이번에 기소된 이유는 라디오 방송을 도청했기 때문이다. 그녀는 못된 자기 이웃사

람들에 관한 길고도 복잡한 얘기를 해주었는데, 그들은 어떻게 해서라도 그녀를 집에서 쫓아내려고 쉴새없이 미행을 하고, 끝내는 그녀가 스위스 방송을 몰래 들었다고 고발해 버린 것이다. 그녀는 신경통에다가 심한 심장병을 앓고 있었다. 그래서 체포되자 구금이 되어도 괜찮은지를 그녀가 속해 있는 공의公醫한테 진찰해 보았다. 그랬더니 의사는 "잠정적인 구금은 가능함"이라는 진단서를 써 보냈다. 이곳에서의 경험에 의하면, 그런 점을 고려해 주리라는 것은 의심스러운 일이 아닐 수 없다.

여기서 제일 재미있는 사람은 역시 롯테 Sch이다. 그녀는 33살이고 몸매는 아주 균형이 잘 잡히어 있고 스포티한데 굉장히 말랐다. 얼굴은 길지만 멋있고 영리해 보인다. 본래는 갈색 피부였으나 본데 지금은 병자처럼 창백해 보인다. 그녀는 지금까지 두 달 동안을 독방에서 짚신을 꿰맸다. 그것은 상당히 힘든 일로 거센 손을 필요로 했다. 엊저녁에 그녀는 우리한테 한 마디도 하지 않았다. 큰 걸음걸이로 방을 이리저리 돌아다니자 H부인이 결국엔 제발 그만둬 달라고 간청하기에 이르렀다. 그러자 단숨에 책상 위로 뛰어 올라가 (여기엔 꽤 그럴듯한 책상이 하나 있다) 〈아이다〉 중에서 암네리스의 아리아를 노래했다. 굉장히 멋진 알토였다. 우리는 교도관이 그 소리를 듣지나 않을까 걱정을 하면서도 압도당한 채 귀를 기울이고 들었다. 노래를 부르는 것은 엄중히 금지되어 있기 때문이다. 우리들에게 아주 작은 위로라도 되는 것은 모두 금지되고 있다. 우리는 롯테의 침대 위로 모였다. 그녀는 '파리의 지붕 밑', '나는 머리끝부터 발끝까지 사랑에 빠졌네', '리리 마르렌', '모든 건 사라져버리네' 등의 유행가를 차례차례 불렀다. 그리고 갑자기 벌떡 일어서더니 스텝을 밟기 시작했다. 그녀는 춤을 출 줄 알았다. 그때까지 울면서 침대에 누워 있던 레지도 갑자기 벌떡 일어나 춤을 추었다.

두 사람은 왈츠, 탱고, 또 뭔지 알 수 없는 환상적인 춤을 계속 추었는데, 롯테는 정말 멋지게 휘파람까지 불어대는 것이었다. 아주 묘하고 거친 기분이 우리를 사로잡았다. 나는 H부인과 짝을 지어 춤을 추었는데, 그녀는 정말이지 전전세대戰前世代의 오스트리아 사람들에게서만 볼 수 있는 '정신을 잃을' 정도의 멋진 춤을 추었다. 그러는 동안 우리들 중의 한 사람은 감방문 앞에서 망을 봤고 그래서 우리는 전혀 방해를 받지 않았다. 어두워지자 롯테는 갑자기 내 침대로 왔다. "괜찮죠? 난 추워 죽을 지경이에요"라고 말하며 내 곁에 누웠다. 나는 조금 옆으로 비켜 누우면서 기다리는 자세를 취했다. 아무 일도 없자 우리는 얘기를 시작했다. 그 얘기의 대부분은 연결이 되지 않는 터무니없는 얘기였지만, 골자는 의심할 바 없는 사실이었다. 정말이지 슬픈 사연이었다.

롯테는 뮌헨의 어느 가난한 고용인의 딸이었다. 그녀는 대학에서 공부를 하고 싶었지만 그럴 만한 돈이 없었다. 그래서 책을 읽기 시작했다. 파우스트와 짜라투스트라를 읽었고, 멘델의 유전법칙과 모든 자연과학에 관한 책도 읽었다. 지식에 목말랐고, 또 똑똑했던 까닭에 그녀는 많은 것을 배웠다. 하지만 정신 분야에 대해서는 아는 게 없었기 때문에, 대부분은 소화가 안 된 채로 서로 조화를 이루지 못한 것이었다. 나중에는 노래 공부를 시작했다. 후원자들도 있었던 모양으로 뮌헨 국립극장의 합창단원도 되었다. 그런데 어느 날, 갑자기 독립하고 싶은 생각이 들었다. 그래서 춤추는 것을 열심히 배워서는 잘 알려지지 않은 몇몇 사람들과 함께 일종의 버라이어티 쇼를 만들어 보았다. 그러나 그것은 금세 망해 버리고 말았다. 그래서 또 글라이더 비행 코스에 들어갔고, 그 코스가 끝나게 되면서 선생으로 취직이 되었다. 여기까지는 모든 것이 어느 정도 순조로웠는데 갑자기 큰 변화가 생겼다. 그녀는 그때 무엇인가 통

절痛切한 것, 충격적인 것을 체험한 것이다. 그것에 대해서는 꽤 암시적으로 복잡하게, 비밀스럽게만 얘기했다. 그런데 사실 그녀는 살고 싶지가 않았다는 것이다. 그래서 직업을 상당히 여러 번 바꾸었다. 양복 재단소의 견습공으로, 마네킹으로, 바바리아 영화사에서 엑스트라로, 여비서로 안 해 본 직업이란 거의 없다. 마지막엔 재단사 노릇도 했고 이곳저곳으로 옮겨다니며 바느질 일도 했다. 그렇지만 그 일을 계속하기가 싫었다. 그래서 옷감을 재단하다가 슬쩍 도망쳤다. 며칠 동안 킴제 호숫가 햇볕에 누워 무슨 일이 일어날 것을 기대하고 있었다. 결국 일이 일어났는데, 그녀는 사기꾼으로 체포된 것이다. 그러나 그녀의 생에 파멸이 온 것은 훨씬 이전의 일이었다. 6년 전에 벌써 그녀는 정신분열의 발작을 경험했던 것이다. 사람들이 그녀를 정신병원에 보냈으나 너무도 가난했던 탓으로 병원은 그녀를 실험대상으로 이용했다. 이 시기에 관해서 얘기할 때 그녀는 증오심에 가득 차 있었다. 어떤 교수는 자궁에 결핵균을 주사함으로써 정신병이 유발한다는 것을 증명해 보고자 했다. 그녀를 이 목적의 실험대상으로 삼은 것이다. 그 외에도 알 수 없는 이유로 그녀의 척추를 여러 번 침으로 찔러 결국 그녀를 미치게 하고 말았다. 나중엔 그녀를 가스로 죽이려고까지 했는데 간신히 피해 나왔다는 것이다. 그녀의 얘기 중에서 반만이 사실이라고 할지라도 거기엔 뭔가 중대한 의미가 있다는 생각이 들었다. 얼마나 무서운 일들이 정신병원에서 일어나고 있는가를 나는 잘 알고 있다—롯테가 정말 불쌍했다. 그녀는 히스테리컬하고 예측할 수 없고 싸움하기를 좋아하지만, 누군가가 자기를 돌봐주었다면 자기도 뭔가 할 수 있었을 것이라고 말하는 데 수긍이 간다. 우리가 각자의 잠자리로 들어갔을 때는 벌써 한밤중이었다.

1944년 11월 5일

어제 변호사가 또 왔다 갔다. 오랜만이었지만 별로 새로운 것을 가져온 것은 아니었다. 내 서류는 뮌헨 비밀경찰에 가 있는데, 다시 돌아올 때까지는 2, 3주일이 걸릴 거라는 얘기다. 나는 화가 치밀었다. 그래서 그에게 왜 사건을 빨리 처리해 주지 못하고 그냥 내버려 두고 있느냐고 불평했다. 그랬더니 그는 나더러 다른 변호사를 구하라고 소리를 질렀다. 나는 "좋습니다. 그래 보죠" 하고 말했다. 내가 문 밖으로 나가기도 전에 그는 나를 부르더니, 자기는 요즘 꿈속에서조차 아무리 소리치고 걸어 보려고 해도 그럴 수 없는 사람이 된 듯한 기분이라고 탄식했다. 제3제국에 있어서의 그러한 마비와 무기력의 감정은 참을 수 없는 것이며, 정치범들의 운명은 무엇보다도 자기 가슴속에 맺혀 있지만, 일반적으로 그들을 위해서 아무 일도 해줄 도리가 없다는 것이다. 그리고는 결국 나한테 비밀경찰 중위中尉 R과 얘기해 볼 기회를 만들어 주겠다고 약속했다. 아마도 그것은 효과가 있을 것이다. 여기서는 구원이나 일의 추진이나 또는 간단한 변화를 위해서라면 무엇이든 간에 매달리게 된다.

나는 다른 5명과 함께 6시 반 조금 전에 불려 갔다. 우리는 얼음 바닥처럼 차갑고 바람이 스며드는 5층 마룻바닥에서 변호사가 남자 죄수들과 상담을 마칠 때까지 기다려야 했다. 그들은 철책 뒤에서 기다리며 서 있었다. 교도관 한 명이 우리를 지켜보면서 남자 죄수와 한 마디 말도, 한 번의 눈길도 주고받지 못하도록 왔다 갔다 하고 있었다. 죄수 중에는 몸집이 크고 자아의식이 강해 보이는 사람이 하나 있었다. 그는 친위대 소령으로 어떤 정치적 범죄를 범했다고 브레멘 출신인 S부인이 속삭여 주었다. 무슨 죄인지 잘 알 수가 없단다. 그는 변호사한테 상당히 오래 머물러 있었다. 시계가 일곱 점을 치고 15분이 지났는데도 그는 끝나질 않았다. 우리는 얼어서 덜덜 떨었다. 교도관은 불을 쬐러 사무실로 들어갔다. 그 안에서는 굵은 나무토막이 요란한 소리를 내면서 타고 있었다. 부엌에 있는 여자들은 김이 무럭무럭 나는 찻주전자를 손에 들고 지나갔다. 나는 너무 추워서 죽을 지경이었다. S부인과 나는 서로 따뜻하도록 창살 곁에 있는 움푹 팬 곳으로 가서 쪼그리고 앉아 있었다.

거기서 기다리고 있는 남자 죄수 중의 하나가 얘기를 꺼냈다. 그는 R에서 정치범으로 체포되어 온 다섯 사람 중의 우두머리였다. 그들은 '좌익'인 것 같았는데, 특히 키가 큰 그는 나치에 대한 증오심을 감추려고 하지 않았다. 그는 다른 사람들과 함께 히틀러가 우리에게서 모든 것을 차례차례 — 기름·계란·설탕·밀가루·접시까지도 빼앗아간 것에 대해 감사한다는 '식탁 기도문'을 썼다. 그 기도엔 우리들에 대한 히틀러의 사랑에 무엇보다 감사한다는(내가 그 문구를 그대로 기억하지 못하는 게 유감이다) — 후렴도 있다. 그것은 냉혹하고 반항적인 것이었다. 이 기도를 그는 종이에 써 가지고 우편함에 넣었다. 그러다 발각이 된 것이다. 그 일 외에도 그가 말하지 않은 뭔가 숨겨진 일이 또 있는 것처럼 보였는데, 자기들 사건은 베를린 인민재판소에서 반역죄로 판결이 날 것이고, 자기는 틀림없이 교수형을 당하게 될 것이라고 내게 그 흉내를 내보였다. 그러고는 다음 순간 계속해서 정치에 관한 비판적인 농담을 시작했는데, 교도관이 돌아오는 바람에 유감스럽게 끝까지 듣질 못했다. 교도관은 우릴 구석으로 몰더니 남자 죄수들로부터 10미터쯤 떨어진 곳에서 "더러운 년들, 남자들과 시시덕거리긴 잘하는군. 그쪽으론 쳐다보지도 마! 교도소에 와서까지 그 꼴들이라니. 너희에겐 다카우 강제수용소가 제일 알맞지" 하고 욕을 했다. 나는 그를 증오의 눈길로 바라보았다. 그는 갑자기 나한테도 욕설을 퍼붓기 시작했다. 결국 우리는 모두 얼굴을 벽 쪽으로 돌리고 서 있어야만 했다. 우리 몸은 점점 더 얼음처럼 굳어지는 것 같았다. 교도관은 추위를 더 이상 참지 못하겠는지 따뜻한 방으로 들어가버렸다.

드디어 친위대 소령이었던 자가 끝났다. 키가 큰 그 남자는 그래도 서두른 모양이다. 우리들을 위해서는 시간이 몇 분밖에 남지 않았다. 마지막으로 H가 들어가자 변호사는 "뭣 때문에 또 왔소? 당신을 위해 내가 할 수 있는 일은 아무것도 없는데"라고 으르렁댔다. 우리들 모두가 끝났을 때는 거의 9시가 다 되었다. 변호사는 갔다. 교도관은 남자들을 감방으로 데리고 가버렸다. 작은 램프에 있던 불마저 꺼져 빛이라곤 없었다. "곧 Sch양이 와서 당신들을 감방으로 데리고 갈 거요"라고 고등행정관이 와서 말하곤는 가버렸다. 우리는 몸이 얼고 지친 채 가끔 기침을 하면서 기다렸다. 드디어 보조 교도관인 B양이 왔다. "알아요, 곧 올께요"라고 황급히 지나가면서 말하더니 그녀마저 사무실로 사라져버렸다. 우리는 요란한 웃음소리와 장작이 바작바작 타는 소리를 들었다. 우리가 감방으로 간 것은 9시가 훨씬 지나서였다.

그러는 동안 나는 몇 년을 두고 느껴왔던 것을 뼈저리게 체험하였다. 그것은 세상의 냉정함, 무관심과 야비함이었다. 지금 나는 침대에 누워 있다. 그리고 가슴을 찌르는 듯한 고통과 설사, 기침, 콧물로 죽을 지경이다. 감방은 춥고 점심으로 차茶 외에 먹은 게 없다. 그것은 약초차가 아니라 형편없는 풀잎차였다. 아무것도 안 먹는 게 설사엔 상책이라고 하지만, 배고픔이란 설사보다 더 괴롭다. 그러나 오랜만에 혼자 있게 되었다는 것은 기쁜 일이다.

지금 막 탈영병의 신부新婦였던 레지가 왔다. 그녀는 일하는 동안 몸이 좋질 않아서 돌아왔다. 그녀는 소리 없이 울면서 양동이 쪽으로 비틀대며 왔다 갔다 하면서 토하고 있는데, 또 임신했을까 봐 걱정스러운 것 같았다. 정말 불쌍하다. 그녀는 틀림없이 중重한 벌을 받게 될 것이다. 사랑과 어리석음 때문이긴 하지만. 그녀는 사랑했거나 아니면 사랑한다고 속인 그 남자와의 사랑에 빠진 것이다. 정말 줏대 없고 관능적이고 걷잡을 수 없이 헌신적인 데가 있다. 이미 사랑에 깊이 빠진 뒤에야 애인이 도망병이란 것을 알았다. 무엇 때문에 그녀가 벌을 받아야 하는가? 그녀의 우매함과 또 사랑 때문에. 그녀에겐 체면은 아무것도 아니고 단지 사랑만이 있을 뿐이었던 까닭에.

나 자신, 전에는 다른 사람들을 얼마나 경박하게 잘못 판단했던가? 이제 나는 인간은 누구나 모두 그물에 걸려 있다는 것을 알게 되었다. 어떤 사람에게는 그것이 곤궁이라고 불리는 그물일 수도 있고, 또 어떤 사람에겐 감동·정열, 또 다른 사람에게는 경솔·오류일 수도 있다. 많은 범죄들이 재판관보다는 정신과 의사에게 가야 할 상태 속에서 행해진다는 것이다. 사회질서가 좀더 사회적이 되고, 소유와 안정에 대한 과대평가가 이 세상에서 없어질 수만 있다면 틀림없이 많은 범죄가 줄어들 것이다.

오늘날 이런 모든 범죄들이 구속, 4주 내지 8주 혹은 12주간의 경찰서 구금에서 교도소·강제수용소행으로 다뤄지고 있다. 감금된 동안 체포된 자들로 하여금 자신의 범죄나 열등감, 그 죄로 인한 바깥 세상과의 차단 상태를 철저하고도 적나라하게 느끼게끔 만들어 준다. 짧은 동안의 구금생활로 인해 범죄자의 자의식이나 도덕적 행위에는 별로 심각한 변화가 오지 않는다. 하지만 이곳 교도소의 긴 감금생활은 그들을 비도덕적으로 만든다. 즉 되어야 할 인간이 되지 못하고 정반대의 인간이 되는 것이다. 한번 사회로부터 추방당한 인간들은 자기 스스로를 배격하게 된다. 책임에 대해서도 잊어버리게 되며, 또 사실 여기선 아무런 책임도 갖고 있지를 않지만, 또 갖고자 하지도 않는다. 여기서는 압박자에 대한 야비한 증오심을 배우고, 위선자가 되고, 또 어쩔 수 없을 경우 훔치는 것까지도 배우는 것이다. 간악한 복수심을 갖게 되고, 자질구레한 복수의 방법을 연구해 내며, 점점 인간의 위엄에 대한 의식을 잃게 되고, 구타당한 간악하고도 비굴하고 둔한 동물이 되고 만다. 여기서 인간으로 남아 있기 위해선 상당히 많은 정신적인 예비지식을 가지고 있어야 할 것이다. 교도소에 와서야 비로소 인간은 자기의 나쁜 본능을 알게 되는 것 같다. 나는 스스로에게서도 그것을 관찰하게 되었다. 내 생각은 주로 먹는 것, 사소한 일, 편안한 것, 예를 들면 문이 열린 감방에서 얼어 죽을 지경으로 쪼그리고 앉아 있을 때 침대 이불을 하나 더 바라는 것 등의 편안한 것으로만 관심이 쏠리게 된다. 나는 교도관을 미워한다. 그녀가 내 앞을 지날 때는 층계 위에서 떠밀어버리고 싶은 강한 충동을 느낀다. 나는 반항적이고 음울하며 증오심이 많고 분별력이 없어졌다. 나는 오늘 내 딱딱한 침대 깔개를 레지의 부드러운 것과 바꾸었다. 아무도 보지 못했다.

구치소와 교도소를 없애버리는 게 수천 배 더 낫지 않을까? 이 세상에서 추방되어야 할 몇몇 종류의 범죄자도 있다. 즉 개선시킬 수 없는 반사회적인 요소들 말이다. 그 나머지 것들은 개인이나 사회에 피해를 끼치기 때문에 일어나는 것인데, 돈이나 사회를 위한 노동을 통해서 그 피해를 보상할 수 있는 것들이다. 교도소 대신, 수감자들이 비교적 자유롭고 인간적이고 결코 부당함이나 굴욕을 느끼지 않을 방법으로 취급받고, 또 사회를 위해 중대한, 다시 죄값을 보상할 수 있는 일을 하려는 의식을 일으키게 해주는 그런 노동수용소로 바꾸는 것이 수천 배 더 낫지 않을까? 인간은 굴욕이나 박해로 개선되는 게 아니다. 교육을 통해서 자아의식을 고양시키고 능력을 올바른 방향으로 전환케 함으로써 개선될 수 있다. 언제 인류는 그것을 이해하게 될 것인가?

1944년 11월 6일

　나는 아직 침대에 누워 있다. 그 동안 우리 방에 변화가 생겼다. 작고 투실투실한 요리사가 M공장으로 바깥 노동을 나가게 되었고, 대신 마리아 H가 들어왔는데 그녀는 우리에게 자기를 마리헨이라고 불러 달라고 했다. 마리헨은 옛날식의 선량한 하녀였는데, 오스트리아에서 하녀 노릇을 했었다. 그러나 에로틱한 면에서 꽤 경박한 여자인 것 같았다. 그녀는 결혼을 했는데, 남편은 친위대원으로 전쟁터 어딘가에 가 있다. 그 동안 그녀는 어떤 프랑스 남자와 관계를 가졌다. 그녀가 굉장히 흥분해 있는 걸로 봐서 그것만이 체포 이유는 아닌 것 같았으나, 그녀는 더 이상 입을 열려고 하지 않았다. 그녀는 정신 없이 울다가 웃다가 하며 히스테리컬한데, 남자라면 사족을 못 썼다. 오후 동안 난 그녀의 신경질적인 웃음과 울음 사이에서 단편적으로 암시적인, 또 모순된 애기이긴 하지만 꽤 많은 것을 알아냈다. 알고 보니 그녀는 프랑스 남자의 아이를 가져서 유산시킬 방도를 알아보러 의사한테 갔다는 것이다. 너무 서둘러 일찍 갔기 때문에 의사가 임신을 확인할 수도 없는 형편이었다. 몸이 불편하고 또 주기週期가 일정치 않다고 의사한테 애길 늘어놓음으로써 의사를 설득시키려 했던 것이다. 그래서 결국 약을 얻긴 했는데 효과가 없었다. 친구를 만났는데, 그 친구는 곧 유산할 방도를 알려 주었다. 그런 지 얼마 안 돼서 그에 대한 소문이 의사 귀에 들어가게 되었다. 그는 마리헨을 고발했는데, 그건 자기 자신을 방어하려는 목적이었다. 왜냐하면 그가 그녀에게 약을 준 것이 그녀의 수다와 경망스러움으로 탄로났기 때문이다. 그래서 그녀는 결국

이중의 죄목으로 고발당했다. 유산은 제3제국에서는 엄하게 벌을
받았다. 마리헨은 내게 자신의 과거도 얘기했다. 나치 상사였던 남
편은 자주 자기를 때렸고, 한 번은 독살하려고까지 했다. 휴가 왔
던 어느 날, 남편은 자기에게 애인이 있는데 그녀는 임신중이며 자
기는 그 여자와 헤어질 생각이 없다고 얘기했다. 그래서 마리헨이
남편에게 마구 욕설을 퍼붓자 남편은 그녀를 때리고는 집을 나가버
렸다. 그녀는 남편을 따라나섰다. 작센 지방의 어느 보잘것없는 도
시에서 그녀는 남편과 그의 애인을 찾아냈다. 마리헨이 어떻게 해
서 남편을 자기와 함께 여관에서 지내도록 마음을 움직였는지는 알
수가 없지만, 아무튼 남편은 다정해져서 어느 날은 그녀의 침대로
맥주를 가져다 주게까지 되었다. 그리고 그녀는 잠이 들었다. 그녀
가 깨어 보니 자기 혼자뿐이었는데 굉장히 고통스러웠다. 의사는
독살혐의를 밝혔다. 남편이 다시 돌아왔을 때―그는 벌써 그날 밤
의 자기 거취에 대한 알리바이를 만들어 놓고 있었다―그녀는 남
편을 고발하는지는 않았지만, 고발을 하겠다고 협박했다. 그래서 얼
마 동안은 잠잠했다. 그런데 '저주받을 사건'이 일어났다. 그녀는
남편에 대해서 치를 떨었다. 그녀가 체포된 것은 다음과 같았다.

어느 날, 그녀가 빨래를 하고 있는데 경찰이 왔다. 그리고는 일하
던 옷을 입은 채로, 나막신을 신은 그대로 그녀를 데리고 갔다. 필
요한 물건도 못 가지고 가게 했으며, 집에 혼자 있는 어린 딸에게
작별인사마저 못하게 하였다. 애원도 하고 눈물로 간청도 했지만,
경찰관은 따귀를 때리며 그녀를 "프랑스놈과 상대한 년, 창녀, 돼
지 같은 년"이라고 불렀다.

그녀 얘기를 들으니까, 내가 체포되어 올 때의 기억이 생생하게
되살아났다. 내 경우는 그녀보다는 덜 야비하긴 했지만 굉장히 위
험스런 경우였다. 그 얘길 나는 1945년 여름에야 첨부했다. 1944년

10월 12일에 K는 잘츠부르크로 가고 없었다. 아침 7시 반쯤에 헌병한 명이 나타나더니, 나에게 심문할 것이 있으니 마을로 가자고 했다. 그 이상은 말하려 하질 않았다. 나는 좀 흥분했지만 전혀 아무것도 눈치채지 못했다. 아이들에게 작별을 고할 때 내 가슴은 돌덩이처럼 무거웠으며 심상치 않은 일이 일어나리란 것을 짐작했다. 여관에서 나는 두 명의 경관에게 심문을 받았다. 고소문은 4페이지나 되었다. 그것은 일종의 정치적 성격의 고발이었다. 고소문에는 내가 러시아 포로에게 담배를 주었으며, 히틀러를 정신이상자 또 전쟁 범죄자라고 불렀고, 어쩌다가 히틀러가 정권을 쥐게 되었다 해도 독일은 언젠가는 다시 판단력을 찾게 되어 나치는 자본주의 국수주의와 함께 멸망해 버릴 것이라고 굳게 믿고 또 얘기했다는 것이다.(그 얘기들은 내가 웃고 나서 지나칠 단순하기 그지없는 말들이긴 하지만, 내가 알고 있었던 상당히 위험스러운 사실들이 왜곡되어 적혀 있었다.) 패배주의니 반역이니 하는 무서운 고발까지 적혀 있었다. 내가 전쟁 반대 선동을 했다는 것이다. 8시부터 시작된 이 심문은 오후 2시까지 계속됐다. 나는 꽤 분별력을 가지고 있었고 내 머릿속은 말짱했다. 그리고 태연할 수 있었다. 심문이 시작되자마자 나는 시계 바늘 같은 기계 속으로 끌려들어가는 듯한 느낌이었다. 나는 내가 당황하지 않도록, 또 내가 처한 위치를 너무 경시하지도 않게끔 하며 무고한 사람에게 폐를 끼치지 않으려고 모든 어려운 질문을 묘하게 피해 나갔고, 내 얘기에도 모순이 없도록 잘 빠져나갔다. 나는 여러 번 내 자신의 상태와 이 모든 정치 상태를 생각해 보고는 '물론이에요, 이 멍텅구리 같은 작자들. 그 얘길 모두 내가 했죠. 그 뿐인 줄 알아요? 더 이상의 것을 말하기도 했죠. 날 체포하세요! 난 당신네들을 증오하고 있고, 여기서 내게 유리하도록 해주는 말들을 증오하고 있어요!' 라고 소리치고 싶었다. 그럴 때마다

나는 또다시 '놈들이 날 처형하면 몇 달만 있으면 전쟁이 끝나. 이
제 와서 희생자가 된다는 것은 어리석은 짓이지. 아냐, 난 살아야
해. 죽는 것보다는 해야 할 일이 너무 많아. 살아서 뭔가 일을 해야
지' 하고 생각했다. 그래서 나는 더 냉정하게 계속 부인했다. 심문
은 2시까지 계속되었는데, 경관 한 사람이 관구管區 지도관에게 전
화를 걸러 나갔다. 그러는 동안 나는 우편물을 가지러 가야겠다고
말했더니, 나더러 여길 떠나서는 안 된다고 했다. 5분쯤 지나서 헌
병이 다시 오더니 나에게 말했다. "당신은 체포되었소." 그 순간 나
는 거의 기절할 정도로 놀랐지만, 곧 정신을 차리고 한 번만 집에
가게 해달라고 간청했다.

　두 명의 경관이 호위한 채 나는 집으로 돌아왔다. 얼마간 혼자 있
을 수 있었다. 그 두 명의 경관은 정말 점잖은 사람들이었다. 나는
급히 혐의가 갈 만한 편지, 팸플릿, 책, 원고지를 치우고 상당히 많
은 편지를 불 속에 던져버렸다. 그것들은 꽤 중요한 것들이어서 아
깝긴 했지만, 너무나 짐이 되는 것들이었다. 또 다른 것은 소파 스
프링 밑에 감춰버렸다. 비밀경찰이 우리 집을 수색하리라는 것은
뻔한 일이었다. 그러고 나서는 식사를 하고, 그 동안 아이들을 돌
봐주던 L이 훌쩍이는 것을 위로하고, 아무것도 모르는 아이들과 놀
아주기도 하고, 경관 중의 한 사람과 얘길 주고받기도 했다. 또 다
른 경관은 혼자서 일을 하고 있었다. 그날 오후는 고통스런 가운데
지나갔다. 드디어 기차를 타러 갈 시간이 됐다. 나는 애들을 아주
머니에게 맡기고 필요한 지시를 한 후에 호위를 받으면서 역으로
갔다.

　열차가 왔다. K가 내렸다. 나는 곧 그를 기차에 데리고 올라가
그에게 급히 필요한 지시사항을 일러주고, 내가 심문당했다는 것을
얘기하고, 내가 대답했던 말들을 그대로 일러주었다. 5분 뒤엔 그

도 모든 것을 이해하게 되었다. 다음 역인 F에서 내렸다. 9시에 헌병대에 도착했다. K도 고발당했기 때문에 그도 함께 심문받았다. 그러나 그의 죄는 나보다 가벼워서 그는 곧 석방되었다. 내 마음은 큰 돌덩이에라도 눌린 듯 무거웠다. 10시가 되니 헌병이 날 구치소로 데려갔다. 그곳은 짚으로 만든 간이침대와 더러운 이불밖에 없는 지하실 비슷한 곳이었는데, 불빛이라고는 하나도 없고 굉장히 추웠다. 무거운 창살을 한 창문엔 유리창이 깨져서 차가운 바람이 들어오고 바닥과 벽은 이루 말할 수 없이 더러웠다. 여기저기에 담배꽁초, 종이쪽지, 더러운 얼룩, 쓰레기들이 널려 있었다. 동정심이 있는 헌병이 나에게 초 토막을 주었다. K는 나를 포옹했다. "기가 꺾이면 안 돼" 하고 말했다. 그리고는 내게 마지막 시선을 보내고 있는데 문이 닫혔다. 사슬과 자물쇠가 요란스런 소리를 냈다. 나는 이제 갇힌 것이다. 나는 이불로 몸을 감고는 담배 한 대를 피우고 내 처지를 생각해 보았다. 그러다가 지쳐 잠이 들었다. 깨어보니 아침이었다. 하룻밤을 아주 깊이, 편안히 잔 것이다. 경관은 내게 세숫물과 빵 한 조각을 갖다 주고는 날 역으로 데려갔다. K는 K역에서 또 탔다. 헌병은 이번에도 참 잘해 줬다. 그는 K를 나와 단 둘이만 있게 해주고는 자기는 옆칸으로 가 있었다. 우리는 다시 한 번 모든 사태에 대해 얘길 주고받았고, 내 죄를 가볍게 해줄 대답과 K가 할 수 있는 모든 것을 생각해 보았다. 10시에 우리는 트라운슈타인에 도착했고 거기서 처음으로 헌병과 함께 식사를 했다. 이윽고 나는 이제 교도소에 갈 준비가 됐다고 말했다. 언젠가는 가야될 곳이다. K와 헌병은 날 그리로 데려갔다. 그리고 K는 갔다. 나는 수용소 사무실 창문 밖으로 그에게 다시 한 번 손짓을 했다. 그리고 나서 철문이 닫혔다.

　그들은 날 돌보지도 않은 채 한 시간이나 기다리게 했다. 그러더니 갑자기 창백하고 지성적으로 보이며 키가 작고 뚱뚱한 남자가 내 이름을 불렀다. 내가 처녀 때 이름을 말하자 그는 "이게 웬일이요! 당신 부친을 내가 잘 압니다" 하고 소리쳤다. 난 곧 좋은 기회가 생기는구나 하고 생각했지만 알고 보니 그도 역시 죄수였다. 그는 전에 은행장을 하던 사람으로 향토 연구에 열심이었다. 그는 자비自費로 책을 출판하려 했는데, 책을 낸 후에 그 돈을 갚을 수 있으리라는 단순한 생각에서 우선 은행에서 돈을 꺼내 썼다. 그런데 죄를 찾아내는 법관의 손이 그보다 더 빨라서 그는 횡령으로 구속되었다. 3년 반의 금고형이었다. 지금 그는 이곳 사무소에서 일을 하고 있다. 그는 꽤 창백하게 보이긴 했지만 영양 상태는 좋아보였다. 나는 그가 부엌의 여자들에게 인기가 좋아서 잘 얻어먹고 있다는 걸 알았다. 그는 그런대로 꽤 편안하게 지내고 있었다.

드디어 교감보가 나타나서 내 돈을 한 푼 안 남기고 빼앗더니, 이름과 주소, 직위를 묻고 자기를 따라오라는 고개짓을 했다. 우리는 묵묵히 4층으로 올라갔다. 층마다 무거운 철책이 쳐 있었다. 철책이 내 뒤에서 내려질 때마다 나는 몸을 움츠렸다. 나는 아직 그런 것에 낯설었다. 남자 칸의 철책 뒤에서 한 얼굴이 날 쳐다보고 있었다. 창백하고 여위고 슬퍼보이며 키가 작은 중국인의 얼굴이었다. 그 얼굴이 내 마음을 어찌나 흔들었던지 나는 그에게 미소를 보냈다. 간수가 그를 보고 소리쳤다. "저리 가, 이 중국인놈아! 황색인종놈, 저리 가." 그러곤 나에게 "남자한테 추파를 던지면 안 돼. 잘 알아 둬. 괜히 알랑거려선 안 된단 말야. 그런 건 금지되어 있으니까"라고 말했다. 나는 그건 어리석은 농담이라고 생각하고 두번째로 웃었다. 그랬더니 그건 교도소 규칙에 두번째로 어긋난다는 것이다. "도대체 뭘 웃는 거야. 금세 그렇게 할 수 없게 되고 말걸!" 하고 날 보며 소리를 질렀다. 나는 어깨를 움츠렸다. 그리고는 소위 수하물계에 도착한 걸 다행스럽게 생각했다. 나는 빨래와 몇 벌의 옷과 책이 든 트렁크를 열어 보여야만 했다. "그건 모두 여기 놔 둬!" 교도관이 말하더니 트렁크를 뒤졌다. 그리고는 내게 세탁복, 양말 몇 켤레, 잠옷을 주었다. "자, 죄수복을 받게 될 때까지 이거면 될 거야. 이젠 옷을 벗어." 나는 놀랐다. "벗으라고요? 왜 그러죠?" 그녀는 소리를 질렀다. "바보 같은 질문하지 말고 옷이나 벗어." 나는 주저하면서 옷을 벗기 시작했다. "성홍열猩紅熱이 있는지 없는지 알아보려고 죄수들의 옷을 벗겨 보는 거야"라고 말했는데 그건 틀림없이 농담이었다. 나는 알 수 없다는 듯이 바라보았다. 그녀는 거칠고 요란하게 웃어대더니, 내가 옷을 다 벗자 날 이리저리로 쳐다보고 묶은 머리카락을 풀고 입을 벌리라고 했다. 그러곤 끝이었다. 좀더 자세한 조사는 안 하고 지나갔다. 다른 사람들은 숨긴 물건을 찾아낸다고 생식기를 만져보는 꼴마저 당했다고 한다. 나중에야 알았지만 어떤 죄수는 그런 식으로 독약, 또는 돈, 작은 시계를 숨겨 가지고 들어오기도 했다는 것이다. 나는 다시 옷을 입었다. 교감보는 시계와 반지도 빼앗아 갔는데, 맘에 들지 않았는지 결혼반지는 돌려주었다. 그러더니, "작가라고? 그래, 도대체 뭘 쓰지?" 하고 물었다. 대답하고 싶지는 않았지만, 그렇게라도 해서 그녀의 관심을 끌어 나를 좀 참작해 주지나 않을까 하는 작은 희망에서 얘길했다. 그러나 그건 망상이었다. 몇 분 후에 날 어찌나 거칠게 떼밀어 넣는지 방 속으로 밀려 떨어졌다. 난 혼자가 되었고, 그 후로 벌써 3주가 지나갔다.

1944년 11월 7일

오늘 나는 의사에게 갔었다. 신장의 고통과, 가슴과 등의 쑤시는 듯한 아픔은 참을 수 없을 정도였다. H부인도 진찰을 신청했다. 그녀는 밤이면 심장병 발작을 일으켰다. 여자가 넷, 남자가 다섯이었다. 우리는 10미터쯤 떨어진 채로 진찰실 앞에서 기다려야 했다. 그것은 이곳에서 일어나는 책략 중의 하나이다. 남자 중에 세 명은 팔이나 손을 붕대로 묶고 있었고, 또 다른 사람들은 목이 쉰 채로 거칠게 기침을 하고 있었는데 결핵인 모양이었다. 그들은 꽹장히 빨리 진찰실에서 나왔다. 우리들 여자 셋은 모두 처음 온 사람들이었다. 다른 사람들은 여기서 치료하는 걸 포기한 모양이었다.

H부인이 내 앞 순서였다. 그녀는 30초밖에 안 돼서 나왔는데 고개를 저으면서 한숨을 쉬었다. 그 다음은 내 차례였다. 진찰실은 곧잘 차려져 있었다. 교도소를 지을 때에는 틀림없이 죄수들의 인간적인 대우를 위해서 만들었으리라. 지금은 명목뿐이었다. 의사는 매우 늙었고 키가 매우 작으며 쪼그라진 사람으로 다리를 절었고 또 근시였는데, 고개짓으로 나에게 말하라는 시늉을 했다. 그러더니 날 쳐다보지도 않고 책상 위 일에만 열중했다. 나는 아주 짧게 내 아픈 데를 얘기했다. 그러나 그는 내가 얘길 다 끝내기도 전에 방에 함께 있던 교감보에게 "기침약. 자, 다음 사람"이라고 말했다. 눈 깜짝할 사이에 나는 밖으로 나오게 되었다. H부인은 내게 작은 소리로 그가 자기를 '교도소 착란증'이라고 말했다는 얘길 했다. 그래서 그녀는 병으로는 잠정적인 구금만이 가능할 뿐이라는 공의公醫의 증명서를 보이며 말했더니, 그는 "나하고는 관계 없는 일이요. 당신은 잘 견뎌 가고 있지 않소? 자, 끝났소"라고 말했다는 것이다. 그러더니 교감보에게 그녀한테 해롭지 않은 진통제나 주라고 했단다. H부인은 "진통제는 필요 없어요. 도대체 맥박도 뛰지 않는 것 같은데요" 하고 대답했지만 교감보는 그녀를 밖으로 몰아내더라는 것이다.

난 지금 앉아 있을 수 없어 다시 침대에 누워 있다. 방은 말할 수 없이 춥고 나는 굶주리고 있다. 약은 하나도 먹지 못한 채. 편지도, 따스한 내복과 식료품이 든 소포도 받지 못한 채. 사람들은 날 잊어버렸단 말인가? 내가 이런 취급에서 벗어나기만 한다면 언젠가는 이 경험을 소설이나 단편으로 쓰리라는 생각으로 스스로를 위로하고 있다. 전에는 그런 생각이 가장 어려운 순간을 이겨가는 데 도움이 되리라고는 한 번도 생각해 본 적이 없다. 그러나 이러한 남모르는 자위自慰는 나의 점점 사라져 가는 자아의식을 강하게 만들 뿐만 아니라, 나 스스로를 이 체험의 밖에서 고통을 견뎌내고 형상화할 수 있게 한다. 정신력보다 더 강한 힘은 없다. 그것은 굶주림보다 훨씬 더 강하다. 아직까지는 그렇다. 아마 나도 언젠가는 다르게 생각하게 될는지 모르지만.

공습경보가 1시간 동안 있었다. 나는 일어나서 방공호로 가야만 했다. 방공호래야 1층 마룻바닥에 불과하지만. B양이 감시를 했다. 그녀는 바닥이 참을 수 없이 차다는 것을 알았는지 비어 있던 남자 죄수들 방을 열어줬다. 그곳도 춥긴 했지만 양 떼처럼 모여 있을 수 있어서 곧 따스해졌다. 그 대신 공기가 너무 탁해서 거의 숨을 쉬지 못할 지경이었지만. 공습경보가 울리는 동안 밖에서 일하던 죄수들이 들어왔다. 그 중에는 M공장에서 염료를 가는 일을 하던 한 떼의 여자들이 끼어 있다. 그들은 염료 먼지로 뒤덮여 있었다. 어떤 사람은 노랑색, 또 어떤이는 얼굴과 머리까지 빨강·초록·갈색투성이었다. 몇몇은 충혈된 눈을 하고 있었고, 손과 팔은 부스럼과 상처투성이었다. 그 일은 굉장히 건강을 해치는 일이었다. 염료는 독성이 있기 때문이다. 그곳에서 일하는 여자들은 매일 해독제로 반 리터의 우유를 받았지만, 그럼에도 불구하고 건강이 말이 아니었다. Z는 거기서 벌써 6개월을 일했다. 염료 먼지를 너무 많이 뒤집어 써서 몹시 배가 고플 때도 그녀는 아무것도 먹지 못했다. 거기서 일하는 사람들이라고 특별히 위험한 죄수들이거나 힘센 죄수들은 아니다. 그들은 필요에 따라 뽑힌 사람들일 뿐이다. 나는 라파엘 마돈나를 다시 만났다. 그녀는 바지에다가 찢어진 셔츠를 입고 있었는데, 단추가 다 떨어졌기 때문에 가슴이 반쯤 드러나 보였다. 그리고 어깨 위로는 지저분하고 먼지투성이인 자켓을 걸치고 있었다. 그녀는 남편과 헤어져 있다.

여기 있는 기혼녀의 반 정도는 남편과 이미 이혼했거나 이혼할 생각중이다. 전쟁에 참여하게 된다거나 강제 피난으로 남편과 아내가 오랫동안 헤어져 있게 된다든가, 또는 여러 가지 일로 시달리고 지친 독일 남자들보다는 훨씬 힘세고 멋진, 또 전쟁중에서 그런 격정을 생의 향락으로 즐길 줄 아는 전쟁포로들과의 음란한 행동에 대한 욕구는, 여기 있는 아름답고 고독한, 그러나 아무도 지켜 주는 사람이 없는 이 여자들보다는 훨씬 강한 힘을 가진 것이었다. 그러나 이미 오랫동안 여기서 지내고 있는 여자들에게 있어서는 사정이 완전히 다르다. 남편들은 아내가 구금이 되면 이혼한다. 그들은 교도소에 아내가 있는 것을 창피하게 생각하거나 또는 아내가 죄수여서 출세를 못하게 될까 봐 두려워하는 것이다. 그래서 어떤 남편은 싫증이 난 아내를 떼어버리는 데 이 기회를 이용하기도 한다. 복역중인 상태로 이혼이 되면, 아내는 위자료도 전혀 받지 못하고 대부분 아이마저 빼앗긴다. 완전히 속수무책이다. 재판관들도 남자들이니 말이다.

우리가 갇혔던 그 감방은 발작구금실發作拘禁室이었다. 문에는 굳게 철책이 쳐 있었고 사슬, 고리, 자물쇠가 이중으로 잠기어 있었다. 창문은 작았고, 그것도 이중으로 창살을 했다. 방은 텅 비어 있었다. 벽에는 손톱 자국, 때린 자국, 오물투성이었다. 우리가 방에 들어가자마자 레지가 큰 소리를 지르면서 얼굴을 손으로 가렸다. 나는 그녀 뒷벽에 "레지, 난 너를 사랑했다. 내 사랑은 죽을 때까지도 계속 될 거다. 그런데도 넌 날 배반했지"라고 새겨져 있는 것을 보았다. 그 밑에는 이름과 날짜가 적혀 있었는데 어제 날짜로 되어 있었다. 그가 무슨 일을 했기에 이 구석에다 가둬 놓고 고통을 받게 한 것일까! 그는 이미 여기에 없었다. 벌써 죽었을지도 모른다. 레지는 정신없이 울었다.

　비행기가 점점 가까이 다가왔다. 먼 곳에서 고사포 소리가 들렸다. 폭탄 떨어지는 소리가 바닥이 흔들릴 정도로 요란했다. 나는 16세 된 소녀와 함께 구석에 앉아 있었는데, 그녀는 내게 자기 얘기를 해주겠다고 약속했다. 15세 된 에스토니아 출신의 키티 옆에는 작은 마리헨과 새로운 수감자 한 명이 앉아 있었는데, 그들은 꽤 큰 소리로 말다툼을 하더니 결국엔 둘이 다 울어버렸다. 얘길 들어보니, 그 새 얼굴은 마리헨은 프랑스 아기를 유산시키게 해준 그 친구였다. 마리헨의 친구가 자길 배반했다고 따졌다. 그녀의 친구는 그 말을 부인하고, 자기도 교도소에 들어오기 싫은데 그럴 리가 있겠느냐고 이유를 꼬치꼬치 대면서 따졌다. 그녀가 여기 오게 된 것은 일곱 번이나 유산을 시켰다는 확증이 잡힌 까닭에서였다. 둘은 실컷 싸우고 울고 나더니, 또다시 사랑과 프랑스 남자와 사랑의 기교와 유산에 대해서 얘기하기 시작했다. 그 두 젊은 여자들은 이젠 아주 나란히 붙어 앉아 있다. 그들은 한 마디도 서로 놓치지 않았다. 나는 그들에게 서로 책임감 있는 생활을 해야 할 것이 아니냐고 한마디 해줄까 하는 생각도 해보았다. 그러나 그들도 언젠가는 그걸 차차 알게 될 거라고 나는 스스로에게 말했다. 내가 뭣 때문에 여기선 전혀 어울리지도 않는 점잖은 태도로 인생의 현실에 대한 그들의 생각을 고쳐 주어야만 한단 말인가? 벌써 몇 번이나 재미있다는 듯이 웃고 있는 걸 보니, 이 어린애 같은 두 여자들에게도 모든 게 완전히 새로운 것만은 아닌 것 같다. 나는 이런 식으로 유산의 여덟 가지 방법 등 몇몇 새로운 것을 배웠다. 나는 여기서 다시 한 번 내 소시민적인 편견의 찌꺼기를 없애야만 한다. 과거에는 현재 내가 여기서 보고 있는 것처럼 인생을 그렇게 노골적이고 추악하고 거친, 있는 그대로의 현실적인 것으로는 본 적이 없었다. 내가 다시 정상적인 생활로 돌아가게 된다면 나는 많이 변해 있을 것이다.

1944년 11월 8일

나는 오늘 딱딱한 침대에 더는 누워 있을 수가 없어 일어나야만 했다. 기침약은 아직도 받지 못했다. 그런데다가 교감보는 밖에서 내게 소리쳤다. "일어나, 이 엄살꾸러기. 일어나면 금방 좋아질걸. 너 같은 것들은 내가 뻔히 알고 있단 말이야." 그래서 나는 일어나서 하루 종일 처참한 기분으로 재봉실에서 일해야 했다. P부인이 빵 한 조각을 주어서 퍽 기뻤다. 저녁에는 처음으로 K로부터 편지를 받았다. 그 편지에는 10월 14일 날짜가 적혀 있었다. 오늘은 11월 8일이다. P부인이 말하길, 편지는 뮌헨에 있는 비밀경찰에 보내졌다가 거기서 지방 재판소로 와서, 다시 교도소로 온다는 것이다. 지방 재판소의 검열 표시는 11월 1일자다. P부인의 말에 의하면 편지는 전해지지 않고 그대로 거기 머물러 있기가 일쑤라고 한다. 그냥 잊혀지는 것이다. 또 교도관이 죄수에게 편지 전해 주는 것을 잊어버릴 때도 있다. M부인은 자기에게 온 편지가 사무실에 그대로 놓여 있는 것을 본 적이 있다고 했다. 그래서 편지를 읽게 해달라고 했지만 교도관은 그것을 딱 잘라 거절했다. 저녁때도 그 편지는 전해지지 않았고(사흘이 지나도록) 교도관은 편지를 전해 주는 것을 잊고 있었다. 물론 악의에서 그런 것은 아니고 무관심에서 그렇게 된 것이지만, 무관심이란 것도 결국은 악의와 다를 것이 없지 않을까.

K의 편지는 짤막하고, 마음놓고 쓰지 못한 것이었다. 그는 식료품이 든 소포를 부쳤다고 했다. 내 모든 희망은 이 소포에 걸리게 되었다. 오늘 M부인이 나더러 바깥 노동을 신청하는 게 어떻겠느냐고 권했다. 죄수들 중 일부는 빵공장에서 일을 하고 있다. 그곳은 꽤 따스하고 또 가끔 빵을 몰래 훔쳐 먹을 수도 있다. 나는 이곳 고등행정관에게 말을 해봤다. 그는 내가 아직도 심문을 받지 않았기 때문에 아무것도 자기가 결정을 할 수 없다고 했다. 그는 우선 검사장에게 물어봐야 한다는 것이다. 이 행정관은 퍽 흥분을 잘하는 사람으로 불안한 눈빛을 하고 있었는데, 나쁜 사람은 아니고 꽤 부드러운 사람이나 일을 잘 진척시킬 줄 몰랐다. 나는 그의 환심을 사 보려고 애썼다. 여기선 그런 것은 저절로 배우게 된다. 아주 작은 기회라도 본능적으로 그것을 받아들여서 활용하도록 애쓴다. 그는 나란 사람과 내 처지에 대해 관심을 갖기 시작했다. 그 결과 트렁크 속에서 책 한 권을 꺼내 보도록 허락해 주었는데, 그것은 내가 교감보에게 벌써 두 번이나 부탁을 했지만 헛수고였던 일이다. 교감보에게 잔뜩 독기를 품고 그 얘기를 했더니, "그래 나도 시간이 있으면 꺼내다 주지" 하고 투덜댔다. 나는 아직도 그 책을 받지 못하고 있지만, 책을 갖게 되리라는 생각만 해도 신이 난다. 나는 내가 지금도 책을 읽을 수가 있는지, 전에 내가 흥미를 가졌던 것에 아직도 내가 흥미를 가지고 있는지 알고 싶다. 식욕을 다 채울 수 없을 때면, 나는 놀람과 만족 속에서 나의 이전 생활의 많은 것들이 이젠 더 이상 그리 중요하지 않다는 것을 느끼곤 한다. 때때

로 나는 내 일생을 죽음이란 처지에서 생각해 보기도 한다. 그러면 나는 참을성 있고, 현명하고, 꽤 영웅적인 사람이 되는 것이다. 그러다가도 갑자기 전혀 영웅적일 수 없는 고통, 독재정권에 대한 끝없는 분노, 이 벽과 철책, 참나무로 된 문, 수많은 쇠사슬과 고리, 자물쇠와 보안조처 등에 대한 걷잡을 수 없는 분노, 비인간적인 모든 무자비한 제도에 대한 반발이 내 마음을 사로잡는다. 나는 지쳐서 죽을 지경이다. 더 이상 생각할 수도 글도 쓸 수도 없다. 굶주림이 나를 갉아먹는 것 같다.

1944년 11월 9일

어제 저녁에 우리 모두는 절망에 빠져 있었다. 때때로 우리는 명령에라도 따르듯 별 이유도 없이 모두 다 갑자기 교도소 광기狂氣를 부리는 날이 있다. 어제는 H부인이 이 모든 것, 폭력, 나치 독재 등은 모두 나쁜 것이지만 총통總統 자신은 좋은 사람이라고 얘기함으로써 시작되었다. 총통은 아무것도 모르고 있는데, 그것은 마치 교황이 몇몇 신부들의 과오에 대해서까지 책임을 질 수 없는 것과 마찬가지라는 것이다. 그러니까 당원들이 잘못하는 책임을 히틀러에게 지워서는 안 된다는 것이다. 총통이 어린애들을 얼마나 사랑하는가만 봐도 알 수 있다고 했다. 그런 사람은 결코 나쁜 사람일 수가 없단다.

나는 혀를 깨물고 그 얘길 듣지 않으려고 애썼다. 그렇지 않아도 그날따라 기분이 언짢았던 롯데는 큰 소리로 요란스럽게 반박하기 시작했다. 그들의 논쟁은 별로 논리적인 것은 아니었지만, 롯데가 어찌나 맹렬하게 반박을 하는지 H부인도 잠시 움찔하고 입을 다물었다. 그러다가 또다시 심한 말다툼이 일어났는데, 롯데와 H부인은 남의 애긴 전혀 듣지 않고 각기 제 말만 떠들어댔다. 그 싸움은 결국 롯테가 화가 나서 창문을 활짝 열어 놓은 채 침대로 뛰어들어감으로써 끝이 났다. H부인의 신경통 때문에 우리는 창문을 열지 못하는 형편이었고, 우리가 어쩌다 창문을 열면 H부인은 심장의 발작을 일으키곤 했었다. 그것은 금세 지나갔지만 흥분된 분위기는 한동안 그대로 남아 있었다. 롯테는 큰 소리로 노래를 불렀다. 나는 조용히 하라고 소리를 질렀다. 레지는 울어댔고, 마리헨은 설사 때문에 계속해서 변기에 앉아 있었기 때문에 냄새가 온 방에 가득했다. 우리가 욕을 하자 그녀는 울기 시작했다. 나는 화가 치밀어 견딜 수가 없었다. 제일 신경질나게 한 것은 여기 있는 이 불쌍한 사람들이 아니라, 우리들을 이러한 꼴로 만들어 놓았다는 사실이었다. 나는 양철 대접·신발 따위를 닥치는 대로 벽에다 집어 던졌다. 그건 우리 모두에게 큰 충격을 주었고 우리는 결국 지쳐서 잠이 들었다.

 밤에 우리는 옆방의 시끄러운 소리 때문에 모두 잠이 깼다. 주먹으로 감방문을 두드리는 소리가 나고, 흥분한 목소리로 교도관을 부르는 소리도 들렸다. 드디어 교감보가 욕을 하고 투덜대면서 나타났다. 2분쯤 지나자 다시 조용해졌다. 아침에 나는 곧잘 꽤 위험스런 정치적 농담을 하던 S부인이 자살하려고 했었다는 것을 알았다. 그녀는 항상 날카로운 면도칼을 지니고 있었는데, 몇 번이나 강제수용소에서 자기를 구해 줄 수 있는 것은 그것뿐이라고 말하곤 했지만, 아무도 그것을 심각하게 생각하진 않았다. 어젯밤에 갑자기 그녀는 동맥을 끊으려고 했는데, 그러자마자 곧 죽음에 대한 두려운 생각이 들어 소릴 질렀다. 상처는 심하지 않았다. 그것 때문에 우리는 오늘 굉장한 약탈을 당했다. 우리는 밖으로 끌려나와야만 했고, 교도관이 요, 서랍 등 구석구석을 뒤졌다. 나는 침대 밀짚 사이에 모퉁이를 한 바늘만큼 찢어서 다시 꿰맬 수 있도록 해놓고 내 일기를 감춰 놓고 있었는데, 그것 때문에 꽤 걱정이 되었다. 나는 교도관이 침대 밀짚더미를 만져보는 것을 보았다. 그녀는 우리들의 어떤 술책이나 숨겨 놓은 곳을 잘 알고 있었다. 그렇지만 그녀는 아무것도 발견하지 못했다. 드디어 온 감방 안에는 이불, 양철 접시, 옷, 그 밖에 허락된 물건들이 지저분하게 쌓이게 되었다. 우리 감방에서는 금지된 것이라고는 하나도 발견되지 않았다. 대장장이들 방에서는 꽤 많은 것을 찾아낸 모양이다. 맥주병, 식료품, 분, 손톱깎기, 립스틱, 머리 마는 것, 신문, 담배, 성냥, 회중전등 등. 죄수들이 바깥일에서 돌아오자 그들은 복도에서 옷을 벗고 교도관이 옷을 다 뒤져볼 때까지 실오라기 하나 걸치지 않고 기다렸다. 그들은 히죽히죽 웃고, 꽁꽁 언 채로 이를 마주치면서도 점잖지 못한 얘기들을 주고받았다. 우리 방에서는 내다볼 틈이 있어서, 서로 좋은 자리를 차지하려고 소리내지 않게 떠들면서 모든 것을 보고 들었다. 주머니와 솔기 틈에서 여러 가지 물건들이 나왔는데, 내가 제일 부러워한 것은 바로 담배였다. 교감보는 이 모든 것을 별 생각 없이 쌓아 놓은 더미에다가 던지고는, 두 명의 다른 죄수에게 그걸 사무실로 가져가라고 명령하고 나서 추워서 벌벌 떠는 죄수들에게 구류소니 따귀니 하는 위협조의 날카롭고도 거친 설교를 했는데, 몇 번이나 화장실에 가야만 되겠다고 얘길했지만 허락받지 못했던 Z가 갑자기 부끄럼 없이 오줌을 싸는 바람에 깨끗한 마루에 큰 호수가 생기게 되었다. 큰 법석이었다.

1944년 11월 10일

오늘 새벽 4시 반에 또 공습경보가 있었다. 우리들은 다시 발작구금실에 가 있었다. 나는 벽마다 레지에게 보내는 '편지'가 씌어져 있는 것을 발견했다. 그 불쌍한 젊은이는 하루 종일 손톱으로(다른 것이라고는 가진 게 없었을 테니까) 사랑의 편지를 벽에 긁으면서 보낸 게 틀림없다. 여러 대의 폭격기가 바로 우리 머리 위를 날아가는 동안 우리는 모두 겁을 먹은 채 묵묵히 또는 기대에 차서 쪼그리고 앉아 있었다. 그때 누군가가 큰 소리로 요란스럽게 휘파람을 불었다. 우리는 모두 기분이 좋지 않았다. 휘파람을 불고 있는 여자는 머리를 남자처럼 짧게 깎고 있었는데 새로 들어온 사람이었다. 그녀는 대야 뚜껑 위에 걸터앉아 다리를 흔들면서 휘파람을 불었다. 나는 화가 나서 "좀 조용히 해요. 폭탄이 우리한테 떨어지는 건지 아닌지 그거라도 들어봐야 할 게 아녜요?"라고 말했다. 새로 들어 온 그 여자는 무표정한 채 정신 나간 사람처럼 큰 소리로 웃어대더니 계속해서 휘파람을 불었다. 나는 화가 나서 외면을 했다. 그때 그녀가 벌떡 일어서더니 다른 사람들을 밀치고 내 곁에 와서 앉았다. "당신" 하고 그녀는 말을 꺼냈다. "내 말해 주지. 나처럼 그런 끔찍한 곳에 있었던 사람은 이제는 무서운 것을 모르지. 그걸 알아야 해." 그때 비행기가 바로 우리 위로 날아왔다. 감방은 죽은 듯이 조용했다. 공기의 압력 때문에 창문만이 흔들릴 뿐이었다. 그때 그녀가 요란스럽게 웃어대더니 경멸하는 투로 소리쳤다. "그래 거기 쪼그리고들 앉아서 옴짝달싹도 못하는군. 잘돼 가는 일이지." 다른 사람들은 모두 죽음의 공포로 꼼짝도 안 하고 있었다. 나는 작은 목소리로 호기심을 갖고 물었다. "일이 잘돼 가고 있다는 건 무슨 말이죠?" 그녀는 내게 몸을 숙이고 말했다. "당신네들은 이 전쟁을 일으키게 한 죄가 없단 말이에요? 전쟁을 바라지 않았단 말인가요? 당신네들이 그 미친놈을 선출하지 않았나요?" 나는 말했다. "조용히 해요! 무슨 위험스런 얘길 지금 하는 거예요?" 그녀는 내 얼굴을 쳐다보고 웃었다. "난 무서울 게 없어요. 내가 5년 동안을 어디에 있었는지 알아요?" 어디엔가 폭탄이 떨어졌다. 그녀는 다시 휘파람을 불기 시작했다. 누군가가 소리쳤다. "야, 곧 입을 닥치지 않으면 한 대 갈겨 주겠어." 새로 온 그녀는 우습다는 듯이 말했다. "그만두시지! 내 충고 들어둬. 우선 5년 동안 아우슈비츠에나 한 번 가보지 그래." 거기에 대해 아무도 대꾸하지 않았다. 폭격기는 서쪽으로 날아갔다. 다른 사람들이 점차로 얘길 시작했다. 나는 새로 온 그 여자와 얘기를 해보았다. 그녀는 베티라고 했고 나이는 스물여섯이었다. 얘기하지는 않았지만, 내가 보기엔 독일 공산당 멤버인 것 같았다. 그녀는 꽤 잘 알고 있었다. 내가 알고 있는 다하우보다도 더 지독한 아우슈비츠의 얘기를 했는데, 그 얘기는 단편적인데다가 분명하지도 않고 또 아주 비약적이었다. 때때로 얘기하고자 하는 걸 금세 잊어버리고는 멍하니 앞만 바라보고 있기도 했다.

  몇 번이나 나는 내가 마치 정신병자와 얘기하고 있는 듯한 기분이었다. 그녀는 아우슈비츠를 전기가 통하는 가시철망으로 둘러진 바라크 도시라고 불렀다. 때때로 죄수들은 절연성絕緣性의 짚더미 위로 도망치려고 하지만 거의 모두가 총살당하기 일쑤라는 것이다. 다음 순간 그녀는 나한테 요란한 키스를 하더니, "저기 있는 옷은 아우슈비츠에선 안 입었던 거에요. 그건 내 아주머니 옷이죠"라고 외치더니 신경질적으로 웃어댔다. "여기 교도소에 있다가 담배 꽁초를 주울 기회가 생기면 당신께 한 개 드리지요." 강제수용소에서 5년을 지내고 정신이상이 됐다는 건 조금도 이상한 일이 아니다. 그녀는 너무나 신경이 예민해져 눈을 계속 실룩대고 있다. 입, 손, 다리가 괜히 변덕스럽게 움직여댄다. 그녀의 눈은 처참하다. 베티는 자기 눈에 가능한 뻔뻔스런 표정을 주려고 애쓰는 것 같다. 실제에 있어서 그녀의 눈은 흥분돼 있고, 정확하지 못하며, 망을 보듯 불안과 차가운 증오심으로 가득 차 있다. 그녀는 러시아군이 접근해 오자 아우슈비츠에서 풀려나와 집으로 돌아갔는데, 거기서 또 이내 붙들렸다. 이제 그녀는 여기서 다시 강제수용소로 가게 될 모양이다. 아마도 다하우로 가게 될 거다. 그녀는 큰 소리로 말했다. "될 대로 되라지, 빌어먹을. 이젠 살고 싶지도 않아. 그리고 이곳도 강제수용소나 다를 바 없는 걸 뭐. 안 그래요? 하지만 내 말해 두는데 언제든 히틀러는 그 보상을 받게 될걸. 그는 교수형에 처해질 거야!" 나는 놀라서 손으로 그녀의 입을 막고는 다른 사람들에게 "귀 담아 듣지 마세요. 이 여자는 완전히 미쳤어요. 5년을 아우슈비츠에서 지냈다니!"라고 말했다. 많은 사람들이 그녀를 불쌍히 생각하고 동의하는 듯 고개를 끄덕였는데, 머리를 젓는 사람도 몇몇 있었다. 암거래 때문에 여기 들어와 있으면서도 곧 자기를 석방시켜 줄 '우리 총통과 아주 가까운 동지'라는 자기 친구 얘길 하곤 하는 R부인만이 중얼댔다. "위험한 상황에 처하지 않도록 충고합니다. 당신께 선의로 하는 얘기입니다." 베티는 그녀를 위에서 아래까지 훑어보더니, "그럼, 왜 당신은 여길 오게 되었나요?" 하고 물었다. R부인은 분개해서 그녀를 쳐다보더니, 감사할 줄도 모르는 그녀의 무례함에 한숨을 쉬고는 고개를 돌렸다. "왜 말을 안 하는 거죠?" 하고 베티가 다그쳤다. 컴컴한 구석에서 누군가가 말했다. "흥, 시시한 일이라 말할 것도 못 되는군." 우리 모두가 요란스레 웃었다. 앞서의 그 목소리는 "우리의 고매하신 요리사 A부인한테서 얻은 백 파운드의 소시지를 암거래했을 뿐이라오" 하고 말했다. "하지만 나치 소령님이신 친구가 있으니 곧 석방될 거요." 다른 사람들이 시끄럽게 웃어댔다. R부인은 벌떡 일어섰는데 너무나 화가 나서 얼굴이 파랗게 질려 있었다. "그만둬요. 여기 있는 누가 그런 말을 할 권리가 있단 말입니까……."

"집어치워." 베티가 말했다. "당신도 죄수지 뭐 별거야?" 그때 꽤

나이든 여자가 얘기에 끼어들었다. "정말 못 참겠네. 이 젊은 여자들, 떠들어댈 허가라도 받았소? 우리 모두가 여기선 죄수지만 그래도 귀부인과 하녀 사이엔 차이가 있는 법이요." 그러자 브레멘 여자가 반은 화가 나서 또 반은 농담으로 소리쳤다. "자, 나는 비서였고 내 옆에 있는 여자는 소설가인데, 우리 두 사람을 예로 들기로 하죠, L부인." "L여사라고 불러요!" 하고 그 귀부인은 외쳤다. 우리는 웃고 지나치려고 했다. 그러나 이 거칠고 뻔뻔스럽고 교활하고도 우직한 베티에 대한 심한 동정심 때문에 나는 드디어, "L여사 같은 분들은, 명함에 '여사'라고 쓰는 것이 어리석다는 것밖에는 결국 아무것도 의미하지 못한다는 것을 모르실 겁니다"라고 대들지 않을 수 없었다. "브라보!" 하고 베티는 소리를 지르고는 내 뺨에다 요란스럽게 키스를 했다. L여사와 R부인이 나를 노려보았다. 베티는 나한테 세 번이나 키스를 하더니 국제 공산당 노래를 휘파람으로 불기 시작했다. 아무도 그 노래를 알지 못했지만, 나는 베티의 그 위험한 휘파람을 막았다. "멋진 분이셔" 하고 그녀는 말했다. "정말 담배 한 대 드릴 만한 분이군요. 당신도 공산당에 가입하셔야겠어요" 하고 말했다.

1944년 11월 11일

오늘 오전에 나는 고등행정관한테 불려 갔었다. 나는 심문을 받는 줄 알았다. 그는 사무실에 혼자 있었다. "당신," 그는 내게 말할 때는 언제나 그렇듯이 약간 당황한 투로 얘기를 했다. "내가 충고를 해두겠는데, 조금 주의하는 게 좋을 거요. 당신은 정치범이지 않소. 당신의 처지는…… 글쎄…… 뭐랄까, 아무튼 교도소에서 정치적인 발언을 한다는 것은 배倍나 위험합니다." 나는 그를 멍하니 바라보았다. 그는 몸을 돌렸다. "저어, 당신이 어제 했다는 얘기나 강제수용소에서 있던 여자와 가깝게 지내는 것등 말이오……. 내 개인적으로는 당신이 죄가 없다는 걸 믿고 있소." 나는 그에게 웃어 보였다. "하지만," 그는 앞으로 나오며, "여긴 나쁜 여자들이 많아요. 그건 그렇고, 당신은 월요일부터 빵공장 L로 바깥 노동을 나가게 될 거요." 나는 그에게 고맙다고 말하고, 그가 내게 주기로 허락한 책을 아직도 받지 못했다는 얘기를 했다. 그는 나더러 교감보에게 얘기하지 말고 B양한테 말해 보도록 하라고 했다. 나는 알았다는 듯 미소를 지었다. "그런데 그게 쉬운 일은 아닙니다"라고 그는 한숨을 쉬면서 말했다. 그는 교감보와 그녀의 기계 같은 정확성과 그녀의 경계를 두려워하고 있는 것 같았다. 대부분의 경우에 그는 차라리 모른 척하고 지내려고 했다. 그가 모든 종류의 부정한 일에 잘 통한다는 것은 뻔한 일이었다. 사실은 구역질나는 일이지만, 나는 그러한 감정을 숨기고 허식을 부리면서 조그만 기회라도 포착해서 사소한 우대라도 받아 보려고 애썼다. 아, 이 모든 것은 정말 야비한 짓이다. 내일 나는 다른 방으로 이사를 할 것이다. 모두 정신이 이상한 사람들이긴 했지만, 그 네 명과 나는 그래도 잘 어울려 지낼 수가 있었기 때문에 방을 옮겨야 하는 게 유감스럽다. 그들은 날 좋아하고 있다. 내가 그들에게 내일 그들 곁을 떠나게 됐다고 했더니 그들은 울고불고 법석이었다. 그래서 지금 작별의 밤을 위한 준비를 하고 있다.

1944년 11월 12일

일요일 오후다. 교도소에 들어와서 네 번째 맞는 일요일이다. 오늘 아침에 50호실로 옮기느라 내 침대와 몇몇 소지품을 치웠다. 그러고 나서는 재봉실에서 밖으로 일을 나가기 위한 옷을 입었다. 나는 지금 내 사복 위에다(죄수복이 모자라기 때문에 그걸 입도록 허락을 받았다) 회색 빛깔의 낡아빠지고 백 번은 고친 듯한 무명 앞치마와 원래는 군복이었던 것으로 나한테는 너무나 큰 스커트를 입고 있다. 그 위에다 두껍고 말도 못 할 정도로 흉한 남자 자켓을 입고, 푸른 머릿수건에 푸른 줄과 붉은 줄이 쳐 있는 무릎까지 오는 스타킹에다 나막신을 신었다. P부인은 내가 마지막으로 재봉실에서 산더미 같은 빨래를 다림질하는 동안 내 스커트를 줄여 주었다. 빨래는 검사장의 것이었다. 죄수들이 그런 일까지 해야 되는지 의아스럽다. M부인은 검사장 부인이 지금 하녀가 없기 때문이라고 그 이유를 설명한다. 나는 화가 나서 "어린애가 하나뿐이지 않아요? 그러니 별로 할 일도 없을 텐데요? 그런데도 자기네 빨래를 빨고 다리고 할 수가 없단 말인가요? 나는 애가 둘에다가 마당 청소도 해야 했고 다섯 사람을 보살피면서 책을 썼었는데(나는 당시 장편 〈고원의 사랑〉과 단편 〈엘리자베트〉와 소년소설 〈마르틴의 여행〉을 썼는데, 출판금지를 당하고 있었기 때문에 당시엔 출판되지는 못했고 전후戰後에야 나왔다―원주) 모든 걸 혼자 했었어요. 그런데 검사장 사모님께선, 하기야 죄수를 부려먹으면 되는 거지만, 공짜로 도움을 받을 수 있으니……." 나는 소리를 질렀댔고, 검사장에게 훈계하는 조로 빨래를 몇 가지 태워 놓으려고까지 했는데, 그의 베갯잇들이 모두 네 귀퉁이가 못 쓰게 된 것을 보고는 우습기도 하고 또 어느 정도 마음을 안정시킬 수 있었다. 우리는 그게 고양이의 짓이 아닌가 생각했다. M부인은 아마 어린애가 그랬나 보다고 했다. 하지만 어린애 빨래를 보니, 그 애는 열 살이나 열한 살쯤 된 것 같았다. 나는 꽤 그럴듯한 이유를 찾아냈는데, 그것은 중대 사건을 처리하기 전에 잠이 안 올 때면 심한 신경과민에서 베개 귀퉁이를 물어뜯었으리라는 것이었다. 우리는 그걸 상상하고 즐거워했다. 오후에는, 항상 어려운 때면 그들의 성경구절보다 침착성으로 날 도와주었던 M부인과 P부인에게 작별인사를 했다. 새 감방에 들어가고 보니 여섯 사람이 함께 지내도록 되어 있었다. 이곳에 있는 사람들과 비교해 보니 65호실의 미치광이들 4명이 훨씬 나은 것 같았다. 이들은 꽤 소란스러웠을 뿐 아니라, 글을 쓸 곳도 숨겨 놓을 곳도 마땅치 않았다. 몸을 따스하게 하려고 그들은 술래잡기 놀이를 하고 있었다. 방은 너무나 컴컴해서 글씨를 볼 수 없을 정도이다. 내 옆자리는 17, 8세쯤밖에 안 된 수지라는 바나트 출신의 외국계 독일 여자의 자리다. 그녀는 적십자 보조원으로, 러시아 군인들로부터 몸을 구하려고 바르샤바 야전병원을 떠난 결과, 탈영으로 구금되었다는 길고도 요란스런 얘길 해주었다. 그러나 그건 거짓말이다. 나는 그녀에 대한 얘기를 이미 M부인한테 들었다. 그녀는 병원에서 부상병들의 소포를 착복했고, 여러 번 호텔에서 군인들과 자고는 호텔비를 지불하지 않은 채 사라졌다. 그러니 도둑질을 한 셈이다. 그 밖에 그녀는 남자라면 사족을 못 쓴단다.

다른 두 명은 안니와 로지였는데, 스위스로 가려고 군수공장에서 도망쳐 나온 세 처녀 중의 두 명이었다. 그들 역시 도둑질을 한, 별로 좋지 못한 인물들이었다.

네번째 인물은 금발의 폴란드인인 헬레나였는데, 근로勤勞 거부로 구금되었다. 그녀는 꽤 부유한 집 출신이며 응석받이로 자란 모양이었다. 그녀는 별로 똑똑하지 못했고 독일어는 한 마디도 몰랐지만, 실제에 있어서는 제법 눈치 있게 우리들이 말하는 얘길 따랐고, 몇 번이나 "그분한테 말해야지. 이런 나쁜 공기 속에선 일할 수가 없어. 난 아파요. 내 폐, 아유, 기침도 나와. 그분께선 내가 일을 해야만 한다고 말하지만, 아냐, 난 아무것도 할 수가 없는걸. 그분은 경찰서로 갔어요"라고 했다. 난 이 얘기를 오늘 저녁에 세 번이나 들었다. 그 여자 침대 밑에 있는 창문을 좀 열어 달라고 우리가 부탁을 했더니, 그녀는 "너희들 독일인들을 위해 그렇게 하라고? 난 싫어!" 하고 소리쳤다. 그녀는 우리를 굉장히 증오했다. 다섯번째 인물은 케테였는데 그녀 역시 바나트 출신의 독일인이었고 여섯번째 인물은 나치 대위의 아내인 안넬리이제다. 이젠 아주 깜깜해졌다.

1944년 11월 13일

처음으로 바깥 노동을 나갔다. 아침 6시 45분에 우리는 둘씩 짝을 지어 1층으로 내려갔다. 앞에는 9명의 대장장이들, 그 뒤에 빵 공장인 L에서 일할 15명과 염료공장인 M에서 일할 14명이 따랐다. 그룹마다 교도관이 감시를 하였다. 우리에게는 묵뚝뚝하고 몸집이 작고 안짱다리인 H양이 왔는데, 그녀는 나쁜 사람은 아니지만 어찌나 어리석고 신경질적인지 무슨 일을 저지를지 알 수 없는 인물이었다. 그녀는 굽은 다리 때문에 '교도소 다캘개'라고 불려지고 있는데, 그 별명은 그녀에게 썩 잘 맞는 것 같지 않다. 그녀는 차라리 흥분 잘하고 겁을 잘 내며 의심 많고 또 항상 짖어대는, 물어뜯는 동작으로 자신의 불안과 두려움을 숨기고 있는 작은 발바리 같아 보였다. 고등행정관이 전에 은행장이던 자와 함께 우리한테 와서 숫자를 맞춰 보고 이름을 부를 때까지 우리는 10분간을 떨면서 묵묵히 서 있었다. 그러고 나서 교도소 일꾼인 후버가 문을 열고 우리를 마당으로 나가게 했다. 거기서 우리는 또 5분을 찬바람 속에 벌벌 떨면서 서 있었다. 비와 눈이 섞여서 오고 있었다.

드디어 큰 철문이 열리고 우리는 밖으로 나왔다. 우리가 신은 나막신이 아스팔트 위에서 달그락 소리를 냈다. 길은 별장가를 지나 카페 앞으로 통했는데, 거길 지나려니 문명세계에 대한 내 갈망이 다시 되살아났다. 그런데 지나가면서 자세히 보니, 그건 이제 카페가 아니라 휴가병을 위한 숙소로 쓰이고 있었다. 공장은 식품공장 중의 하나인 작고 황폐한 건물이었다. 우리는 좁은 창고를 지나갔는데, 그 안에는 상자를 가득 실은 트럭이 가로막고 있어서 우리는 벽과 바퀴 사이로 간신히 빠져 나갈 수 있었다. 얼마 후 우리는 두 번째 창고로 들어갔다. 거기에는 막 구워 내서 바삭바삭한 수백 개의 흰 빵이 화덕에서 나와 쇠로 된 운반틀 위에 놓여 있었다. 교도관은 우리가 움직이는 걸 하나도 놓치지 않고 감시할 수 있는 자세를 취했다. 하지만 지나치는 빵을 몰래 한 조각이라도 잘라서 호주머니나 소매에 슬쩍 집어 넣지 못한 사람은 나를 빼고는 아무도 없었다. 나는 놀랐다. 그것만이 아니었다. 우리들은 사무실의 큰 유리벽을 통해서도 감시당하고 있었다. 금빛 머리에다 화장을 한 여자가 멸시하는 듯한 눈길을 우리들에게 보내고 있었다. 그러는 동안 훔쳐 낸 뜨겁고 바삭바삭한 빵이 호주머니에서 김을 내고 있었다. 나는 빌레펠트에 있는 웨트커 식품공장을 한 번 본 적이 있었다. 그래서 흰 타일벽과 반짝이는 금속 기계와 하얀 앞치마를 멋지게 상상하고 있었다. 그런데 여기에 와서 보니 아무것도 없다. 석탄더미와 배나무로 된 격자格子 울타리와 연기로 시커메진 벽밖에는 아무것도 없는, 황폐하고 지저분한 곳일 따름이다. 고장투성이의 몇몇 낡은 기계, 한 귀퉁이엔 무질서하게 밀가루와 겨자가루가 쌓여 있는 형편없는 작업실로서 석탄 냄새가 코를 찔렀다. 그 냄새는 안전 조처가 취해지지 않은, 틈새가 많은 파이프에서 나오고 있었다. 하지만 그곳은 따스했고, 두 개의 커다란 제분기가 달그락거리는 소리는 어딘지 마음을 진정시키고 잠을 오게 하는 힘이 있었다.

게다가 이곳은 교도소가 아니다. 모두들 일거리를 가지고 있다.

나는 구석에 앉아 자루 깁는 일을 맡았다. 거기서 나는 바느질을 하면서 둘러보았다. 북프랑스에서 온 두 명의 금발 자매는 우리들 중에서 제일 힘이 센 편이었는데, 빵을 가득 담은 무거운 쇠로 된 기구를 밀면서 빵을 쇠로 된 통에 집어 넣었다. 이 통은 일종의 고기 저미는 기계처럼 생겼는데 빵을 집어 넣으면 잘게 부수는 것이었다. 두 시간마다 이 통은 4개의 큰 건조기에 들어가서 바싹 건조시킨 빵을 내보냈다. 이 빵은 제분기 속에 들어갔고, 꽤 소란스런, 나무로 된 달가닥거리는 기계가 빵을 작은 부스러기로 만들었다. 빵부스러기는 자루 속에 들어가고, 그것은 때때로 마룻바닥에 있는 구멍에 쏟아진다. 거기서부터 그것은 윤쇄식輪鎖式 자동 엘리베이터를 통해서 두 개의 깔때기 속으로 들어가는데, 그 깔때기 입은 계속해서 아래위로 움직이며, 움직일 때마다 빵부스러기를 쏟아 놓았다. 그 다음엔 거기 앉아 있는 두 명의 죄수에 의해서 작은 종이봉지에 넣어져 운반되었다. 그러면 두 명의 다른 여자가 그것을 소포 부치는 기계에다가 걸고, 그것이 다시 책상 위로 운반되면 다른 죄수들이 그것을 빨리 검사한 뒤에 다섯 개씩 쌓았다. 두 명의 포장하는 여자들은 그러한 것을 열 개씩 한 상자에다가 포장을 했다. 어떤 죄수는 기계에서 떨어지는 마분지를 상자로 붙이고 다 된 상자를 쌓느라고 몹시 바빴다. 매일 우리는 적어도 320상자의 일을 해내야만 했는데, 그것은 50개씩 320상자, 즉 1만 6천 개의 ‘L의 빵가루’를 포장해야 되는 셈이다. 그 일은 두 조로 나누어서 해야 했기 때문에 어느 쪽이 일을 더 빨리 해서 끝내는가 하는 일종의 경쟁이 붙는다. 나는 이러한 어린애 같은 어리석은 행동에 대해 분개했다. 우리는 이 노동이나 초과 노동에 대해서 아무것도 받지 못한다. 이 공장에서 일하는 사람은 모두 죄수들이기 때문이다. 죄수들은 말할 수 없이 값싸게 일을 한다. 우리는 아침 7시부터 11시 반까지 일을 했고 오후엔 1시부터 5시 반까지 일을 했으니까 결국 9시간 노동을 하는 셈이다. 대부분의 공장들은 문을 닫았지만, 이 우스꽝스런 작은 공장은 '전쟁 경제상 중요한' 가치가 있기 때문에 쉬지 않고 일을 하고 있다. 이 빵가루가 그렇게도 중요한 것인가? 놀라지 않을 수 없다.

염료공장과 대장간에서 일하는 죄수들은 매일 두 번씩 소시지를 넣은 빵과 우유를 간식으로, 대장장이들은 맥주까지도 얻어먹는다. 그런데 우린 아무것도 주질 않는다. 우리는 9시간 동안을 바삭바삭하게 구운 흰 빵의 냄새만을 맡으며 지낸다. 아침엔 우유도 설탕도 넣지 않은 대용 커피 한 잔에다가 흑빵 두 조각밖에 먹지 못한 우리들의 위는 요란한 소리를 내고, 먹고 싶은 욕망은 걷잡을 수가 없다. 그러나 빵 한 조각이라도 먹는 것은 금지되어 있다. 하지만 10분도 못 돼, 나는 누군가가 원숭이와도 같은 민첩한 동작으로 내 주머니에 밀어 넣어 준 꽤 큼직한 빵 한 덩어리를 갖고 있었다. 그것은 굉장히 맛이 좋았다. 나는 그걸 어찌나 성급하게 먹었던지 아직도 배가 아프다. 이곳의 따스함과 매일 몇 조각씩 훔치는 흰 빵으로 얼마 동안은 그럭저럭 지낼 수 있을 것 같다. 그런데 같이 있는 사람들은 별로 기분 좋은 인물들이 아니다. 바나트 출신의 지저분한 아가씨 두 명, 절도범 로지와 안니, 친위대 대위의 부인, 두 명의 못생긴 북프랑스 여자들, 이가 득실거리는 시골 아가씨, 아직 잘 알 수 없는 두 명의 좀 뻔뻔스런 여자들. 그들은 교도관 앞에서는 굽실대면서도 뒤에서는 혀를 내민다. 또 건조화덕 곁에는 꽤 큰 여관 주인이었는데 정치범으로 들어오게 되었다는(정치범이란 점잖은 축에 속한다) 여자가 한 명 서 있고, 저쪽엔 투실투실하고 작은 베르사유 출신의 오데트가 있는데 그녀는 철두철미한 프랑스인으로 밑을 수 없을 정도로 재빠른 손과 날쌘 눈과 혀를 가지고 있었고 무슨 일에나 민첩했다. 그녀는 오늘 무슨 일 때문인지 교도관과 요란스레 싸우면서 교도관이 보는 앞에서 한 조각의 빵을 훔쳐서는 유유히 블라우스 속에다가 숨겼다. 이 사람들 사이의 유일한 섬광이라면 R부인뿐인데, 그녀는 지난번 내가 검사장을 찾아갔을 때부터 내 마음에 들었다. 그녀는 아무하고도 얘길 하지 않고, 경멸하는 듯 냉담하게 모든 것을 무시했고, 계속 어떤 생각에 몰두해서 근로 휴식 중에도 발걸음을 뚜벅뚜벅 옮기면서 손을 윗옷 소매에 찌른 채 습기차고 철책이 쳐진 석탄 뜰을 왔다 갔다 했다. 그녀가 정치범이라는 건 틀림없는 사실일 거다.

오후에 우리는 교도소로 다시 돌아왔다. 우리는 부엌문 앞에서 음식 그릇을 받기 위해 기다렸다. 그러고 나서 교도관이 우릴 방으로 들여보낼 때까지 또 기다려야만 했다. 너무나 시간이 오래 걸려서 우리가 식탁에 앉게 되자 음식은 벌써 다 식어 있었다. 내 배엔 아직도 흰 빵이 차 있어서 4주일 만에 처음으로 배가 부른 것 같았다. 위가 고통스럽다 할지라도 배가 부르다는 건 정말 기분 좋은 일이다. 식사 뒤엔 자유시간이 있다. 나는 침대에 누워 몸이 고달프긴 하지만 일기를 쓴다. 지금은 저녁이고 오늘은 불이 들어온다. 처음으로 불이 들어온 셈이다. 반 시간 동안 불을 주는 것이다. 나는 빨리 글을 쓰려고 음식을 급히 먹어치웠다. 빨리 나치 친위대 대위 부인 얘길 써야겠다. 그녀는 나치 친위대 대위와 결혼한 지 벌써 5년이 넘는데 아직도 애가 없다. 나치 친위대원 부부라면 5년 안에 애를 적어도 하나는 낳아야 한다. 그렇지 않으면 원하지 않더라도 이혼을 해야만 한다. 그런데 이혼 전에 먼저 부인을 검사해 보게 되어 있다. 그래서 안넬리이제는 친위대 병원에 가서 검사를 받았다. 그러나 아무런 결점도 찾아내지 못하자 꽤 많은 수술을 받았는데, 그것은 아프기도 하고(마취 없이 하기 때문에) 많은 친위대원들(의사와 군인들)이 관찰을 하는 것이다. 그러고 나서 그녀는 요양소로 보내졌다. 물론 친위대 비용으로 해주는 것이다. 그리고는 퇴원했고, 남편은 휴가를 받았다. 그런데도 실패였다. 그녀는 다시 몇 달 동안에 걸쳐 치료를 받았다. 그것도 몇 차례씩이나. 그녀는 거역을 했지만 친위대 의사의 강압을 이기지 못했다. 치료가 거의 끝난 1년 뒤 그녀는 하체에 고통을 느꼈다. 아직도 그렇다. 그녀한테서는 냄새가 난다. 여기 있는 많은 여자들한테서는 역겨운 냄새가 나는데 그것은 불결한 이유에서뿐만은 아니다. 지금 안넬리이제는 금지된 매점買占행위 때문에 4주의 구금형을 받았는데 아마 이혼이 될 거다. 그녀는 "당신네들은 나치 친위대가 무슨 일을 하고 있는지 전혀 알지 못하고 있죠? 모르는 걸 기쁘게 생각하세요"라고 말했다. 그때 갑자기 바나트 출신의 절도범인 수지가 "당신한테 충고하겠어요! 그건 정치 얘기가 아닌가요? 여기서 정치 얘길 하는 건 금지되어 있어요. 나치에 대해 나쁘게 말하는 건 금해 주세요"라고 소릴 질렀다. 나는 큰 소리로 "이 멍텅구리야!" 하고 떠들었다.

1944년 11월 14일

오늘 K가 여기 왔었다. 점심때 공장에서 돌아오자 나는 사무실로 불려 갔다. 나는 전혀 눈치채지 못하고 있었다. 거기에 K가 서 있었는데 날 쳐다보면서도 알아보지 못했다. 그는 내 뒤의 문 쪽을 바라보면서 날 기다리고 있었다. 나는 그를 불렀다. 그는 깜짝 놀랐다. 나는 눈물이 쏟아져 그의 팔에 몸을 던지고 울었다. 지금 나는 그걸 부끄럽게 생각하고 있다. 하지만 그때는 그럴 수밖에 별 도리가 없었다. 그는 5분쯤 거기 있을 수 있었다. 교감보가 바로 곁에 서서 손목시계를 들여다보고 있었고 애기를 전부 듣고 있었다. 우리는 거의 말을 할 수가 없었다. 내가 무슨 애길 했으며, 또 K가 무슨 애길 했는지 알 수가 없다.

어떻게 지내고 있느냐고 그가 물었을 때 나는 그를 안심시키려고, "아주 잘 지내고 있어요. 교도관들은 보기보다 좋은 분들이에요"라고 대답했다. 그때 교도관이 소리쳤다. "무슨 소리들이지? 여기에서 일하는 관리에 대해 애기하는 것은 금지되어 있소. 자, 면회는 이걸로 끝이오. 나가지." K와 나는 서로 쳐다보았다. 서로 포옹하고 K는 갔다. 나는 머리를 한 대 얻어맞은 듯한 기분이 들었다. 교도관은 K가 가져온 빵, 과자, 사과가 든 상자를 나한테 밀더니 사무실 밖으로 내몰았다. 감방으로 오는 도중에 그녀는 나한테 계속 욕을 퍼부었지만 나는 거의 듣지 않았다. K가 거기 있었다. 하지만 곧 내쫓겼다. 그가 오지 않은 게 더 좋았을 것 같다. 나는 벌써 자유를 잊어버리고 은혜스런 마취 상태로 빠져들기 시작하지 않았는가? 이제부터 모든 것을 다시 새롭게 이겨가야 한다.

1944년 11월 15일

K가 내게 가져온 상자는 신문지로 싸여 있었다. 그 신문은 4일부터 일주일 전까지의 것이다. 나는 그걸 열심히 들여다보았다. 러시아군은 플라텐 호수 근방에 들러붙어 있는 것 같았고, 연합군은 홀란드와 보게젠에 와 있는 것 같다. 하지만 진전은 없는 듯하다. 승리와 마지막 피 한 방울까지의 방어에 대한 히틀러의 연설은 억지에 불과하다. 독일은 지금 서서히 고통스런 죽음을 당하고 있는 것이다. 나치가 6개월쯤 생명을 더 부지할 수 있도록 말이다. 교도소에 있으면서 정치에 깊은 관심을 갖는다는 것은 좋지 못한 일인 것

같다. 죄수들은 완전히 마비된 감정을 가지고 있어야지, 그렇지 않으면 위험이 몇 배나 가중되는 것이다.

교도소로 돌아오는 길에 본 막간극幕間劇 한 토막. 좁은 도로에서 우리는 꽤 점잖고 고루해 보이는 중학교 선생 같은 노인과 마주쳤다. 그는 상당히 어색해 보이긴 했지만, 아무튼 금빛 나치마크를 달고 있었다. 우린 조심해서 길을 피했는데 노인의 지팡이가 오데트와 부딪쳤다. 그녀는 프랑스어로 별로 심하지 않은 무례한 말을 했다. 그는 그 말을 알아듣진 못했지만 몸을 돌려 지팡이로 우리를 위협하며 소리질렀다. "점잖은 사람이 지나는 이 길로 너희 같은 형편없는 것들이 지나가다니!" 나는 외쳤다. "그건 너무한데요. 우리도 다른 사람들과 똑같은 인간입니다. 당신은 우리가 왜 교도소에 있는지 알기나 합니까?" 교도관은 입 다물라고 호통을 쳤지만 나는 계속 악을 썼다. "우리들보다 오히려 더 교도소에 들어와 있어야 할 인간들이 저렇게 자유롭게 활보하고 있잖아요!" 노인은 화가 나서 "게다가 뻔뻔스럽기까지 하군. 몹쓸 죄수년들, 너희들은 얻어맞아야만 해!" 하고 소리쳤다. 우리가 가는 길이 꺾이게 된 것은 다행이었다. 노인은 한동안을 우리들 뒤에서 욕을 하고 있었고, 간수는 나를 "노인네에게 형편없이 구는 버릇없는 년"이라고 불렀다. 나는 분노와 불쾌함과 자만심에서 요란하게 웃고는, "H양, 당신은 아무것도 모르는 멍텅구리예요"라고 말했다. 그녀는 미친 사람처럼 욕을 했지만 그뿐이었다. 금빛 나치마크를 단 그 노인은 이 정권에 대한 나의 증오심을 다시금 새롭게 해주었다.

공장에서는, 이가 많은 그 시골 아가씨가 해고당했기 때문에 내가 포장하는 일을 맡게 되었다. 난 그 일이 좀 쉬울 거라고 생각했는데, 역시 모든 것은 배워야만 한다는 걸 다시 한 번 느껴야 했다. 그 일은 재빨리 해내야지, 그렇지 않으면 물건이 금세 산더미처럼 쌓인다. 나는 서둘러 일을 했는데, 두 시간쯤 지나서 보니 내가 쌓은 물건에 핏자국이 묻어 있었다. 놀라서 살펴보니 팔꿈치에 날카로운 상자 가장자리에 의해 다친 상처가 있었다. 손은 부어올랐고, 그 일은 서서 해야 했기 때문에 신장의 고통은 대단했다. 기침은(아직도 기침약은 받지 못했다) 걸어오느라고 발이 젖어서 더 심해졌다. 아직도 무거운 나막신을 신고는 잘 걸을 수가 없다. 나는 160상자를 끝내야 되는데 130상자밖에 해내지 못했다. 거기에 대해서는 내가 필요 이상으로 걱정하고 있음을 알고 나 스스로도 매우 놀랐다.

아직 불이 켜 있지만 더 이상 쓸 수가 없다. 너무 지쳤고 손도 아프다.

1944년 11월 16일

오늘 변호사가 왔다. 내 서류는 아직도 여기에 오지 않았다. 그는 K가 M에 있는 비밀경찰에게 직접 가보는 게 좋을 것 같다고 얘기했다. 나는 반대다. 그가 이 사건에 끼어들어서는 안 된다. 변호사는 도대체 아무것도 하는 게 없다. 그는 손을 비비면서 제3제국에 있어서의 판결과 사법관과 변호사의 무기력함, 또 전쟁과 이 모든 것에 대해 욕설을 퍼부었다. 하지만 그건 내게 아무 소용없는 것들이다. 나는 단지 이곳에서 빨리 나가고 싶을 뿐이다. 더 이상 참지 못하겠다. 나는 신경과민에다가 흥분하고 있고 또 감기에 걸려 있다. 변호사는 어깨를 움츠려 보였다. "허나 별 도리가 없군요. 힘만 들고 어쩔 수가 없습니다." 나는 그에게 한 번 말해 볼 만한 사람들의 주소를 일러주었다. 변호사는 이 모든 것을 조용히 기록하더니 눈을 번쩍이며 책상을 치고서 외쳤다. "기막힌 아이디어입니다. 왜 그걸 진작 생각해 내지 못했을까요?" 나는 말하였다. "아, M선생님, 이 모든 게 다 아무 소용도 없다는 건 당신도 잘 아시지 않습니까? 그런 직업에 알맞게 위로나 하고 다니시는군요." 그는 날 멍하니 쳐다보더니 웃으며 가방에서 배 한 개를 꺼내 주었다. 나는 그걸 받았다. 받지 않을 이유가 없었으므로. 하나가 아니라 서너 개라도 좋았을 것이다. 금지되어 있는 걸 그는 하고 있는 것이다. 게다가 그는 몇 권의 책을 골라서 갖다 줬다. 나는 울시타인 출판사에서 나온 비키 바움(그도 이 작가가 금지되었다는 것은 알 것이다. 나는 기뻤다)의 노란 빛깔의 소설 한 권, 스탕달의 《카스트로의 수녀》와 조그마한 프랑스 단편을 받았다.

변호사는 제법 심미안이 있는 사람이다. 나는 그가 변호사로보다는 평범한 사람으로서(그는 열렬한 역사학자다) 더 재미있을 거라고 생각한다. 그리고 그의 태도, 책, 내 서류나 교도소에 관한 것이 아닌, 문학에 대한 5분쯤의 짤막한 대화가 잠시나마 나를 기쁘게 했다. 정말이지 나는—그것을 지금 새삼스레 다시 깨닫는다—얼마나 정신적인 생활을 아쉬워하고 있는지 모른다. 나는 책을 긴 스웨터 속에 숨겼다. 달리는 그걸 방으로 가져갈 도리가 없었다.

책을 막 읽기 시작하려는데 케테의 애기가 귀에 들어왔다. 케테는 16세로 괴짜인데, 몸집이 크고 뚱뚱하고 못생기고 이가 빠진, 반은 아기이고 반은 사기꾼인 처녀다. 그녀의 애기는 흥미진진했고 또 사실인 것 같다. 케테의 부모는 바나트 어느 곳에선가 여관업을 하는 중산층이었다. 케테가 여덟 살쯤 되었을 때 부모는 친척을 만나러 슈투트가르트에 간 적이 있었다. 어린애였던 그녀는 당시 독일, 특히 큰 도시였던 그곳에서 굉장히 강한 인상을 받았기 때문에 언젠가는 꼭 다시 한 번 그곳엘 가 보려고 몇 년 동안을 벌러 왔다. 하지만 부모는 그것을 허락하지 않았다. 그때 전쟁이 나서 통행증이 필요 없어졌고, 물론 그녀도 그걸 필요로 하지 않았다. 어느 날 밤, 그녀는 국경을 넘으려고 작은 여행용 트렁크를 쌌으나 3일 동안을 국경이 어딘가 찾아다녀야 했다. 그녀는 감히 물어볼 용기가 없었다. 어느 날 그녀는, 우연히 어느 여관에서 나이 먹은 남자한테 그녀가 알고 있던 국경에 바로 인접해 있는 마을에 관해서 물었다. 그 남자는 웃었다. 그도 국경을 넘으려 하고 있는 중이었다. 케테는 곧 그의 딸 노릇을 하기로 했고, 그 남자는 가축상인으로 행세할 것을 계획했다. 그들은 장사를 하려는 것처럼 꾸며 그 마을을 들어가려고 많은 돈을 들여 마차를 빌렸다. 그런데 케테에게 묘안이 떠올랐다. 혼자 국경을 넘는 게 더 나으리라는 생각이었다. 국경은 엄중히 경계되고 있었고, 또 부모들이 국경에 비상경보를 내리게 해두었으리라는 것도 생각 안 할 수가 없었다. 그래서 그녀는 '아버지'를 버리고 세관 바로 곁에 있는 강을 밤중에 헤엄쳐 건넜다. 그녀가 거의 강둑에 다다랐을 때 총격이 시작됐다. 하지만 이미 발을 오스트리아 땅에 디디고 있었기 때문에 총성은 곧 멈췄다. 독일 국경 관리들에게는 정치적인 망명자인 것처럼 행세했다. 그들은 그녀를 초소로 데려갔는데, 그곳에서 다음에 닥쳐올 운명을 기다리면서 한동안 머물러 있다가 드디어 도망치기로 결심하고 말았다. 그것은 성공했다. 그녀는 플랫폼 입장권을 가지고 부다페스트—빈행 특급열차 화장실 속에 숨어 빈까지 갔다. 빈에 내려서는 시끄럽게 울어대며 역에 서 있었더니 나치대원이 오더라는 것이다. 그녀는 헝가리인인 것처럼 꾸몄다. 사람들이 그녀에게 통역할 사람을 데려오자 그녀는 독일로 보내 달라고 했다. 그녀는 슈투트가르트로 여행하던 중 부모를 잃어버렸다고 말했다고 한다. 친척집 주소는 알고 있었다. 그 다음 날, 그녀는 나치가 마련해 준 기차표와 여행용 식량과 돈을 가지고 빈—슈투트가르트행 기차를 탔고, 드디어 슈투트가르트에 도착했다. 거기서 그녀는 집에 편지를 썼다. 결국 부모는 양해를 하고 돈을 보냈다.

케테는 상업학교에 다녔고 속기사로 취직하게 되었는데, 암거래를 해볼까 하는 생각을 하게 됐다. 그때 나이는 열다섯 살 반이었다. 그녀는 정육점에서 일하는 친구에게서 고기 배급표를 받아내 가지고는 그보다 훨씬 많은 비계 배급표와 바꿔 보았다. 그러고는 그 비계 배급표를 내복과 또 바꿨다. 배급표 교부는 점점 번창했고 장사는 수지가 맞았다. 그녀는 내복을 전부 팔고 돈과 식료품을 가지고 옷, 외투, 구두 장사를 했다. 세 트렁크 가득히 물건을 갖게 되자 그녀는 집으로 휴가를 가기로 결심했다. 우선 마을에서 가까운 헝가리 영사관으로 가야했는데, 그게 바로 그녀의 불운이 되고 말았다. 사람들은 그녀에게 통행증을 주지 않고 어떤 이유에선지 트렁크를 열게 했고, 결국 그녀가 슈투트가르트 경찰에서 찾고 있는 인물이라는 것을 알게 되었다. 교도소에 들어올 때 그녀는 여덟 켤레의 새 구두와 두 벌의 드레스, 세 벌의 외투, 열 벌의 옷과 산더미처럼 쌓인 비단 내복을 가지고 있었는데, 굉장히 값비싼 것으로 모두 다 새 것이었다. 그녀가 심문을 받을 때, 트렁크 속에 든 것에 관해 판사가 물어보더라고 얘기했다. 그녀는 모든 걸 솔직히 고백했다. 사람들이 트렁크와 옷을 들고 왔다. 거기엔 레이스와 진주가 달린 이브닝 드레스도 있었다. 판사는 그녀더러 옷이 잘 어울리더냐고 엄숙하게 물었다. "물론이죠." 그녀는 슈바벤 지방의 사투리로 대답했다. "판사님, 제가 아주 멋있었던 모양이에요. 젊은 이들이 모두 나를 쳐다봤다니까요." 판사는 물론 그랬을 거라고 대답해 줬다. 우리는 모두 웃고 법석을 했다. 그녀의 모험심이나 돈 버는 수완이나 장사꾼의 재주를 올바르게만 쓴다면 K는 일류 사업가가 될 수 있을 거라고 믿어 마지 않는다.

1944년 11월 17일

적십자 간호원인 수지는 L교도소로 보내졌다. 정말 다행이다. 그녀 대신 까다롭게 생긴 식당 주인이라는 B가 우리 감방에 들어왔다. 그녀는 8개월째 교도소에 있는데 '정치범'이란다. 그녀는 식료품을 암거래한데다가 정치적인 발언을 했던 모양이다. 충분히 그랬을 법하다. 7개월을 슈타델하임에 있었다면서 그곳 얘기를 했다. 슈타델하임에서는 목을 벤다는 것이다. 단두대는 마당 한가운데 세워져 있고, 교도소 규칙에 어긋난 짓을 하는 죄수들은 벌로 단두대의 피를 닦아야 한다. 새벽 4시에 목을 베게 되는데, 아침엔 다시 말끔하게 해놔야 된다는 것이다. 가끔 죄수들은 밤에 선지순대 한 토막을 얻어먹게 되는데, 그것은 누구나 다 좋아했다. 새 사람이 들어오게 되면 전에 있던 자들은 슬쩍 순대를 가리키면서 "오늘 밤에 또 몇 명의 목이 달아났군" 한다는 것이다. 결국 새로 온 사람들은 거기에 통 입을 대려 하지 않는 까닭에 먼저 있던 자들은 두 배의 몫을 갖고 좋아서 난리들이란다. 그녀는 계속해서 말했다. 그곳엔 아주 독실한 카톨릭 신자인 늙은 교감보가 있었다. 매주 일요일 미사를 올리고 죄수들 모두가 성가를 부른다. 죄수들 중 열심히 교회에 나가며, 특히 소리 높여 기도하고 노래를 부르고 경건한 말을 잘하는 사람들은 교감보가 특별대우를 해준다는 것이다. 물론, 모두들 몰려가서 성가를 불러대지만, 기도 사이에 무례한 농을 하는가 하면 갖가지 악담을 다 한다는 것이다.

식당 주인인 B는 우리들의 신문이며 통신기관이다. 그녀는 공장에서 건조화덕뿐 아니라 난로를 맡고 있다. 거기에서 그녀는 심심찮게 일반 노동자들인 빵 기술자들과 어울리는데 그들에게서 새로운 소식을 듣는 거다. 가령 오늘 그녀가 말한 바로는, 연합군이 린다우시에 진주했는데 스위스가 그들의 통과를 허가했다는 것이다.

나는 이 뉴스를 터무니없는 것으로 생각하면서도 어리석게 한 가닥 희망을 걸어 본다.

오늘 공습경보가 있었을 때, 오랜만에 마리헨과 작고 둥그스름한 요리사인, 자칭 여사라는 H를 만났다. H는 공판을 받았는데 11개월의 선고를 받았다. 그녀는 울면서 자신의 무죄를 호소했지만 그녀의 절도를 증언한 사람이 넷이나 있었다. 이들은 중죄범重罪犯들이었고, 이 네 사람 모두가 공범증인으로 간주되었다. 변호사는 그녀에게, 전쟁도 이제 곧 끝날 텐데 무한정 여기서 지낼 필요가 없다고 하면서 공판 때 모든 걸 인정하라고 타일렀다. 자신의 죄를 부정하는 건 재판 절차만 어렵게 만들고 그녀가 자백만 한다면 훨씬 적은 형량으로 끝날 수 있다는 것이었다. 그러나 결과는 11개월 형이었다. 그녀는 거의 미칠 듯이 괴로워했다. "정말 나는 아무 죄도 없어요"라고 나에게 말했다.

키가 작고 기분 나쁘게 생긴 절도범 R도 오늘 공판을 받았다. 8개월 형이다. 내 변호사가 그녀를 위해 변론에 나섰다. 그녀는 판사들끼리 하는 얘기를 미리 엿들었는데 8개월 형을 내리기로 결정이 났다는 것이었다. 검사가 공판 때 1년 반의 구형을 했으나 변호사의 일대 열변의 결과로 8개월로 줄일 수 있었던 것이다. 그녀의 젊은 나이를 고려하여 형량을 줄여 줬을 거다. 그러나 R은 판검사에게는 물론, 닥치는 대로 사람들에게 욕설을 퍼부어댔다. 이 경망스러운 여자에게도 솔직하고 신랄한 면은 있었다.

나는 마리헨도 만났다. 그녀는 비참할 정도로 창백하고 바싹 말라 몹시 지쳐 보였다. 그녀는 여러 번 심문을 받았다고 한다. 경찰관 하나가, 자기를 믿고 모든 것을 자백한다면 사건을 잘 처리해 주겠다고 했다는 것이다. 불쌍하고 괴로움을 받고 있는 그녀의 처지는 누구나 다 알고 있는 터이니까 판사들도 이 점을 참작할 것이라면서. 마리헨은 그의 선의에 감동되어 전엔 완강히 부인했던 모든 것을 그에게 전부 말해 버렸다. 낙태수술한 것도 고백했다. 두말할 것도 없이 지금 그녀는 큰 곤란을 겪고 있다. 모르는 새에 그 고백은 이미 조서로 꾸며졌기 때문이다. 헌병대에서 있었던 그녀의 심문은 어떤 젊은 친위대원이 맡았다고 한다. 마리헨은 꽤 지쳐 있었지만 남자를 끌게 보였나 보다. 그 친위대원은 그녀에게 추파를 던지면서, 만약 그녀가 자기 애인이 되어 준다면 석방시켜 주겠다고 했단다. 하지만 그녀의 남편도 친위대에서 일하고 있기 때문에 그녀는 감히 그런 짓을 할 수가 없었다. 그녀는 남편을 꽤 두려워하고 있었다. 마리헨이 이 이야기를 하자 키 작은 '러시아 여자'인 Sch부인이 끼여들었다. 그녀는 자기도 그와 비슷한 체험을 했다는 것이다. 헌병대에서 지문을 찍고 사진 촬영이 끝나자 그녀는 어떤 경관과 단 둘이 있게 됐는데, 그는 아주 친절했고 오랫동안 얘기를 걸면서 그녀를 쓰다듬기까지 했다. Sch부인은 이런 정에 굶주려 있었기 때문에 한동안 그가 하는 대로 가만히 있었다. 경관이 키스를 하려고 하면서 자기 욕구를 노골적으로 드러내자, 그녀는 거북해져서 고발하겠다고 위협했다. 그는 그녀를 더 이상 괴롭히진 않았지만, 고발을 하면 재미없을 것이라고 으르렁대면서 자기에게 더 무서운 무기가 있으므로 결국 손해를 보는 건 자기가 아니라 Sch부인라고 하더란다. 새로 들어온 D부인 역시 자기도 그런 경험을 했다면서 거들었다. 다른 네 명도 마찬가지란다. 모두들 그런 일은 당장 고발해야만 한다고 했다.

오늘 오후, 공장에서 불쾌한 일이 벌어지고 말았다. 상처로 벗겨진 팔이 너무나 아파서 아무리 열심히 해도 상자를 빨리 처리할 수가 없었다. 상자들이 자꾸만 밀렸다. 옮겨 붓는 기계와 제동장치 옆에 있는 두 여자가 자꾸만 더 빨리 일하고 있는 것을 보자, 나는

"아, 제발 좀 기다려요. 난 더 따라갈 수가 없어요" 하면서 그녀들에게 피나는 팔을 보였다. 그녀들은 내 말엔 아랑곳없이 비웃어댔다. 나는 다시 한 번 사정을 했으나 그 중 하나가 외쳤다. "자, 훌륭한 귀부인, 우리가 일하는 걸 보시지그래. 잘 배워 둬야만 하겠어." 나는 내 자신을 '훌륭한 귀부인'이라 한 적도 없고, 가능한 한 그들에게 맞추려 했었던 까닭에 화가 치밀었다. "아아!" 하고 나는 말했다. "어리석은 말 좀 하지 말아요. 난 여기 온지 겨우 2, 3일밖에 안 되잖아요. 어떻게 능숙하게 일을 할 수가 있겠어요." "그렇다면 할 수 있게끔 맛을 좀 봐야겠군" 하고 그들은 외쳤다. 나는 그만 일을 멈추고 소리를 질렀다. (요란한 기계 소리 때문에 연방 소릴 질러야 했다.) "내가 당신들에게 잘못한 게 뭐예요? 뭘 어쨌길래 날 못살게 구는 거예요?" 그녀들은 웃으면서 외쳤다. "저 흥분한 고귀한 모습을 좀 보라지. 화가 나신 모양이군." 교도관이 뛰어왔다. "왜 야단들이야?" 두 여자가 대꾸했다. "아니에요. R이 싸움을 걸어 왔어요. 그녀의 고운 손가락을 다치지 않게 천천히 일해야 된답니다." 간수는 이 떠벌이들의 편을 들고 나섰다. "뭐라고? 빨리 일할 수 없다고? 그래, 그렇게 높으신 분이 어째서 바깥일을 하겠다고 했지?" 난 화가 치밀었다. "내가 언제 일을 하지 않겠다고 말했어요? 내가 다른 사람들처럼 일하지 않는단 말예요? 난 팔에 상처를 입을 정도로 힘껏 일했어요." 말을 하는 동안에도 너무나 화가 나서 소릴 질렀다. "그래요, 저기 두 여자는 바보처럼 열심히 일해서 320상자 이상을 만들어 내고 있어요. 그 대가로 우리가 얻는 것은 무엇이죠? 남작에게 그토록 귀중한 빵부스러기를 더 만들어 주어 빵부스러기 남작이 잘 살도록 우리가 혹사당해야 한단 말인가요?" (우리는 이 공장 소유자를 '빵부스러기 남작'—이 말은 과묵한 편인 R부인이 만들어 냈다—이라고 불렀다. 또 '빵부스러기 남작부인'이란 공장 관리인인 Rst양을 가리키는 것으로, 그녀는 한때 공장 소유자의 집에서 하녀로 있었는데 그의 아이를 낳은 덕분에 그런 좋은 자리를 차지하게 된 것이다. ‘빵부스러기 공주’ 들이란 공장 주인의 순 금발 딸들을 가리키는 말인데, 이들은 근로대勤勞隊에 가지 않으려고 여기 사무실에서 빈들빈들 놀고 있다.) 내 말이 떨어지자 잠시 조용해졌다. 그때 공연히 휴즈가 끊어지는 바람에 두 기계가 정지해 버리고 말았다. 공장 관리인이 사무실에서 뛰어나오고, 금발의 네 딸들도 모두 근심스러운 듯이 문에서 머리를 내밀었다. 나는 계속 외쳤다. “우리는 이용당할 대로 이용당하고 배가 고파서 굶어 죽을 지경이죠. 게다가 또 이 두 젊은 여자한테서 뻔뻔스런 욕지거리까지 들어야 한단 말입니까?” 나는 화가 나서 책상을 두드렸다. 내가 이렇게 분노를 터뜨리지만 않았다면, 나는 그 바보 같은 얼굴들을 보고 웃어 줄 수 있었을 것이다. 공장 관리인이 좋아하지 않는 교도관(그녀는 인격·성격·지위 또는 돈에서도 자기보다 윗자리에 있는 모든 사람에게 음성적인 증오심을 가지고 있다)은 내가 간접으로 공장 관리인을 공격할 때는 은근히 내 편을 들더니 지금은 철저하게 나를 반대하고 나섰다. 그녀는 고함을 쳤다. “왜 이러는 거야? 죄수들을 선동하는 건가? 아가리 닥쳐, 못된 년 같으니.” 나는 참을 수 없었다. “난 가만 있지 않겠어요.” 그러나 그녀는 나보다 더 소릴 질렀다. “이 얘길 검사장 귀에 들어가게 할 거야, 정말이야!” 더 이상 소리치지 않고 나는 냉정하게 “마음대로 하세요”라고 말하고 일하러 갔다. 조금 풀이 죽은 공장 관리인은 휴즈를 이어 놓고 금발의 네 딸을 데리고 소리 없이 사무실로 돌아갔다. 교도관은 싸움 잘하는 두 여자와 오랫동안 무언가 정신 없이 소근댔다. 아마 나를 두고 무슨 계획을 짜는 것 같았다. 두고 보자. 돌아오는 길에 초등학교 애들을 만났다. 그들은 우리를 보자, “폴란드 사람들, 러시아 여자들 온다”라고 떠들어댔다. 그리고 우리에게 침을 뱉고는 어둠 속으로 사라졌다.

1944년 11월 18일

오늘 아침 나는 고등행정관에게 불려갔다. 교도관이 고발한 것이다. 행정관은 사건 경위를 침착하게 말하게 한 다음, "당신에게 한 가지 충고하겠는데 절대로 싸움을 하지 마시오. 당신이 손해보게 마련이니까. 당신은 외톨이인데다가 딴 사람들처럼 가진 무기도 없지 않소?" 하고 말했다. 나는 놀라 그를 쳐다보았다. 나는 그가 이처럼 동정을 표시할 줄은 꿈에도 생각하지 못했었다. 나도 모르게 그에게 손을 내밀었다. 그는 내 손을 잡았으나 곧 손을 빼는 것이었다. 내가 죄수라는 걸 갑자기 의식한 탓인가 하고 생각했으나, 그 순간 나는 교감보가 옆방에 온 것을 알았다. 행정관은 금세 달라진 어조로 말을 계속했다. "이런 일이 다시 또 있어선 안 되겠소. 알겠소? 나는 이런 고발은 더 이상 듣고 싶지 않으니까, 다음에 또 이런 일이 있을 경우엔 처벌이 있을 거요." 내가 사회주의자가 아니었더라면 나는 오늘부로 사회주의자가 되었을 것이다.

매주 토요일이면 공장은 쉬고 우리는 대신 청소를 해야 한다. 그것도 쉬운 일은 아니다. 우리는 큰 제분기계 위에 올라가 벨트를 모두 떼내고, 베어링에 기름을 치고 기계를 분해·세척한 뒤, 칠을 해서 다시 조립해야 한다. 제분기 구멍에도 기어 들어가서 청소해야 하는데 정말 고생스럽고 어려운 일이다. 일의 순서는 규정되어 있다. 맨 처음 일부 사람들이 바닥을 청소하는 동안 다른 사람들은 천장과 벽을 쓸어 낸다. 다음엔 제분기를 청소하는데, 먼지가 대단하다. 결국 금세 청소한 축축한 바닥에 밀가루 먼지가 떨어져 찐득찐득한 풀로 덮이게 된다. 그런 다음 옮겨 붓는 기계를 청소하는 동안 책상과 의자를 씻는데 다시 먼지가 낀다. 그러면 바닥을 다시 한 번 청소해야 된다. 마지막으로 봉하는 기계를 씻는다. 그러는 동안 바닥과 가구는 세번째로 또 더러워지고 만다. 뒤쪽에 있는 창고에서도 열심히 청소하기 때문에 공장 전체가 먼지다. 결국 모든 것은 처음과 마찬가지로 되어버린다. 어째서 사람들은 일을 합리적으로 하질 않는지? 합리적으로만 한다면 죄수의 반은 쉬어도 될 거다. 그래서 안 되는 모양이다. 그러니까 같은 일을 세 번씩 시키는 꼴이고 죄수들은 게으름을 피우는 것이다. 오늘 유리창을 닦아야 했던 R부인은 4시간 반을 소비했지만 여전히 유리창은 깨끗하지 않았다. 사실 그런 일은 두 시간 이내에 충분히 해치울 수 있는 것이다. 나는 양쪽 사무실 청소를 하라는 명령을 받았다.

처음에는 별로 언짢은 일이 아니라고 생각했다. 나는 혼자였고 거리는 따뜻했으니까. 증기난방은 열기를 내뿜었기 때문에 창문을 열어 놓아야 했다.(교도소에는 일요일만 스팀이 들어오는데, 그것도 과히 성능이 좋지 않아서 감방에 골고루 돌아가질 않는데다가 벌써 눈이 왔으니 추운 건 말할 수도 없다.) 나는 무릎을 꿇고 앉아서 청소했다. 정신 없이 바닥을 문지르고 솔질했기 때문에 금발 중 하나가 창문으로 감시하고 있다는 것도 눈치채지 못했다. 내가 뭔가 훔치지나 않을까 의심스런 표정으로 관찰하고 있었다. 얼마 후에 들어와서 책상이 깨끗해졌는지 만져 보고는 한 귀퉁이를 가리켰다. "저긴 아직 더러운데." "예" 하고 나는 말했다. "알고 있어요. 거긴 아직 청소하지 않았어요"라고. 그녀는 책상 위를 뒤지는 체하면서 한동안 나를 힐끔힐끔 보더니, "당신은 청소를 잘 못하는군요. 더 세게 닦아야지요"라고 했다. "당신은 한 번이라도 여기를 청소해 본 적이 있어요?"라는 내 말에 그녀는 놀라며, "내가요? 왜 내가 청소 같은 걸 하나요? 난 더 중요한 일을 하고 있어요"라고 말했다. "그래요?” 하고 나는 말했다. “정말이에요? 나도 그렇습니다.” 그녀는 잽싸게 안으로 들어가 버렸다. 내 말투가 그녀 맘에 들지 않은 모양이었다. 사무실 바깥을 청소하는 동안은 감시 같은 것은 없었다. R부인이 지나가면서 머리를 젓고는 말했다. “뭣 때문에 그렇게 열심히 하세요? 이런 빵공장은 그만하면 충분합니다. 그만 집어치우자구요.”

사무실 속은 너무 더러워 도저히 구석까지 치울 수가 없었다. 금발 중 가장 어린 것이 신문을 읽으면서 금고에 기대어 있었다. 그녀는 멋진 비단 스타킹을 신고 있었으며, 흰 외투 밑으론 값진 털옷이 보였다. 손톱은 빨갛게 칠했고, 여러 개의 반지와 굵은 금팔찌를 끼고 있었다. 곱슬거리는 긴 머리카락은 어깨에 내려뜨리고. 나는 거울을 들여다봤다. 늙고 여윈 영락없는 청소부의 모습이었다.

책상에는 갈색 커피 자국이 나 있었다. 모퉁이엔 전기화로와 주전자 하나, 커피잔 다섯 개가 놓여 있었다. 또 꿀이 든 유리병과 새로 구운 밀가루 빵 몇 개, 여러 개의 깡통이 든 바구니가 있었다. 진짜 커피 냄새가 났다. 마룻바닥 여기저기에 빵부스러기, 소시지 껍질, 저장용 소지지 조각, 땅콩, 몇 입 깨물다만 사과가 널려 있었다. 그 소시지 조각을 먹고 싶은 유혹을 이겨낼 수 없을 지경이었다. 배가 고파 죽을 지경이었으니까. 열려진 서랍 속에는 작지만 잘 익고 맛있어 보이는 사과가 가득 들어 있었다. 개가 들어오더니 사과 몇 개를 물어갔다. 내가 그녀에게, “저것 보세요. 개가 사과를 물어가네요”라고 했더니, 그녀는 귀찮다는 듯이 대꾸했다. “괜찮아요. 개가 갖고 놀 거예요.” 나도 모르게 “아이구머니” 하는 소리가 튀어나왔다. 오늘 아침 일이 생각났기 때문이다.

공장으로 가는 길가에 사과나무가 하나 있다. 이미 다 따가고 쭈글쭈글해진 사과 열네 개가 달려 있었다. 우리는 그것을 하나하나

세어 뒀다. 오늘 아침, 그 중 세 개가 길 웅덩이에 떨어져 있었다. 우리는 그리로 달려갔다. 재빠르게 낚은 자는 씻을 틈도 없이 먹어 치웠다. 그것들은 시고 얼어 있었지만, 늘 똑같은 감자와 잡초 같은 야채요리에 비하면 별미에 속하는 것이었다. 또 나는 염색공장 M에서의 일이 생각났다. 공장마당에 사과나무가 있었다. 사람들은 사과 따는 것을 잊고 있었다. 죄수들은 매일 두 번씩 휴식시간이면 앞마당에 나와서 사과를 보곤 했다. 죄수들은 썩어 가는 사과를 따도 좋은지 나무 주인에게 물어봐 달라고 교도관에게 간청했다. 교도관 L은 절대로 안 된다고 말했다. 소유자가 언젠가는 사과를 딸 것이기 때문에 안 된다는 것이었다. 죄수들은 기다렸다. 가끔 사과가 떨어졌다. 그래도 나무 주인은 사과를 딸 생각을 안 했다. 그는 자기 집에 큰 과수원을 갖고 있다. 그러던 어느 날 드디어 죄수들에게 "나무를 흔들어도 좋다"고 했다. 죄수들은 신나서 나무를 흔들었지만 사과는 이미 모두 썩어 있었다.

　사무실에 엎드려서 절반쯤 청소를 했을 때 공장 관리인이 들어와서는 더러운 구두로 왔다 갔다 했다. 나는 한편에 물러섰는데, 거기엔 개집이 있었다. 개가 나를 물려 하길래 나는 발길질을 하며 피했더니 금발이 소릴 질렀다. "개를 때리다니! 이럴 수가 있어? 쯧쯧, 이리 온. 저 나쁜 여자가 너를 때리려 하다니 불쌍해라." 그녀는 개를 자기 팔에 안고 빵과 소시지를 주었다. 개는 냄새를 맡은 뒤 소시지만 먹었다. 그녀는 한숨을 쉬며, "아이구, 넌 이걸 좋아하지 않는구나. 배가 부르니? 귀여운 것아" 하며 개가 핥아 놓은 밀가루 빵을 쓰레기통에 던졌다. 밖으로 나와 나는 R부인에게 이 얘기를 했다. 그녀는 웃었다. "그런 일로 흥분을 하다니, 당신은 아직 풋내기군요? 두고 보세요, 2년 안에 사태가 좀 달라질 테니. 참아야 해요. 이 작자들도 사회주의를, 아니 공산주의도 배우게 될 거예요."

공장 관리인이 아마 우리들 얘기의 끝머리를 들은 모양이었다. 내가 다시 들어가자 얼굴이 빨개서 숨을 가쁘게 내쉬면서 문 옆에 서 있었다. 그러나 아무 말도 하지 않았다. 나는 뻔뻔스럽게 웃어 보였다. 그러자 그녀는 나가버렸다. 금발이 호통을 쳤다. "도대체 언제 끝낼 작정이에요?" 나는 "명령만 하시면 더 빨리 끝낼 수 있지요" 하고는 물이 뚝뚝 떨어지는 축축한 빗자루로 바닥을 닦고 나와버렸다. R부인이 죽어라고 웃어댔다. 내 행동이 금발의 심사를 상하게 한 모양이었다. 우리는 한 구석에서 그녀가 물 길러 가면서 훔친 빵 조각을 먹으며 얘기를 나눴다. R부인은 변호사의 부인으로 나이는 40세 가량 되며 아들 하나, 딸 하나가 있는데 아들은 군인이란다. 2, 3일 내에 나에게 자기의 체포경위를 얘기해 주기로 했다.

끝날 무렵에 또 법석이 났다. 솥 하나가 없어진 것이다. 공장 관리인은 여기저기 찾아다니며 "내 솥이 어디 갔지?" 하고 소란을 피웠다. 우리도 함께 찾아야 했다. 교도관이 양쪽에다 신경질을 부렸다. 공장 관리인에게도 욕설을 해댔다. "우리가 개인 일을 일일이 신경 쓸 순 없잖아요. 난 모르겠어요. 난 상관 없는 일이니까." 그리고 우리에게도 소리를 질렀다. "칠칠치 못한 것들 같으니. 그 솥을 꼭 찾아내야 해. 순순히 내놓지 않으면 몸을 뒤질 테니까." 나는 이건 지나친 농담이라고만 생각하였다. 그러나 교도관은 우리를 일렬로 세워 놓고 관리인이 보는 앞에서 몸수색을 했다. 아무 소용도 없었다. 나중에 솥은 앞마당에서 발견되었다. 빵 굽는 사람들이 빌려 갔던 것이다. 그것은 정말 평범하기 짝이 없는 싸구려 솥이었다.

오늘 오후, 우리는 목욕 허락을 받았다. 다시 말해 지하실에서 샤워를 해도 좋다는 것이었다. 날아갈 듯한 기분이었다. 머리를 감은 후에 R이 재봉실에서 몰래 가져온 가위로 손톱도 깎았다. 정말 오래간만에 문명세계로 돌아온 듯한 느낌이었다. 그러나 우린 샤워

후에 석탄을 풀어 내려야 했다. 일은 금세 끝났으나 더운 목욕 후여서 밖이 너무 추웠고, 게다가 우린 다시 먼지투성이가 되어버렸다. 여기서 하는 짓들이란 모두 다 이 모양이다. 얼마나 어리석은 꼴들인가. 마치 죄수들은 추위란 것도 모르는, 감각도 없는 동물 취급을 받는다.

1944년 11월 19일

일요일. 오늘 오전 나는 야채를 씻으러 부엌으로 가야 했다. 무가 가득 있었다. 나는 오늘만은 일을 하지 않으려고 마음먹었지만, 아무래도 한 번은 해야 할 일이었기에 무 껍질을 벗기기 시작했다. 요리사 A가 들어왔다. 나는 그녀에게 좀 교활하게 웃어 보이면서 말을 붙였다. "아이구, A부인, 배가 고파 죽을 지경이에요. 빵이나 한 조각 얻어 먹을 수 없을까요?" 그녀는 거칠게 대꾸했다. "안 돼요, 큰일나요. 난 절대로 빵을 주어선 안 된다는 명령을 받고 있어요." "아아" 하고 나는 말했다. "A부인, 당신이 그렇게도 양심적인 분이라니 기쁘군요. 그렇다면 죄수들이 먹을 고기도 물론 없애진 않겠지요?" 이 말에 그녀는 나를 의심스럽다는 듯이 노려보더니, "무슨 소릴 하는 거예요?" 하고 말했다. 나는 추근추근 말을 계속 걸었다. "틀림없이 당신도 정치범일 테죠, 안 그래요?" 그녀는 더 화가 난 모양이었다. 그러나 그녀는 여기 공무원들에게 줄 감자 샐러드에 넣을 양파를 써느라 자리를 뜰 수 없었다. 그녀는 어깨를 으쓱했다. "나요? 아니에요, 난 정말 사소한 일로 여길 오게 되었어요." "그래요?" 나는 시치미를 떼고 말했다. "그럼, 프랑스 사람 때문이 아니에요?" (그녀는 45세다.) 그녀는 노발대발해서 소릴 질렀다. 다른 사람들이 킬킬댔다. 그 중에는 염치없는 브레멘 출신인 Sch부인도 있었다. 그녀는 내게 동의한다는 듯 나막신으로 장딴지를 툭 툭 쳤다. 나는 계속 말했다. "그렇지 않으면 나처럼 밀고라도 당했나요?" 갑자기 S부인이 말을 꺼냈다. "이거봐 A, 저 사람에겐 다 얘기해도 돼. 이 천재적인 장사치야, 그래, 버터를 얼마만큼이나 몰래 팔아먹었지?" 그리고 나에게는 "그 여자는 정치범입니다. 나치한테 해를 끼쳐서 정치범으로 기소되었지요." A는 아무 말도 안 하고 나가버렸다. 우리는 큰 소리로 웃어댔다. 점심때 우리를 데리러 교도관이 왔을 때 A가 말했다. "다음엔 제발 다른 사람을 보내주세요. 오늘 온 사람들은 모두 다 너무 게을러요. 감자도 까야 될 텐데 고작 무 껍질만 벗겼어요." 이 말에 Sch부인이 한마디 했다. "우리가 너무 괴롭혔나 보군. 안 그래, A?" ― 계단을 올라갈 때 창살 뒤에 작은 중국인이 힘없이 서 있는 것을 봤다. 그는 들릴락 말락한 소리로 "빵"이라고 말했다. 나도 하나도 갖고 있지 못했는데. 언제 그에게 흰 빵을 줄 수 있을는지.

오후엔 뜻밖에 독서를 하라고 책을 받았다. 모두 한 권씩. 누군가가 한 권씩 정해준 것이다. 뚱뚱한 여관 주인은 욕설을 퍼부으면서 《뫼리케 시집》을 침대 밑으로 내던졌다. 16세인 케테는 톨스토이의 《부활》을 받았지만 하품을 하면서 역시 팽개쳤다. 그녀는 차라리 자고 싶었던 것이다. 친위대원 부인은 어울리지도 않는 구스타프 프라이타크의 《조상祖上들》을 가졌고, 로지는 어떤 예수회 신부가 쓴 《위로의 서書》를 받았다. 그녀는 아래와 같은 구절을 설교조로 낭독했다. "많은 저속한 죄악의 원인인 과음·과식을 삼가라. 적빈赤貧을 찬양하라. 적빈은 너희를 천당으로 인도하느니라. 가난한 자는 복을 받을지어다. 부자들은 녹슬어버릴 재산을 저버리라. 너희 가난한 자들이 더 복을 받을 테니 행복할지어다……." R은 "흥!" 하고 코웃음치며 구석으로 책을 던져버렸다. "가난함이란 우리 마음에서 비쳐 오는 위대한 광채"라고 시도시집詩禱詩集에서 말한 릴케가 생각났다.

나는 《우리는 천사의 나라로 갈 것이다》라는 그림책을 받았다. 나에겐 안성맞춤의 책이라고나 할까. 나도 이 책을 치워버렸다. 우리는 한동안 침대 위에 앉아서 불평을 늘어놓다가 몸을 녹이기 위하여 술래잡기를 하였다. 너무 신나게 하는 바람에 물통을 엎질러서 교도관이 달려왔고, 결국은 기가 죽어 다시 침대로 돌아왔다. 대부분 곧 잠이 들었다. 나는 연방 코를 고는 케테의 요 밑에서 톨스토이의 《부활》을 꺼내 뒤적였다. 누군가가 빨간 연필로 줄을 쳐 놓았고 가장자리엔 낙서도 있었다. 특히 법제처의 부정·부패·폭정이 언급된 부분은 굵은 줄이 그어져 있었다. "제기랄, 제3제국과 마찬가지로군. 히틀러와 똑같다. 이 세상은 언제나 어리석고 나쁘고 비열한가 보다." 이런 글도 적혀 있었다. — 나는 독서하는 버릇을 잊어버렸다는 사실을 알아냈다. 곧 피로해졌고, 같은 페이지에서도 먼저 읽은 것을 자꾸 잊어버려을 뿐 아니라 정신이 산만해지고 많은 것을 이해할 수가 없었다. 죄수들에게 왜 책을 읽으려는 의욕이 없는지를 알 것 같다. 다른 죄수들처럼 정신이 무뎌지지 않도록 최대한 노력해야겠다.

1944년 11월 20일

오늘 R부인의 얘기를 들을 수 있었다. 휴식시간에 작고 어두운 석탄창고에 왔다 갔다 하면서 얘기를 듣는 동안, 너무 열중해서 우리는 밖에 눈비가 내린 것도 몰랐다. R부인의 오빠는 장관이었다. 나치의 제일가는 간부인 셈이다. 그는 어릴 때부터 누이동생을 좋아하지 않았다. 양친이 세상을 떠난 뒤 그녀가 많은 재산을 물려받자, 오빠는 유산문제로 소송을 걸었으나 재판에 지고 말았다. 그 뒤 R부인은 결혼을 했는데, 몇 년 후에야 남편이 좋지 못한 돈거래를 하고 있다는 것을 알게 되었다. 그녀는 별거를 하게 되었다. 남편은 그녀 오빠와 합세를 했고 나중엔 딸까지 한패가 되었다. 그들은, 특히 그녀 오빠는 온갖 수단을 다 써서 그녀를 해치려 하더니, 드디어 어느 날 그녀를 외화 암거래로 고발했다. 사건이 밝혀지고 R부인은 죄가 없으므로 곧 해결되었으나, 그때부터 그녀는 더욱 미움을 받게 되었다. 정말 그들은 문자 그대로 악랄했다. 그녀 오빠가 장관이 되자 누이동생을 얼마든지 제 마음대로 다룰 수 있게 되었다. 그러나 그녀는 더 조심스럽게 행동해서 오빠에게 기회를 주지 않았다. 그러던 몇 년 전, 그녀 남편은 오빠를 끼고 F와 T출신 사람들과 함께 대대적으로 외화 암거래를 벌였다. R부인이 이 사건을 알게 되자 그들은 재빨리 손을 썼다. 갑자기 공의公醫로부터 다녀가라는 독촉장을 받았던 것이다. 무슨 영문인지도 모르고 놀라서 달려갔다. 공의도 열렬한 나치 분자였다. R부인은 그를 방문하였을 때의 광경을 설명해 주었다. 그녀가 안에 들어서자, 그는 뚫어져라 쳐다본 뒤 이렇게 말했단다. "당신은 지금 중태입니다. 무서운 갑상선종입니다. 당신의 종창腫脹은 병들었으니 수술을 받으셔야겠습니다." 순간 R부인은 놀랐다. 얼마 전 그녀 친구도 같은 일을 당했던 것이다. 의사는 무서운 선병腺病이라고 진단을 내리곤 무작정 수술실로 옮겨, 어디 아픈 데도 없던 친구가 갑자기 그곳에서 죽었던 것이다. 그녀는 나치 반대자였다. 의사가 똑같은 수법을 쓰려 하자 R부인은 긴장해 정신을 차리고 비웃듯 말했단다. "아니요, 나는 아무 병도 없습니다. 당신도 알다시피." 그는 한참을 노려보더니 점점 다가서며 계속 우겼다. "당신의 병은 이미 아주 악화되어 있소. 서둘러 수술을 받지 않는다면 일주일 이내에 죽게 될 거요." R부인은 냉정하게 대답했다. "의사 선생님, 쓸데없는 수고는 하실 필요가 없습니다. 내 오빠가 장관이라도 날 그렇게 손쉽게 해치우진 못할 겁니다. 나는 아직 R장관, F시장, Sch재목상인, G검사 등 높으신 양반들이 하는 짓을 모두 관찰할 만큼은 건강합니다. 내 오빠인 장관님께 전해 주십시오. 가스로 나를 죽이기에는 아직 때가 이르다구요. 안녕히 계십시오." 그는 놀란 듯이 물끄러미 그녀를 바라보다가 그녀가 그대로 나가려 하자, 비로소 외쳤다. "당신은 '히틀러 만세'라고 인사하지 않았습니다." R부인은 요란하게 웃고 말았다. 그리고 이제 정말 생사를 건 싸움이 시작됐다는 것을 느꼈다.

얼마 지나지 않아 그녀는 재판에 출두하라는 소환장을 받았다. 검사인 G를 모욕했다는 죄명으로. 그녀는 정말로 그렇게 했다. "G같은 사람이 법무부에서 판을 치고 있는 한 부정밖에 없을겁니다. G검사는―이것을 조서에 기록하십시오―외화 암거래 사건에 관련되어 있습니다. 심문을 청하는 바입니다. 내가 바로 목격자니까요." 그러나 그녀의 이 발언은 무시당했을 뿐 아니라 검사 모욕죄로 석 달 동안의 구금형을 받게 되었다. 만일 이 모욕적인 발언을 취소한다면 벌을 면제해 주겠다고 제안해 왔으나 그녀는 단호히 거절했다. 차라리 1년쯤 교도소 생활을 하는 편이 더 낫다고 생각했던 것이다. 형벌은 두 달 후에 받기로 되었고, 그 동안은 비밀경찰의 감시를 받았다. 그들은 그녀를 강제수용소로 끌고 갈 만한 꼬투리를 찾고자 했던 것이다. 그러나 그녀는 더욱 세심한 주의를 하면서, 한편으로 대심원에 T재판소와 특히 G검사를 상대로 고소를 제기했다. 회답이 없다. 4주일이 지난 후 다시 편지를 보냈으나 역시 회답이 없었다. 영영 답장을 못받을 것이 뻔하다. 그래서 지금 그녀는 화는 나지만 묵묵히 석달 형을 치르고 있다. 괴롭지만 당당하게. 전에 은행장이었다는 Z는 그녀를 '자부심이 강한 인내자'라고 불렀다. R부인은 이 밖에도 많은 얘기를 했는데, 나는 거의 잊어버렸다.

휴식시간이 끝날 무렵, 계속 낮은 목소리로 이야기하면서 기계 있는 쪽으로 가고 있으려니까 교도관이 비꼬아댔다. "중대한 얘기가 있나 보지? 내가 알면 안 되나? 둘이 잘 들어맞는가 보군. 또 정치 얘기일테지, 안 그래?" 나는 오만하게 대꾸해 줬다. "H양, 당신도 좀 깨우쳐 드릴 용의가 있습니다." "나를 바보 취급하지 말아요. 나도 당신들만큼 아는 것이 많다구" 하고 그녀는 대답했다. 사실 그녀는 일자무식이다. 한 번은 자기가 화학 실험실에서도 있어 보았고 아주 중요한 자리도 맡았었으며 고등학교도 나왔고 이미 많은 세상을 겪었다는 등 허튼 소리를 해대기도 했다. 그러나 M부인에게서 들은 바로는 그녀는 하녀였고, 사실 그 이상 아무것도 아니었다. 교도소에서 보조교도관으로 있으니 출세한 편이다. 우스운 세상이다. 왜 모두 허세를 부리려는 걸까? 노동자의 신분이 결코 수치는 아닐 텐데. 모두들 자신의 현재 신분에 만족지 못하고 욕심을 부리는 이 소시민들의 세계가 답답하게만 느껴진다. 오늘 점심때 요리사 A는 나에게 특히 낡아빠진 그릇에다 감자 넷을 주었는데 셋은 썩어 있었다. 나는 별로 나쁘게 생각진 않았다. 그런데 저녁때야 생각이 났다. 더러운 그릇에 형편없는 식사, 이것이 그녀의 복수였다.

1944년 11월 21일

야단법석을 떤 밤이다. 아침에 형기를 마친 친위대원 부인이 석방되었다. 오후 늦게 공장으로 우리를 찾아와서 밀가루 빵과 호도를 갖다 줄 것을 약속하고 갔다. 지난밤, 그녀는 작별 파티를 한다면서 오래도록 로지와 안니 침대에서 떠들어댔다. 나는 그들이 흥분해 수근대는 것을 한마디도 알아들을 수 없었고, 또 들으려 하지도 않았다. 그런데 로지와 안니는 하루 종일 이상하게 안절부절 못하고 있었다. 설사가 난다고 연방 화장실에 들락거렸다. 화장실이 공장 앞마당에 있기 때문에 ─ 그곳에 가려면 동반자 없이는 허락되지 않는다 ─ 그럴 때마다 H양이 따라가야 했다. 밖은 아주 춥고 바람이 불어댔는데 두 사람은 너무 시간을 끌었다. 나중에는 H양도 귀찮아서 더 이상 같이 가지 않았다. 거리로 면한 큰 대문은 꼭 닫혀 있어서 도망칠 위험은 전혀 없었다. 우리가 청소를 다 하고 났을 때, 갑자기 친위대원 부인이 나타났다. 그녀는 평상복 차림이었는데 아주 멋쟁이었고, 머리는 갓 파마한 모양이었다. 요컨대 우리가 상상했던 대로 정말 대단했다. H양이 말했다. "그렇지만 A, 죄수들한텐 가까이 갈 수 없어요. 그 정도는 알고 있겠죠?" A도 물론 알고 있었다. 그러나 H양이 말을 하며 문으로 걸어가자, A는 재빨리 밀가루 빵과 호도를 우리에게 나눠 줬다. 결국 H양도 눈치채고 억지로 그녀를 밀어냈다.

우리는 일을 끝내고 돌아가기 위해 정돈해 섰다. 그런데 로지와 안니가 보이지 않았다. 우리는 언제 교도소에 돌아가도 상관없기 때문에 기다리고 서 있었다. 급기야 교도관은 더 이상 기다릴 수 없었던지, 소릴 지르고 욕을 하며 그들을 찾기 시작했다. 그러나 아무 소용이 없었다. 공장 안 불은 이미 꺼져 있었고, 빵 만드는 곳도 텅 비어 있었다. H양도 차츰 의심하기 시작했다. 거리로 나 있는 문으로 달려가면서 우리 보고도 찾으라고 명령을 했다. 두 사람은 아무데도 없었다. 그들이 도망쳤다는 것은 의심할 여지가 없었다. H양은 악을 썼다. 그녀에겐 2, 3백 마르크가 달린 문제였다. 죄수 하나가 도망치게 되면 교도관이 벌금을 내야 한다. 공장 관리인도 흥분해서 욕을 퍼부으며 달려왔다. 일대 소동이었다. 교도소에 전화를 걸어댔고, 헌병대에 비상을 내리게 했다. 우리를 데리러 남자 경비원 한 명이 왔다. 우린 긴장하고 흥분했으나 기가 죽어 교도소로 돌아왔다. 너무나 어두워서 눈앞이 보이지 않았다. 그들이 도망치기엔 안성맞춤이었을 것이다. 그들의 용기와 우둔함이 부럽다. 돌아오는 길에 지난밤 일이 갑자기 떠올랐다. 그들의 모든 준비를 분명히 알 수 있었다. 계획은 친위대원 부인과 함께 빈틈없이 짜여진 것이다. 두 사람이 설사를 가장해서 화장실로 가는 동안 그녀가 거리로 난 큰 문을 열어 놓은 것이며, 간수를 붙들고 말을 걸고 있는 동안 둘은 도망칠 수 있었던 것이다. 정말 잘 생각해 낸 것이었다. 친위대원 부인에게 별로 위험한 것도 아니다. 그녀가 이 계획에 가담했다는 것을 아무도 증명할 수 없을 테니까.

우리는 고등행정관에게 불려갔다. 그는 창백한 얼굴을 하고 협박조로 말했다. "만일 당신들 가운데서 이 사건에 관해 알고 있으면서도 말하지 않았다는 것이 발각될 경우 4주일의 구류 처분을 내릴 거요. 잘 생각들 해보시오. 10분의 여유를 줄 테니 잘 생각해 보시오." 그는 우리들을 날카롭게 훑어보았다. 괴로운 침묵이 흘렀다. 호의를 보이기 위해 나는 한마디 했다. "사실 그 두 사람이 하루 종일 부산을 떠는 게 좀 이상하긴 했습니다." 이 말을 하고 난 후, 나는 자신이 미워졌다. 나하고 무슨 상관이 있단 말인가. 왜 내가 이 두 사람을 괴롭힌단 말인가? 우린 감방으로 돌아왔다. 교도소 안은 모두 비상 상태였다. 우리가 밥을 먹고 있는데 교감보의 목소리와 도망쳤던 두 사람의 훌쩍이며 우는 소리가 들렸다. 결국 붙잡힌 것이다. 그들은 우리 방을 지나갔다. H양이 의기양양해서 두 손을 비벼대며 우리에게 와서 고소하다는 듯이 얘기했다. 고등행정관을 모시고 무장을 한 채 거리로 나섰는데 F로 가는 길을 묻는 젊은 남녀한 쌍과 만났다는 것이다. 그런데 그 목소리가 낯익어 회중전등으로 얼굴을 비쳐보니 로지였다는 것이다. 젊은 남자는 안니었다. 두 사람은 손톱으로 할퀴고, 물고, 그 자리에서 난투를 벌였지만 결국은 울면서 따라와야 했다. 이들은 친구 집에서 옷과 돈을 훔쳐서 도망치려 한 것이었다. 이런 계획이 얼마나 어리석은 것인지는 말할 필요도 없다. 나는 가끔 성공적인 도주 계획을 생각해 본다. 저녁때 공장 앞 어둠 속에 가짜 넘버를 단 자동차가 기다린다. 나는 재빨리 차에 뛰어들어가 문을 닫고 그대로 내빼는 거다. 차 안엔 이미 사복이 준비되어 있다. 자동차는 시속 120킬로미터로 달린다. 가짜 여권, 모든 서류는 물론 잘되어 있다. 우린 뮌헨으로 간다. 그래서 폭격으로 파괴된 도시 속에 잠적해 버리는 것이다. 그러나 문제는 내가 어디서 자동차를 구할 것이며, 또 누가 감히 차를 몰아줄 것인가? K가 차를 몰고와 교도소 앞에서 떠난다면? 그는 비밀경찰 신분증을 갖고 M에서 심문하기 위해 나를 데리고 가는 것처럼 할 수 있다. 그러나 내 아이들의 신변이 보장되지 않는 한, 이 얼마나 어리석은 공상인가. 정치적으로 무거운 죄를 짓게 되는 K는 방조죄로 의심을 받고 체포될 것이다. 그 다음엔 어찌될 것인가? 아니다, 난 여기 그대로 남아 있어야 한다. 유일한 희망은 양쪽 전선이 점점 가까이 다가오는 것이다. 경주에서 이기는 자는 어느 쪽일까? 빈에서 오고 있는 러시아군일까? 아니면 콜마에서 오는 미군일까?

1944년 11월 22일

오늘 드디어 심문을 받았다. 심문은 여기 사무실 안에서 있었다. 도수 높은 안경을 낀, 여위고 키 큰 예심 판사 K가 타자기를 가진 여비서와 함께 들어왔다. 순간 나는 이 사람은 죄수들의 말대로,

염치없고 친절한 체하며 교묘한 수단으로 모든 것을 고백하게끔 만
드는 사람이란 것을 알았다. 처음엔 불안했으나 첫번째 심문 때의
발언을 하나도 빠뜨리지 않고 그대로 반복하고 또 조금도 동요되지
않도록 정신을 차렸기 때문에 곧 침착할 수 있었다. 판사는 나를
뚫어지게, 그리고 동료들이 말하던 대로 '염치없이' 쳐다보더니,
조롱조로 웃으며 말했다. "다 좋습니다. 그렇다면 증인이 한 말은
모두 터무니없는 거짓이란 말입니까?" 나는 애써 변명하려 하지 않
고 냉담하게 말했다. "판사님, 내가 알고 있는 것은 두 번 얘기한
그것뿐입니다. G선생의 고발 동기는 이미 설명한 바이고, 내 친구
G부인이 왜 날 고발했는지는 알 수 없습니다. 사실 친구의 배반이
라는 사실이 나에겐 무엇보다도 충격이었습니다." 판사는 나를 흥
미있다는 듯이 쳐다봤다. 순간적으로 그의 마음에 조금 변화가 생
긴 것을 느낄 수 있었다. 그는 다시 한 번 서류를 뒤척이면서 이 고
소를 정당화시킬 적절한 문장을 찾고 있었다. "당신은 우리가 어린
아이들을 올바르게 교육할 능력이 없으니, 어린아이들을 부모 곁에
서 빼앗아 국가 교육에 위임하는 것이 옳다고 말했더군요." 확실히
나는 그런 뜻의 말을 했었다. 그러나 그는 내 말을 더 과장시켜서
얘기했다. "당신도 어린아이를 갖고 있을 텐데요. 그렇죠?" 순간 나
는 내 아이들에 대한 생각 때문이었는지, 한 시간 반 동안 흥분된
심문을 받은 탓이었는지, 아니면 본능적으로 계산해서 그랬는지 좌
우간에 울고 말았다. 정확하게 말하면 눈물이 뺨으로 몇 방울 흘러
내린 것이었다. 나는 그런 나 자신이 미웠지만 어쩔 수 없는 일이
었다. 판사는 계속 말했다. "어머니로서 그런 말을 한다는 것은 있
을 수 없다고 생각합니다." 그리고는 나에게 불리하도록 G가 작성
해 놓은 것을 읽고 대답을 요구했다. 확실치는 않으나 그는 나를
도와주려는 것 같았다. 그러나 정말로 믿어도 좋을지 알 수 없다.

조서가 다 꾸며지자 그는 말했다. "자, 그러면 미결 구류로 넘어가는 것이 좋겠습니까, 아니면 계속 경찰 구류로 있는 것이 좋겠습니까?" 나는 그를 바보처럼 쳐다보았다. 그를 이해할 수가 없었다. "판사님, 내가 계속 구류 상태에 있어야 한다면, 경찰 구류든 미결 구류든 아니면 구치소나 교도소이건 무슨 상관이 있겠습니까? 어디에나 자유가 없기는 마찬가지인 걸요." 그는 웃었다. 그러고 나서 "국방 파괴와 반역죄의 혐의는 없음. 구류 명령 해제가 있을 것임"이라고 적게 했다. 나는 내 귀를 의심했다. 거의 정신을 잃을 지경이었다. 이건 자유를 의미하는 것인가? 나는 기대에 차서 그를 쳐다보았다. 일어나면서 그는 말했다. "심문은 끝났습니다." 나는 떨면서 그가 "이젠 집으로 가도 좋습니다"라고 말하기만을 기다렸다. 그러나 그는 "앞으로 어떻게 되는지 곧 알게 될 것입니다"라고만 말했다. 그리고는 가버렸다. 나는 하루 종일 석방 생각만 했다. 오후에 변호사가 왔다. 그는 기뻐하면서 말했다. "당신은 심문을 잘 해냈더군요. 판사도 잘될 거라고 말했으니 아마 곧 석방될 것입니다." 나는 기뻐서 이 얘기를 R부인에게 했더니 그녀는, "나도 그렇게 되길 빕니다. 그러나 너무 좋아하지는 마세요. 서류는 이제부터 또다시 비밀경찰로 넘겨진답니다. 그 다음은 당신도 상상할 수 있겠지요"라고 했다. 그녀의 말이 옳다. 차라리 최악의 경우에 대비하고 있는 편이 좋을 것이다. 그러나 판사의 말은 내가 공기를 받아들이고 또 자유의 한 가닥 빛을 볼 수 있도록 뚫린, 어둠 속의 구멍 같은 생각이 든다.

1944년 11월 23일

오늘 새벽 4시, 또 공습경보가 있었다. 어둠 속에서 옷을 주워 입고 하나, 둘, 셋 하고 모두 복도로 나갔다. 나는 아우슈비츠 강제수용소에서 온 베티 옆에 자리 잡게 됐다. "어머나, 드디어 다시 만나게 됐군요" 하고 외치더니 담배 반 토막을 호주머니에서 꺼냈다. "자, 여기 약속했던 거." 나는 그녀에게 사과를 주었다. 몸을 녹이기 위해 우리는 서로 기대 앉았다. 그러나 그녀는 너무 신경과민이고 횡설수설해대서 옆에 있기가 괴로웠다. 그녀는 점점 더 여위어 가는 것 같다. 그녀 얘기로는, 지난 토요일 강제수용소로 가는 도중에 M으로 보내질 예정이었으나 그 지역이 폭격을 받았다는 것이다. — 그녀는 아주 아름답고 검은 머리에 창백한 얼굴을 한 아가씨를 자세히 보라고 했는데, 수주일 전부터 독방에서 양말을 짜면서 지내고 있다는 건 나도 알고 있었으나 별로 유심히 본 적은 없는 여자였다. 그녀의 눈 가장자리는 빨갛게, 보기에도 처절하게 되어 있었다. 베티는 일급 비밀이라는 듯 "저 애는 매독환자야" 하고 속삭였다. 아가씨가 머리를 이쪽으로 돌렸다. "베티, 어떻게 그런 말을 함부로 할 수가 있어?" 하고 나는 말했다. "나타나 있는 걸 뭐. 그렇지 않으면 저렇게 오랫동안 독방에 있을 리 없잖아." 나는 그 뒤 위층으로 갈 때 M부인에게 물어봤다. 유감스럽지만 그게 사실이라면서, 독방 신세를 면치 못하니 안됐다는 것이다. 게다가 그 아가씬 매독 중환자인데, 그녀의 음식그릇이 우리의 것과 섞여지고 변기도 같이 치워진다는 것이다. 죄수들이 항의해 봐도 소용없다는 것이다. 이런 곳에서도 전염될까봐 두려워하다니 우스운 일이다. 어쨌든 그 아가씨는 안됐다.

오늘 큰 이동이 있었다. 우리 감방엔 거의 새 사람들이 들어왔다. 폴란드 여자인 헬레나는 석방됐고, 도망쳤던 로지와 안니는 식사 때조차 깜깜한 감방에서 나올 수 없게 되었다. 이 3명 대신 K부인, 마리헨, 그리고 탈영병의 신부新婦인 레지가 들어왔다. 이 사람들과는 45호 감방에서 이미 같이 지냈었다. 이들도 바깥 빵공장에서 일하게 됐다. 그 밖에 열대여섯 살 난 키가 작고 귀여운 금발 아가씨가 새로 왔다. 그녀는 미국인 억류자와 금지된 관계를 맺었다. 그녀는 기분 좋게 침대에 누워 우리가 던져버린 책들을 모두 모아 놓고 읽으면서 최신 유행가들을 불러댄다. 감미롭고 낮은 목소리였지만 어쩐지 마음에 들지 않는다. 이 어린 아가씬 좀 이상해 보인다. 너무 순진한 것 같기도 하고, 바나트 출신 사기꾼 케테가 농담을 늘어놓으면 정신없이 웃어대기도 한다. 이 농담들은 대개 음탕한 것으로, 다른 사람들도 물론 킬킬댄다.

마리헨은 그간 일주일 동안 대장장이 감방에서 지낸 체험담을 늘어놓았다. 그들은 지루한 밤이면 "동경憧憬을 느꼈다"고 마리헨은 표현했는데, 다시 말해서 이들은 사랑에 대한 욕망, 정확히 말해 성적인 쾌락을 그리워한다는 것이다. 그리고 그들은 거리낌없이 닥치는 대로 각자 혼자서, 또는 쌍쌍이 그 욕망을 채웠다. 그들은 몇 가지 원시적 보조수단도 만들어 냈다. 즉 옷을 모두 벗고 춤을 춘다든지 하는 것 등이다. 지금까지 나는 이런 일을 전혀 눈치채지 못한 것이 이상했고, 더욱 믿을 수 없는 것은, 이 여자들이 그런 욕망을 갖고 있다는 것이다. 채소와 양념과 기름기라곤 없는 음식물, 자극 부족 등이 그 이유인 것 같다고 했더니, 마리헨은 나를 계몽시키는 것이었다. 대장장이 여자들은 간식으로 매일 큰 소시지 두 조각과 맥주 한 병까지도 배급받을 뿐 아니라, 죄수가 아닌 남자들과 함께 일을 하는데, 그들은 몰래 먹을 것을 갖다 주고 대신 보답을 바란다는 것이다. 그러면 지독한 Sch양이 아무리 감시를 철저히 해도 기계 뒤에서, 판자 더미에서, 석탄 지하실에서, 그리고 별 도리가 없을 경우에는 화장실 안에서 빨리 해치운다. 모두 그걸 정말로 즐기고 있는 것 같다. 그래서인지 그들은 우리보다 몸을 잘 가

꾸려 하고, 훨씬 좋아 보이고, 그렇게 슬프거나 버림받은 것처럼 보이지 않는다. M의 말로는, 한 번은 이들 중 하나가 임신까지 했지만 남자들이 약을 주었다는 것이다.

1944년 11월 24일

나는 피곤하고 슬프다. 자야겠다.

1944년 11월 25일

다시 공장 청소날이다. 여기저기 흩어진 소시지들과 빵조각, 담배나 사과를 집어 먹지 않고는 배길 수 없을 것 같아 사무실 청소를 못 하겠다고 H양에게 말했다. 그녀는 나를 멍하니 쳐다보더니 그러면 기계 청소를 하라고 명령했다. 이 일은 더 힘든 것이지만 한결 마음이 가벼웠다. 내 대신 마리헨이 사무실 청소를 맡았다. 그녀는 죽을 힘을 다해서 일을 했다. 나는 그녀 옆을 지날 때 공장 관리인이 들을 만큼 큰 소리로 말했다. "왜 그렇게 열심이에요? 사무실 작자들이 흰 빵 조각이라도 하나 주던가요?" 그러나 마리헨은 천부적인 하녀였기 때문에 순종하고 맹목적으로 의무를 다하는 것 외엔 아무것도 모른다. 그런 사람들은 이성적인 반항이란 걸 모르고 죽을 거다.

오늘 오후 B양이 와서 가톨릭 신부에게 가고 싶은 사람은 말하라고 하였다. 우리는 아직 한 번도 성당에서 미사를 드려본 적도, 또 신부가 이곳에 온 적도 없었기 때문에 의아해했다. 나는 오래간만에 자유인을, 게다가 인텔리와 얘기한다는 것도 좋으리라는 생각에서 신청했다. 케테도 신청했다. 계단을 올라가며, "아니, 너는 신교 신자잖아? 그건 그렇고, 마음이 조금 경건해지고 싶어졌나?"라고 묻자 케테는 엉뚱한 대답을 했다. "그게 아녜요. 신부한테 뭘 부탁할 참이지. 내 편지를 가지고 나가 달라고 할 거예요."

성당 앞 복도엔 죄수들이 장사진을 이루고 있었다. 나는 이상스럽게 생각했다. 거기엔 브레멘 출신 여자인 Sch, 마리헨, 어린애를 살해한 두 여자, 부엌에서 일하던 시장 딸, 한 세르비아인을 함께 좋아했던 농부의 딸 F자매와, 남은 음식을 나눠 주기보다는 썩혀 버린다는 인색하고 뚱뚱한 R출신 여자까지 와 있었다. 그 여자의 팔과 손에는 말할 수 없을 정도로 종기가 나 있었다. 전에 그녀와 같은 감방에 있었던 케테 말에 의하면, 그녀는 암거래를 하려던 것이 아니라, 3백 파운드의 비계와 돼지고기, 달걀 4백 개와 수 백 파운드나 되는 밀가루를 오로지 자기 자신과 딸을 위해 감춰 놓았기 때문에 벌써 8개월째 구류를 살고 있다는 것이다. 그런데 그녀는 아침마다 일어나면 울고불고 늘 이렇게 탄식을 한단다. "또 하루가 시작되는군. 비참하고 힘들고 처량하다. 불쌍하고 아무 죄도 없는 과부가 여기서 이렇게 썩어야 하다니. 아, 이렇게 비참할 수가……."

그건 그렇고, 성당 앞에는 정말 각양각색의 사람들이 다 모여 있었다. 거의 모두가 기도서를 손에 들고. 고해를 해야만 한다는 것이 생각났다. '하는 거지 뭐.' 이렇게 생각하며 서 있었다. 끝으로 케테, Sch부인, 브레멘 여자, 그리고 내 차례가 남았다. Sch부인도 신교도였다. 왜 왔느냐고 물었더니 히죽 웃으면서 "아, 네, 내 마음을 한번 털어놓고 싶어서요"라고 했다. 정말인 것 같지 않았다. 아마 가짜 식품 배급표 때문에 교도소에 오게 되자, 이혼하려는 자기 남편을 신부가 좀 만나 줬으면 좋겠다는 청을 하러 온 것 같았다. 나도 사실 주머니에 신부에게 부쳐 달라고 할 편지를 갖고 있었다. 친구인 Sch박사에게 검열받지 않고 할 말이 있기 때문이다. 우리가 기다리고 있는데, 교감보가 오더니 멍청하게 쳐다보며 비웃는 듯 말했다. "고해하러 왔나? 흥, 신부를 속이려는 속셈들이지. 모를 줄 알고. 나쁜 계집들(계집이란 창녀와 별 차이가 없는 말이다)." 무심코 나는 또 대들었다.(언제나 그녀의 말을 묵살해 버리는 것을 배울 수 있을는지?) "그런 말 마세요. 대체 당신이 뭔데 그런 소릴 하는 거죠? 우린 당당히 고해할 허락을 받았단 말예요." 그녀는 단지, "뻔뻔스런 년 같으니, 어디 두고 보자"라고만 했다.(그녀는 언제나 나를 3인칭으로만 부른다.) 우리 감방보다 훨씬 더 따스한 복도의 황혼, 여직원 문 앞의 족엽식물簇葉植物이 늘어진 기둥, 눈 덮인 정원과 그 뒷산의 보랏빛 그림자가 보이는 커다란 유리창, 그리고 정막─. 이 모든 것은 나를 자연히 어린 시절의 추억 속에 잠기게 하였다. 특히 당시 어린 소녀였던 나의 깊은 신앙과 W수도원의 긴 복도 등이 생각났다. 나도 고해하러 갔다. 모든 것이 순조롭게 진행되었으나 끝으로 신부가 "그리고 언젠가 당신이 다시 정상적인 여자의 생활로 돌아가게 되면……" 하는 말에 분노를 느끼지 않을 수 없었다. 그 말은 나를 분개시켰다. 순수한 진심에서 우러나는 말과 입 빠른 공치사와는 엄연히 다른 것이 아닌가? 특히 이곳에서는 그런 것에 예민해지는 것 같다. 고해 후에 나는 그와 개인적인 얘기를 하기 위해서 기다렸다. 신부는 키가 작고 얼굴이 검으며, 착해 보이는 사람이었다. 편지를 부탁하자 그는 거절했다. 나는 단도직입적으로 다시 말해 보았다. 아까도 이런 청을 받아들인 것을 알고 있다고. 그는 부인했으나 사실이었으므로 나는 끈질기게 졸랐다. 결국 그는 내 편지를 가지고 나갈 것을 약속했다. 케테가 양친에게 보내는 편지는 즉석에서 수락됐는데, 내 것은 왜 그렇게 힘들었는지 모를 일이다.

　그와 만난 일은 별로 즐겁지 못했다. 사실 모든 죄수들은 고해를 함으로써 마음의 위로를 받을지도 모른다. 누군가가 자기들을 사랑스럽게 대해 준다는 것은 확실히 큰 위안일 테니까. 많은 사람들에겐 고해란 없어서는 안 될 경건한 관습이 된 것이다. 그러나 혹자에겐 딴 목적도 있을 거다. 계단을 내려가 철책 앞에서 모두 기다리고 있을 때 작고 통통한 요리사 H를 만났다. 그녀는 아직도 절망하고 있었다. 그녀도 고해하러 왔었다. 그녀는 중얼거렸다. "그이, 신부말이야, 정말 괜찮던데. 여기 몇 달만 더 있게 되면, 그땐……." 나는 무슨 말인지 몰라 물어보았다. "그때는 어쩐다는 거지요?" 그녀는 웃었다. "그도 결국 남자 아녜요?" 나는 그만 멍하니 쳐다보고만 있었다. (나는 여기 있는 대부분의 사람보다 형편없는 멍청인가 보다.) 그녀는 웃음을 터뜨렸다. "아직도 무슨 말인지 모르겠어? 사랑 좀 해보는 거지 뭐……. 설사 그 사랑이 일방적인 것이라도 멋질 테고 또 큰 위안이 될 테니까." 나는 그녀가 그런 짓을 충분히 할 만하다고 생각했다. 그런 게 실제로 그렇게 추악한 건 아니다. 몽상에 그치고 마는 경우는 빼놓고라도, 이런 착상은 단순한 부도덕에서가 아니라 자기 보존 충동에서 나오는 것이다.

여기서는 언제나 우울하고 거칠고 단조롭기 때문에 모두들 그런 것에서 빠져나갈 만한 그 무엇을 찾는데, 남은 에너지와 감정과 지혜의 대부분을 쏟는다. 그렇게 해서 사람들은 살아나간다. 그리고 그 위안을 누구나 다 정신세계에서만 찾는 것도 아니다. 나도 요즘은 머리가 잘 돌아가지 않고 점점 둔해짐을 느낀다. 그럴 때면 언젠가는 나치들도 이와 같은 것을 이런 교도소에 갇혀 체험하게 될 것이라고 스스로 위로하고 있다. 이렇게 증오심만이 극에 달하게 되는 순간, 나는 가끔 나 자신과 맞서 있는 또 하나의 나를 본다. 저열한 본능, 명예, 도덕, 계급의식과 같은 그릇되고 허위에 찬 모든 것에 이미 습관이 되어버린 나를 문득 느끼는 것이다. 결국 먹

고 자고만 싶어하고, 매맞는 것을 두려워하며, 자유를 찾으려는 동
물과 다를 것이 없다. 이 모든 것이 바깥 세계에선 여러 가지 말로
감춰지는 것이다.

1944년 11월 26일

오늘은 일요일이다. 오전에는 신발을 가득 실은 화물차 두 대에
서 짐을 내리는 일을 했다. 신발은 군인들을 위해 수집한 것 같았
는데 헌것들이었다. 좌우간 새로운 원료를 만들어 내는 데 쓰이게
된 거란다. 신발은 눈에 덮여 얼어 있었다. 귀찮은 작업이었지만
우린 매우 즐거워했다. 헤쳐 보니 실내화·운동화·아동화·무용
화·혼례화까지 각양각색이었는데 모두 쓸모 없는 것뿐이었다. 그
래도 모두들 좀 나아 보이는 것을 훔쳐 자켓 밑에 숨겼다. 실내화
로 신으려는 것이었다. 나도 제일 예뻐 보이는 무용화를 신어 보았
다. 형무소 다캘개라 불리는 H까지 기분이 좋았던지 우리를 그대로
내버려 두었다. 우린 무용화 전부를 눈 덮인 담벽 위에 진열했다.
황금빛·은빛·금란빛·비단빛 등으로 한때는 아름다웠었겠지만,
지금은 해진 뒤꿈치, 찢어진 장식, 구멍투성이로 떨어질 때까지 춤
춘 흔적이 보였다. 교도소 한가운데 진열된다. 해진 무용화는 묘한
풍경이었다. 동화 속의 장면 같은…….

오후는 정말 지루했다. 슬픈 기분이 들었다. 눈이 내렸다. 새삼
우리는 향수에 잠기게 되었고, 배가 고팠다. 읽을 만한 책도 없었
다. 그러자 옛날에 했던 단체 놀이인 유리그릇 돌리기가 생각났다.
우리는 화장지에 알파벳을 써서 그것을 책상 위에 놓고 그 가장자
리에 양치질 컵을 엎어 놨다. 내가 H부인, 로지와 함께 컵을 돌리
기 시작하자 놀라서들 야단이었다. 내가 뭘 물어보며 컵을 돌려 나

오는 글자를 이어 문장을 만들어 대답을 구하자, 모두들 어리둥절해하고 어떤 이는 그걸 거짓말이라고 믿지 않았다. 그러나 내가 죄수들의 사생활을 점쳐 맞춰 내자 모두들 호기심이 생겨, 드디어 석방 날짜를 점쳐 보기로 했다. 내 경우는 '부활절 이전', H부인에겐 '얼마 안 있어 곧', 또 어떤 사람에겐 '전쟁이 끝날 때', 이런 식으로 대답이 나왔다. 언제 전쟁이 끝날 것인가 하는 물음엔 '이제 곧'이라고만 나왔고 좀더 정확한 답은 마리헨과 케테가 떠들어대는 바람에 들을 수가 없었다. 그리고 전쟁이 끝나면 우리는 모두 심한 가난을 겪어야 할 것이라는 예언이 나왔다. 이 밖에도 러시아인이 우릴 구해 줄 것이라고 했다. 끝으로 내가 어떤 영령 이름을 묻자 "나는 H · G"라고 했다. 그것은 이미 오래 전에 죽은 내 친구의 이름이었다. 또 "나는 너 때문에 여기 온 것이다. 다른 사람들은 알 바 없다. 여기 사람들이 없을 때 다시 묻도록 하라"는 것을 읽을 수 있었지만 다른 사람에게는 말하지 않았다. ─ 그 날 오후 이후로 사람들은 쉴새없이 묻고 또 묻는다. 나는 이제야 침대에 누워 쉬고 있다.

겨우 쉬나 보다 했더니 H부인이 내 침대로 왔다. 그녀는 몹시 괴로워하고 있었다. 심장이 아픈데 약도 없고, 노르웨이에 가 있는 아들 걱정에 편할 날이 없어 보였다. 이런 일은 교도소에서가 아니면 겪어 보지 못하는 괴로움일 것이다. 조금의 위로도 없는 절망적인 황무지 같은 상태인 것이다. 거의 죽고 싶은 심정이다. 한번 그런 생각이 들면, 여기서는 혼자서 어떻게 할 수가 없다. H는 내게 와서 자신의 체포 경위를 늘어놓았다. 그녀와 같이 살았던 사람들은 모두 그녀를 미워해서 쫓아내려는 그런 사람들이었다. 어느 날, 그들은 드디어 한 가지 방책을 찾아냈다. H부인이 외국 방송을 도청했다는 이유로 그녀를 고발했던 것이다. 고소장에는 그녀가 1941

년 겨울 매일 아침 7시에 스위스 방송을 도청했다고 되어 있었다. H부인은 우선 1941년이란 오래 전이고, 둘째로 자기는 귀가 잘 들리지 않을 뿐 아니라, 위험한 일인 줄 잘 알고 있었으므로 그런 일은 절대 없었다고 주장했다. 물론 한두 번 들은 적이 있긴 하지만, 그건 당시 사람들에게 이미 해명했던 것처럼 나치에 관한 외국 방송의 좋지 못한 소문을 공정한 뉴스로 반박하려고 했기 때문이란다. 나는 그만 그녀의 말에 웃고 말았다. 도대체 그녀는 왜 히틀러를 위한 선전에 그다지도 열심인가? 그녀가 지금 괴로움을 당하고 있지만, 나는 그녀 자신의 어리석음으로 인한 당연한 결과라고 생각한다. 그녀는 그건 총통에 대한 사랑 때문이었다고 말했다. 그뿐 아니라, 열차 속에서 암살계획을 준비하고 있는 걸 실패로 돌아가게 함으로써 간접적으로 그의 생명을 구해 주었다고 주장했다. 나는 "당신은 바보로군" 하고 말해 버렸다. 그러자 그녀는 "그래요, 맞아요. 바보죠. 그러나 총통은 이 세상에 둘도 없는 그런 분이에요"라고 말하는 것이었다. "그럴 거예요. 그렇다면 당신은 여기 생활도 히틀러에 대한 사랑 때문이니 달게 받아야죠. 당신은 벌써 1938년 이전에도 넉 달이나 호헨잘츠부르크 요새에서 그를 위해서 고생했잖아요." 그녀는 들릴락말락하게 대답했다. "나는 정말 바보였어. 당신 말이 맞아요." 그러나 그녀는 계속 히틀러를 사랑하고 있다. 만약 그가 죽거나 교수형이라도 받는다면 진정으로 슬퍼하며 눈물을 흘릴 많은 늙은 여자들 중 한 사람인 것이다. 히틀러가 그녀에게 두 번씩이나 교도소생활을 하게 하고, 하나뿐인 아들을 전쟁터에 보내 죽게 하고, 그 때문에 받는 연금까지도 빼앗아 간다 해도 어리석음이란 결코 없어지지 않는 것인가 보다.

1944년 11월 27일

오늘 공장에선 연달아 사고가 일어났다. 처음에 케테의 머리 위로 무거운 덮개가 떨어져 거의 정신을 잃을 지경이었고, 또 나는 녹슨 기계에 왼쪽 가운데 손가락을 깊게 베었다. 그러나 붕대를 감은 채 계속 일해야 했다. 기록되지도 않은 것 같은데, 나는 지금 풀을 붙여 봉하는 기계에서 일하고 있다. 기계에 대한 지식도 없고 사용할 줄도 모르기 때문에 기계에 대해 굉장한 공포심을 갖고 있긴 하지만, 생각했었던 것보다는 잘 다룰 수가 있다. 세번째 불행한 사건은 가장 큰 것으로, 건장한 농부 출신인 레지가 건조로乾燥爐에서 일하는데 육중한 칠판이 그녀 머리 위로 떨어졌다. 겨우 정신은 차렸으나 쓰러져서 말을 못했다. 뇌진탕이었다. 의사에게 재빨리 연락해야만 하는데도 아무도 그러질 않았다. 우린 그녀를 구석의 자루 위에 뉘고 번갈아 냉찜질을 하였다. 점심때 교도소로 돌아갈 때까지 그러고 있다가, 두 사람의 부축을 받고 움직이긴 했으나 계속 아무 말도 하지 못했다. 점심에는 토했다. 나는 H양에게 뇌진탕인 것 같다고 말했으나, 그녀는 "대단치 않을 거야. 교도소에선 언제나 있는 일인데 뭐"라고만 말했다. 레지는 자기 감방에서 꼼짝도 못하고 누워 있었는데, 저녁땐 헛소리를 몹시 했고 열이 심했다. H양이 고등행정관에게 알렸다. 나는 우연히 음식 그릇을 들고 가다가 다음과 같은 대화를 들었다.

H양: 오늘 L공장에서 철판이 머리에 떨어지는 불상사가 있었습니다.

행정관: 그래서 어떻게 됐어?

H양: 대단치는 않을 것입니다만 역시 뇌진탕인 것 같아요.

행정관: 죄수들이 또 엄살을 떠는 것일 테지. 냉찜질이나 하고 수면제를 주라고. 내일이면 다 나을 테니.

H양: 그렇지만 전 책임질 수 없어요.

행정관: 책임이라니…… 홍, 내가 의사한테 알리긴 하겠소. 올지는 모르지만. 그자들은 그런 불상사가 생기면 괜히 더 엄살을 떨거든.

아직도 의사는 오지 않았다. 변기를 비우면서 레지의 감방을 들여다보았다. 그녀는 죽은 듯 창백하다. 아무도 알아보지 못하며 계속 신음만 하고 있다. 아직 말도 못 하고 통 먹지도 않는다. 이래도 그들은 아픈 체한다고 할 수 있을까?

지금 막 죄수들에게 횡포를 부리고 언젠가 우리를 볼셰비키라고 했던, 포악스런 교도관 Sch가 견책전임譴責轉任 당했다는 소식을 들었다. 아마 사람들이 참다 못해 손을 쓴 모양으로, Sch는 지금 군수공장 어디에선가 노동일을 하고 있단다. 우리가 이긴 것인가 보다. 또 교감보가 앓고 있다는 소문도 들린다. 신장병으로 수술을 받아야 한단다. 우린 너무 통쾌해서 모두 침대 위로 뛰어 올라 감사의 합창을 불렀다.

1944년 11월 28일

의사는 아직도 나타나지 않았다. 그녀의 병 역시 차도가 없다. 이때문에 죄수들 사이에는 무서운 반항의 기운이 돌고 있다. 공습경보 때도 위층에 있는 감방에 레지를 혼자 놔둬야 했다.

오늘 나는 공장에서 어떤 대화를 엿듣고 말았다. 헨리에트와 쟈넷에게는 얼마 전부터 남자 친구가 있다. 유고슬라비아인으로 젊고 잘 생긴 그 남자는, 낮엔 빵공장에서 일했고 밤에는 외인수용소에서 자야 했다. B부인 대신 난방일을 하던 쟈넷은 그와 얘기를 나누게 되었다. 난방 시설은 지하실에 있었고, 그 유고슬라비아인은 석탄을 가지러 그곳에 드나들었기 때문에 조금씩 얘기를 주고받을 수가 있었다. 그는 빵공장에서 아무것도 갖고 나갈 수 없기 때문에 쟈넷은 그를 위해 흰 빵을 훔쳤고, 대신 그는 담배를 갖다 준다. 오늘 나는 우연히 둘이 아주 서투른 독일어로 꽤 진행돼 보이는 도망 계획을 짜고 있는 것을 엿들었다. 평복도, 가짜 여권도, 돈도 준비돼 있었다. 2, 3일 뒤면. ―휴식시간에 나는 쟈넷에게 말했다. "로지와 안니처럼 돼서는 안 돼요." 그녀는 놀란 눈치였다. "말도 안 되는 소리 말아요. 도대체 누가 그런 말을 해요?" 나는 말했다. "바로 당신이. 너무 크게 말하던 걸요. 나는 당신의 성공을 빌고 있다는 걸 알아야 해요." 그녀는 그 다음부터 나를 미워하고 있다.

　오늘부터는 점심때도 감방으로 돌아가지 못하고, 밖에서 일하는 약 40명의 죄수들이 모두 한 감방에 준비된 세 개의 식탁에 앉아 식사를 해야 했다. 우린 꼼짝할 수도 없게 빽빽이 둘러앉았다. 땀냄새, 나쁜 음식 냄새, 게다가 염색공장 직공들의 염색 먼지와 우리의 밀가루 먼지로 공기가 탁했다. 아무도 식사를 하고 싶은 생각이 안 드는 모양이다. 식사는 점점 형편없어진다. 삶은 야채, 멀건 국물, 서너 개의 딱딱한 감자, 이게 전부다. 우리는 재주껏 흰 빵을 몰래 훔쳐 나눠 갖는다. 이런 식으로 연명해 나가는 것이다. 식사가 끝난 후에 숟가락을 공동 그릇 속의 찬물에 씻고 식탁을 치우고, 그래도 시간이 남아 45분간은 가만히 앉아 있어야 한다. 많은 사람들은 식탁 위에 머리를 얹고 잔다. 어떤 여자는 머리를 빗고 다른 사람의 눈썹을 잡아당기는 등 장난을 친다. 프랑스 여자들은 쉴새없이 빠른 속도로 재잘거리기 때문에, 가끔 "독일놈들"이란 말 외엔 알아들을 수가 없다. 한 세르비아인을 둘이서 좋아했던 F자매는 한 구석에서 훌쩍였다. 대장장이 식탁에선 음탕한 얘기가 오고 갔고, 케테는 이가 아파 신음하고 있었다. H부인은 자기가 잡혀 온 애기를 벌써 백 번도 더 하고 있다. Z는 아무 거리낌 없이 모퉁이에 있는 변기에 앉아 쉴새없이 큰 소리, 신음, 첨벙덩거림 등의 소란을 피운다. H부인과 러시아 여자를 상대로 나는 신통치도 않은 애기를 했다. 여기서 각 민족들의 특성을 규정한 말이 생각났는데 독일 사람들에 관한 건 다음과 같다.

독일 사람은 혼자 있으면 종이 되고
둘이 모이면 조직을 만들고
셋이 모이면 전쟁을 한다.

나는 사람들이 내 말을 유심히 듣고 있는 것을 알았다. 내가 이 프랑스 말을 독일어로 말해 주자 모두들 잠잠해졌다. "독일 사람은 셋이 모이면 전쟁을 한다." 그랬더니 갑자기 약속이나 한 듯 떠들어댄다. 욕을 퍼붓고 불평을 늘어놓기 시작했다. 전쟁이 가장 무서운 재앙이라고 생각하는 사람은 하나도 없었다. 만약 일반 대중의 생활이 더 나빠지고, 이 전쟁이 우릴 더없이 가난하게 만든다면, 그때는 모두 깨달을 것이다. 전쟁처럼 어리석고 커다란 죄악은 없다는 것을. 대체로 민중은 이데올로기는 이해하지 못하고 알기 쉬운 것만 이해하려 한다. 교도소 안에서의 우리 생활은 엉망이다. 우리들은(거의 4분의 3이) 소위 전쟁 범죄, 즉 외국인과의 사랑, 외국 방송 청취, 암거래, 배급표 위조, 금지된 여행, 곤궁에서 나온 도둑질, 불법적인 낙태수술, 정부와 전쟁에 대한 비난 등으로 여기에 온 것이다. 우리가 이렇게 추위에 떨고, 굶주리고, 매까지 맞으며 이곳에 있는 이유는 전쟁 때문이다. ─전쟁으로 이득을 보는 자들(나를 고발한 옛날 친구인 G는, 전쟁은 자기 남편인 장교 봉급을 올려주고, 자기의 교사 봉급을 올려주는 등 형편을 펴게 하는 최상의 기회라고 말한 적이 있다), 그런 자들은 이런 전쟁을 좋다고 생각하는 것이다.
아, 맙소사, 인간은 얼마나 어리석은가.

1944년 11월 29일

아직도 레지에게 의사는 오지 않았다. 병세는 악화되는 것 같지
않으나 걱정스럽다. 고등행정관이나 교도관이 옆으로 지나가기만
하면 Sch부인이 소리를 지른다. "놈들이 우리를 여기서 쓰러져 죽
게 하고 있어. 교도소 안에서나 독일 전체에서나 말이야. 당신들도
그걸 알란 말야." 그때마다 야단을 맞지만 계속 그랬다. 자꾸 그런
다면 강제수용소로 갈 것이니 제발 조심하라고 말하면, "3년이나
교도소에서 지냈지만 더 좋은 것도 없어요. 강제수용소에는 적어도
말이 통하는 사람들이라도 있죠."

손의 상처가 곪기 시작한다. 말해봤자 소용 없다는 걸 알면서도
다시 의사에게 가게 해달라고 신청했다. 도저히 일을 할 수가 없었
기 때문이다. 그렇지만 난 일을 해야만 한다. 기계를 청소하려면
언제나 손을 기름 밴 더러운 물에 담궈야 한다. H양은 "그대로 있
으면 저절로 나을 테니 두고 봐요" 하고 말한다. 그러나 교도소 안
에서는 절대로 상처가 저절로 아물 수 없으며 더욱 곪을 뿐이라는
것을 누가 부정할 수 있단 말인가? 오늘 드디어 키가 작고 슬퍼 보
이는 중국인에게 흰 빵 한 조각을 줄 수 있었다. 그는 깊이 몸을 숙
여 고맙다고 하며 힘없이 웃어 보였다. 그리고는 급히 빵 반 조각
을 단숨에 입에 넣었다. 그는 아픈 것 같다.

점심때 공습경보가 울렸다. 우린 남자 감방으로 갔고, 남자들은
그 동안 옆 감방으로 옮겼다. 벌써 그 감방에는 두 번 갔었다. N부
인과 나는 갈 때마다 잡지를 뒤적여 보았다. 오늘은 그 속에서 편

지를 발견했다. "공습경보 때, 이 감방에 오는 아름답고 까만 눈의 부인에게." 이건 내게 보낸 편지가 아니다. 나는 이 편지를 아름다운 여자에게 쥐어 주었다. 그녀는 읽으며 웃었다. 정열적이고 감상적이고 동경에 찬 연애편지였다. 몇 줄의 답장이라도 써 달라고 간청을 하고 있다. 안 해주면 목매어 죽어버리겠단다. 나는 그녀에게 짧더라도 낭만적인 편지를 쓰라고 권했다. 순간적이나마 이런 분위기가 기분을 한결 좋게 해주었다.

오늘 오전에 케테, 마리헨, B교도관과 함께 나는 치과의사에게 갔었다. 내가 여러 군데 찢기고 더러운 죄수옷을 그대로 입고 갑자기 문화인 옆에 앉자, 그는 불쾌하다는 듯 얼른 자리를 피했다. 섬뜩한 느낌이 들었다. 나도 케테처럼 이가 많은 건 아닌지 모르겠다. 케테는 쉴새없이 긁적거렸다. 우리는 모두 먼지와 땀에 그리고 더러운 내복을 입고 있어서 냄새가 난다. 손톱은 깎지도 않았고, 머리는 먼지 때문에 지저분하다. 그러나 나는 나의 아름다운 표준독일어로 얘기하고 싶었고, 상냥하고 곧 결혼할 B양에게 모든 사람이 듣는 데서 내 사생활에 대해서 얘기하고 싶은 충동을 느꼈다. 난 다른 죄수들과 같아질 수는 없었다. 인간이란 얼마나 어리석고 허영에 찬 동물인가.

결국 나는 스스로 부끄러워져 곧 입을 다물었다. 그러면서도 잘 차려 입은 두 남자가 나를 관심 있게 보았을 때는 기분이 좋았다. 약간 수치스런 감이 들었으나 오히려 자부심은 더 강해졌다. 그리고 더 이상 남보다 나아야 한다는 어리석은 생각은 버리기로 했다. 다만 순수한 인간으로 되어야 한다는 생각뿐. 그러나 다시 그러한 생각을 안 할 수가 없다. 정말로 나는 다른 사람보다 나을 게 없단 말인가?(내 교육, 내 자질, 내 자신의 노력 등을 제외하고라도.) 다른 사람들보다 아니 그들만큼 현명하지 못한 것일까? 나도 그들만큼

앞뒤 상황을 꿰뚫어볼 수 있지 않은가? 다른 사람들이 욕설을 퍼붓고 있을 때 나는 침착하게 심사숙고하지 않았던가? 나는 이곳의 불결하고 야비한 생활 속에서도 정신의 힘으로 이를 이겨내려 하고 있지 않은가? 아, 나는 정말 아무것도 모르겠다. 인간 평등이니 동포애니 하는 말은 꿈속에서나마 가능할까 하는 생각이 가끔씩 든다. 죄수들은 하나같이 어리석고 이기적인데다가 잔인하고 음흉하며 모두 호전적이다. 나이 들어 보이는 치과의사는 신사였다. 우리에게 전혀 죄수 대우를 하지 않았다. 자기에게는 아주 소중한 환자라도 된다는 듯이 우리를 대해 주었다. 나는 B양에게 그만 "사람들이 모두 우릴 이렇게 대해 준다면 얼마나 좋을까요?"라고 말하지 않을 수 없었다. 치과의사는 우리를 향해 몸을 돌리고서 말했다. "나는 당신들 같은 사람을 특히 좋아합니다." 이 말에 나는 그를 얼싸안고 싶었다. 나는 늘 죄수들과 있을 땐 소외감을 느끼더라도, 자유인들과 함께 있게 되면 다른 죄수들과 완전히 동료의식을 갖게 되기 때문이다.

1944년 11월 30일

K가 여기에 와 있었다. 내 '면담 카드'를 보았노라고 어떤 죄수가 귀띔해 주었기 때문에 이번에는 마음의 준비가 되어 있었다. '면담 카드'란 면담 허가를 받으려는 방문객이 와 있음을 의미하는 것이다. 그러나 우린 사무실에서 교도관이 나타날 때까지 기다려야 한다. 마침 점심때였다. 점심식사를 하러 집으로 가곤 하는 H양은 성난 듯이 서둘러대고 있었다. "B양, 그녀를 이리로 데리고 오도록 해요." 이렇게 외치고는 나가버렸다. B양은 "곧 그러겠습니다"라고 말은 했으나 어디론지 사라지고 말았다. 나는 감자가 가득 든 내

식사 그릇을 들고 복도에 서 있었다. 사무실 문이 열릴 때마다 K가 앉아 있는 것이 보였다. 그는 나를 보고 나는 그를 볼 수 있었으나 우리들 사이에 있는 문은 곧 다시 닫혀지곤 했다. 그러나 B양은 나타나지 않았다. 귀중한 시간이 흘러만 갔다. 나는 감자 하나를 먹었으나 맛이 없었다. 나중에는 바닥에 앉아 K가 기다리는 문을 응시했다. 요리사 A가 나를 비웃으면서 쳐다보았다. 20분 후에야 B양이 지나갔다. 나는 애걸하듯 말했다. "B양, 내 방문객이 기다리고 있습니다." "네네, 곧 올게요" 하고는 또다시 사라져 버렸다. 참다 못해 내 몸이 떨렸다. 드디어 고등행정관이 왔다. 제발 안으로 들어가게 해달라고 나는 빌었다. 그는 처음엔 망설이더니 나중에는 허락해 주었다.

15분간을 꼬박 나는 K와 단 둘이 있었다. 나에게 호의를 보이는 은행장이었던 Z씨 외에는 아무도 우리 말을 듣고 있지 않았다. 나에겐 정말 귀중한 시간이었다. K는 재빨리 최근 정치 소식을 귀띔해 주었다. 헝가리는 항복했지만 일부 지역에서는 다시 파쇼 정부가 들어앉았다는 것이다. 모든 것이 너무 천천히, 정말 실망할 지경으로 천천히 진행되고 있지만, 망해 가고 있는 것만은 사실인 것 같다. 군수공장은 폭격을 받고 있고, 비행기를 움직일 휘발유는 고갈 상태다. 그러나 우리들 죄수의 생각대로 크리스마스 때까지는 전쟁이 끝나지 않을 거다. 부활절까지는 아마 끝나겠지. 처칠까지도 전쟁은 새해에도 계속될 것이라고 말한 바 있단다. K는 자기도 비밀경찰의 감시를 받고 있다고 말했다. 그리고 급히 나에게 새 신문 몇 장을 쥐어 주었다. 나는 그것을 곧 블라우스 속에 감추었다. 우리는 돈 문제, 두고 온 집안 살림 문제를 얘기했다. 나는 아주 침착했고 이번에는 울지 않았다. 그런데 K가 내 모습을 보고 깜짝 놀랐다. 특히 부쩍 는 흰 머리카락을 보고. 내가 지난번보다는 좋아 보인다고 말했으나, 내 꼴이 말이 아니라는 것을 그의 근심스러운 눈길로 눈치챌 수 있었다. 내가 그의 팔에 기댔을 때에 그의 외투 소매가 더러워졌다. 내 정신적 컨디션은 꽤 좋아 보인다고 K는 말했다. 그러나 그건 그와 함께 있었던 몇 분 동안뿐으로, 내가 흥분했고 긴장해 있었던 까닭이다. 보통 때 감옥에선 그렇질 못하다. K가 가버리자 나는 병이 났다. 커다란 흥분을 겪고 나면 여기서는 으레 구역질과 설사를 치른다. 가기 전에 K는, 크리스마스 때는 나도 집에 있게 될 것이라고 말했다. 그러나 그건 나를 위로하느라고 하는 말일 게다.

1944년 12월 1일

오늘에야 드디어 레지한테 의사가 왔다. 정확히 말해 레지가 의사에게 간 것이다. 그녀는 반은 들것에 실려서, 반은 끌려서 진찰실로 들어갔다. 별로 대단한 병이 아니라는 게 의사의 말이었다. 2, 3일 누워 있으면 괜찮겠다는 것이었다. 내 손가락에는 연고를 바르라고 주긴 했지만 안 발라도 괜찮다는 걸 명백하게 나타냈다. 다켈개로 불리는, 마음씨 나쁘다기보다는 어리석다고 할 수 있는 H양은 "그래요, R은 유난히 부드러운 손가락을 가진 유별나게 섬세한 귀부인이죠"라고 말했다. 나는 흉터투성인데다 곪은, 커다란 상처를 치료받아야 했던 손을 그녀 코 밑에 갖다댔다. 그녀는 자기는 전에 나보다 더 심한 상처를 입고도 일을 했었다고 말했다.

오늘 우리는 괴로운 장면을 목격했다. 공장에서 일하고 있을 때, 갑자기 어떤 친위대원이 나타나 H양과 몇 마디 말을 주고받고는 마리헨을 불러냈다. 문이 열렸을 때 그녀는 요란한 비명을 질렀다. 우리는 밖에 서 있는 친위대원을 보았다. 잔인하게 보이는 이 젊은 작자는 노려보면서 위협하는 얼굴로 그녀를 맞이했다. 센세이셔널한 것을 좋아하는 H양은 "저이가 그녀의 남편이죠" 하고 속삭였다. 불쌍한 마리헨. 10분 후에 우리는 자유시간을 가질 수 있어서, 나는 R부인과 멀리서 이 두 사람을 지켜보았다. 그는 마치 전혀 낯선 사람을 대하듯 그녀에게 계속 어둡고 차갑게 말을 했다. 그녀는 울면서 더러운 앞치마로 눈물을 닦고 있었다. 얼마 후 그는 그녀의 팔을 잡고 약간 다정스레 애길하더니, 그녀에게 몇 개의 밀가루 빵을 쥐어준 뒤 가버렸다. 마리헨은 울면서 그를 보낸 뒤에 반은 웃고 반은 울면서 우리한테로 왔다. "이혼하겠다잖아" 하고 그녀는 말했다. "그런 야비한 자하고 인연을 끊게 됐으니 오히려 기뻐해야 해." 이건 내 말이었다. 그녀는 새삼 흐느껴 울면서 표준 독일어를 써가며 말했다. "그렇지만 난 그이를 정말 사랑해." 우리는 소리내서 웃었다. "그놈 말이야? 그 친위대원, 그 잔인한 놈 말이야? 가겠다면 그냥 내버려 둬요. 게다가 그자는 당신을 독살하려 했다면서?" 그녀는 울면서 말했다. "하지만 이제 그이도 좋은 사람이 되었어요. 내 팔을 잡고 밀가루 빵 두 개를 주었어요." "그거 참 굉장하군. 밀가루 빵 두 개라니. 아이, 근사해. 그 선물 마련하느라고 그 사람 무척 애썼을 거야." 이렇게 말하면서 우리는 그녀를 위로했다. 급기야 그녀는 의기양양해서 소리쳤다. "이제 난 마음 놓고 롤랑을 사랑할 수 있고, 그와 결혼도 할 수 있겠죠?" (롤랑은 그녀의 프랑스 애인이다.) "물론이고 말고, 우리가 다시 자유의 몸이 된다면……" 하고 우리는 말했다.

　그 사나이의 얼굴을 나는 잊어버릴 수가 없을 거다. 그것은 무력武力을 완전히 소유한, 얼음장같이 차고 잔인한 직업적인 살인자의 얼굴, 즉 친위대원의 얼굴이었다. 나는 마리헨에게 이혼할 때는 그자가 전에 그녀를 독살하려 했다는 것을 꼭 말해야 한다고 일러두었다. "아이구, 누가 내 말을 믿겠어요. 친위대원에게 감히 덤벼들 사람은 한 사람도 없잖아요?" 하고 그녀가 대꾸했다. 사실 그녀의 말이 옳을 것이다.

요새는 글 쓸 시간이 통 없다. 점심때는 식당이 너무 시끄러워서, 또 저녁이면 너무 피곤해서 생각을 가다듬을 수가 없다. 게다가 처녀들은 언제나 유리컵 돌리기 놀이를 하려 하니 그들을 도와주지 않을 수 없다.

1944년 12월 2일

오늘은 청소하는 날. 오후엔 목욕. 그 다음엔 변호사가 왔다. 우리는 또 오랫동안 기다려야 했다. 오늘은 친위대 소령은 보이지 않았다. R출신의 키가 2미터나 되는 대장장이의 말에 의하면, 소령은 국민재판소에서 무죄 판결을 받았다는 것이다. 물론 그래야지. 어떻게 다른 결과가 있을 것인가? R출신의 다섯 정치인들의 공모 케이스는 상황이 나빠졌다. 그 동안에 그들은 벌써 한번 사형선고를 받을 뻔했다. 그러나 그들은 형을 가볍게 해줄 수 있는 몇 명의 증인들을 찾아냈다. "놈들이 꾸며 내는 연극에는 정말 침을 뱉고 싶지요" 하고 키 큰 사람이 말했다. "놈들의 얼굴에다 대고 욕설이라도 퍼붓고 싶지만─ . 당신도 아다시피 그게 지금 무슨 소용이 있겠어요? 전쟁은 몇 달 더 계속 되겠죠. 나는 사형을 당하고 싶진 않아요." 그의 말이 옳다.

나는 어떤 광경을 관찰하게 되었다. 가장 젊은 보조교도관인 L부인은 본래 야비한 여자인데다가, 몇 달 전에 남편이 전사했고 또 얼마 전엔 아이를 잃어서 그런지, 남자라면 사족을 못 쓴다. 오늘은 남자 감방에 세탁물이 교부되는 날이다. 이 일은 보통 남자 교도관이 하는 일인데도 그녀는 앞으로 나서서 "내가 할 테니 그냥 둬요. 내가 할 테니까!" 하고 외쳤다. 저녁때 나는 그녀가—그녀는 아무도 이 광경을 보고 있으리라고는 생각하지 못했을 거다—키 큰 사람과 수작을 벌이려는 것을 보았다. 그녀는 그의 옆에 바싹 다가가서 여러 번 스쳐 지나가더니, 마침내는 자기 손을 그의 팔 위에 다정스럽게 얹었다. 그도 이에 호응하여 그녀를 놀려댔다. 그녀는 이것을 진짜로 알았지만 결국 그는 구역질이 나서 그녀를 옆으로 밀쳐버렸다. 그래도 그녀는 알아차리지 못했다. 그러자 그는 불쾌하다는 듯이 몸을 돌리고 하품을 해댔다. 그녀가 그를 혼자 있게 놔두자 그는 나에게 큰 소리로 외쳤다. "돼지같이 어리석은 년 같으니라구"라고. 그녀는 이 말을 들었지만 몸을 돌리고 웃어댔다.

나는 지금까지 이렇게 어리석은 인간은 본 적이 없다. 이런 여자를 우릴 감시하는 교도관으로 모시다니 정말 어이가 없다. 우리는 그녀의 제멋대로 거칠고 경솔한 행동에 희생이 되고 있는 거다. 그녀는 호수가 43(한국 치수로는 270~280mm 정도 : 편집자 주)이나 되는 구두를 신는다. 목소리는 남자 같은데다가 어리석어 보이는, 앞으로 툭 튀어나온 딱부리 눈. 그녀는 나의 상관이다. 원하면 나를 때리고 감금시키며, 벌로 일을 시키고 야비한 언동을 할 수도 있다— 그래도 나는 어쩔 수가 없는 것이다.

키 작은 요리사가 나보다 먼저 변호사를 만났다. 그녀는 성이 잔뜩 나서 나왔다. 무슨 일이 있었을까? 그녀는, 전쟁도 이제는 거의 끝나가고 있으니 죄를 고백하는 것이 좋을 거라고 충고하는 변호사에게 마구 욕지거리를 퍼부었던 것이다. "전쟁은 아직 끝나지도 않았고, 나는 열한 달째 여기 있는 거란 말예요!" 하고 그녀는 외쳤다.

그 동안 있었던 짤막한 연극 한 토막을 소개한다. F출신의 식당 주인인 아름다운 부인이 숱이 많은 금발을 땋아 올리고 철책 앞에 앉아 있고, 그 뒤에는 역시 식당 주인인 듯한 뚱뚱한 남자가 앉아 있었다. 두 사람은 열띤 격론을 벌이고 있었다. 나는 부인의 나지막한 소리를 들었다. "모두 당신이 잘못한 탓이에요. 당신을 생각하지 않았더라면 그런 짓은 안 했을 거 아녜요. 이제 나를 도와줄 사람이 있어요. 그리고 당신을 위해서는 이제 아무것도 안 하겠어요." 남편은 "나는 맹세하지만 당신을 배반하지 않았어. 나도 뭐가 뭔지 모르겠어" 하고 애걸한다. 부인이 말했다. "이제 당신에 관해선 더 이상 알고 싶지도 않아요. 우리들의 사랑은 끝난 거예요. 결혼도 마찬가지구요." 남편은 기가 꺾여 "제발 내 말을 들어줘요……" 한다. 아직 어찌할 바를 모르면서 부인은 다시 반쯤 그를 향해 몸을 돌리고 "아니, 무슨 할 말씀이 또 있단 말이에요? 당신 말은 이제 믿지도 않아요"라고 말한다. 그녀가 그를 사랑하고 있다는 게 보인다. 두 사람은 다시 속삭인다—부인은 자기 집에 군용창고를 갖고 있었는데 그 안의 물건을 몰래 내다 팔았다. 그런데 남편이 이 사건에 깊이 말려들고 말았다—우리는 후에 몇 마디 주고받았다. 그녀는 말했다. "아니, 당신이 작가라고? 내가 다시 자유의 몸이 되면 내 일생을 써 주세요. 재미있는 일생이니까. 장편소설이 될 거예요, 아마. 내 후손들을 위해 적어둬야겠어요. 그리고 당신은 돈을 벌 수 있죠. 보수를 후하게 줄 테니까. 난 돈이 많다고요. 작가들도 돈은 필요하겠지." 나는 지금까지 출판사의 주문 외에 개인에게서 사사로이 청탁을 받은 일은 없었다고 정중하게 그녀에게 말했다. 내가 글 쓰는 것이 계속 금지되면 그때는 그런 것도 생계유지의 방도가 될 것이다—정말이지 우리는 장차 무엇으로 살아가게 되는지 알 수 없는 일이다. 부흥 작업의 일부라면, 설사 그것이 하찮은 일일지라도 난 기꺼이 그 일을 하겠다. 아, 다시 일할 수 있고 말할 수 있고 자유로운 몸이 될 수 있다면 얼마나 좋을까!

　변호사는 오늘 기분이 좋지 않았다. 그는 투덜댔다. "당신 일은 지금 엉뚱한 길로 가고 있소. 당신 서류는 R재판소에 가 있는데 거기서 잠자고 있는 것 같소. 지금쯤 당신은 벌써 석방되어 있어야 하는 건데. 그런데 그곳에 있는 나치당원인 검사는 그럴 생각이 없단 말이오. 그래서 당신 케이스는 베를린에 있는 국민재판소에서 취급하게 될 겁니다. 잘못됐어……. 오래 걸릴 겁니다. 난 당신에게 사심私心을 말하는 것뿐이오. 딴 생각은 하지 않는 게 좋을 거요." 나는 전신이 마비된 것 같은 느낌으로 그 자리를 떠났다. 그러나 지금은 다시 마음이 가라앉았다. 전쟁은 이제 오래 계속되지 않을 것이다. 강제수용소에 가게 돼도 얼마간은 견뎌낼 수 있을 것이다. 거기서 나가게 될 땐 모든 것이 잘될 테니까. 아마 거기에 가게 되지 않을지도 모르겠다.

1944년 12월 3일

　오늘은 일요일이어서 교도소 신부가 다시 왔다. 짧은 미사를 끝낸 뒤 우리는 그와 사사로운 얘기를 나눌 수 있었다. 요리사인 H부인도 물론 거기에 왔다. 그녀는 머리를 잘 빗고, 뺨은 빨간 종이로 문지르고 왔다. 나는 그녀를 비웃었다. 내가 마지막 사람이었다. 성당은 벌써 어두워져 있다. 신부는 자기 옆에 있는 기도 의자에 앉으라고 권했다. "R부인, 어떻게 지냅니까?" 하고 그가 물었다. "당신은 천주님의 뜻에 따르고 있습니까? 천주님과 함께 마음의 평화를 누리십니까?" 나는 화가 나서 말했다. "무슨 말씀이세요? 나는 종교적인 대화를 나누려는 게 아닙니다. 전혀 다른 청이 있어요. 러시아군과 연합군이 어느 정도 깊숙이 들어와 있는지 말해 주세요. 여기서는 정확한 것을 알 길이 없거든요." 그는 조심스럽게 말하였다. "연합군은 아직껏 라인강 왼쪽에 머무르고 있고, 러시아군은 동프러시아의 플라텐 호숫가에 있습니다. 그 밖에는 나도 잘 모릅니다." "아니, 그건 독일 군대의 보도잖아요. 내가 알고 싶은 것은 외국 방송이 보도하는 거예요!" 하고 소리쳤다. "나로선 당신에게 그것을 말할 수 없습니다." "말할 수 없다고요? 당신은 외국 방송을 듣지 않는단 말인가요, 한 번도?" 하고 나는 실망해서 물었다. 그는 말했다. "내가 여기에 온 것은 당신 영혼에 위로를 드리기 위해서입니다. 정치 얘기는 하지 맙시다." 나는 외쳤다. "내 영혼의 위로가 무슨 소용이 있죠? 지금 당장 나에게, 우리들 모두에게 더 중요한 것은 정치입니다. 우리가 언제 다시 자유의 몸이 되고, 우리가 언제 다시 인간이 될 수 있는가가 거기에 달려 있어요. 여기서 우리가 얼마나 고생을 하고 있는지 당신은 전혀 모를 겁니다. 우리가 필요로 하는 것은 위로가 아니라, 더 나은 음식과 지금과는 다른 대우죠. 우리에겐 자유가 필요해요. 그렇지 않으면 우리는 파멸할 겁니다!" 그는 나에게 가까이 몸을 구부리고 속삭였다. "너무 큰 소리로 말하지 마십시오. 누가 듣겠습니다." 나는 비웃었다. 그리고 물었다. "내 편지는 어떻게 했죠? 부치셨나요?" 그는 호주머니에서 편지를 꺼내면서, "역시 내 양심의 동의를 얻을 수가 없었습니다." 난 아무 대꾸도 하지 않았다. 그러나 나는 어떻게나 화가 났던지 그를 한바탕 몰아세울 꼬투리를 찾아보았다. 하지만 그가 힘이 빠진 채 실망한 듯이, "정말이지, 나는 오늘 당신 때문에 여기 왔답니다. 난 할 일이 많소만 R부인이 나를 필요로 할 거라 생각했던 거요"라고 말했을 때 나는 미안한 생각이 들었다. 나는 그의 수고에 감사를 드리고 나왔다 — 또 하나의 실망이었다.

다른 사람들은 유리컵을 돌리고 있었다. 감방마다 이 놀이를 하고 있었다. 입에서 입으로 전해져 모두 이 놀이를 알고 있었다. 변기를 치울 때 키가 작은 N부인의 말로는, 그들이 있는 곳에 영령이 나타났다는 것이다. 포템킨이라는 사람인데, 언젠가는 러시아가 독일을 지배하게 된다고 말했다는 것이었다. 주목할 만한 사실은, 이 감방에서 포템킨이 누구였는지 아무도 모르며 또 정치에는 아무도 관심이 없다는 것이다. 나도 허무맹랑한 소리를 믿기 시작하고 있다.

1944년 12월 4일

오늘 갑자기 금발의 두 프랑스 여자가 공장에 나타나질 않았다. 나는 그들이 석방된 줄 알았다. 또 누구나 아무것도 알지 못했다. 그러나 저녁때, 그들이 감방으로 갈 때 나는 그들의 목소리를 들었다. 변기를 비울 때(이 지겹고 구역질나는 일은 젊은 여자들에게 맡겨둘 만도 하지만, 모든 것을 철저하게 체험해 보려는 생각에서 내가 하고 있다) 잠깐 들은 바로는 두 사람은 구류중이며 낮에는 쭉 석탄 저장창고에서 지내면서 자루를 꿰매고 있다는 것이다. 그들의 친구인 유고슬라비아 사람이 탈출을 꾀한 것과, 여자용 평민복과 가짜 여권을 갖고 있는 것이 발각되었다. 아마 본의本意는 아니었겠지만(우리는 이런 방법을 잘 알고 있다), 그는 두 자매가 자기와 공범자라는 것을 고백했다. 어쨌든 그들은 탈출에 성공하지 못했다. 불쌍한 생각이 든다. 지금 두 사람은 아침 7시부터 저녁 5시까지 계속해서 숨막히는 지하실에서 지내고 있다. 무엇 때문이란 말인가? 집으로 가려는 시도 때문에, 우리가 영웅적이라고, 아니면 적어도 용감하고 존경할 만하다고 불러줘야 할 행위 때문에, 외국인의 폭정으로부터 탈출하여 조국의 품으로 돌아가려던 것 때문이다. 다시 말해 프랑스인들, '오직' 점령 지대의 사람들이라는 것 때문에 석탄 저장창고에 갇혀 있다. 우리가 만일 똑같은 경우에 처하게 된다면 우리들은 어디로 가게 될 것인가? 우리가 외국인들을 좀더 인간적으로 대한다면 얼마나 좋을까. 우리 죄수들의 책임이라도 된다는 듯 프랑스 사람들도 우리를 무조건 미워한다.

오늘 저녁식사 때 나는 벨기에 여자인 헤르미네와 심한 충돌을 했다. 우리는 4주일에 한 번씩, 교도관으로부터 세 개 내지 네 개의 생리대를 받는데 헤르미네는 그걸 받아가지고는 저녁식사 때에 내 앞, 식탁 한가운데에 놓았다. "그걸 좀 치우시죠" 하고 말했으나 대답이 없었다. 나는 되풀이해서 말했다. 그녀는 얼굴을 찌푸렸다. 그리고는 나는 당신에게 언제나 호감을 갖고 대했는데 이건 너무 심하지 않느냐고 말했다. 나는 생리대를 식탁에서 치워버렸다. 다른 죄수들도 내 편을 들었다. 헤르미네는 보라는 듯이 그것을 도로 식탁 위에 올려놓았다. 그녀를 때려줄 것인가? 나는 여러 번 생각한 끝에 단념을 하였다. 나는 헤르미네의 눈에서 번득이고 있는 증오 앞에 항복하고 말았다. 이곳의 프랑스 여자들처럼 국가에 대한 자부심이 강한 사람도 없을 거다. 대부분은 초라하고 키가 작은 말광량이들이지만 "프랑스 만세!"를 부른다. "독일이 제일이다!"라고 외치는 것보다 조금도 나을 것이 없다. 우리가 이런 식으로 살아가는 한 세계 평화는 있을 수 없을 것이다.

1944년 12월 5일

오늘도 어제의 체험과 비할 수 있는 또 하나의 체험을 했다. 로스토브 출신인 타마라라는 러시아 여인이 우리 방에 들어왔다. 스물한 살인 이 여자는 의과 대학생이었다. 몸집이 크고 억센 이 처녀는 어깨가 넓으며, 조용하고 명랑하며 영리했다. 그녀는 신분증명서 없이 여행했다는 이유로 교도소로 끌려온 것이다. 15킬로미터밖에 안 되는 거리였지만 러시아 여자이기 때문에 의심받는 것도 당연했으리라. 그녀는 우유 가공장에서 일하기로 되었다. 나는, 당신은 공산주의자가 아니냐고 물었다. 그녀는 아니라고 하면서 공산당원은 그렇게 많지 않다는 것이었다. "반대자들도 있나요?" "반대자라니, 무슨 반대자들 말인가요?" 하고는 이해 못 하겠다는 듯 나를 쳐다봤다. "스탈린의 반대자들, 공산주의의 반대자들 말이에요." "왜 반대해요?" 하고 그녀는 악의 없이 말했다. "우리는 잘 지내고 있는데요." "그렇지만 대중들은 가난하지 않아요?" "가난이요? 천만의 말씀이에요. 가난할 리가 있겠어요?" 그녀의 아버지는 구둣방을 하고 있다. 고등학교와 대학교 공부는 국가에서 시켜주게 되어 있지만, 지금은 전쟁중이기 때문에 부모가 일부, 즉 약 4분의 1을 부담해야 한다. 의사는 언제나 전망이 좋은 직업이다. "우리들이 듣고 있기론, 러시아 사람들은 열 명이 함께 한 방을 사용하고 있다는데 사실인가요?" 하고 내가 물었다. "아녜요, 그렇지 않아요. 우리 집은 다섯 식구가 방 셋을 쓰고 있어요." 다른 사람들은 더 많은 방을 갖고 있기도 하다는 것이다. 노동을 많이 하지 않는 사람은 작은 방을 갖게 마련이며, 일을 하면 응당의 보수를 받을 수 있다고 했다. "당신은 스탈린과 그의 이념에 진심으로 찬성하는가"라는 질문에 그녀는 어깨를 움츠렸다. "우리는 그런 걸 곰곰이 생각하지를 않아요. 다른 것은 전혀 모르니까 그 길밖에는 없어요. 또 다른 걸 원하지도 않고요." "당신은 우리 독일 사람들을 미워하나요?"라는 질문엔 그렇지 않다고 침착하게 머리를 저었다. "나를 여기에 가둔 사람들을 미워할 뿐이죠. 그리고 히틀러도. 그는 우리나라를 짓밟고 내 가족과 나를 끌고 갔어요. 그는 전쟁만을 원하고 있어요." 유감스럽게도 타마라는 독일어가 서툴고 나는 러시아어를 잘 모른다. 더 많은 것을 알고 싶은데. 그녀도 나에게서 많은 것을 알고 싶어한다.

1944년 12월 6일

어젯밤 이상한 꿈을 꾸었다. 아마 타마라와의 대화로 흥분했던 탓이었을 게다. 나는 어떤 낯선 큰 도시에 와 있었는데, 좁은 골목길 복잡한 속에 말려 들어갔다. 갑자기 나는 화랑이 있는 앞마당에 서게 되었다. 한동안은 혼자였는데, 갑자기 장례식 행렬이 내 앞에 나타났다. 사람들이 많았고, 관은 보이지 않았으나 검은 상복을 입은 부인 셋이 보였다. 그들은 울지 않고, 웃거나 아니면 거의 미소를 띠고 있었다. 나는 하도 이상해서 "상중인데 당신들은 왜 웃고 있습니까?" 하고 슬며시 물었다. "우는 것이 금지돼 있습니다. 그뿐 아니라 우리는 슬프지도 않습니다"라고 말했다. 장례식 행렬이 다 지나가자, 중국 사람 아니면 코작인으로 보이는 사람이 완전 무장을 하고 뛰어들어와 전투 태세를 취하고는 권총을 들고 마구 쏴댔다. 마치 무용을 하는 것 같았다. 그는 나를 향해 쐈다. 총알은 나를 뚫고 나갔고, 나는 내 육체의 무게를 전혀 느끼지 않았다. 그러자 제복을 입은 사나이가 나타나 나를 긴 복도로 데려갔다. 어디엔가는 교도소 안에 있는 변기 같은 것이 놓여 있었다. 변기를 치워야 한다는 생각 때문에 나는 구역질이 났지만 아무 말도 하지 않고 그걸 조용히 들어 날랐다. 이윽고 우리는 갑자기 바깥으로 나오게 되었는데 내 앞에 대들보로 이어지는 가파른 벽이 있었다. "여기서 아래로 내려가야 해" 하고 그 사람은 말했다. 그래서 나는 어떻게 내려가야 되는지도 모르면서 주저하지 않고 아래로 미끄러져 내려 갔다. 제복 입은 남자도 나와 함께 내려갔다. 그는 나를 소개하면서 "이 여자는 시험에 합격했습니다" 하고 말했다. 높은 사람으로 보이는 또 한 사람이 대답했다. "그녀가 사람들을 지도하는 데 쓰일 만한지 의논해 봅시다."

이 꿈 이야기를 나는 다른 사람들에게 하지 않았다. 사실 우린 매일 아침 우리의 꿈 이야기를 서로 나누곤 한다. 여기서는 꿈이 어떤 특별한 의미로 풀이되고 있다. 가령 우리가 야채나 과일에 관한 꿈을 꾸면 길조라고 할 수 있다. 그러나 만일 꿈속에서 그것들을 먹었다면 배급을 덜 받게 된다. 또 새 모자, 새 옷, 새 구두의 꿈은 변화를 뜻한다. 겨울 눈을 보는 꿈, 연기 없는 밝은 불길을 보는 꿈 역시 길조를 뜻한다. 하지만 그슬리는 불의 꿈을 꾸면 불행, 우울, 싸움을 뜻한다. 기차 여행의 꿈은 좀 에로틱한 것을 의미하며, 개와 말을 꿈에서 보면 좋은 친구의 도움을 기대해도 좋다. 심문을 받던 전날 밤, 나는 잘 익은 사과가 달린 사과나무와 한 마리 말 꿈을 꾸었다. 내가 자유의 몸이 된다면 내 일생의 얼마간은 꿈 연구에 바치겠다. 여기에서는 뭐든지 조금 생각하면 곧 지치게 되고 머리가 멍해져 버린다. 내 기억력도 상당히 감퇴되어서 간혹 교도소 동료들 이름조차도 잊어버리곤 한다. 게다가 며칠 전부턴 귀가 잘 들리지 않는다. 6, 7주 이상 여기서 지내는 많은 사람들이 모두 이런 현상을 겪고 있는 것이다. 내 손가락은 곪는다. 꽤 큰 농포膿疱가 생겼지만 아직 완전히 곪지는 않았다. 이것을 베어내기 위해 오늘 의사에게 가려 했으나 다캘개라고 불리는 H양이 "엄살부리지 말아요. 부끄럽지도 않은가 봐. 그까짓 걸 가지고 의사를 괴롭히겠단 말이에요?"라고 했다. 결국 왼손의 세 손가락만을 사용해서 기계를 만지는 일은 아주 어려워졌다.—레지는 아직 병석에 누워 있지만 많이 나아간다. 키 작은 중국 남자는 중병이라는 소문이다. 그러니 그에게 빵을 가져다 줄 수도 없을 거다.

오늘이 성 니콜라우스 날이라는 것을 오늘 오후에야 생각하게 되었다. 올해는 아무도 아이들에게 호도와 사과가 든 주머니와, 몇 개의 꿀과자를 문에 달아주고 쇠줄로 댕그랑 소리를 내주리라고 생각하지 못했을 거다. 앞으로 3주일 후면 크리스마스. 그런데도 나는 아직 교도소에 앉아 있다.

1994년 12월 7일

오늘 점심때 Sch부인이 대장장이의 식탁으로부터 끈으로 묶은 소포를 우리 식탁으로 가져왔다. 전나무 가지로 장식되어 있어서 크리스마스 기분이 났다. "자, 여기 좀 늦긴 했지만 성 니콜라우스 날에 산타 할아버지가 보낸 선물이 있어요." 이 말을 하고 그녀는 경건한 태도로 물러갔다. 나는 작은 소시지쯤 되리라 생각하며 끈을 풀었다. 겉포장을 벗기자 십자로 맨 리본이 달린 길다란 물건이 나왔는데 꼭 갓난아기 같았다. 나는 놀랐다. 무엇 때문에 이런 것을……. 그때 요란한 웃음소리가 내 주위에서 터졌다. 난 영문을 몰랐다. 그러자 사람들은 친절하게 이 물건이 어디에 쓰이는가를 가르쳐 주는 것이었다. 그것은 인공 음경이었다. 그런 게 우리 교도소에서 가끔 벌이는 장난 중의 하나다.

오늘 오후, 여러 번 낙태수술을 한 마리헨의 친구인 A(우리는 그녀를 '산파'라고 부른다)가 보이지 않았다. 마리헨은 흐느껴 울었다. 그 여자는 석방된 것이다. 그녀는 어떤 여자 변호사를 채용했는데, 그 변호사는 공판도 없이 그녀가 석방되게 해준 거다. 어떻게 그랬을까? 그녀는 임신 두 달 내지 다섯 달 사이에 여덟 번이나 낙태수술을 한 죄를 짓고 있다. 마리헨은 단 한번 낙태수술을 했을 뿐인데도 아직도 이곳에서 지낸다. 요전에 나에게서 마리헨 이야기를 들어서 알고 있는 변호사는, 마리헨은 곧 석방될 가망이 없다고 한다. 마리헨은 변호사를 댈 만한 돈이 없다. 나는 마리헨에게 극빈자 상대의 변호사에게 진정서를 내보라고 권했다. 그녀는 일요일에 편지를 냈단다. 그러나 어떤 변호사도 그녀를 어떻게 도와줄 수가 없는 모양이다. 친위대원인 그녀의 남편이 그녀를 석방시키려 하지 않을 것이다. 그는 그럴듯한 이유를 갖고 있다. 뿐만 아니라 지금 이혼 소송이 진행중이다. 그녀는 재판에서 질 뿐만 아니라, 어린애 (그녀는 네 살 난 딸이 있다)까지도 빼앗길 것이라고 내 변호사가 말했다.

1944년 12월 8일

키가 작은 베르사유 여자인 오데트에겐 애인이 있다. 다른 사람들이 그가 그녀의 애인이라고 말하고 있다. 하지만 내가 보기엔 그런 것 같지 않다. 벌써 일주일 전부터 저녁때 우리가 공장에서 돌아오는 길이면 캄캄한 모퉁이에 한 남자가 서 있곤 했다. 아무런 저의도 없는 단순한 보행자인 양 오데트 곁에 바싹 붙어 서서 한동안 우리와 함께 걸어간다. 간수는 2, 3일 동안 이것을 전혀 눈치채지 못했다. 그와 오데트는 그들의 빠른 베르사유식 프랑스어로 오랫동안 속삭인다. 또 그는 다른 사람들 눈에 띄지 않게 무엇인가를 그녀에게 주기도 했고, 그녀는 재빨리 그걸 앞가슴에 감추곤 했다. 교도소로 돌아올 때, 그녀는 가끔 한 뭉치의 물건을 앞가슴에 숨겨 올 때도 있지만 아무도 눈치채지 못한다. 어제 점심때 나는 그 남자를 보았다. 마흔 살쯤 아니면 좀더 되어 보이는 그는, 키가 작고 뚱뚱하지만 민첩해 보였으며 입은 옷은 남루했다. 목에는 야한 붉은 천을 두르고 있었다. 위험스럽고 불쾌하게 보이는 남자였다. 이 사이로 흘러 나오는 이야기는 한 마디도 엿들을 수가 없었다. 오늘 드디어 H양이 눈치를 챘다. 그녀는 욕을 하면서 그가 우리 가까이에 얼씬도 못 하게 했다. 그는 웃었고, 오데트는 큰 소리로 재빨리 그리고 공손한 태도로 H양에게 말했다. 자신을 해명하려는 것 같은 효과를 냈으나, 사실 그것은 야비한 욕설의 연발이었다. H양은 물론 프랑스어를 모른다. R부인과 나는 죽어라고 웃어댔다. H양은 약이 올라서 그에게 덤벼들었다. 그녀가 따귀를 때리려 하자 그는 다정스럽게 웃어 보였다.

H양은 돌아오는 길에 계속 욕설을 퍼부었고, 그 남자는 "나는 독일어를 모릅니다" 하면서 천천히 따라왔다. H양은 참다 못해 그가 계속 이런 행동을 한다면 오데트를 구류하겠다고 말했다. 그러자 그 남자는 위협하는 악의에 찬 눈길을 그녀에게 던지고는 사라져 버렸다. 이처럼 뻔뻔스런 행위에는 말문이 막힐 따름이다. 그러나 계속 그들을 이런 식으로 대한다면, 우리 독일 사람들은 프랑스나 폴란드, 그 밖의 다른 민족들과 어떻게 서로 이해하며 살 수 있단 말인가? 여기 교도소 안의 일들은 독일 전 지역에서 일어나고 있는 수많은 사건 중 일부에 불과한 것이다. 우리는 결국 악의 씨를 뿌리고 있는 셈이다.

1944년 12월 9일

오늘은 일대 소동이 있었다. 뚱뚱한 식당 여주인 B가 공장에서 흰 빵을 훔치다가 들킨 것이다. 그녀가 빵 한 조각을 입에 넣은 것을 공장 관리인이 보고는 B에게 달려들어 소리를 질렀다. "빵을 빨리 이리 내놔!" B는 입을 벌리고 씹던 빵을 이 사이로 보여줬다. 관리인은 H양에게 달려가 "죄수들이 또 빵을 훔쳤어요" 하고 말했다. 관리인에게 늘 반감을 갖고 있던 H양은 "알았어요. 벌써 여러 번 그러면 안 된다고 일러뒀지만 모두 배가 고프니까 그러잖아요"라고 대꾸했다. 나는 이 여자를 잘 알기 때문에 그 말을 액면 그대로 받아들일 순 없었다. 그녀는 우릴 동정해서가 아니라 자기보다 잘 사는 L, 특히 그녀가 관리인이라는데 대한 질투, 미움 그리고 고소한 생각에서 그랬던 것이다. 그녀는 자기네 둘이 똑같이 하녀라는 신분이었다는 것을 잘 알고 있다. 그런데 자기는 겨우 교도소에서 보조교도관 노릇을 하는데 L은 관리인으로 자기보다 잘 살고 있다는 사실이 불만스러웠던 것이다. 5분 후에 관리인은 양 볼 불룩히 빵을 씹고 있는 마리헨을 보았다. 그녀가 우리를 사무실 유리창으로 지켜보고 있다는 것을 알면서도 나는 보라는 듯 새로 구운 큰 빵 한 조각을 잘랐다. 그러자 그녀는 사납게 달려와서, "H양, H양, 벌써 두 명이 빵을 훔쳤어요"라고 말했다. 나는 소리를 높여 웃었다. "웃어 봐요, 고등행정관을 불러 당신들을 절도죄로 고발하겠어요!" 하고 그녀는 외쳤다. "네, 그렇게 하세요. 그러나 이건 잊지 마세요. 당신이 우릴 이렇게 취급한 대가를 언젠가는 받게 될 거라는 걸 말예요" 하고 나는 큰 소리로 말했다. 그녀는 나를 힐끔 쳐다보았으나 아무 대꾸도 하지 않았다. 물론 H양은 "아가리 닥치지 못해, R!" 하고 말했다. 우리는 경고를 받은 것이다. 그러나 우린 이미 비뚤어진 죄수들이고, 게다가 오늘은 토요일이다. 이제 긴 오후, 긴 일요일이 올 것이다. 그리고 월요일 오전에도 새로 구운 흰 빵은 없다. 우리는 이틀 동안 굶어야만 한다. 아니다. 그럴 수는 없다. 우리는 빵을 가져가야 한다. 그러나 그것을 호주머니에 넣지는 않는다. 이제 그렇게 어리석지는 않은 거다. 사람들이 우릴 샅샅이 뒤진다는 것을 잘 알고 있으니까. 우린 공장을 떠나기 전에 일렬로 서야 했고, 관리인과 H양이 우리를 뒤진다. 빵조각을 감추지 않았을까 하고 뒤지는 것이다. 하지만 아무것도 찾아내지 못한다. 관리인이 내 몸을 뒤졌다. 일부러 자기가 뒤지는 것이다. 나는 그녀에게 빈 호주머니를 보이면서 히죽이며 웃고는 재킷도 열어 보였다. 그녀는 말없이 물러갔다. H양은 경험이 더 많다. 그녀는 내 등을 더듬어 보고는 "당신은 그런 짓을 안 하죠"라고 말했다. "물론이죠, 난 그런 짓은 안 해요." 몸수색은 아무 성과도 없이 끝났다. 아무것도 발견해 내지 못한 것이다. 교도소에 도착하자 우리는 곧 사무실로 불려갔다. 공장 관리인이 우릴 고발했던 것이다. 고등행정관 앞에 서자 그는 말했다. "당신들 또 빵을 먹었구먼." 우리는 죄를 지어 미안하다는 듯 고개를 숙였다. 나는 말했다. "우리는 배가 고프답니다. 다른 바깥 노동자들은 빵, 소시지, 우유 등을 얻어먹어요. 그러나 우리들은요? 우리는 배가 고파 몇 입 먹긴 했지만 그게 전부예요." 그는 "당신들에게도 빵 한 조각씩 주라고 내가 그토록 말했는데. 좌우간 훔치려거든 입에 넣을 수 있는 양에서 그치고 그것도 바로 눈앞에서는 피하도록 하시오. 자, 가요"라고 했다. 감방에서 우리는 가져온 것을 풀었다. B는 양쪽 바짓가랑이 안에 끈으로 맨 긴 빵 하나, 케테는 잡아매지 않은 숄 속에, 나는 머리 위 수건 밑에, 마리아는 겨드랑이에, 레지는 양쪽 양말 속에 각각 빵을 넣었었다.

1944년 12월 10일

일요일. 공습경보, 해제, 또 공습 경보—하루 종일 이랬다. 눈이 온다. 크리스마스 기분이 든다. 흰 빵은 충분하지가 않아서 배가 고프고 피곤하고 또 슬프다. 점심은 짜기만 했고, 공습과 고사포 사격 사이에 급히 삼켰야 했다. 나는 너무나 피곤해서 폭탄이 나한테 떨어진다 해도 꼼짝도 못 할 것 같다. 우린 책을 받았다. 뫼리케의 시집을 받았지만 이제 그런 건 마음에 안 든다. 나는 옛날 뫼리케의 시, 〈이른 아침의 솜털처럼 경쾌한 시간〉이나 〈아침 일찍 수탉이 울면〉 같은 시를 좋아했었다. 그러나 지금은 나에게 아무런 음악적인 감흥을 주지 못한다. 우린 침대에 누웠고 또 대부분은 자고 있다. H부인은 심장병을 앓고 있어, 이제는 신음소리를 내는 것이 보통으로 되어버렸다. 자고 있는 얼굴들을 바라본다. 입을 벌린 이 얼굴들은 회색으로 축 늘어져 있고 아름다움은 찾을 수 없으며, 더럽고 남루한 옷으로 감춰진 몸은 여위었다. 케테의 귀 뒤, 머리카락 위로 이 한 마리가 천천히 기어가고 있다. 케테는 잠 속에서도 긁어댄다. 레지는 벌써 오래 전부터 변기 위에 앉아 있다. 냄새를 풍기면서. 나는 침대로 올라가 창을 활짝 열었다. 공기는 맑고 차다. 눈이 오고 있다. 여기 있는 모든 게 보기 싫다. 이제는 더 이상 참을 수가 없다. 그러나 전쟁은 아직도 끝나지 않고 있다. 또다시 공습경보가 울렸다.

1944년 12월 13일

천편일률적인 단조로운 생활에 작은 변화가 생겼다. 오늘 주인이 직접 공장에 왔는데, 그는 키가 작고 뚱뚱하며 사람이 좋아 보였다. 그는 우리 죄수들을 한번 훑어보았다. 나는 무의식중에 잠시 동안 아름답게 보이려고 애썼고, 가벼운 교태를 부리며 그에게 웃어 보였다. 그는 우리에게 인사를 했다. 그는 창고를 정돈하는 데 네 명의 죄수가 필요하다고 했다. H양은 오데트, 레지1(농부의 딸), 레지2(탈영병의 신부), 그리고 나를 뽑았다. 우리는 재킷을 걸치고 나갔다. 우리는 도시 절반을 지나갔다. 나는 이 도시를 어렸을 때

이후론 보지 못했었다. 작은 도시로, 아직 폭격은 받지 않았지만 보잘것없는 도시다. 쇼윈도우는 텅텅 비어 있고, 거리 포장은 엉망이었으며, 오래되고 비바람에 시달린 집들은 모두 수리를 해야 될 것 같았다. 거리의 사람들도 모두 가련하고 쫓기는 듯 기분 나쁘게 보였다. 그들은 우리를 거칠게 재빨리 지나치며 호기심과 멸시의 눈으로 바라보았다. 누군가가 물었다. "저 자들은 폴란드인이에요? 아니면 우크라이나인인가요?" 어떤 퉁명스런 부인이 대답했다. "아뇨, 죄수들이에요. 절도범이겠지요." 우리가 입고 있는 재킷과 스커트에는 L·G·T(트라운슈타인 지방교도소)라는 스탬프가 찍혀 있었다.

우리는 넓은 창고에 들어가게 되었는데, 거기서 높게 첩첩이 쌓여 있는 상자들을 옮겨 놓아야 했다. 그건 꽤 힘드는 일인데다 창고는 추웠고 바람이 몹시 불었다. 양복바지에 멜빵을 하고 셔츠 바람인 L씨는 굵다란 시계줄을 잘 먹은 듯 보이는 배 위로 내려뜨리고 헐떡이면서 함께 일을 했다. 일이 상당히 급한 모양이었다. 우리는 이야기를 나눴다. 오래간만에 남자하고 이야기한다는 것은 즐거운 일이었다. L은 세속적인 신사답게, 돈에 대한 탐욕과 재산을 조금이라도 잃을까봐 근심하는 태도, 대식大食, 호색 등을 열심히 감추려는 부르주아 근성의 사람이다. 그가 예쁜 오데트에게 추파를 던지고 있는 게 눈에 띄었다. 그는 프랑스어를 할 줄 알았으나 오데트는 별 반응을 보이지 않았다. 그러나 그녀의 동작 하나하나에는 아주 자연스러운 교태가 담겨 있었기 때문에 L같은 사람은 곧 사족을 못 쓰게 마련이다. 실제로 그녀는 그를 놀려대고 있었고, 그의 등 뒤에서 뚱뚱한 엉덩이를 가리키면서 흉내내고 있었다. 그는 내게 어떻게 감옥에 오게 되었느냐고 물었다. 나는 그에게 사실대로 얘기해 줬다. 그는 히틀러와 나치당원들을 한바탕 조롱하고는, 자기는 히틀러의 애인인 에바 브라운을 알고 있다고 말했다. 자신은 나치 반대자라고 말했다. 본능적으로 그를 경계하는 마음이 없었더라면 난 그와 더불어 나치의 '악담'을 늘어놓았을 거다.

10시경에 그는 우리를 위해 소시지와 빵을 가지러 나갔다. 우리를 가둬 놓고. 15분간 우리끼리만 있었다. 물론 우리는 일을 중단하고 창고를 뒤졌다. 한쪽에 쌓여 있는 상자를 발견했는데 만져 보니까 부드러웠다. 높이는 약 1미터 반이었고, 길이와 넓이도 비슷했다. 귀퉁이를 찢어 봤더니 옷감 두루마리·복지服地·외투 복지 등 훌륭한 모직물들이 보였다. 또 창고의 컴컴한 부분에는 약 60개쯤 되는 설탕 포대, 희디 흰 수백 개의 밀가루 포대, 아몬드·호도·건포도가 가득 든 상자들이 있었다. 유감스럽게도 우리는 바스락대는 호도 소리와 건포도 냄새만 맡을 수 있을 뿐이었다―상자에는 굳게 못이 쳐 있었다. 약 5, 60개의 상자에서는 바닐라 냄새가 풍겼지만 상자가 쇠사슬로 감겨져 있어 열 수가 없었다. 오데트는 재빨리 귀퉁이를 뜯었다. 그러자 바닐라 설탕이 흘러나왔다. 우린 미친 듯이 빨아댔으나 조금밖에 먹을 수 없었다. 오데트가 좋은 생각을 해냈다. 언제나 호주머니에 넣고 다니는 숟가락으로 먹자는 것이었다. 설탕은 목구멍에서 잘 넘어가지 않았지만 감미로웠다. 마침내 오데트는 작은 종이봉지를 가지고 와서는 그 속에다 설탕을 채웠다. 그뿐인가, 긴 스웨터와 블라우스에까지도 설탕을 가득 채웠다. 그러나 우리는 갑자기 창고 전체에 바닐라 냄새가 가득 찼다는 것을 알았다. 어떻게 할 것인가? 그때 열쇠소리가 들렸다.

L이 돌아온 것이다. 잠시 모두 긴장했다. L은 우리에게 밀가루 빵을 가져오지 않고 꺼먼 빵과 아주 나쁜 값싼 소시지를 가지고 왔다. 어쨌든 소시지는 역시 소시지고, 우리는 바닐라 설탕을 먹었는데도 배가 고팠다. 이윽고 L도 창고에서 냄새가 난다는 걸 알았다.

내가 그의 앞에 나서며 말했다. "L선생님, 저기 바닐라 설탕 상자가 뜯어져 있습니다. 우리가 그걸 들어내리다 보니까 귀퉁이가 찢어져 있었어요. 쥐들이 그랬을 거예요." 그는 말했다. "빌어먹을 쥐새끼들 같으니라고. 고놈들은 뭐든지 처먹어대지. 덫을 놔야겠어." 그는 곧 상자 있는 데로 갔다—정말 하나님은 우리에게 온정을 베풀었다. 거기엔 진짜 작은 쥐구멍이 나 있었다. 우린 살았다. 바닐라 설탕 부스러기가 바닥에 널린 것을 보고 그는 "그걸 쓸어 버리시오"라고 한다. 난 그를 물끄러미 쳐다봤다. "이걸 가져 가시오" 하는 생각은 할 수 없단 말인가? 설탕이 우리에겐 얼마나 귀한 것인지 그는 정말 모른단 말인가? 그렇다. 그는 그런 걸 상상조차 못할 것이다. 그는 필요한 건 모두 갖고 있다. 이 세상에는 굶는 사람들이 있다는 것을 그는 모르고 있다.

상자를 왜 옮기려는지 난 확실히 알 수 있었다. 우리가 오후에 다시 왔을 때는 옷감 두루마리와 설탕 자루들은 어디론지 치워져 있었다. 나는 모른 체하고 물었다. "저기 있던 그 두루마리들은 어디 갔죠?" 그는 말했다. "아 네, 그것들은 밀가루 포대용 삼베지요. 다행히도 그건 폭격을 받지 않았습니다. 무슨 일이 있을지 모르지요." "그래요" 하고 나는 말했다. "L선생님, 당신 말씀이 옳습니다. 무슨 일이 생길지 우린 모르지요. 안전한 곳에 갖고 계시는 편이 훨씬 나을 거예요. 안 그래요? 가능한 한 오래 먹어야 하니까요." 그는 의심스러운 듯이 나를 쳐다봤다. 나는 웃었다. "L선생님, 내가 당신이라면, 폭격보다는 딴 사람들이 아무것도 가진 게 없는 형편이라 혼자 많은 것을 가질 수 없을 때가 언젠가는 오리라는 사실을 더 걱정할 것 같습니다." 나는 그에게 다정스럽게 웃어 보였다. 그는 헛기침을 하고는 가버렸다. 이제 그는 나를 이곳에 데려오지 않을 것이다. 나도 더 이상 이곳에 올 필요가 없다. 싫도록 보았으니

까. 저녁때 R부인이 내게 말하기를, L은 죄수 세 명에게 히틀러에
관해 비판의 말을 하게 해놓고 밀고했다는 것이다.

1944년 12월 14일

또 한 장章을 L에 관해서 쓰기로 한다. 오늘 우리 공장에서는 하
루 종일 L의 가족을 위한 크리스마스 과자를 구웠다. 그 냄새는 여
러 시간을 두고 우리 코를 자극했다. 금발의 여자 넷이 바쁘게 이
리저리 뛰어다니면서, 다 구어진 과자판을 들고 우리 옆을 바싹 지
나쳐 사무실 안으로 들어갔다. 이 각양각색의 과자들은 계란으로
노오란 빛깔이 나기도 하고 혹은 버터 냄새를 풍기기도 하며 또 갖
가지 빛깔의 사탕과 콩을 섞고 그 위에 초콜릿을 담뿍 바른데다 램
주와 화주火酒 향기가 나는, 평화시에만 볼 수 있는 것들이었다. 나
는 이런 것을 수 년 동안 먹어 보지도 못했고 본 적도 없다. 게다가
오후에는 진짜 커피와 담배 냄새도 맡을 수 있었다. L과 그의 아들
이 와서 여러 시간 동안 먹고 마시고 했다.

우리 있는 곳의 기계에 사소한 고장이 나서 마리헨이 교도관을
부르러 사무실에 갔었다. 마리헨은 사무실 책상 위에 큰 리쾨르술
두 병과 바닥에는 많은 과자들이 개 바구니 앞에 놓여 있는 걸 봤
다고 말했다. 개들은 아마 싫도록 먹었을 게다. 그녀는 역시 바닥
에 떨어져 있었던 담배 꽁초를 재빨리 집어 가지고 왔다. 교도관이
잠깐 밖으로 나간 동안에 우리는 의자 위에 올라가 유리창으로 사
무실 안을 살펴보았다. 우리는 반란을 일으킬 수도 있었을 것이다.
그러나 교도관이 돌아오자 우리는 모두 재빨리 자기 자리로 돌아갔
다. 이때부터 우리는 묵묵히 저항을 했다. 우리는 아무 말도 하지
않았다. 그러나 5분 후에 오데트가 맡고 있는 기계의 두꺼운 가죽

벨트가 찢어졌다. 관리인은 그것을 떼어 내서 수리하러 보냈다. 기계I이 쉬고 있었기 때문에 삽시간에 흰 빵이 쌓여졌다. 다시 5분 후에는 내가 담당한 기계태엽이 튀어나가 찾아낼 수 없게 되었다. 관리인이 새것을 만들어 올 때까지 10분이 지났다. 또 갑자기 옮겨 붓는 기계의 주둥이가 고칠 수 없을 정도로 꽉 막혀버렸다. 그 다음엔 내 기계의 벨트(나는 접합선接合線을 풀어놓았다)가 찢어졌고 기계II도 움직이질 않았다. 관리인은 아무 말 없이 수리했다. 벨트가 정상으로 돌아가자 이번엔 휴즈가 끊어졌다. 기계를 너무 빨리 돌렸던 것이다. 그 사이에 우리는 밀가루 빵 대신 낡은 누더기와 종이 조각으로 주머니를 채우고는 차근차근 풀로 발라 붙이고 상자에 담았다. 이것들은 그날 저녁으로 실려서 아침에는 발송된다. 케테는 빵 위를 기어다니는 구역질나는 갈색 갑충甲蟲인 수백 마리의 바퀴들을 잡아 그 속에 넣고 같이 꾸렸다. 그러자 갑자기 난방장치가 멈추었다. 절망적이었다. 마침내 상자 만드는 기계의 철사까지도 끊어져버리자, 관리인은 욕을 하기 시작했다. "아니," 나는 낮은 목소리로 말을 했다. "왜 흥분하시죠? 이제 얼마 안 있으면 수송도 안 될 텐데요. 철로가 모두 폭파당했대요." R부인은 말했다. "당신도 알다시피, 빵 같은 전쟁에 필요한 것들은 총통께서 언제나 알아서 처리해 주십니다." 관리인은 우리를 쳐다보지도 않았다. 우리는 우악스럽게 흰 빵을 입 안에 넣었다. 그리고 바로 관리인 옆에서 파삭파삭 소리를 냈다. 그는 아무 말도 하지 않았지만 우리가 한 말을 알아들은 것 같았다.

저녁때 보니 상자는 360개 대신 230개가 만들어져 있었다.

1944년 12월 15일

계속해서 L에 관하여 쓰기로 한다. 오늘은 시골 농가의 아낙네들이 큰 바구니를 가지고 왔다. 금발 여자 중의 하나가 뭔가 피묻은 것을 우리 기계 앞바닥 위에 던졌다. 그것은 거위의 위胃와 머리였다. 개와 고양이는 그것을 골라 가면서 먹어댔다. 우리는 물끄러미 그걸 쳐다보았다. 쉬는 시간에 우리는, 앞마당에 있는 닭들이 수북이 쌓인 밀을 쪼아 먹는 걸 봤다.

어째서 사람들은 우리 앞에서 이런 짓을 할까? 깊이 생각지 않는 데서 나온 행동일까? 이 세상에는 일생 동안 배고픔이나 조그마한 부족함도 겪어본 적이 없는 사람들이 있다. 다른 사람들을 동정할 줄은, 물론 모를 것이다—아마 이들은 우리 죄수들을 더없는 바보, 위험하지 않은, 마음 쓸 필요도 없는 존재라고 생각하고 있을지 모른다. 우리는 아무것도 눈치채지 못한다고 생각하는 것이다. 설사 안다고 해도 어떻게 할 것인가? 그저 속수무책일 뿐이다. 공장에서 몰래 기계의 벨트를 풀고 나사를 잃어버리고 태엽을 지나치게 많이 감는 것만으로 만족해야겠다. 완성된 상자 수가 오늘은 200개로 떨어졌다. H양은 일부러 모른 체했다. 관리인은 욕설을 퍼부었지만 속으로는 애가 탔을 게다. 오늘 나는 개와 고양이에게 꺼먼 빵 껍데기를 주었다. 내 아침 빵에서 떼어낸 거다. 그들은 좋아라고 먹어댔다. 흰 빵만 받는 그들에게 꺼먼 빵은 아마 특별식인가 보다. 소시지 껍질은 먹지 않은 채 여기저기 널려 있다. 케테는 오늘 저녁 이렇게 기도를 드렸다. "사랑하는 하나님! 고성능 폭탄 열 개를 L의 공장에, 다섯 개를 L의 집에 떨어뜨려 주십시오. 그렇지 않으면 난 더 이상 당신을 믿지 않겠습니다."

1944년 12월 16일

변호사가 왔다. 내가 크리스마스 때 12일간 구류를 중단하고 집으로 돌아가게 해달라고 신청서를 냈다는 것이다. 성공할는지 모르겠지만 너무 큰 기대는 하지 말라고 한다. 나는 이젠 기대 같은 건 절대로 않는다. 나는 그에게 여덟 번이나 낙태수술을 했던 '산파'가 석방되었다고 말했다. 그는 어깨를 추켜 보였다. 그리고 웅변조로 "당신도 아시지만 난 꿈속에서나마 소리를 지르려 해도 할 수 없는 그런 사람이지요. 나는 당신보다 더 불쌍합니다" 하고 말했다. 그 말을 듣고 나는 말문이 막혀버렸다.

1944년 12월 17일

정치적인 대뉴스. 룬드슈테트 장군이 라인 강변에서 반격을 전개했고 미군들은 후퇴했다. 독일은 승리한 것이다. 많은 죄수들도 덩달아 의기양양해하며 말했다. "이제 우리는 전쟁에 이긴다." 그러나 나는 말했다. "바보 같은 소리 말아요. 그건 기껏해야 패배 직전에 마지막으로 발악해 보는 것뿐이라구요." R부인과 브레멘 출신 여자를 제외하고는 내 말을 믿는 사람이 없었다. 오스트리아 출신인 위법자違法者 H부인은 기뻐서 어쩔 줄 모른다. "우리의 총통! 내 말이 맞았죠? 히틀러는 적을 국경선까지 오게 해 가지고는 함정을 만들어 놓고 이제 놈들을 쳐부수고 있는 겁니다." Sch부인이 말한다. "멍청이 같은 자들." 나치가 이기면 독일은 어떻게 된단 말인가? 나치는 이길 리가 없다. 나는 알고 있다. 하지만 나는 실망에 빠져 있었다.

1944년 12월 20일

아직도 독일군이 공세를 취하고 있다. 미군은 도대체 무얼 하고 있단 말인가? 보급난을 겪고 있는 것인가? 왜 망설이고 있는 걸까? 이해할 수가 없다. 여기 식사는 이제 아주 말이 아니어서 거의 먹을 수가 없다. Z만이 4인분 내지 5인분을 먹어치운다. 그녀는 그릇 바닥까지 싹싹 긁어 먹는다. "교도소 좋으라고 남겨 줄 필요가 없지요"라고 말하고는 해죽거리기까지 하면서. 오늘 내가 받은 감자 넷은 모두 형편이 없었다. 불평을 퍼부었더니 교도관이 좀 나은 것을 가지러 부엌으로 갔다. 그녀는 빈손으로 돌아왔다. 하나도 안 남았다는 것이다. "난 뭘 먹으란 말이야?" 외치고는 나쁜 감자 몇 개를 벽에 던져버렸더니 그것이 벽에 붙어버렸다. 다른 사람들은 우두커니 보고 있었다. 교도관은 내게 경고를 했다. 그러나 그대로 가버렸다. 그 여자인들 어찌할 것인가? 그 여자 책임은 아니다.

오늘 오후에 내 농양膿瘍이 갑자기 터졌다. 누런 고름이 밀가루 빵부스러기와 기름 위로 굵게 흘렀다. 나는 빨리 붕대를 감고는 계속 일을 해야 했다. 그러자 곧 붕대에 피가 뱄고, 내가 만든 상자들은 모두 핏자국과 고름 흔적이 묻었다. 그러나 이런 것들이 무슨 상관이겠는가? 이젠 모든 것이 될 대로 되라는 생각뿐이다.

오늘 저녁, 내 감방에서는 나를 즐겁게 해주기 위해 사람들이 죄수놀이를 했다.(처음으로 나는 정말 위로받고 싶은 마음이었다. 그러나 아무도 믿지 않는다.) 처음에 누가 신발 한 켤레를 던지면 그 신발이 놓인 곳에서 시작하여 우리 모두가 각각 신발 한 켤레씩을 옆에 갖다 놓는다. 그러면 던져진 신발로부터 감방문에 이르기까지 신발들이 한 줄로 나란히 놓이게 된다. 이때 문간에 제일 가까이 놓인 신발의 임자가 가장 빨리 석방된다는 것이다. 내 신발이 문 옆에 놓여졌다. 그들이 나를 위로하려고 그렇게 꾸몄을 것이리라. 나는 구두를 구석에 던져버리고는 큰 소리로 울었다. 그들은 처량하게 내 주위에 앉아 어쩔 줄 몰라했다. 나는 외쳤다. "이 더러움, 이 배고 픔과 비참한 생활은 우리 총통, 그 미친 놈, 그 사기꾼 덕분이란 말 예요." 사람들은 내 입에다 손을 갖다댔다. 난 막무가내였다. 이제 는 나도 다시 조용해졌다. 내 머리맡에 널판자가 있었는데 그걸로 내 머리를 한 대 쳤던 것이다. 지금은 정신이 흐리멍덩하다.

1944년 12월 21일

오늘 갑자기 죄수들이 석방됐다. 그 중에는 외국 사람들과 사랑 을 나눴던 여자들 전부가 들어 있다. 웬일일까? 우리의 반격이 격 퇴되었단 말인가? 교도소 안은 흥분의 도가니로 변했다. 누구나 석 방되기를 기다렸다. 나도 마찬가지다. 저녁 늦게야 변호사가 와서 날 불렀다. 나는 그에게 달려갔으나 좋은 일은 없었다. 내 진정서 는 기각당했다는 것이다. 그렇지 않았으면 오늘 다른 사람들처럼 감옥을 나갔을 것이라고 그는 말했다.

좋다 ― 크리스마스는 교도소 안에서 맞는 거다. 크리스마스 선물 도 이미 와 있다. K에게선 책 한 권, 어머니에게선 케이크와 과 자·사과·호도, 양초와 전나무 가지가 왔다. 점심때 그것을 풀었 었는데 저녁에 보니 과자와 사과 절반이 벌써 자취를 감췄다. 아! 지금 나에게는 모든 게 대수롭지 않다. 모든 것이 말이다.

약 10분이 지났다. 우리는 오늘 꽤 오랫동안 불을 켜고 있다. 지 나간 몇 분 동안 나는 걷잡을 수 없는 절망과 죽음에 대한 심한 공 포심으로부터 비장한 각오를 하기까지 마음의 변화를 가져야 했다. 어째서 나는 그토록 자포자기했었을까? 무엇보다도 나는 크리스마 스 이브를 두려워했던 것이다. 나는 내 어린 것들을 생각했다. 그러나 그건 감상적인 생각일 게다. 어린 것들은 내가 없이도 크리스마스를 지낼 수 있다. 세상의 많은 어린아이들이 아버지, 어머니 없이 크리스마스를 지낸다. 또 어째서 나는 죽음을 그렇게 무서워했던가? 나는 아직 유죄 판결을 받지 않고 있다. 설사 유죄 판결이 내려진다 해도 어쩔 수 없지만, 죽음을 생각하면서 순간이긴 했지만 마음이 가벼워짐을 느꼈다. 이제는 어떤 운명이 닥쳐온다 해도 그걸 견뎌낼 수 있을 것 같다.

1년이 지나

1945년 10월 12일

그러니까 내가 체포됐던 다음 해의 바로 그날, 나는 밀고했던 그 여자로부터 편지 한 통을 받았다. 이 편지는 사실 그대로이다.

1945년 10월 A에서

루이제에게

당신은 우리에게 톡톡히 복수했더군요. 제프는 7주일 전에 체포되었는데 아마 다시는 풀려 나오지 못할 것입니다. 나는 초등학교에 취직되었으나 곧 다시 해고당했습니다. 세 아이를 데리고 발붙일 곳도 없이.

당신에게 용서를 비는 바입니다. 그것뿐입니다. 내가 행한 일에 대한 대가를 지금 치르고 있는 것이죠. 당신이 옳았었다는 것을 뼈아프게 속속들이 체험했습니다. 그 당시, 나는 그 무시무시한 일들을 잘 알지 못하고 있었던 것입니다. 내겐 벅찬 것이었어요. 내가 10여 년을 두고 옳다고 믿었던 세계관을 당신은 순식간에 나에게서 파괴해 버렸었던 것입니다. 마음의 괴로움을 이기지 못하여 나는 침묵을 지키겠다던 약속을 깨뜨려야 했습니다. 나는 당신에게 편지를 썼고 제프가 밀고했습니다. 나는 증언을 했죠. 그건 괴로웠고, 또 나는 가끔 후회를 해야 했습니다. 당신은 이제 옳다고 생각하는 대로 행동하십시오.

우리도 옳다고 생각했던 것을 행동으로 옮겼다는 걸 말하고 싶습니다. 무대 뒤를 꿰뚫어볼 능력이 없었기 때문이었죠. 이것으로 끝을 맺겠습니다. 당신에게 행운이 있기를 기원하면서.

리 즐

여기에 대한 나의 답장은 이러했다.

1945년 10월 12일 K에서

리즐에게

당신의 불행이 내 탓이라고 믿고 있다면 그건 오해입니다. 나는 당신들을 고발하지 않았습니다. 내가 당신들에게 복수하려 했다고 믿는다면, 그건 당신이 나를 모르는 것이라 하겠습니다. 나는 당신들의 전쟁과 나치에 대한 열렬한 지지에 반대하여 싸웠습니다. 나는 폭력과 증오에서 싹트는 모든 것을 싫어하듯, 전쟁과 나치도 싫어하기 때문에 그렇게 행동했던 것입니다. 당신들의 그런 행동, 생각과 싸워 온 내가 어찌 똑같은 짓을 할 수 있겠습니까? 당신이 내게 한 행동과 인류가 죄를 짓는데 가담했던 것을 가혹한 법칙에 따라 스스로 복수를 당하는 것입니다. 다른 사람들은 복수할 기회를 가지라고 하십시오. 피는 피로써 씻길 수 있다고 믿지 않기 때문에 나는 그런 짓은 하지 않겠습니다. 당신은 나에게 용서를 빌고 있습니다. 그것은 필요가 없고 또 무의미합니다. 개인적으로 본다면, 교도소에서 겪은 고통은 이미 오래 전에 중요치 않은 것으로 돼버렸고 그때 얻은 정신적 체험이 더 컸기 때문에 그런 사과는 필요없습니다. 또한 당신의 사과는 이미 때가 너무 늦었을 뿐 아니라, 순수하지 못한 동기에서이기 때문에 무의미합니다. 히틀러에 대한 당신의 신념은 나치가 망한 바로 그 순간에 사라졌습니다. 당신의 개심改心은 나치 정권의 불실성·음흉·어리석음·비인간적인 면을 인식해서 이루어진 게 아니라, 다만 이 정권도 의지할 것이 못 된다는 쓰라린 경험에서 나온 것일 뿐입니다. 그러한 패배의 감정 후에 뭔가 잘못을 깨닫는다는 것은 대단한 것이 못 됩니다.

당신은 나를 고발했던 것이 괴로운 일이었다고 말하고 있습니다. 베르히테스가덴에 있는 국가안보청에서 그 끔찍한 심문이 있었을 때, 우리가 다시 만났던 2월 1일을 기억하십니까? 내 변호사가 당신의 출두를 성공시키기 위해 얼마나 애를 썼는지는 당신도 알고 있을 겁니다. 우리는 당신이 그 기회를 올바로 인식하고 내 불행의 원인이 된 당신의 증언을 철회하거나 또는 적어도 완화해 줄 것을 믿고 있었기 때문에 그렇게 했던 것입니다. 당신은 증오의 눈으로 쳐다보았죠. 당신을 그렇듯 냉혹하게 만든 것은 불안과 후회였을지도 모르겠습니다. 내가 나를 변호하기 위해 몇 가지 증거를 들자, 당신은 "저 여자는 거짓말을 하고 있습니다"라고 외쳤었죠. 당신의 증언이 나를 극도의 위험으로 몰아넣었다는 것은 당신도 알고 있을 겁니다. 국방 파괴와 반역죄는 사형 아니면 종신토록 강제 수용소에서 지내야 한다는 것을 당신도 알았었을 테니까. 당신은 내가 두 아이를 갖고 있고, 당신의 발언에 따라 유죄 판결을 받는다면 내 아이들은 어미 없이 지내야 한다는 것도 잘 알고 있었습니다. 당신 남편 제프는 정치적 이성理性과 평화에 대한 강하고 숭고한 사랑이 우세하게 될 경우, 편하고 재미있는 알렌슈타이너 클럽에서의 장교직을 잃어버릴까 두려워했기 때문에 나를 고발했다는 것도 당신은 알고 있었습니다. 그렇습니다. 나는 당신의 용서를 받아들일 수가 없습니다. 내 개인적으로는 나에 관한 모든 것, 우리들 옛날 우정의 단절까지도 극복하였습니다. 내가 잊어버릴 수 없고 또 용서할 수도 없는 것은 당신의 눈에서 보이던 그 증오일 것입니다. 그것은 당신 자신뿐만이 아니라, 많은 다른 사람들을 사로잡았던 것과 같이 당신을 사로잡았던 광기였습니다.

그러나 이젠 증오, 피, 죽음과 같은 것은 치워버립시다. 우리가(그 무서웠던 여러 해 동안 정말로 무언가를 배우고 살아남은 자들이) 원하는 것은 바로 평화와 인간성인 것입니다.

루이제

고원高原의 사랑

제 1 부

고아가 된 소녀

　새벽녘쯤에 유리안느는 전보에 적혀 있는 낯선 소도시에 도착했다. 부친의 임종臨終에 대려고 밤새 차를 타고 왔던 것이다. 그녀는 덜덜 떨며 역을 벗어나 밤나무가 빽빽이 서 있는 길로 접어들었다. 2월 초였으나 어디에도 눈은 보이지 않았다. 유리안느는 모피 모자를 눌러 쓰고 토시〔套袖〕를 끼고 외투깃에다 턱을 푹 파묻었다. 그녀는 천천히 걷는다. 방심한 상태로 걷다가 가끔 물구덩이에 빠지곤 했다. 아버지가 누워 계실 호텔로 가는 길이면서도 그리 서두르지는 않았다. 그녀는 사념思念에 잠긴다. 어머니가 돌아가신 뒤로 제네바에 있는 기숙사에 입사入舍했고 그 이후로 한 번도 아버질 만나 본 적이 없었다. 아버지에 대한 추억이라야 특별히 좋을 것도 나쁠 것도 없다. 사실 아버지 생각은 거의 하지 않고 지냈던 것이다. 그런데 이제 갑자기 어린 시절의 한 광경이 떠오른다. 아버지는 어머니를 윽박질렀었다. 어머니는 아무런 저항도 없이 아버지를 비웃고만 있는 것 같다. 결국 아버지 편에서 오히려 초조해져서 방을 나가버린다. "아빠가 왜 화를 내?" 하고 어린 그녀는 물었었다.

어머니는 어깨를 으쓱한다. "화를 내다니? 그런 게 아니란다. 마음이 약해 그렇지. 약한데다 어리숙하거든." 그럴 때 마루에선 찰칵하고 문 닫히는 소리가 들렸었고, 그 문소리는 어머니의 마지막 말이 옳다는 생각이 들도록 했던 것이다.

지금까지 까맣게 잊었던 그 광경이 갑자기 떠올라 유리안느는 그 생각에 너무나 골똘한 나머지 호텔을 그냥 지나칠 뻔했다. 어떻게 하면 아버지 브렌톤 씨를 뵐 수 있겠느냐고 수위에게 물었다. 수위는 헛기침을 해대며 속으로 이것저것 따져 보다간 구레나룻을 쓰다듬는다. 그리곤 갑자기 큰 결심이라도 한 듯 우중충한 좁은 복도에서 서성대고 있는 보이를 부른다.

"이 아가씨를 15호실로 모셔요!"

"하지만…… 그 손님께서는……" 하고 보이는 머뭇거린다.

"아가씨를 모시고 올라가라니까!" 하고 수위가 퉁명스럽게 명령조로 말한다.

"브렌톤 씨는 어떤가요?" 하고 유리안느는 삐걱거리는 계단을 올라가며 물었다.

"돌아가셨습니다. 아주 가셨단 말입니다" 하고 젊은이가 덤덤히 말한다. 그리고 아무 말도 말라는 듯 입에다 손을 대고 계단 위에서 아래를 내려다본다. 유리안느는 그 말을 들었을 때 당황하거나 고통스럽지는 않았다. 뭔가 담담할 따름이었다. 15호실 문을 열자 망치소리와 소독약 냄새가 시끄럽고 역했다. 작업복 차림의 두 사나이가 검은 관 뚜껑을 덮고 있었다.

"관은 곧 실려 갈 겁니다" 하고 보이가 말한다. 유리안느는 문지방에 섰다. 관 뚜껑은 이미 못질이 끝나 있었고, 사나이들은 무심히 그녀 옆을 지나쳐 방 밖으로 나가버린다. 남은 건 검은 관과 그녀뿐이었다. 관도 방도 초라하다. 뭣 때문에 아버지는 이토록 초라

하게 살아오셨을까? 아무리 해도 이해할 수가 없었다. 돈도 있는
분이⋯⋯.

그녀는 엉망으로 대패질이 된 관 위에 손을 얹어 보고는 현관으
로 내려갔다. 수위는 연방 헛기침을 해대다가 금세 슬픈 표정을 꾸
민다. "심심한 조의를 표합니다, 아가씨." 그런 다음 그는 말을 계
속한다. "아가씨는 여기서 기다려야 될 겁니다. 헥클리프 의사가
곧 올 테니까요."

"헥클리프라니요?" 하고 유리안느는 눈썹을 찡그리며 물었다. "도
대체 그분이 누군데요?"

수위는 어깨를 으쓱한다. "하여간 곧 올 겁니다."

그는 자기 자리로 되돌아가 버린다. 유리안느는 대리석 테이블
곁에 놓인 낡은 비로드 의자에 앉았다. 지하실로 사라졌던 보이가
더러운 수건을 팔에 감은 채 그리로 다가왔다.

유리안느는 아침식사를 주문했다. 그녀는 식탁 위에 놓인 술잔의
찌꺼기, 가구의 얼룩, 낡은 커튼과 식탁보, 벽에 걸린 저속한 유화
따위를 바라보고 있었다. 보이가 막상 식사를 날라왔을 때 그녀는
머리를 팔걸이에 기댄 채 잠이 들어 있었다.

불안한 자세이긴 했지만 아무튼 깊은 잠에 빠져 어떤 사람이 그
녀 앞에 서서 한참 동안이나 그녀를 내려다보고 있는 것조차 알아
차리지 못했다. 키도 덩치도 큰 남자가. 남자는 너무나 덩치가 커
서 복도에 달린 하나뿐인 창문을 거의 덮을 정도여서 복도 전체가
컴컴해졌다. 잠자는 사람의 얼굴을 내려다볼 양으로 약간 몸을 굽
히고 있는데, 그 얼굴을 보는 게 무척이나 두려운 듯한 표정이었
다. 그러다간 깜짝 놀라 뒤로 물러선다. 수위가 머리를 내밀고 그
의 이런 동작을 이상한 듯 바라본다. 낯선 사나이가 다시 유리안느
의 잠자는 얼굴 위로 몸을 굽히자 수위는 의심쩍어 했다. 잠자는

사람은 그의 그림자로 완전히 가려 있고, 사나이는 의자 팔걸이를 주먹으로 받친 채 그녀가 깨어날 때를 기다리고 있다. 수위와 보이의 눈초리에는 아랑곳도 하지 않고.

그때 갑자기 검은 옷에다 실크 모자를 쓴 사나이 네 명이 현관으로 들어섰다. 수위의 안내를 받으며 그들은 묵묵히 계단으로 올라가더니 잠시 후에 초라한 관을 메고 내려온다. 마지막 계단을 밟을 때 한 사람이 기우뚱했다. 그 '퉁탕' 하는 소리에 유리안느는 잠에서 깨었다. 그녀의 눈초리는 관 위에 못박힌다. 그녀 옆을 지나서 현관쪽으로 운반중인 관으로. 그때서야 그녀는 자기 옆에 묵묵히 서 있는 사나이를 알아차렸다. 그녀는 사나이를 쳐다보며 땅에 떨어진 수건을 집어 헝클어진 갈색머리에 쓴다.

"의사 헥클리프입니다" 하고 그 낯선 사나이는 외면을 한 채 말하곤 질문을 할 시간을 주려는 듯 잠시 입을 다물고 있다. 그녀는 말없이 그를 쳐다보고만 있다. 그때 그가 불쑥 그녀의 팔을 잡으며 말한다. "갑시다." 잔뜩 찌푸린 하늘에서 이윽고 비가 내리기 시작했다. 그녀는 아무 대꾸도 없이 어깨를 웅크린 채 따라갔다. 어디로 가느냐고 묻지도 않고.

그는 어느 카페의 문을 민다. 카페는 텅 비어 있고 바싹 마른 급사 하나가 창에 기대어 빗발을 내다보고 있을 뿐이었다. 헥클리프는 커피와 술을 주문하고 쉰 목소리로 말했다.

"제 이름을 들어보셨는지 모르겠군요." 그러다간 머뭇거리며 덧붙인다. "혹시 어머니한테서라도……."

"아니요" 하고 대꾸하면서 유리안느는 그를 쳐다보았다.

"아니라……." 그는 우울한 듯한 음성으로 되뇌이며 고개를 끄덕댄다.

"제가 아가씨의 후견인이 됐습니다."

“그러세요?”

“그렇습니다” 하면서 헥클리프는 어색한 듯 말을 잇는다. “아가씨의 부친께서는 저를 찾아오려 했으나 도중에 병이 나서 슈타인휠트까지 오시지 못한 겁니다. 저는 그곳에 살지요.” 그는 무언가 주저주저하는 몸짓을 한다. 그런 동작을 보고 있느라니 유리안느는 슈타인휠트라는 곳이 세상 끝에나 있는 듯한 기분이었다. 급사가 커피와 포도주를 날라오자 헥클리프는 단숨에 잔을 비운다. “내일 정오에 장례식이 있습니다. 그때까지는 도우워리히 부인 댁에 계십시오. 그 부인이 상복을 준비해 줄 겁니다. 장례식 전에 데리러 가겠습니다.”

그는 그녀에게 편지봉투 하나를 내밀었다. 그녀는 펴 보지도 않고 덤덤하게 그 봉투를 주머니에 넣어버렸다. 꽤 긴 침묵이 흐르는 동안 헥클리프는 술을 여러 잔이나 비운다. 유리안느는 그를 찬찬히 뜯어보았다. 대략 사십이거나 사십이 좀 넘어 보였다. 얼굴은 햇볕과 바람에 그을려 갈색이다. 그 얼굴을 바라볼수록 유리안느는 우울할 정도로 그가 거칠고 난폭하다는 인상을 받았다. 그녀는 몸이 떨리고 왠지 모르게 혐오감 같은 것이 느껴졌다. 어른이 될 때까지 이 남자에게 매달려 지내게 되리라는 생각이 불현듯 든다. 그녀는 몸 전체로 그걸 거부하고 있었다.

갑자기 그가 그녀에게로 몸을 돌려 그녀의 손이라도 잡으려는 몸짓을 했다. 그러나 빈 잔만을 잡았을 뿐으로 얘기를 하면서도 그 빈 잔을 놓지 않는다. 유리안느는 냉랭하게 그의 눈을 들여다본다. 지나치게 푸르고 커 보이는 눈을. “아가씨의 아버지는 제게 얘기하러 오려 했었죠. 뭔가 잘못된 일이 생겼다는 겁니다” 하고 그는 말했다. 그러는 동안에도 그녀는 꼼짝도 않고 그를 바라보기만 했다. “부친께서는 돈을 한 푼도 없이 날렸습니다.”

그녀는 눈썹을 찡그리며 아랫입술을 내밀었다. 그런 표정 때문에 그녀의 얼굴은 어린애 같은 거만한 인상을 풍겼다. 그녀는 정말로 놀랐다. "그랬군요" 하고 한숨을 쉬며 헥클리프의 얘기에 계속 귀를 기울였다. 얘기를 다시 시작하기 전에 그는 그녀를 다시 한 번 찬찬히 뜯어본다. "이제는 돈이 한 푼도 없습니다. 아가씨의 학비도 댈 수 없게 됐습니다." 그녀는 입을 벌리고 눈을 휘둥그렇게 뜬 채 그를 바라보았다. 그는 냉담하고 우울한 표정으로 그녀를 응시했다. "내 집에서 지내도록 하시죠. 슈타인휠트에서 의사 노릇을 하고 있습니다. 내 병원에서 일을 거들어도 되고. 식구는 아무도 없습니다." 유리안느는 머리를 흔들었다. 처음에는 천천히 그리곤 세차게. 그녀의 목소리는 너무나 높았기 때문에 우울증에 빠진 듯 하던 급사도 꿈에서 깨어났다. "아니에요. 선생님과 함께 가지는 않겠어요." 그녀는 주먹으로 식탁을 치기까지 했다. 헥클리프는 아무렇지 않은 듯하면서도 순간 그의 눈에는 섬광 같은 희번덕임이 지나갔다. 그는 유리안느가 식탁에서 주먹을 거둬들일 때까지 입을 다물고 있었다. 그런 그의 눈초리가 그녀에게 불안감을 느끼게 했다. 그녀는 스푼을 들어 커피를 젓기 시작했다. 마침내 그가 천천히 입을 떼었다. "그렇다면 뭘 할 생각이죠?"

그녀는 세차게 커피잔을 저으면서 도전이나 하듯 말을 했다. "모르겠어요. 하지만 선생님을 따라가진 않겠어요."

"왜죠?" 하면서 그는 아무렇지도 않다는 표정으로 물었다.

"그건……. 하여간 그러고 싶지가 않기 때문이에요. 간섭받기가 싫거든요. 선생님으로부터나 다른 누구에게서라도 말이에요."

그가 수수께끼 같은 말을 했다. "그렇군요." 그러곤 급사를 불러서 돈을 치른다.

유리안느도 자기 몫의 돈을 식탁 위에 놓았다. 그가 그걸 옆으로 밀쳤지만 그녀는 그대로 놓아 둔다. 그들은 밖으로 나갔다. 그는 그녀의 고집을 알아차리고 빙그레 웃는다. 물론 유리안느는 그런 미소를 보지 못했지만.

그들은 온 길을 되돌아갔다. 초라한 집들이 서 있는 좁은 골목길에 접어들자 아래층에 고물상이 있는 집이 나타났다. 쭈글쭈글한 노파가 헥클리프에게 정중하게 인사를 하면서 허둥대는 시선으로 유리안느를 훔쳐본다. 헥클리프는 곧 작별인사를 한 뒤에 유리안느를 노파의 집에다 남겨 두고 가버렸다. 노파가 좁은 계단을 올라 조그만 방으로 그녀를 안내했다. 방문을 열면서 노파는 약간 화가 난다는 듯이 말했다. "방이 좀 좁아요. 하지만 알았어야죠……." 노파가 그 말도 끝내지 않고 성급하게 물어 왔다. "커피나 차라도 한잔 하지 않으려우?"

"그만두겠어요."

노파가 나가버리자 그녀는 꼼짝도 않고 방 가운데 서 있었다. 빗방울이 유리창을 때리면서 쉴새없이 흘러내렸다. 천장이 낮은 그 방에는 유리그릇, 옷장, 의자들로 가득 차 있다. 의자에는 회색 커버가 씌워져 있고 옷장 위에는 흰 도자기상像이 하나 놓여 있다. 중국 여인상이다. 머리와 손발이 움직이게 되어서 마루청을 조금만 울려도 손발을 흔들면서 붉은 혓바닥이 딱 벌린 입 속에서 날름거렸다. 유리안느는 그걸 바라보며 몸서리를 쳤다.

중국 여인상에서 등을 돌리고 창 밖을 노려보았다. 그러다가 헥클리프가 건네 준 봉투를 꺼내서 마루청에 던져버리고 침대에 몸을 던져 배개에 얼굴을 파묻었다. 그러다간 눈물에 얼룩진 얼굴을 들고 불안에 떨면서 중국 여인상을 응시하곤 했다. 지금은 꼼짝도 않고 냉랭하고 흐릿한 백색 옷을 입은 채 거기에 서 있는 여인상을.

쓸쓸한 장례식

오후가 되자 헥클리프가 유리안느의 짐을 날라 왔다. 그는 위층에다 귀를 기울이다가 아무 소리도 들리지 않자, 노파더러 가 보고 오라고 독촉을 했다. 노파가 자리를 뜨자 그는 쉴새없이 우왕좌왕했다. 책상 뒤에 놓인 물건들을 이것저것 집었다가 들여다보지도 않고 다시 제자리에 놓곤 하면서. 그러다가 그의 손에서 조그마한 붉은 자기磁器접시가 바닥에 떨어져서 깨어졌다.

노파가 돌아왔다. 노파는 염려스럽다는 듯이 소근거린다. "아가씨는 자고 있더군요. 옷을 입은 채로요. 베개가 흠뻑 젖었어요. 가엾은 아가씨죠." 헥클리프는 초조하게 어깨를 웅크린다. "깨거든 저녁밥이나 잘 해줘요." 그는 테이블 위에 지폐를 놓아 두고 나가버린다.

유리안느는 잠에서 깨어나자 정신이 멍멍해서 주위를 살펴보았다. 흰 중국 여인상만이 희미하게 빛을 낼 뿐, 방 안은 완전히 어둠 속에 싸여 있다. 자기의 처지가 생각난다. 방 가운데에 헥클리프의 돈이 든 봉투가 보였다. 그녀는 다시 베개에 얼굴을 묻은 채 완전히 밤이 될 때까지 꼼짝 않고 누워 있었다. 울음도 나오지 않는다. 아무래도 기분이 개운치 않다.

믿었던 것들로부터 배반당하고 버림받은 기분이다. 그녀는 자신을 돌아봤다. 음울하고 난폭한 낯선 사람과 고독하고 비참한 생활에 자신이 내던져졌다는 사실이 비로소 의식되는 것 같았다.

그녀는 갑자기 어떤 결심을 내린 듯 침대에서 뛰어내려 부랴부랴 옷을 입었다. 그리곤 헥클리프의 돈이 든 봉투를 발로 밀어 놓고는 무거운 짐을 든 채 계단을 살금살금 내려갔다. 걸음을 내디딜 때마다 바짝 마른 마룻바닥에서 삐걱거리는 소리가 나 여러 번이나 걸음을 멈춰야만 했다. 누군가가 망을 보는 것 같다. 가게에 내려가 보니 거리로 통하는 출입문이 잠겨 자물쇠까지 채워져 있었다. 그녀는 한참 동안이나 망연히 서 있다가 더듬거리며 창문 쪽으로 걸어갔다. 진열장에는 온갖 잡동사니가 진열되었고 불은 켤 수도 없다.

소리를 죽이고 진열장 물건을 하나하나 땅바닥으로 끄집어 내어 진열장을 비웠다. 창문을 열어 보았다. 문빗장이 쉽게 벗겨졌다. 아침 공기가 밀려들고 골목길에는 아직도 짙은 어둠이 깔려 있다. 유리안느는 짐을 창틀 위에 올려놓고 밖으로 뛰어내렸다. 창문을 다시 조심스레 닫은 다음, 짐을 든 채 골목을 벗어났다. 역 쪽으로 걸어갔다. 길은 멀고 짐은 무거웠지만 그런 걸 느낄 경황이 없었다.

역은 아직 텅 비어 있다. 불은 켜져 있었지만 벌써 새벽빛이 희미하게나마 불빛에 뒤섞여 있다. 유리안느는 기차 시간표를 읽었다. 바젤행 급행열차는 점심때쯤이다. 그녀는 화물 보관소로 짐을 들고 갔으나 거기도 대합실과 마찬가지로 잠겨 있었다. 할수없이 골목길 구석으로 짐을 끌고 가서 거기에 걸터 앉았다.

몇 시간이 흘러갔다. 헥클리프가 거기서 그녀를 찾아냈을 때 그의 얼굴엔 땀이 흘러내리고 숨이 헐떡거렸다. 긴 가죽외투를 아무렇게나 벌린 채, 흙투성이 바지가랑이로. 유리안느를 보자 그의 얼굴이 약간 밝아졌지만, 그것도 그 순간뿐이었고 다시 고통스럽게 얼굴을 찌푸린다. 유리안느는 벌떡 일어나 벽 쪽으로 몸을 피하면서 그를 노려보았다. 그들은 꼼짝도 않은 채 서로의 눈을 노려보고 있다.

결국 헥클리프가 먼저 조용하게 말을 꺼냈다. "가려는 겁니까?"

"그래요."

"어디로?"

"제네바로 돌아가겠어요."

"거기 가서는?" 그는 의아하다는 시선으로 그녀를 바라본다.

"일을 하죠" 하며 그녀는 화가 난다는 몸짓으로 헝클어진 스카프를 바로 쓴다.

"일을 한다고? 내 집에서도 할 수 있을 텐데요."

그녀는 입을 다물었다. 그는 몸을 약간 굽히고 걱정된다는 듯한 눈짓으로 그녀에게 묻는다. "뭣 때문에 나를 피하려는 겁니까?"

그녀는 몸을 떨며 어깨를 으쓱했을 뿐이다. 잠시 뒤에 그가 다시 입을 열었다. "한 시간 뒤에 장례식입니다."

대답도 기다리지 않고 그는 그녀의 짐을 들고 앞장서고 그녀는 방심한 채 그를 따라갔다. 밤나무 골목에 이르렀을 때 그녀가 짐을 빼앗았다. "무슨 생각을 하시는 거예요? 거지가 됐다고 맘대로 하실 수 있다고 믿는 거죠? 선생님의 돈은 안 받아요. 도움도 싫고요. 돈은 도우워리히 부인 댁에 뒀어요."

그녀는 역으로 돌아갈 시늉을 했다. 그는 무거운 장화발을 그녀의 짐 위에 올려 놓고 태연하게 말한다. "나는 아가씨의 후견인입니다."

"그러시군요" 하고 그녀는 경멸감을 드러내며 소리를 질렀다. "강제로 나를 붙잡아 두려는 거죠?" 그리고 화가 난 음성으로 깔깔거렸다. 그는 장화발을 떼면서 그녀를 바라본다. 고통과 절망의 시선으로. 그녀도 여전히 절망적으로 그를 노려보았다. "좋아요. 그렇다면 장례가 끝날 때까지만 여기에 있겠어요." 그는 말없이 고개를 끄덕이며 짐을 들고 앞서서 시가지를 걸어 나갔다. 보도 위에 눈길을 떨군 채.

그들이 도우워리히 부인의 가게에 도착했을 때는 정오였다. 노파가 잡동사니 속에서 기어 나온다. "의사 선생님" 하고 노파가 소리를 지르다가 유리안느를 보자 입을 다물어버린다.

유리안느는 진열장을 바라보았다. 물건들은 전처럼 다시 말끔히 정돈되어 있다. 노파는 흥분한 어조로 말을 잇는다. "상복은 어떻게 하죠? 점심때가 됐으니. 가게란 가게는 모두 닫혔거든요. 아마 검은 외투와 모자쯤은 어디서 빌릴 수는 있겠지요."

"난 또 뭐라고……" 하면서 헥클리프가 초조한 듯 말을 받는다. "이젠 갈 시간이 됐소."

유리안느를 데리고 그는 그 초라한 가게를 떠났다. 뒤에서 노파가 혀를 끌끌 찬다. "상복도 없이 아버지 장례에 가다니. 불쌍한 아가씨가 어쩌자구……."

헥클리프와 유리안느는 작은 시가지를 걸어 마침내 반쯤 열려진 커다란 대문 앞에서 멈췄다. 아치 위에는 검은 글자로 '어둠 속에서 불빛이 빛나리'라고 새겨져 있다. 헥클리프는 뭐라고 몇 마디 중얼거리더니 외투를 추켜올린다.

복도에 달린 커다란 창문 앞에 검은 옷을 입은 부인 세 명이 얼굴을 유리창에 바짝 대고 서 있다. 헥클리프가 중얼댔다. "저분들이 고모들이죠." 유리안느는 희미하게나마 고모들이 기억났다. 그들은 어느 소도시의 조그만 집에서 함께 살아가고 있었다.

고모들은 이제는 너무 늙어 보였다. 헥클리프가 헛기침을 하자, 고모 한 분이 갑자기 몸을 돌리더니 호기심에 차서 새로 온 사람들을 쳐다본다. 그녀는 헥클리프도 유리안느도 기억해 내지 못한다. 그녀는 다시 등을 돌려버린다. 그리고도 유리창을 반사해서 계속 그들을 살펴보고 있다.

헥클리프가 그들에게로 바짝 다가가서 큰 소리로 말을 걸었다. "이 아가씨가 브렌톤 양입니다."

세 자매들은 한꺼번에 몸을 돌려 그를 찬찬히 뜯어본다. 그런 눈빛을 보노라니 유리안느는 세 사람이 다시 기억에 떠올랐다. 키도 눈도 작은 쪽은 빌헬름 아주머니고, 비쩍 마른 욕심꾸러기가 프레데리케, 언제나 우울한 쪽은 헬레느 아주머니였다. 헥클리프는 잠시 그대로 서 있다 자기 소개를 했다. "의사 헥클리프입니다. 유리안느 양의 후견인이죠."

그때 실크 모자를 쓴 네 명의 사나이들이 복도로 들어왔다. 세 아주머니들은 새삼스레 흐느끼기 시작한다. 프레데리케가 어린애나 다루듯 유리안느를 잡아끌었다. 유리안느는 화를 내면서 손을 잡아 뺐다. 그러자 베일을 올린 아주머니가 놀란 표정으로 유리안느를 노려보았고 유리안느는 헥클리프 쪽을 돌아다보았다. 헥클리프는 모자를 손에 든 채 저만큼 뒤떨어져서 따라오고 있었던 것이다.

그들은 관이 놓여 있는 홀로 들어갔다. 신부가 복사服事와 함께 들어오고 어디에선가 오르간 소리가 들려왔다. 식이 진행되는 동안 헥클리프는 기둥에 몸을 숨기고 서 있었다. 유리안느가 가끔 그쪽으로 몸을 돌렸으나 서로 눈이 마주치지는 않았다.

실크 모자를 쓴 사나이들이 어깨에 관을 메고, 신부와 세 명의 자매들과 유리안느와 헥클리프가 그 뒤를 따랐다. 공동묘지를 가로질러. 잠시 후에 빌헬름 아주머니의 소곤거리는 소리가 들렸다. "저런, 맙소사! 상복도 입지 않았군." 헬레느 아주머니는 흐느끼면서 중얼거린다.

"불쌍하고 가엾은 아이. 상복 걱정을 해주는 사람도 없게 됐으니." 그러면서 그녀는 헥클리프 쪽으로 몸을 돌렸다. 그는 그들과 멀찍이 떨어져서 걷고 있었던 것이다. 아주머니는 못마땅한 눈초리로 그의 뒷모습을 쏘아본다.

무덤 자리는 언덕에 있었다. 초라한 비석과 나무 십자가뿐이고, 그 외에 장례식이라면 어디나 빠지지 않는 노인들과 요양원에서 온 과부들이 몇 명 미리 와 있다. 유리안느의 아버지가 숨을 거둔 호텔의 보이도 보인다. 보이는 시종 유리안느만을 쳐다보고 있다.

멀리서 종소리가 울리기 시작했고 관이 무덤 속으로 쿵쾅거리며 미끄러져 들어간다. 유리안느의 눈은 헥클리프를 찾고 있었고 그도 그녀만을 바라보고 있다. 그러던 그가 갑자기 담 너머 하늘로 시선을 돌린다.

매장도 종소리도 끝나버렸다. 세 자매는 아직도 무덤 곁에서 서성댄다. 그들은 이제 울지 않는다. 프레데리케가 자매들에게 몸을 굽히며 소곤거린다. "기막힌 장례군. 슬퍼하는 사람도 없으니. 부자였는데도……. 저 애는 울지도 않는군. 우는 걸 봤나? 무서운 아이야." 유리안느도 소곤거리는 그 말을 알아들을 수 있었다. 그녀는 무덤에서 몸을 돌리고 헥클리프를 찾았으나, 그는 벌써 저만큼 멀리 떨어진 비석에 몸을 기댄 채 그녀를 기다리고 있었다. 프레데리케 아주머니가 주위를 두리번거리는 게 보인다. 근처에 유리안느도 헥클리프도 없다는 걸 알자 아주머니는 소곤거린다. "헥클리프란 사람은 정신이 제대로 박힌 사람 같지가 않아. 그렇지 않아?"

빌헬름이 고개를 끄덕인다. "그래, 틀림없어. 왜 저런 사람을 후견인으로 했는지……."

세 자매는 헥클리프 쪽으로 몸을 돌리면서 다시 한 번 무덤으로 눈길을 보낸다. 그런 다음 천천히 돌아가기 시작했다. "그 사람과 얘기를 해야겠어요" 하고 빌헬름 아주머니가 소곤대자 고개를 끄덕인다.

자매들은 그들과 헥클리프 사이에서 서성대고 있는 유리안느를 둘러쌌다. "안됐구나" 하고 헬레느가 말을 꺼냈다. "이젠 모든 일이 끝났단다."

"그래요" 하면서 유리안느는 장화발로 길에 깔린 자갈돌을 툭툭 차고 있는 헥클리프를 바라보았다.

"제네바로 돌아갈 거니, 아니니?" 하고 빌헬름 아주머니가 물었다.

"아니에요."

"아니라고?" 세 자매가 동시에 소리를 질렀다.

"안 가요."

"그러면 뭘 할 작정이니?"

"헥클리프 씨를 따라가겠어요" 하고 유리안느는 담담하게 말했다.

"뭐라구? 그게 진정이냐?" 그들은 도무지 알 수 없다는 듯 서로 쳐다본다.

"그래요" 하고 유리안느가 말했다.

"공부를 계속하지 않을 작정이니?"

유리안느는 싫다는 몸짓을 했다.

세 자매는 그녀에게로 다가가서 다시 한 번 생각을 해보라고 설복하기 시작했다. 유리안느는 초조한 듯 어깨를 으쓱하며 말했다. "이유를 아시고 싶다면 말씀드리겠어요. 돈이 없어요. 아버지는 파산하셨어요."

세 자매는 당황해서 뒤로 물러서며 "저런!" 하고 소리를 질렀다. 프레데리케가 제일 먼저 정신을 차린다. "그래서 장례식도 약식이었구나. 관도 형편 없었고……."

그녀는 멍하니 서 있는 유리안느를 찬찬히 쳐다보았다. 헬레느 아주머니는 유리안느를 끌어당기며 눈물을 흘렸다. 유리안느는 초조한 듯 몸을 빼며 한 발자국 옆으로 비켜 섰다.

골똘한 생각에 잠겼던 프레데리케가 중얼거린다. "모두 날렸다고……. 물론 베티나 탓이겠지?"

유리안느는 화를 내며 몸을 돌렸다. "어머니는 벌써 6년 전에 돌아가셨어요.

세 자매는 당황한다. "그건…… 그렇지." 그리고 헬레느 아주머니가 거기에다 덧붙인다. "그렇지. 우리도 그건 알고 있었다, 얘야."

유리안느는 여전히 발로 자갈을 툭툭 차고 있는 헥클리프에게로 갔다.

프레데리케가 다른 자매들에게로 급히 몸을 돌리면서 소곤거린다. "어쩌지? 헥클리프가 아이를 맡는다니 다행이지. 그가 아니면 누가 하겠어? 겨우 이잣돈으로 먹고 사는 우리로서야……."

유리안느는 헥클리프 앞에까지 다가갔다. "아주머니들이 작별인사를 하시고 싶은가 봐요." 그는 키가 작은 세 부인들을 내려다봤는데, 부인들이 그를 쳐다보자면 머리를 뒤로 젖혀야만 할 정도로 키가 크다. 프레데리케가 약간 깨지는 듯한 목소리로 말을·한다. "우리 조카딸을 맡아 주신다니 고맙군요. 조카한테서 들었습니다."

"그렇습니다." 헥클리프는 말을 하면서 몸을 돌리고 섰는 유리안느를 바라보았다.

"그래요?" 하고 빌헬름이 소리쳤다. "그건 안됐어요. 고아가……. 어떻게 하든 음악공부는 계속해야 할 텐데."

프레데리케가 걸걸한 목소리로 말을 받았다. "이젠 돈은 한 푼도 없는 건가요? 우리 조카딸이 어떻게 공부를 계속할 수는 없을까요?"

"없습니다. 한 푼도 없으니까요."

세 자녀는 머리를 흔들었다. 프레데리케가 계속 묻는다. "장례비는…… 어느 분이?"

"제가 냈습니다" 하고 헥클리프가 대답한다. "걱정하지 마십시오. 모든 게 잘됐습니다."

그는 유리안느 쪽으로 몸을 돌리면서 물었다. "이젠 가지 않겠소?"

유리안느는 아주머니들과 악수를 나누고, 마음은 내키지 않았지만 헬레느 아주머니와는 키스를 했다. 그리곤 헥클리프를 따라갔다. 그는 벌써 묘지 문을 나서고 있었다. 그 동안에 빌헬름이 소리를 질렀다. "꼭 제 어미를 닮았군요. 불쌍한 오빠를 닮은 데라곤 한 군데도 없어요."

"없고말고" 하면서 프레데리케가 걸쭉한 목소리로 대꾸한다. "저 애는 브렌톤 집 아이가 아니야."

새로운 생활

헥클리프는 주위를 돌아보지도 않고 머리를 숙인 채 공동묘지 광장을 가로질러 좁은 골목길로 접어 들어갔다. 유리안느는 그가 사라진 묘지 입구까지 따라갔다. 명령하는 듯한 그의 목소리와 말발굽 소리가 들려왔다. 입구에서 기다리며 서 있는 동안에 아주머니들에게 품었던 반항심과 헥클리프에게 매달리겠다고 마음먹었던 강기剛氣는 사라져버렸고, 자신이 어떤 절망적이고도 불확실한 것에 내맡겨져 있다는 생각이 들었다. 문 앞에서 서성대기 시작했다. 멀리 떨어져서 이제는 포기해 버렸던 도시와 학교의 영상이 생생하게 밀어닥친다. 명랑한 교실, 공원, 교외에서의 축제, 즐거웠던 친구들이 보인다. 고집스럽게도 그런 값비싼 추억에 매달려 본다. 거기에 비하면 다른 것들은 모두가 무의미해 보였다.

그때 말마차의 덜커덩거리는 소리가 들리고 헥클리프가 말고삐를 끌고 출구로 나오고 있었다. 역마차 말과는 너무나 거리가 멀어 뵈는 둔하게 생긴 짐마차 말이 검은 가죽 포장이 덮인 고풍스런 이륜마차를 끌고 온다. 시내 산보용으로는 어림도 없다. 마차 바퀴에는 더러운 진흙이 덕지덕지 붙어 있고 뚜껑은 오물로 뒤덮여서, 전체적으로 봐서 검다기보다는 오히려 점토색깔이다. 헥클리프는 골목길로 꺽어 들어가더니 거기다 마차를 세운다. 그리곤 검은 모피외투에 몸을 감싸고 모자를 깊숙이 눌러 쓴다.

'안 되겠어.' 유리안느는 몸을 떨면서 생각했다. 저 사람을 따라갈 수는 없어. 갈 수 없다고 지금 말해야겠어. 그럴 때 헥클리프가 그녀의 짐을 마차로 들어올리고는 그녀에게로 몸을 돌리며 말했다. "이젠 출발해도 되겠죠?" 그녀는 자리로 뛰어올라가서 그의 곁에 앉았다. 그는 모피 외투를 펴서 그녀의 무릎을 덮어 주며 두툼한 털장갑을 건네 줬다. 등에다 쿠션을 대주고 고삐를 잡는다. 유리안느는 구멍투성이의 포장을 쳐다보았다. 비라도 오면 틈새로 물이 막 흘러내릴 것 같다. 시가지의 하늘에는 여린 안개가 깔려 있는데.

그들은 석교石橋 하나를 건너서 도시의 교외를 지나쳤다. 길은 오르막길로 접어들기 시작했고 안개는 계곡으로 밀려 간다.

유리안느에게는 걷잡을 수 없는 피로감이 덮쳐 왔다. 최근 며칠 동안의 사건들과 이별의 슬픔들이 그녀를 녹초가 되게 했던 것이다. 아무 생각도, 얘기도 할 필요가 없다는 게 이제는 다행스러웠다. 그들은 듬성듬성한 관목 숲을 지나갔다. 갈수록 숲은 더욱 메마르고 벌거숭이가 되어 갔다. 길이 점점 가파라지면서 황무지 같은 곳에 이르렀다. 집 한 채, 사람 하나 눈에 띄지 않는다. 가파른 언덕길에 들어서기 위해 헥클리프는 마차를 멈추고 잠시 동안 말을 쉬게 한다. 외투 주머니에서 사과 몇 개와 계란빵들을 꺼내어 유리안느에게 건네 줬다. 그녀는 그걸 받아서 옆에 놔뒀다. 마차는 다시 달리기 시작했다. 길 좌우에는 넓은 채석장들이 있는데 멀리 채석장에서 망치 소리와 서로 불러대는 조잡한 사투리가 들려온다. 유리안느는 하나도 알아들을 수가 없는 사투리가. "대리석이지" 하면서 헥클리프는 채찍으로 채석장을 가리킨다.

마지막 오르막길이었다. 마차는 나무 한 그루 없이 황폐한 고원高原 위를 굴러간다. 고원 위로는 돌개바람이 스쳐 지나간다. 고지는 자그맣고 억센 풀로 덮였고 울부짖는 바람 소리가 길에까지 들린다. 비탄하는 소리와도 같다. 어디에나 검붉은 바윗덩이가 지천이고 땅 위에는 붉은 자갈이 깔려 있다. 갑자기 헥클리프가 먼 곳을 가리키며 말했다. "슈타인휠트입니다." 유리안느는 한 채의 높고 긴 지붕과 거기에서 조금 떨어진 곳에 여러 채의 나지막한 지붕들과 지붕 위로 솟아난 나무들을 보았다.

'아마 저곳에는 얘기라도 나눌 사람들이 살고 있겠지' 하고 유리안느는 생각했다. 새삼스럽게 먼 도시와 학교에 대한 추억이 고통스럽게 덮쳐 와 그녀는 얼굴을 낡은 방석에다 파묻었다. 헥클리프가 그녀에게로 고개를 돌리고 오랫동안 그녀를 응시하고 있었으나, 그녀는 그것을 알아차리지도 못한다.

마을을 보자 말이 갑자기 제멋대로 뛰기 시작했다. 갑작스런 질주 때문에 유리안느는 좌석에서 튕겨져 나왔다. 돌투성이의 밭과 울타리를 친 과수원 사이로 난 들판길로 들어섰다는 걸 알 수 있었다. 마을 집들은 평평한 널빤지 지붕을 한 입방체였고, 지붕은 커다란 돌멩이로 누질러 있다.

첫번째 집에서 차가 멈췄다. 그는 "여기"라는 말뿐으로 마차에서 뛰어내리며 유리안느도 그렇게 하기를 기다리고 있다. 그녀를 쳐다보지도 거들어 주지도 않는다. 마차에서 짐을 풀어 땅에 내려놓고는, 말은 마구간으로 마차는 헛간으로 밀어 넣는다. 그러는 동안 유리안느는 줄곧 길에 서 있었다. 장거리 여행에 휘둘려 아무 생각도 할 수 없었던 것이다. 그녀는 헥클리프의 집을 바라보았다. 다른 집들과 다름이 없다. 거친 회색 돌로 지어서는 생석회로 싸 발랐는데, 돌 틈으로 석회가 그대로 삐어져 나와 있다. 출입문과 창문들은 붉은 대리석으로 된 틀인데, 창문들은 좁고 두터운 벽 속에 깊이 박혀 마치 조그마한 요새 같은 인상이 풍긴다.

헥클리프는 마구간과 헛간을 닫고 유리안느의 짐을 들고는 계단으로 그녀를 앞서서 걸어간다. 천천히 그녀도 그 뒤를 따랐다. 그가 문을 열고 소리를 지른다. "카탈리나!" 그 소리가 온 집 안에 울려 퍼졌지만 대답은 없다. 그는 어깨를 으쓱하곤 문을 닫는다. 유리안느는 넓은 현관을 휘둘러보았다. 흰 칠이 되어 있으나 그림 한 장, 가구 한 점 보이는 게 없다. 서릿발이 돋도록 춥다. 현관 좌우에는 여러 개의 출입문이 달려 있었는데, 꺼칠꺼칠한 나무로 짜였지만 오랜 세월을 거치는 동안에 진회색이 되었다. 출입문 하나가 열려 있어서 흰 래커칠을 한 가구와 의료기구가 들어 있는 유리장, 흰 천이 덮여 있는 소파가 보인다. 헥클리프가 또 한 번 "카탈리나!" 하고 불렀다. 어디선가 조용하게 문이 닫히는 소리가 들려 왔지만, 들어오는 사람도 대답도 없다. 헥클리프가 문을 하나하나 열었지만 아무도 보이지 않았다. 유리안느는 그의 어깨 너머로 어디에나 깨끗하게 정돈된 방들을 들여다보았다. 그들은 깨끗하게 닦여진 계단을 올라가 위층의 어떤 방으로 들어갔다. 유리안느가 쓸 방으로 정해진 것 같다. 헥클리프는 짐을 내려놓고 뭔가 말을 하고 싶은 눈치였다. 농부들이 그러듯 모피 모자를 벗어서는 손에 들고. 얼굴은 불안스러운 표정이었고 마음속으로 흥분하고 있다는 게 드러나 보인다. 유리안느도 긴장이 되어 그를 쳐다봤지만, 그는 아무 말 없이 문으로 걸어가다가 소리를 친다.

"끝나거든 내려오시오."

혼자가 되자 그녀는 잠시 방 가운데 서서 우울하게 방바닥을 내려다보다가는 머리를 들어 이제는 그녀의 것이 된 방을 여기저기 둘러보았다. 그녀의 눈길이 벽에 있는 큰 타원형의 얼룩점에 닿았다. 그림이 걸렸던 자리인 모양인데 바로 침대 위쪽이다. 침대보는 너무나 깨끗해서 딱딱한 느낌마저 들고 방에는 온기라곤 하나도 없다. 커다란 푸른 오지난로의 불은 꺼져 있다. 방에는 옷장 하나, 책상 한 개, 의자 두 개, 벽거울과 낡고 어두컴컴한 유화로 그린 초상화 두 점뿐이다. 처녀에게 필요한 건 아무것도 없다. '수녀원 같아.' 유리안느는 슬픈 생각이 들었다. 그녀는 천천히 방을 가로질러서 창문 쪽으로 걸어갔다. 그곳에는 메마른 이 지방의 풍경이 반사되고 있다. 창문을 열자 철책이 나타난다. 철책을 주먹으로 여러 번 쳐보았으나 단단해서 구부러질 것 같지도 않다. 유리안느는 속이 상해서 깔깔거리다가도 나머지 다른 창들도 철책으로 됐을 거라는 생각을 해본다. 의자에 주저앉아 책상에 팔과 머리를 올려 놓은 채 자기 처지를 곰곰이 생각해 보기 시작했으나 생각은 뒤죽박죽이 되고 주체할 길 없는 당혹감뿐이다.

현관에서 오고 가는 말소리에 그녀는 정신이 들었다. 문 여닫는 소리가 나고 곧 이어 딱딱한 여자 목소리가 들렸다. 가정부 카탈리나 같다. "식사가 준비됐습니다." 헥클리프가 그 말에 대꾸를 한다. "아가씨를 데려와요."

유리안느는 머리를 빗으려고 거울 쪽으로 걸어갔다. 한참이나 지나서야 헥클리프의 말소리가 또 들려왔다. "아가씨를 데려오라니까요……." 그리곤 꽤 오랫동안 잠잠했다. 유리안느는 조심스럽게 귀를 기울였다. "어떻게 된 거요?" 하고 헥클리프가 가정부에게 묻는 말소리가 들린다. 대답이 없다. 유리안느는 분명히 그런 침묵이 뜻하는 적의를 느낄 수 있었다.

그것은 분명히 그녀에 대한 적의다.

"얼른 브렌톤 양을 데려오시오!" 하고 헥클리프가 차분하나 약간 날카로운 소리로 말하고 있다. 방문이 닫히는 소리가 들렸고, 그러고도 얼마를 지나서야 복도에서 발소리가 들려왔다. 그 소리는 계단에서 한참이나 지체하다가 마침내 위층으로 올라온다. 유리안느는 호기심과 다소간의 불쾌감으로 문 쪽을 바라보았다. 문지방에 딱딱하고 꼼꼼해서 다루기 힘들어 보이는 여자가 나타났다. 바르게 가르마가 진 갈색머리의 정수리, 긴 청백색의 앞치마, 깨끗하게 씻은 손. 그녀는 퉁명스레 말한다. "식사 준비가 됐어요."

그러던 그녀의 표정에 갑자기 놀라움이 스친다. 눈을 크게 뜨고 무의식적인 동작으로 가슴 위에다 손을 올려놓는다. 전신에 당황한 기색이 드러나 보였다.

"왜 그러세요?"

"아니에요. 아무것도 아니랍니다" 하고 카탈리나는 대꾸를 하며 머리를 세차게 젓더니 방을 나가버렸다. 문을 닫는 것도 잊고. 그녀가 계단을 내려가며 중얼거리는 소리가 들려왔다. "하지만 그럴 수가 없지⋯⋯. 아니야, 아니고 말고. 그 여자가⋯⋯." 무슨 말일까? 유리안느는 잔뜩 긴장해서 거울을 들여다보았다. 거울 속에 비치는 자기의 얼굴에는 남을 놀래킬 만한 것은 아무것도 찾아볼 수가 없다. 균형이 잡힌 약간 창백한 얼굴과 크고 검은 눈동자가 그녀를 마주 보고 있었다. 그 얼굴이 예쁜 얼굴이라고는 한 번도 생각해 본 적이 없었다. 그녀는 머리를 쳐들면서 몸을 돌려 카탈리나를 따라 계단을 내려가 계단 바로 곁에 붙은 방 문을 열었다. 방 안에는 한쪽 벽을 완전히 가린 책장과 책상이 한 개, 옷장 하나가 있다. 옷장 밑에 뭔가 떨어져 있는 게 보여서 그녀는 몸을 굽혀 그걸 집어서는 옷장 위에 올려놓았다. 그런 다음 몸을 돌리려는 순간에 무의식적으로 그녀의 시선이 그 위로 스쳤다. 그것은 젊은 여자의 사진이었는데, 오래된 것이어서 얼굴의 윤곽은 분명치 않았으나 너무나 그녀 자신과 닮아 자신의 사진을 보고 있다는 기분이었다. 그녀는 사진을 다시금 손에 들고 자세하게 들여다보았다. 어머니의 젊은 시절의 사진이 틀림없다.

문이 열리는 것도 미처 알아채지 못했다. 헥클리프가 그녀 앞에 나타나서 재빨리 그녀 손에서 사진을 빼앗았던 것이다. 그녀는 소스라치게 놀라 어찌할 바를 모르며 그의 어두운 얼굴을 쳐다보았다. 그는 그 사진을 주머니에 넣어버린다.

그녀가 허둥대며 말했다. "옷장 밑에 있었어요." 헥클리프는 몸을 돌려 식당으로 가버린다. 문을 열어 둔 채로. 유리안느도 머뭇거리며 그의 뒤를 따라갔다.

어머니의 젊었을 때 사진

접시에는 벌써 영양가 높은 기름진 감자푸딩과 돼지고기, 당근이 가득 담겨 냄새가 온 방 안을 진동시켰다. 헥클리프는 혼자 식사를 하는데 익숙해진 사람들이 흔히 그렇듯 빠른 속도로 식사를 해 간다. 유리안느로서는 그런 식사는 처음이었다. 조금 밖에는 먹을 수가 없었다. 눈을 떨군 채 그녀가 물었다. "우리 어머니의 사진이죠? 그렇죠?" 헥클리프는 말없이 식사를 계속하다가 얼마 후에야 간단하게 대꾸한다. "그렇소."

"그 사진을 봐서는 안 되나요?" 하고 그녀는 의심스럽다는 듯 뾰루퉁한 얼굴로 다그쳐 물었다.

그는 입을 다물고 뭔가를 씹는 것처럼 우물거리다간 음울한 음성으로 대꾸했다. "안 되다니요? 안 될 거야 없죠." 그런 다음 그는 사진을 꺼내 식탁 위에다 놓는다.

그러나 유리안느는 그걸 쳐다보지도 않고 고집스럽게 물어봤다. "우리 어머니가 그 사진처럼 젊었을 때부터 서로 아시는 사이인가요?"

그녀의 그런 질문이 그에게는 너무나 큰 고통인 것 같다.

"그렇소. 그래요" 하는 그의 음성은 침울하게 들린다. 그가 더 이상 대답하지 않으리라는 걸 그녀는 깨달았다. 그가 미워지기 시작했다. 그녀는 고통스러우면서도 뭔가 난폭하고 단호한 즐거움이 뒤섞인 긴박감에 사로잡혔다. 헥클리프 집에서의 그녀의 생활이 한 시간 전만 해도 끝없이 공허하게 느껴졌었는데……. 이제는 목적을 갖게 됐어. 저 사람이 숨기려는 것을 전부 밝혀 내야지……. 그녀는 승리감에 취해 천천히 사과를 깎고 있는 헥클리프를 바라보았다.

그때 복도에서 쿵쾅거리는 소리에 이어 카탈리나의 발걸음 소리가 들렸다. 헥클리프는 몸을 일으켜 급히 방에서 나가서 유리안느가 알아들을 수 없는 사투리로 카탈리나와 몇 마디 주고받고는 아주 집 밖으로 나가버린다.

유리안느도 식탁에서 일어나 어머니의 사진을 들고 자기 방으로 올라갔다. 오랫동안 사진과 자기 모습을 번갈아 가며 거울에 비춰 보았다. 나도 엄마처럼 예쁘군! 그녀는 가슴이 뛰었다. 어머니와 너무나 닮았다는 생각으로 그녀의 얼굴에 홍조가 물들었다. 그녀는 거울에서 떠나 사진을 책상 서랍에다 넣어 두고 철책을 댄 창문으로 다가갔다. 밖은 천천히 어두워지기 시작했다. 낙조의 태양이 두터운 구름 사이로 간간이 비쳐, 고지대의 황량한 언덕 위에 섬세한 붉은 빛을 던져 주어 붉은 바윗덩어리와 자갈밭이 짙은 담홍색으로 물들었다. 유리안느는 외투를 벗어 던지고 급히 계단으로 내려갔다. 대문을 나서려는데 부엌문이 열리며 카탈리나가 문지방에 나타났다. "어딜 가려는 거죠?" 하고 묻는 그녀의 소리가 냉랭하게 들린다. 유리안느는 그녀 쪽으로 몸을 돌리며 대꾸했다. "들판으로요."

"지금은 밖에 나가서는 안 돼요."

"나가서는 안 된다고요? 왜죠?"

"너무 늦게 외출해서는 안 돼요."

“그래도 나갈래요.” 유리안느는 소리를 지르며 열쇠를 돌려 대문을 열었다.

“그러면 선생님께서 언짢아하실 거예요” 하고 카탈리나는 큰 소리로 참을 수 없다는 듯이 소리질렀다.

“아무리 그래도 나갈래요. 하고 싶은 대로 하겠어요.”

“말릴 수가 없군요. 그렇다면 아가씨가 책임을 져야 해요.”

“그럴 게요. 무슨 일을 하든 그건 내 일이에요.”

“아가씨는 주인양반과는 생각이 다르군요” 하는 카탈리나의 목소리가 그녀 등 뒤에서 울려왔다. 유리안느는 대문을 닫아버렸다.

잘됐지……. 그녀는 흥분에 떨며 생각했다. 그 여자가 도대체 뭐란 말인가? 그가 그녀에게 시킨 건 아닐까? 화를 내면서 그녀는 대문 앞의 돌층계를 내려갔다.

마을로 이어지는 골목길을 걸었다. 서늘한 바람이 마주 불어 오고 점점 어두워 갔다. 마을은 주검처럼 조용하다. 골목길에는 망태기를 든 노인 하나와 떼를 지어 몰려 다니는 개들 외에는 살아 있는 거라곤 그림자도 비치지 않았다. 개들은 거의 종자가 같은 것들로 회색의 빈트슈필종(이탈리아산의 작은 사냥개 : 역주)이었는데 여러 세대에 걸쳐 갖가지 잡종과의 혼배를 치렀지만 특성을 완전히 잃은 것은 아니었다. 개들은 긴 다리로 회색의 집 주위를 쉴새없이 몰려 다닌다. 짖지도 않으며 겁을 먹은 듯이 유리안느를 피해 버린다.

마을 집들은 거의가 비슷하게 퇴락의 흔적이 역연했다. 오랜 연륜 때문만이 아니라 정돈할 손이 부족하기 때문이란 것이 분명할 정도로 눈에 띄었다. 마을은 황폐한 그대로 자립적인 습관이 결여된 사람들의 손에 맡겨져 있었다. 그렇게 퇴락하고 쓸쓸했지만 그런대로 아름다웠던 과거의 잔광殘光만은 남아 있다.

유리안느는 마차를 타고 올 때 눈에 보이던, 성처럼 큰 건물이 보고 싶었다. 골목길들 때문에 방향을 분간할 수 없다. 그런 골목길들은 궁형弓形의 출입문 입구로 뻗치다가 거기서 막혀버린다. 그녀는 마침내 성벽 앞에 다다랐다. 성벽은 사람 키의 배나 되었고 담쟁이와 백당향나무로 뒤덮여 있다. 유리안느는 정원 안으로 들어가보고 싶었으나, 출입문은 한아름이나 돼 보이는 쇠기둥으로 되어거기에는 육중한 빗장이 질려 있고, 게다가 커다란 자물쇠까지 걸려 있었다. 출입구 좌우에 있는 다른 여러 개의 기둥들도 퇴락되고이끼가 끼어 마치 고목과 비슷해 보인다. 유리안느는 철창으로 안을 들여다보았으나 야생의 관목들 때문에 시야가 가려졌다. 성주는어떤 의도로 나무들을 이런 식으로 자라게 할까. 혹시 다른 출입문이 있을지도 모른다. 유리안느는 더듬거리며 성벽을 따라 걸어갔다. 성 둘레는 너무나 넓었다. 그날 밤으로 들어가 볼 생각은 아예포기하고 말았다. 헥클리프에게 성과 성주에 대해 물어보겠다고 생각을 해보았다.

그날 밤에는 의사를 보지 못했다. 집에 돌아왔을 때, 카탈리나가현관에 서 있다가 "아가씨, 밤늦게 외출하는 습관이 들면 안 돼요"하고 쌀쌀하게 말했다. 유리안느는 대꾸도 하지 않고 그녀 곁을 지나 방으로 올라갔다. 책과 바이올린이 있었으면 좋겠는데……. 그녀는 사념에 잠겼다. 하지만 언제까지나 이럴 리야 없겠지. 결국은 여기서 떠나게 될 텐데. 우선 모든 일을 맑은 정신으로 시작해야지.

그러면서도 무엇을 어떤 식으로 시작해야 할지 알 수가 없다. 그녀는 낯설고 차가운 침대에 누웠다. 피곤하면서도 잠을 잘 수가 없었다. 움직일 때마다 침대는 삐걱거렸고, 베개는 너무나 딱딱한 느낌이 들었으며, 이불은 아무리 해도 따스한 온기가 스며들지가 않았다. 될 수 있는 한 몸을 웅크려 아무 생각이고 해보았다. 갑자기 어떤 착상이 떠올라 한숨을 쉬며 침대에서 뛰어내렸다. 그녀는 보따리를 풀어 편지지를 꺼낸 다음 외투를 뒤집어 쓴 채 편지를 쓰기 시작했다. 학장 앞으로 보내는 짧은 편지였다. 그녀는 편지에다 부친의 사망과 파산, 친척집의 일시적인 기숙에 대해 썼다. 장학금을 얻고 싶었던 것이다. 그녀는 썼다. 그 돈을 차용으로 생각하고 차용증서라도 쓰겠다. 1년 동안 학장님의 사무실이나 혹은 다른 사무실에서 무보수로 일을 해서 그 빚을 청산할 생각이다 라고. 편지를 끝내고 그녀는 아주 만족스럽게 침대에 누웠다. 그때 카탈리나의 목소리가 문 밖에서 들려왔다. "아가씨, 너무 늦게까지 불을 켜 두지 말아요."

유리안느는 실내화 한 짝을 문에다 던지고는 이불 속으로 기어 들어갔다. 아! 그녀는 생각했다. 하고 싶은 대로 해서는 안 되겠지……. 참아야지. 헥클리프의 자비심에 매달린 가난한 식객 주제에…….

그녀는 자기의 비참한 상태에 대해 헥클리프에게는 아무런 죄가 없다는 사실을 잊고 있었다. 그를 생각하기만 하면 온갖 분노가 치솟았다. 불을 그대로 켜둬 버렸다. 잠을 자면서도 불안스럽게 몸을 뒤척였다. 얼마 뒤에 문 밖에서 손이 들어와 불을 꺼버린다.

아침 햇살을 받으며 잠에서 깨자 그녀는 창문으로 서둘러 다가갔다. 그곳에서 그녀가 본 것은 정말 뜻밖이었다. 장구하던 전날의 짙은 안개는 말끔히 사라지고, 갈색의 고원에는 황량한 산등성이들이 아침 햇살에 담홍색으로 빛나고 있다. 순간적이나마 헥클리프와 관련된 온갖 증오감이 사라진다. 굳건하고 황량하며 우수에 찬 아름다움으로 빛나는 대지가 자신과 너무나 흡사해서, 그녀는 지금까지의 행동도 잊은 채 그 땅이 사랑스럽기까지 했다.

갑자기 어젯밤의 일과 어머니의 사진건이 생각났다. 아침 공기로 빛나던 그녀의 얼굴이 어두워졌다. 사진을 넣어 뒀던 서랍을 열었다. 서랍은 비어 있었다. 틀림없이 카탈리나가 그 사진을 치웠을 것 같다. 유리안느는 문 쪽으로 달려가 문을 열어 젖혔다. 새벽의 정적 속에 묻힌 온 집을 뒤져서라도 카탈리나를 찾아내겠다고 마음먹었다. 그러다가 생각을 고치고 그만두어 버렸다. 그 여자가 도대체 뭣 때문에 그 사진에 그렇게 관심을 가질까? 자기가 그걸 갖고 있다고 해서 어떻단 말인가? 혹시 헥클리프의 부탁으로 그렇게 한 건 아닐까? 무언가 비밀에 싸인다는 것은 불안한 일이긴 하지만, 그런 대로 흥분을 자아내기도 했다.

옷을 차려 입고도 잠시 동안 망연히 그대로 서 있었다. 누가 아침식사를 하러 오라고 부를지 알 수가 없었다. 결국 그녀는 아래층으로 내려가서 식당으로 들어갔다. 헥클리프의 식탁은 벌써 비워져 있고 그녀의 자리에는 텁텁한 귀리죽이 놓여 있다. 목에 걸려 넘어가지가 않아 그녀는 반이나 남겨버렸다. 잠시나마 자신이 의사의 가난한 손님이란 사실을 잊고 카탈리나를 불렀다. 대답이 없자 자신이 부엌으로 들어갔다. "커피나 차 한잔 하고 싶은데요."

"저희 집에선 아침식사에 차를 마시는 일은 드물어요" 하고 카탈리나는 여전히 식기만을 닦는다.

유리안느는 초조한 마음으로 한숨을 쉬고 부엌 밖으로 나갔다. 복도에서 그녀는 헥클리프와 마주쳤다. 그는 외출복을 입고 있는데, 얼굴은 한층 싱싱하고 눈은 푸른빛으로 빛나고 있다. 훨씬 젊어 보였다. 전날보다는 훨씬 유리안느의 마음에 들어 보였으나 그런 느낌은 잠시뿐이었고, 다시금 그녀는 절망에 빠져서 전과 같은 증오심으로 들끓었다.

"안녕" 하고 그는 무뚝뚝하게 인사를 보냈다. "지금 마을로 왕진 가는 길인데……. 함께 가지 않겠소?" 유리안느로서는 그게 질문인지 명령인지 분간을 할 수가 없었다. "네, 함께 가겠어요." 그렇게 대답을 하고서도 선뜻 순종을 한 자신에게 화가 났다. 아침에 마차로 달리는 맛도, 창문으로 내다보는 풍경도 괜찮겠지! 그녀는 헥클리프의 조그마한 마차에 올라탔다. 그들은 마을을 지나갔다. 날이 밝았는데도 마을은 활기가 없고, 회색빛 개들은 문 앞에 누워 마차가 지나가도 머리 까딱하지 않는다. 등에다 가방을 멘 아이들이 학교로 가고 있는데, 헥클리프를 보자 모두 친절하게 인사를 보낸다. 정말로 진심에 찬 인사였다. 느릿느릿한 동작으로 마구간에서 거름이나 우유통을 나르던 남자들과 부인네들도 역시 그랬다. 그는 그들에게서 사랑을 받고 있는 것 같다. 유리안느는 그걸 확신할 수가 있었다. 그들은 성벽을 따라 달렸다. 마차 위에서는 전날 저녁보다는 성 안이 훨씬 잘 들여다보인다. 빈 담배 파이프를 문 채 앞만 바라보고 있는 헥클리프와 얘기를 나누고 싶은 생각은 없었지만 그녀는 물어보지 않고는 견딜 도리가 없었다. "이 성은 누구 거예요?" 그녀가 그 질문을 여러 번이나 되풀이한 뒤에야 겨우 그가 아는 체를 했다.

"성 말이오? 그건!" 하고 그는 말을 중단한 채 중얼거렸다. "이름은 그만두고, 그건 채석장 주인 것이오."

"주인은 저 안에서 사나요?"

"아니오, 성은 비어 있소."

"완전히요?"

"그렇소."

"주인은 어디 사는데요?"

"외국에."

"왜 다른 사람들을 못 들어가게 하나요?"

"알 수 없지."

"정원에도 출입금지인가요?"

"그래요."

"유감인데요."

"……."

"그 사람은 돌아올까요?"

말이 개를 겁낸다. 길에 누웠있던 개들이 일제히 말에게 달려들자 헥클리프가 개들을 쫓아버린다. 그들은 입을 다문 채 여전히 성벽을 따라 달렸다. 유리안느가 먼저 말을 꺼냈다. "그 사람을 아세요?"

헥클리프는 이상할 정도로 화를 내면서 그녀를 쳐다보다간 퉁명스럽게 말했다. "뭣하러 그런 걸 물어보는 거요? 성에는 아무도 살지 않소." 어쩔 수가 없었다. 유리안느도 결국 입을 다물어버렸다. 마침내 길은 성벽에서부터 떨어져서 아래쪽으로 내려가고 있었다. 여기저기 목조가옥들이 서 있는데 마을의 석조집보다도 훨씬 초라해 보였다. 헥클리프가 왕진을 하는 동안 유리안느는 집 주위를 서성거렸다. 바위와 골짜기투성이의 산을 바라보기도 하면서. 산으로부터 끊임없이 차가운 바람이 불어와 그녀의 모피 외투를 파고들어 살갗이 얼얼했다.

자립의 일터를 찾아서

길을 조금 벗어나서 말오줌나무 관목과 소나무 울타리 사이로 쓸쓸한 집 한 채가 서 있다. 그 집 곁을 지나갈 때, 높은 울타리에서 나뭇가지 부러지는 소리가 들려왔다. 그녀는 깜짝 놀랐다. 날카롭게 빛나는 눈빛의 조그만 얼굴이 울타리 뒤에 숨어 있다. "거기 올라가서 뭘 하니?" 하고 유리안느는 소년에게 물었다. 소년은 이마를 찡그렸다.

"그러다간 얼어 죽을 거야." 그래도 소년은 화가 난 듯이 머리를 흔들었다.

"내려와!" 하고 유리안느는 부드러운 음성으로 말을 다시 건넸으나 소년은 나뭇가지 사이로 몸을 감춰버린다. 유리안느는 주머니를 뒤져 사탕 한 알과 동전 한 닢을 찾아냈다. 그게 주머니에 든 전부였다. 소년에게 그걸 보여줬다. "내려와. 그러면 이걸 줄게." 소년은 귀찮다는 얼굴로 손가락을 입에다 댄다. 유리안느는 무안스러웠다. 그녀는 미소를 지으면서 울타리를 떠나갔다. 그녀는 창문 안을 들여다보았다. 먹청처럼 어두운 방 안이 보이고 아궁이와 그 위에 걸린 솥이 보인다. 그녀는 천천히 마차 있는 데로 되돌아왔다.

헥클리프가 나온다. 화가 난 것 같은 표정으로 말고삐를 풀면서 그는 투덜거렸다. "너무 순한 사람들이야." 그들은 아무 말 없이 거기에 앉았다. "왕진을 할 때 함께 집 안으로 들어가면 좋을 게 아니오?"

유리안느는 집 안의 불결함과 전염병 생각을 했다. "들어가고 싶지가 않아요."

헥클리프는 그녀에게로 뚱하게 몸을 돌렸다. "왜죠?"

"지저분한 병자 냄새는 싫어요."

그가 그녀를 바라본다. 그녀는 당황해서 몸을 돌려버렸다. 그는 실망이라는 투로 말했다.

"나를 도와줄 수도 있을 텐데……."

"필요하시다면 함께 들어가겠어요."

그런 말을 하는 동안에도 자신이 헥클리프에게 매달린 신세여서 그의 요구를 거절할 형편이 아니라는 생각이 들었다. 얼굴이 화끈거리고 주먹이 꽉 쥐어졌다. 헥클리프의 난폭함에 맞서 마차에서 뛰어내리려고도 했다. 그 순간에 스위스의 학교로 보낼 편지가 아직도 주머니에 들어 있다는 생각이 들었다. 그녀는 그걸로 만족했다. "우체통이 어디 있나요?"

헥클리프는 언제나처럼 깊은 생각에 잠겨 그 질문을 듣지 못한다. 유리안느는 되풀이할 양으로 그에게로 몸을 돌렸다. 하지만 너무나 초조한 나머지 그에게 자신의 계획을 그런 식으로 슬쩍 암시할 수가 없어 단도직입적으로 말해 버렸다. "제네바의 학장님께 편지를 썼어요."

그가 천천히 고개를 든다. 아직도 무슨 말인지 분명하게 깨닫지 못하는 것 같다. "그래요, 거기 놔두고 온 짐을 부쳐 달라는 사연도 잊지 말아요."

"아니에요. 그런 걸 쓰지는 않았어요."

헥클리프는 비로소 깜짝 놀라 그녀를 쳐다본다. 그녀는 빠른 어조로 말했다. "비서나 가정교사 자리를 얻고 싶다고 썼어요. 그런데 어디로 가고 있는 거예요?" 그녀는 고삐를 잡고 마차를 세웠다. 마차는 길을 벗어나 밖에 멈췄다. 헥클리프는 마차에서 내려서 아무 말 없이 말을 다시 길 위로 몰아넣었다. 그는 급히 서둘러 조그만 붉은 편지통 앞에서 말을 멈추곤 채찍으로 그걸 가리켰다. 유리안느는 우체통에 편지를 넣었다. 마차에 다시 올라왔을 때의 그녀의 얼굴은 승리감에 취한 표정이었다. 그 표정은 말하고 있었다. 잠시뿐이야. 모든 게 유령처럼 사라질거야. 가난과 고독감, 슈타인휠트, 헥클리프, 그리고 또 모든 것이. 그런 생각이 부적처럼 떨어지지가 않는다.

다음 날도 또 그 다음 날도 언제나 매일반이어서 매일매일이 어제같이 지나가 버렸고, 한 주일이 지나간 것도 잊어버릴 지경이었다. 유리안느는 언제나 제네바에서 편지가 올 때를 기다렸다. 배달부는 언제나 정오경에 왔다. 헥클리프와 함께 아침 왕진에서 돌아올 때마다 그녀의 눈길은 재빨리 신문이 놓여 있는 테이블 위로 쏠리곤 했다. 3주일이 지났을 때는 아예 오전 왕진에 헥클리프를 따라 나서지도 않고 방에 남아 창문 곁에 서서 배달부를 기다렸다. 헥클리프는 아무런 간섭도 하지 않았으나, 가끔 그의 시선은 긴장에 가득 차 그녀의 얼굴 위를 스쳤다. 그녀의 얼굴은 나날이 창백하고 수척해 갔다.

어느 날 아침, 헥클리프가 유리안느의 방문 앞에 와서 문을 열지도 않고 말했다. "다시 나를 따라 나서도록 합시다."

그녀는 문을 열었다. 벌써부터 깨어 있었던 것이다. 그녀의 얼굴색이 너무나 안돼 보여서 그는 자기도 모르게 습관적으로 그녀의 맥을 짚었다. 그녀는 세차게 손을 빼면서 말했다. "걱정 마세요. 절대로 선생님께 폐를 끼치지는 않겠어요."

"폐가 될 것은 아무것도 없소" 하면서 그의 시선이 그녀의 얼굴 위로 슬쩍 스쳐 지나간다. 그녀는 아예 입을 다물기로 작정했다. 그가 나가버리자 그녀는 창문으로 다가갔다. 거기서는 배달부가 오는 길을 넘겨다볼 수가 있다. 아직도 몇 시간은 기다려야 된다는 걸 알면서도 누가 고원으로 넘어올 때마다 그녀는 실망하곤 했다. 넘어오는 사람은 으레 농부가 아니면 아이들이나 노파들이었던 것이다. 기대에 어긋날 때마다 실망이었다. 막상 배달부가 가까이로 오면 초원으로 달려가 편지를 빼앗아 오고 싶었지만 카탈리나가 두려웠다. 방에 그대로 남아 문에 귀를 대고 카탈리나가 층계를 올라오지나 않나 엿듣지만, 언제나 시간은 그대로 흘러가 버리고 대문은 다시 닫혀버리곤 했다.

몇 주일 뒤에야 편지가 왔다. 편지를 뜯어 읽던 그녀는 절로 한숨을 내쉬었다. 점심식사 때가 되어서도 그녀가 식탁에 나타나지 않자, 식당에서 서성대던 헥클리프가 주저하듯 층계를 올라왔다. 방

바닥에 쓰러져 있는 유리안느가 보였다. 어떤 일이 일어나고 있는지 그녀 자신은 아무것도 모른다. 그녀의 맥을 잡을 때의 그의 손떨림, 물과 알콜을 가지러 계단을 오르내리는 그의 허둥대는 모습, 너무나 서둘다가 난간에 걸려 찢겨진 그의 옷자락, 그런 모든 일을 그녀로서는 알 리가 없었다.

그녀가 정신을 차렸을 때, 바로 가까이에 그의 얼굴이 보였다.

"뭘 하세요?" 그녀는 정신이 얼떨떨한 채로 물었다. "아가씨는 기절했었소" 하면서 그는 약병을 열기 시작했다.

"뭐라구요?" 그녀는 화를 내면서 말했다. "잠이 들었을 뿐이에요."

"그래요, 그래. 이제는 식사하러 가야겠소."

그는 방을 나간 다음 문 밖에서 그녀가 준비를 하고 나서는 소리가 들릴 때까지 기다리고 있었다. 얼마 뒤, 식당에 나타났을 때의 그녀의 표정은 뭔가 새로운 계획을 꾸미고 있는 것같이 보였다. 오후 시간을 그녀는 내내 편지만 쓰면서 보냈다. 단 한 번 만났거나 기억에 남는 사람들이거나 여러 학교로 편지를 썼다. 편지통에 편지를 넣으려 했으나 우표가 없다는 생각이 들었다. 마을에는 우체국도 없다. 그녀는 언제나 떠날 준비를 해놓은 짐짝에서 돈을 꺼내어 헥클리프에게로 갔다. 헥클리프는 그녀에게 우표를 건네 주면서 방심한 채 돈을 받아 넣는다. 나가려고 하자 그가 불러 세웠다. 그녀는 우울한 모습으로 걸음을 멈추었다. 그가 그녀를 꿰뚫어보고 있다. "언제나 여기를 떠날 궁리만 하고 있는 거요?"

유리안느는 갑자기 부드러워진 그의 목소리에 오히려 당황했다. 그녀는 불안에 떨면서 대꾸했다.

"그래요. 아마 그 이유는 잘 아실 거예요."

"뭐죠?"

"동냥은 하기 싫거든요."

그는 화를 벌컥 냈다. "뭐라구! 동냥하는 게 아니오. 나를 위해 일을 하는 거고, 그 대신에 필요한 걸 내가 줄 뿐이 아니오?"

"선생님으로부터 독립하고 싶어요."

"살아가자면 언제나 누구에겐가 매달리게 되오."

"여기에서처럼 억지로 그러고 싶지는 않아요."

그는 눈썹 하나 까딱하지 않는다. "왜 나를 그렇게 못마땅하게 여기는 거요?"

그녀는 머리를 뒤로 젖혔다. "저를 붙잡아매 두려고 하시기 때문이에요."

그는 입을 다문다. 그녀는 격렬한 어조로 말을 계속했다. "어떻게 해서 선생님이 제 후견인이 되셨나요?"

그는 눈썹을 찡그렸다. 그녀는 그것을 보았다.

"왜 제 질문에 화를 내세요?" 그녀의 얼굴에 열병 같은 번쩍임이 스쳐 지나갔다. 그가 정신을 가다듬는다. "젊은 시절부터 아가씨의 부모와 알고 지냈소. 그것으로 이유는 충분하지 않을까?"

그녀는 입을 다물었다. 불안하다. 입술을 깨물었다. 그로부터 다른 말이 없자, 그녀는 어깨를 으쓱하고는 방을 나갔다. 그는 침울하게 그녀가 편지를 넣으러 나가는 모습을 창 밖을 통해 내다보고 있었다.

다음 날부터 유리안느는 다시 왕진에 따라 나섰고, 환자들의 집 안에까지 따라 들어가기 시작했다. 며칠 뒤에는 징그럽게 곪은 종기를 도려내는 의사를 쳐다보기까지 했으며, 맘이 내킬 때는 자기가 할 수 있는 일을 해내는 데에 만족감 같은 걸 느끼기도 했다. 헥클리프가 그녀의 그런 일에 관심을 갖고 있는지는 알 수가 없었다. 하루하루가 지나갔다. 매일 정오 때쯤은 편지가 왔고, 편지는 언제나 정중한 거절의 내용뿐이었다. 마침내 한 곳에서 와 보라는 내용의 편지가 왔다. 그녀는 이 일말의 희망에 탐욕스럽게 매달려서 그 얘기를 헥클리프에게 했다.

"그래요? 어떤 일인데."

"그저 그런 거예요. 물론 가 보겠어요."

그는 이상할 정도로 목청을 높인다. "좋아요. 가 보시오. 언제 가겠소?"

"내일요. 물론 내일 당장이죠."

"역까지 데려다 주리다. 나도 시내에 가야 하니까."

4월의 새벽녘이었다. 유리안느가 3개월 전에 처음으로 보았던 똑같은 길을 마차를 몰고 갔다. 아침은 썰렁하고 서릿발이 끼었으나, 고원에는 가벼운 녹색의 입김이 깔렸고 보드랍고도 여린 풀들이 빛나고 있었다. 길이 아래로 내려갈수록 붉은 돌산 뒤에는 푸르름이 더욱 짙어져 갔고, 시가지 끝에는 초봄의 관목들이 꽃을 피우고 있다. 거기는 벌써 봄이 찾아들었던 것이다. 그들은 알맞은 시간에 역에 도착했다. 유리안느는 서둘러 헥클리프와 헤어져 개찰구로 나가다가 다시 한 번 획 몸을 돌렸다. 그는 그녀의 뒷모습을 바라보고 있다. 우수와 걱정의 빛이 역력한 눈으로. 그녀 자신도 절망에 빠진 그런 불안의 눈빛이었다.

"무슨 일이에요?" 하고 그녀는 얼떨떨해서 물었다.

"저녁 차에서 기다리고 있겠소. 잊지 마시오."

"그러지 마세요. 염려 마시고요." 그녀는 소리를 지르며 개찰구 문을 세차게 닫았다.

잠시 후 그녀는 3등칸에 앉아 있었다. 일생 처음으로 노동자들과 애들 틈에 끼어서 차를 탄 것이다. 기차는 교외를 빠져서 화려한 봄날 속으로 미끄러져 들어갔다. 날씨로 기분이 명랑해졌고 헥클리프에게서 도망친 게 더욱 시원한 기분이 들었다. 우수에 찬 헥클리

프의 세찬 눈이 다시금 눈앞으로 다가온다. 그러자 그를 버렸다는
생각으로 가슴이 저려 왔다. 그런 느낌은 그녀에게 놀라움을 불러
일으켜 여러 가지 사소한 일까지 생각나게 했다. 우선 그는 정말로
지겨운 야심꾸러기라는 것은 틀림없는 것 같으면서도 그런 확신을
믿을 수는 없었다. 그에게 너무나 냉랭하게 대해 왔다는 생각을 버
릴 수가 없었다. 기차가 역으로 들어갔을 때는 구원이라도 받은 기
분이었다. 맨 먼저 개찰구를 빠져 나갔다. 흥분으로 거리를 서둘러
지나갔다.

끊어진 한 가닥 희망

학교 앞에 다다랐다. 그녀가 알고 있는 모든 학교처럼 그 학교도
회색빛 건물이었고 긴 복도는 텅 비고 고즈넉했다. 유리안느는 깨
끗하게 닦인 계단을 천천히 올라갔다. 그녀는 갑자기 불안스러웠
다. 그녀는 이런 냄새를 잘 알고 있다. 어디서나 비슷한 왁스칠을
한 학교 냄새, 스팀 냄새, 상급생이 쓰는 화장품 냄새. 그런 냄새가
불현듯 그녀 내부에 걷잡을 수 없는 향수를 불러일으켰다. 그녀는
교장실을 노크했다. 사나이는 큼직한 테이블에 몸을 굽히고 있어
그의 정수리만 보였다. 그는 조심스럽게 말을 꺼냈다. "앉으십시
오." 그녀는 테이블 맞은편 의자에 앉아서 어색하고 초조한 표정으
로 기다렸다. 사나이는 책 너머로 이 돌연한 방문객을 호기심과 궁
금증으로 살펴보고 있다. 그녀는 상기한 음성으로 물었다. "말씀
좀 드려도 될까요?"

사나이는 느릿느릿한 동작으로 책을 치워버린다. "무슨 일이죠?"

"유리안느 브렌톤이에요. 제 편지에 답장을 주셨더군요."

그는 손목시계를 들여다보며 말한다. "기억이 잘 나지 않는데

요……."

그녀는 의심쩍어 졸린 듯한 그의 얼굴을 뜯어보았다. 그런 모습으로 그녀는 자기가 취직자리를 구하고 있다고 그에게 설명을 했다.

"아! 그 일이군요" 하고 그는 지루한 듯이 대꾸한다. "뭣하러 취직을 하려 하시는지?"

"편지에 썼는데요……."

그는 무언가 속으로 골똘한 생각에 잠겨 있는 것 같다. "그래도 무슨 애긴지 납득이 가지 않는군요."

"분명한 일일 텐데요." 그녀는 화를 내면서 말했다.

"돌볼 사람도 없으신가요?"

"있어요" 하고 그녀는 주저하면서 말했다. "하지만 독립하고 싶어요."

그 말을 꺼내면서 그녀는 왠지 알 수 없는 부끄러움으로 얼굴이 붉어졌다.

"양친은?" 하고 사나이는 그녀 쪽으로 몸을 굽혔다.

마음에 내키지는 않았지만 그녀로서는 대꾸를 하지 않을 수 없었다.

"돌아가셨어요."

그녀의 그 고백은 그자에게 굉장한 즐거움을 안겨 준 것 같았다. 그의 얼굴이 활짝 펴졌고 그의 입이 동정이나 하고 있다는 듯 일그러졌을 때도 눈만은 번득이기 시작했다. 유리안느는 그를 빤히 쳐다보면서 그런 갑작스런 돌변을 캐보려 했다. 잠시 시간이 흘러갔다. 그자가 대수롭지 않은 호의를 품고 자기를 관찰하고 있구나 하는 생각이 들었다. "그렇다면 댁은 사고무친四顧無親이군요. 젊은이에겐 좀 가혹한 운명이군요."

그녀의 완강한 부인의 몸짓에도 그는 계속해서 말했다. "그런데 뭣하러 꼭 취직을 해야 합니까?" "아아!" 하고 그녀는 소리를 질렀다. "놀리시는 건가요?" 그는 아무렇지도 않은 듯이 미소를 짓는다. "여비서나 가발공이 된다고 해서 인생이 보다 아름다워질 듯싶은 모양이군요." 그녀는 속이 상해 어깨를 들먹였다. "어떻든 좋습니다. 도대체 자리가 있는 거예요, 없는 거예요?" 그는 재미있다는 듯이 껄껄거린다. "덤비지 마십시오. 거기에 대해 조용히 얘기를 나누어야겠군요. 보조교사 자리가 있어요. 더 좋은 자리도 있죠. 지금은 외출 시간이 돼서……." 그가 팔을 높이 쳐들어 올렸기 때문에 커프스가 밖으로 삐져 나오고 조그만 금시계가 보인다. "12시군" 하고 그는 지금은 바쁘다는 표정으로 말했다. "오늘 밤에 다시 봅시다."

"그건 좀……." 유리안느는 놀라서 소리를 질렀다. "오늘 밤으로 집에 돌아가야 해요." 그녀는 또 한 번 얼굴을 붉혔다.

그는 즐겁다는 듯이 빙그레 웃는다. "돌아가야 한다고요? 좋은 자리를 얻자면 그만큼 희생을 치러야 될 텐데. 7시에 내 집에서 기다리겠소." 그자는 그녀의 손에 명함을 쥐어 준 다음 모자를 꺼내 쓰고 그녀를 앞서서 문 쪽으로 걸어 나간다.

유리안느는 잠시 텅 빈 복도에 서서 숱한 발자국 흔적이 반짝이는 리놀륨을 칠한 복도를 노려보았다. 그녀는 절망감에 빠져 입술을 깨물었다. 한참이나 지나서야 머리를 들어 커다란 창 밖을 내다보았다. 창에는 시가지의 지붕들과 탑들과 높은 언덕들이 반사되고 있다. 유리안느는 한숨을 내쉬고 학교 건물을 나섰다.

길고 긴 오후가 그녀 앞에 놓여 있다. 그녀는 카페를 하나 찾아냈다. 테라스가 강 위로 뻗쳐 있는 카페였다. 그리로 들어가기 전에 잠시 머뭇거렸다. 흰 탁자들 위에는 꽃이 핀 편도나무가 놓여 있고, 정원에 세워진 파라솔[日傘]들이 아늑한 분위기를 자아내고 있다.

유리안느는 커피를 주문했다. 속이 쓰렸다. 주머니에 빵 몇 개쯤은 살 만한 돈이 있었지만 도무지 식사를 할 생각이 내키지 않았다. 잡지 한 권을 얻어서 읽어 보려고 했으나, 그녀의 시선은 나뭇잎새 너머로 옆 테이블에 앉아 있는 부인들에게로만 옮아 갔다. 가만히 주머니에서 손거울을 꺼내 음미하듯 얼굴을 들여다보았다. 옷주름은 구겨져 있고 머리핀은 느슨해져 보기 싫은 모습이란 점을 인정치 않을 수 없었다. 거울을 머리 위로 높이 들어올렸다. 광택 없는 머리카락이 보인다. 맥이 빠지고 부끄러웠다. 그녀는 거울을 다시 집어 넣어버렸다. 얼마 뒤에는 그런 불쾌한 기분도 사라지고 그 대신에 방심한 듯한 무관심이 자리를 잡는다. 그녀는 불현듯 자신은 여기에 소속될 수 없다는 걸 뼈저리게 느꼈다. 그녀는 절망적으로 그런 새로운 변이變異에 달라붙었다. 그러한 변이가 도저히 그 속에선 살아갈 수 없을 것 같았던 세계로 돌아가라고 속삭여 주었다. 그녀는 자신이 슈타인휠트로 돌아가고 싶어한다는 걸 알아차렸다. 새삼스레 냉랭하고 김 빠진 의사의 집, 주검처럼 고요한 마을, 완고하고 악에 바친 카탈리나, 침울하고 억센 헥클리프의 얼굴이 떠올랐다. 그럼에도 일말의 향수를 털어버릴 수 없었다. 그런 느낌이 그녀를 혼란에 빠뜨려서 도무지 갈피를 잡을 수 없는 기분에 젖어들게 했다.

교장집에 갔을 때는 겨우 6시 30분이었다. 그녀는 몇 번인가 조그만 정원에서 우왕좌왕했다. 바깥은 아직 밝아서 그 집의 창문에 얼굴 같은 게 나타나는 게 보였다. 그 얼굴은 불안과 긴장에 싸여 밖을 내다보고 있다. 그것이 그녀를 당황하게 해 그녀는 어쩔 줄을 몰라 머뭇거리며 숲속으로 몸을 숨겼다. 출입문이 열리고 교장이 밖으로 나온다. 사나이는 헛기침을 하면서 잠시 동안 팔짱을 낀 채 문 곁에 서 있다. 그 모습은 흡사 탐욕스럽게 덮쳐 오려는 동물 같았다. 유리안느는 마음이 언짢아 눈을 감아버렸다. 다시 문이 닫히자 위험의 낌새를 확인한 양 그녀는 도망치기 시작했다. 그리곤 헝클어지고 쓰라린 마음으로 정신 없이 시가지를 헤맸다. 우선 그날 밤의 잠자리부터 구해야겠다는 생각이 들어 지갑 속부터 계산해 보았다. 아무리 돌아다녀도 호텔에서는 도저히 빈 방을 얻을 수 없자, 그녀는 내심으로 오히려 기뻐했다.

어두워졌다. 강에서 올라오는 안개가 온 시가를 휩쌌다. 오래된 공동묘지 가운데 작은 성당이 보였다. 공동묘지는 쌀쌀한 밤바람을 맞으며 길거리에 있기보다는 훨씬 따뜻했다. 유리안느는 거기 놓인 의자에 주저앉아서 잠이 들어버렸다. 너무 피곤해서 지쳐 쓰러진 것이다.

그녀가 공동묘지를 떠날 때는 아직 날이 완전히 밝기 전이어서 메마른 풀이 듬성듬성한 묘 위에서 참새들이 먹이를 쪼아대고 있었다.

역에 도착했을 때는 6시가 조금 지난 뒤였다. 반 시간 뒤에 슈타인휠트행 첫 기차가 있다. 그녀는 불안하게 역 구내를 왔다 갔다 했다. 기차 화통에 그을은 태양이 천천히 육중한 기계창機械廠 위로 솟아오르고 화물 열차가 역 구내로 진입해서 오랫동안 서 있다. 유리안느는 화통 곁에 붙은 화물칸에 앉았다. 차 바퀴와 피스톤 사이에서 솟아오르는 증기에서 기분 좋은 온기가 퍼져 왔다. 마침내 기다리던 기차가 들어왔다. 그녀는 쉴새없이 지껄여대는 두 명의 행상인과 칭얼대는 젖먹이를 안고 있는 병색이 완연한 어떤 부인 사이에 자리를 잡았다. 시끄러운 속에서도 그녀는 곧 잠이 들어버렸다. 딱딱한 나무의자에 기댄 채.

눈을 떴을 때 기차는 벌써 역으로 들어가고 있었다. 아직도 잠에 취한 그녀는 승객들에게 이리 밀리고 저리 밀리며 개찰구를 빠져나왔다. 그제야 비로소 다시 헥클리프에게로 돌아가고 있다는 의식이 분명해졌다. 기쁘지도 괴롭지도 않았다. 그녀는 담담하게 그 사실을 받아들였다. 세 시간 거리다. '세 시긴 동안이나 산길을 오르는 것은 정말로 멀어…….' 그녀는 생각했다. 무의식적으로 그녀는 역마차를 탈 생각을 하면서 그렇게 먼 길을 가려고 할 마부를 구할 수 있을까가 걱정이 되었다. 하지만 그와 동시에 자기에게는 그럴 돈이 없다는 생각이 떠올랐다. 그녀는 어깨를 으쓱하고 검게 그을은 역 광장을 지나 출구로 걸어가 외투 주머니에 손을 찌른 채 잽싼 걸음으로 문을 빠져 나갔다. 앞서 가던 사나이의 널찍한 등판이 순간 시야를 가렸으나 홀연 계단 앞에 서 있는 헥클리프의 모습이 보였다. 그들은 서로 뚫어질 듯 응시했다. 헥클리프의 얼굴빛은 누렇게 뜨고 눈은 충혈이 된 채 움푹 들어가 있다. 턱과 뺨에는 짙은 구레나룻으로 뒤덮였고 넥타이는 풀어져 있으며 셔츠 단추는 열린 채였다. 유리안느는 한눈에 그 모든 것을 보았던 것이다.

그가 와 있다. 그녀는 생각했다. 자기도 모르게 가슴이 두근거렸다. 어떻게 된 걸까? 그녀는 반문했다. 내가 온다는 걸 알았을까? 내가 돌아온다는 걸 도대체 어떻게 알았을까?

그는 파이프 담배를 담기 시작했는데 유리안느가 그 앞에 가 섰을 때도 쳐다보지도 않는다. 파이프를 문 채 불을 붙이며 느린 어조로 그가 말했다. "이제 오는 거요?"

그녀는 공연히 얼굴이 붉어지는 것 같았다. 그걸 잊을 양으로 잽싸게 말했다. "제가 지금 오리라는 걸 어떻게 아셨나요?"

"몰랐었지."

"기차 시간에 맞춰 나오시지 않았어요?"

"역에 볼 일이 있었던 거요." 그는 땅에 떨어진 말고삐를 주어 올리려고 몸을 굽힌다. 천천히.

"아!" 하고 그녀가 탄식했다. 처음으로 그녀의 눈에 눈물이 고였

다. 억제할 수가 없다. 그 순간엔 헥클리프가 자기를 보고 있다는
건 문제도 되지 않았다.

그는 나를 기다렸어. 어제 저녁부터 기다린 거야. 그녀는 눈물에
젖은 얼굴을 그에게로 들었다. 그들의 시선이 마주쳤다.

이상스럽게도 무릎에 힘이 빠지는 것 같았다. 그녀를 둘러싸고
있는 모든 것—회색과 붉은색의 건물들과 골목길의 나무들, 기차들
과 마차들—이 천천히 소리도 없이 밀려나 아주 멀리로 사라져서
헥클리프만 제외하고는 아무것도 되돌아오지 않을 것 같다. 그와
동시에 무언가 낯설은 흑점이 그녀 위로 몰려와 그녀의 온갖 감정
들은 그 한 점으로 모여들었다. 그것은 너무나 격렬해서 가슴이 아
프고 어질어질했다. 그녀는 헥클리프 쪽으로 한 발 다가가면서 끝
없는 낭떠러지로 떨어지는 기분이었다. 그녀는 허공을 부여잡았다.
그러면서 문득 자기가 매달린 것이 뭔가 딱딱한 것, 금속 같은 냉
기라는 걸 알았다. 분명하지는 않았지만 헥클리프의 눈이 이제는
그녀를 바라보고 있지 않다는 것, 풀어헤친 넥타이를 바로 매고 마
차로 뛰어 오르는 그의 모습이 보였다. 그가 "와!" 하고 소리지르는
걸 들은 것 같았으나 확실하지는 않았다. 설령 그가 그녀에게 반말
을 했더라도 그 순간에는 조금도 놀라지 않았을 것이다. 그녀는 기
계적으로 그의 뒤를 따랐다.

다시 돌아온 원점

그녀가 자리를 잡자마자 그는 세차게 말을 몰기 시작해 그녀는
방석에서 미끄러졌다. 지금까지 본 일이 없는 빠른 속도로 그는 시
가지를 가로질러 달린다. 한 번도 채찍을 늦추지 않고. 그런 일은
처음으로 보는 일이었다. 길이 가파라서 도저히 빨리 달릴 수 없을

때에도 그는 날듯이 거칠게 말을 몰았다. 유리안느는 처음 밀려났을 때부터 꽉 잡고 있던 쇠기둥에서 도저히 손을 놓을 수가 없었다. 그녀는 가볍게 숨을 들이마셨다. 헥클리프는 그녀의 한숨 소리를 듣고 그녀 쪽을 쳐다보다가 갑자기 웃음을 터뜨리더니 좀처럼 웃음을 그치지 않는다. 악의나 조롱하는 웃음이 아니라 즐겁고 신이 난다는 듯한 웃음이었다. 유리안느는 깜짝 놀라서 그를 바라보았다. 번쩍거리는 이, 웃으면서 가늘어지는 두 눈. 그녀도 따라서 함께 웃었다. 두려움과 불안에 휩싸여. 그는 천천히 웃음을 거두고 헐떡거리더니 손바닥으로 뭔가 자르려는 듯 공중을 휘젓다가 갈색의 말잔등을 노려본다. 함께 따라서 웃던 유리안느의 입과 얼굴도 굳어지면서 무언가 냉기가 서려 왔다. 그녀는 다시 한 번 그의 얼굴을 바라보았다. 옆으로 보이는 그의 얼굴, 말을 모느라 붉어지고 찌푸린 얼굴, 긴 구레나룻에 뒤덮인 그 얼굴을. 그녀는 또 한 번 그녀를 기다려 준 그에 대해 놀라움과 승리감에 싸였다. 그녀는 어제 하루 동안의 일들을 그에게 들려 줘야 할 것 같은 충동에 사로잡혔으나, 우선 꼼짝도 않고 앞만을 노려보고 있는 그를 어떻게 불러야 할지 망설여졌다. 뭐라고 불러야 할지 알 수가 없다. 의사 선생님이라고 부를 수는 없을 것 같았다. 그런 미묘하고도 우스꽝스런 문제를 도저히 해결할 수가 없어 그들은 말 한 마디 건네지도 못하고 숲과 석교石橋를 지나갔다. 유리안느는 수백 번이나 말을 꺼내려고 망설이면서 자신과 소리 없는 싸움을 벌이고 있었던 것이다. 그녀는 생각했다. 어떻게 되든 해야 돼. 그에게 그걸 얘기해야만 되겠어. 모든 걸 얘기하기 전에는 그의 집 문지방을 넘어설 수 없을 것 같다. 그녀 자신에게만 관계되는 일을 그에게 꼭 얘기해야겠다는 이유에 대해서는 그녀 자신도 확실한 해답을 할 수는 없었다. 필요 이상으로 고삐를 꽉 쥐고 있는 힘줄이 돋아난 그의 갈색 손을 바라보면서, 외투자락 끝으로 내다보이는 그의 손목의 흉터를 그녀는 처음으로 알아보았다. 그리고 그 작은 흉터 위로 그녀의 모든 격렬한 감정, 거의 절망에까지 응고된 감정들이 집중되어 갔다. 흉터에는 수술한 바늘 자국이 보인다. 왜 그는 물어 오지 않을까? 안타까운 생각이 든다. 내가 어젯밤에 어디에 있었든 그에겐 관심 밖의 일인가? 갑자기 그녀는 소리를 질러댔다. "어젯밤엔 기차를 놓쳤어요." 그러면서도 자신의 거짓말에 그녀는 깜짝 놀랐다. 뭣하러 내가 그런 말을 할까 하고, 그녀는 비참한 기분이 되어 자신에게 반문했다.

"그랬군!" 그것뿐으로 그는 다시 입을 다물어버린다.

"그래요!" 하고 그녀가 소리를 질렀다. "공동묘지에서 밤을 새웠어요." 그녀는 시원치도 않은 자기의 농담에 웃음이 터져 나왔다. 그는 환자의 뒤엉킨 열병에서 뭔가 중요한 증세라도 찾아내려는 의사처럼 그녀를 자세히 살피고 있다. "이상한 취직 자리를 얻을 뻔했어요" 하고 그녀는 또다시 웃음을 터뜨리며 괴로움에 일그러진 헥클리프의 얼굴을 살폈다. 그러자 그에게 소위 '이상한 취직 자리'에 대해 설명하고 싶은 욕망이 일었다.

헥클리프의 목소리가 날카로워졌다. "그런 덴 흥미가 없어." 그러면서 말에다 채찍질을 해대어 언덕길을 거뜬히 올라갈 수가 있었다. 유리안느는 무언가 참을 수 없는 뜨거운 것이 울컥 치밀어 헥클리프를 갈겨 줬으면 하는 무의미한 욕망에 사로잡혀 괴로웠다. 손이 떨렸다. 그녀는 갑자기 주먹을 들어올렸다. 바로 그 순간에 그가 몸을 돌려 그녀는 자신의 몸짓을 도저히 속일 도리가 없었다. 흥분으로 검게 타는 그녀의 눈이 그에게 눈치를 채게 했던 것이다. 그는 멍하니 그녀의 그 조그만 주먹을 바라보다가 마차를 갑자기 세웠다. 그가 이제는 자기를 길 위에 내동댕이치려니 생각하니 가슴이 만족감으로 저려 왔다. 그러나 그는 그녀를 쳐다봤을 뿐이었다. 마차는 벌써 고원 한가운데 와 있다. 고원 위로는 하늘이 가볍게 매달려 있고, 말똥가리새가 흰 길 위로 빙빙 돌고, 먼 곳에선 까마귀가 울부짖는다.

유리안느는 몸을 돌렸다. 갑작스런 흐느낌으로 몸이 흔들렸다. 속이 상해서 흐느낌을 억누르려고 애를 썼으나 소용이 없었다. 마침내 저항을 포기하고 방석에 얼굴을 묻은 채 정말로 서럽게 울었다. 헥클리프는 외투 위로 그녀의 팔을 부드럽게 쓰다듬는다. 그녀가 전혀 그걸 느낄 수 없을 정도로. 그의 얼굴은 일그러졌다가 점차 조용해 갔고, 마침내 말을 꺼냈을 때는 모든 저항을 극복한 듯 담담해 보였다. 그의 어깨의 무의식적인 동작만으로도 모든 사념을 떨쳐버린 듯싶다.

"내 얘기를 듣겠소, 유리안느?"

그녀는 방석에 얼굴을 묻은 채 싫다는 몸짓을 했다.

"결국은 얘기를 해야겠소" 하는 고집스러우면서도 조용한 그의 음성이, 그녀로 하여금 어쩔 수 없이 그의 말에 귀를 기울이게 했다. 그러면서도 그녀는 그렇다는 태도는 조금도 보이지 않고, 눈물에 젖은 얼굴을 거만스럽게 방석에 파묻은 채 구석에 기대어 있기만 했다. "당신은 다시 내게로 온 거요. 하지만 현재로는 별달리 좋은 방법이 없어서지, 그게 최선의 길이라고 확신한 건 아닌 것 같소."

그녀는 등의 움직임만으로 그의 말이 틀리다는 의사 표시를 했다.

"틀림없어요. 오기는 왔지만 당신의 저항심도 함께 온 거요. 난 당신이 필요하오. 또다시 동냥이니 어쩌니 하는 말을 입에 올리지 않겠다고 결심해 보시오. 이곳 고원은 참을 수 없을 정도로 그렇게 고독하지도, 가난한 것도 아니오. 당신의 자존심이 상한다는 건 그저 감정일 따름이오."

그는 유리안느가 화가 난 몸짓을 할 때에, 그리고 거부의 태도를 보여주는 헝클어지고 독특한 그녀의 고수머리를 바라보고 있다. 새 떼가 길 옆 돌벚나무 덤불 속으로 날자, 말이 깜짝 놀라 걸음을 멈춘다. 그는 고삐를 잡아 천천히 앞으로 몰아 나간다. 유리안느는 갑자스런 마차의 진동으로 자세를 바로잡을 수가 없었다.

"요즈음 마을에선 무서운 일이 벌어지고 있소. 애들이 디프테리아를 앓고 있는데 아주 악성이라 진찰하기도 어렵소. 목 언저리가 아파서 신음을 하다간 갑자기 고열로 목이 막혀요. 언젠가는 기관지 수술을 해준 적도 있었지. 마침 제때에 한 거요. 다른 애들에게는 혈액주사를 놓아줬소. 하지만 그만 때를 놓친 애들이 둘이나 있었소."

유리안느는 몸을 바로잡고 그의 얘기에 귀를 기울였다. "너무 늦었나요?" 하고 그녀는 실망한 듯 물었다.

"애들은 영양 상태가 좋지 않소." 그는 말을 계속한다. "사람들은 너무나 이해심이 없어요. 게으른 탓이지. 자기 손으로 어떻게 해야 할 판인데 하나님만 믿는단 말이야."

그녀는 생각에 잠긴 채 입을 다물고 있었다.

"오늘 아침에도 이상한 경우를 봤소. 아이는 보채는데, 이상한 데라곤 없었거든. 열도 없고 설태舌苔도 없었으니까. 주사를 놔주지는 않았지. 간단한 감기일 수도 있으니. 하지만 안심이 되지 않는군. 내가 떠나온 게 물론 나빴어. 당신이 그렇게 바보짓만 하지 않았더라도……." '바보짓이라고 하는군…….' 그녀는 화가 났다. 그의 우월감 때문에, 그녀는 그런 방항심을 아무리 해도 버릴 수가 없었다.

"저 앞이오."그는 마을 끝에 있는 어떤 집을 가리켰다. "저 집에 그 아이가 누워 있소."

갑자기 불안감에 사로잡힌 그녀가 소리를 질렀다. "빨리 달리세요!" 그리곤 마치 그렇게라도 하면 빠르기라도 한 듯 그녀는 방석

가장자리까지 밀려가서 두 손으로 마차 앞쪽을 힘차게 잡으며 헥클리프의 얼굴을 다시 한 번 쳐다보았다. 그의 얼굴은 딱딱하게 긴장되어 그 집에서 눈도 떼지 않고 있다.

그들은 마을 안으로 들어섰다. 문간에는 아무도 보이지 않는다. 유리안느와 말을 버려 두고 헥클리프는 집 안으로 서둘러 들어가 버린다. 유리안느는 말을 매어 놓고 머뭇거리듯 그의 뒤를 따라갔다. 그는 더러운 소파 위에 누워 있는 아이에게로 몸을 굽히고 비쩍 마른 창백한 가슴 위에다 청진기를 대고 있었다. 큰 키에다 튼튼해 보이는 아이의 어머니가 무릎을 꿇고 그의 다리에 매달린다. 그는 그 여자를 옆으로 밀어붙이고 반사경을 꺼내 아이의 벌린 입 앞에다 댄다. 아이의 아버지는 헥클리프 쪽으로 등을 돌린 채 꼼짝도 하지 않고 창문 곁에 서 있고.

유리안느는 흥분으로 얼굴이 창백해서 조용히 그쪽으로 다가갔다. 헥클리프는 반사경과 청진기를 주머니에 넣은 다음 아이의 푸른빛 도는 양 손을 가슴에 나란하게 올려놓아 주곤 몸을 일으킨다. 그는 땀으로 뒤범벅이 된 이마에 손을 얹고는 꼼짝도 하지 않고 침상 앞에 서 있는다. 아이의 어머니가 울음을 터뜨렸다. 그때 창문 곁에 섰던 사나이가 갑자기 몸을 돌리며 천천히 의사에게로 걸어왔다. 유리안느는 무심결에 뒤로 물러났다. 헥클리프는 눈도 쳐들지 않는다. 사나이는 의사의 얼굴을 한 대 갈기고는 천천히 방 밖으로 나가버린다. 헥클리프는 꼼짝도 하지 않는다. 유리안느는 조용히 그곳을 빠져나와서 마차 위에 앉았다. 회색빛의 큰 개 한 마리가 다가와서 문짝을 긁으며 짖어대기 시작했다. 유리안느는 손가락으로 귀를 막고 마차 뚜껑에 얼굴을 묻었다. 그러다가 헥클리프가 집에서 나오는 것도 알아차리지 못했다. 그가 마차에 탈 때, 그들의 눈이 서로 마주쳤다. 그의 입술이 떨리는 모습이 보인다.

카탈리나가 벌써 문 앞에서 기다리고 있는데, 뒷짐을 지고 있어 마치 부동자세의 군인 같다. 그녀는 유리안느를 거들떠보지도 않고 아무 상관도 없다는 듯한 목소리로 담담하게 말한다. "누가 또 왔다 갔어요."

"누가?" 하고 헥클리프가 소리를 질렀다. "또 왔었다고? 제기랄! 누군지 빨리 말해요!" 그래도 카탈리나는 멍청하니 입을 벌리고 있다.

"이거 원 답답해서!" 하고 헥클리프가 그녀의 팔을 세차게 흔든다. 그녀는 묵묵히 그걸 참으며 헥클리프의 얼굴을 뚫어지게 바라보더니 겨우 입을 연다. "음식점 주인인가 봐요."

헥클리프는 뭐라고 입 속으로 욕지거리를 하면서 그녀를 놓아버린다. 카탈리나는 신기하다는 듯이 그의 손가락이 닿았던 맨 팔뚝에 찍힌 붉은 반점을 들여다본다. 헥클리프는 마차에 뛰어오른다. 유리안느도 잠시 망설이다가는 그를 따라갔다. 너무나 빨리 달려서 마차가 울퉁불퉁한 곳을 지나갈 때마다 유리안느는 마차에서 떨어지지나 않을까 겁이 났다.

어떤 집 앞에서 마차가 멈췄다. 음식점이다. 비교적 큰 건물인데, 멀리서 볼 때는 허여번듯 했지만 가까이에 와 보니 아주 낡은 건물이다. 키가 크고 비쩍 마른 부인이 현관에서 맞아 준다. 그녀는 아무 말도 없이 널찍한 계단을 지나 위층으로 의사를 안내했다. 방문은 열린 채였다. 어마어마하게 크고 길쭉한 방으로 냉랭하고 습기도는 벽 옆에 침대가 놓여 있다. 들어가도 노파는 아무런 흥미도 없다는 듯 눈을 반쯤 감고 있다. 볼품 없이 크기만 한 침대 위에는 무거운 이불을 여러 채나 겹쳐 덮고 열한 살쯤 되어 보이는 사내아이가 누워 있다. 유리안느는 아이의 지나치게 크고 검은 눈 때문에 그가 누군지를 곧 알아냈다. 고열로 눈은 더욱 광채를 내고 있지만, 쓰러져 가는 집 근처의 나무 위에 쭈그리고 앉았던 아이임에 틀림없다. 아이는 의사의 동작을 주의 깊게 쳐다본다. 조그만 것도 놓치지 않으려는 듯 아주 열심히. 의사가 주사를 놓을 때도 눈썹 하나 까딱하지 않고 신기롭다는 듯이 주사 자국을 들여다본다. 그리곤 신열을 느끼는 듯 한숨을 쉬는가 싶더니 곧 이불 속으로 파고 들어간다. 그러는 동안에도 말 한 마디 오고 가지 않았다. 헥클리프는 마침내 일을 전부 끝냈다.

"이걸 매 시간 먹이시오. 저녁때 또 오리다."

그는 이불을 내린 다음, 비단이불 하나와 닭털이불을 아이에게 씌워 주고, 열에 떠서 벌겋게 된 아이의 이마를 쓰다듬어 준다. "세바스찬. 네가 할 수 있다던 일을 한번 보자꾸나. 내일 저녁까지는 산에 올라 가야지. 힘을 내거라." 소년은 그를 진지한 모습으로 쳐다보고는 고개를 끄덕거린다.

바쁜 일과 속에서

유리안느는 무릎에 힘이 빠지는 듯한 피곤을 느꼈다. 오후였다. 그녀는 아직도 식사 전이었다. "저도 여기 있어야 돼요?" 하고 그녀는 의사에게 물었다. 그는 바로 대답을 하지 않고 기구들을 가방에 넣고서야 겨우 말을 했다. "우선 식사부터 합시다."

돌아오는 길에서였다. 유리안느가 물었다.

"노파는 벙어리예요?"

"아니오."

"그런데 왜 한 마디도 없어요?"

"말할 필요가 없다고 여기는 거지."

"이상해요. 왜 그럴까요?"

"모든 게 시들한 거지."

"세바스찬의 할머니에요?"

"어머니라오."

"노파가요?"

"그렇게 나이가 많은 건 아니오."

한참 뒤에 그녀가 또 물었다. "애는 괜찮을까요?"

대답이 없자 그녀는 그 질문을 되풀이했고, 그는 자르듯 말했을 뿐이다. "모르겠소." 한참이나 간격을 두고서 그가 그 말에 덧붙였다. "지금이 제일 어려울 때요."

유리안느는 얼굴로 뜨거운 것이 몰려오는 것 같은 느낌이었다.

그녀는 따뜻한 점심식사를 정신없이 먹어댔다. 첫날에도 나왔던 기름지고 먹음직한 감자튀김을. 유리안느는 이제는 음식에 대한 습관이 되어 있었던 것이다. 그들이 겨우 식탁에서 물러났을 때, 의사를 데리러 온 부인이 벌써 두 사람이나 되었다. 헥클리프는 새 주사기와 약품을 꾸려서 곧 마을로 달렸다. 길이 울퉁불퉁한데도 유리안느의 눈은 자꾸만 감겼다. 겨우 잠에서 깨자 마당에는 자기 혼자뿐이란 걸 알았다. 부끄러웠다. 그녀는 마차에서 허둥대며 내렸다. 문간에서 헥클리프와 마주쳤다. 그의 얼굴은 우울해 보였다. "언제나 사람들은 일이 기울어진 때에야 온단 말이야!" 그리곤 괴로움과 절망의 눈길로 뒤를 돌아본다. 비록 순간적이었으나, 그녀는 마을에서의 그의 생활이 얼마나 힘든 일인지 알 수 있을 것도 같았다.

그녀는 차분한 목소리로 물었다. "세바스찬이나 다른 애들 집에 가면 제가 어떤 일을 해야 될까요?"

다음 번 환자에게로 달리고 있는 동안에 그는 그녀에게 서둘러서 필요한 지시를 내렸다. 소독약 한 병과 몇 개의 유리관을 가방에 넣어 주고는 그녀를 어떤 집에다 내려 놓곤 그는 계속 달려간다.

그녀는 주저주저하며 손잡이에 손을 댄 채 그 집의 문 앞에 섰다. 그러던 그녀는 마음을 가다듬고 문 안으로 걸어 들어갔다. 복도는 연기로 가득 차 있고 아이들이 법석대는데, 부엌에 있는 목제침대에 병든 소녀가 누워 있다. 아궁이에 걸린 커다란 솥에서는 역한 냄새가 피어 올랐다.

유리안느는 너무나 놀라서 끼어들기에도 겁이 났다.

"의사 선생님이 보내서 왔어요" 하고 그녀는 이상스럽다는 시선으로 쳐다보고 있는 부인에게 말했다.

"그러세요……."

"아이는 어때요?"

부인은 어깨를 으쓱한다.

"애가 부엌에 누워 있는 걸 의사 선생님도 보셨나요?"

부인은 당황한 표정을 지으며 떨어진 치맛자락으로 얼굴을 문지른다. "여기가 더 따뜻해서요."

"그래요. 따뜻하겠죠!" 유리안느가 소리를 질렀다. "연기는 어떻게 하고요? 애에게 좋겠어요? 다른 곳으로 옮겨요! 방은 어디죠?"

부인은 머뭇거리고만 있다. 유리안느는 결심이라도 한 듯 문 쪽으로 다가갔다. 침실이라기보다는 차라리 쓰레기 창고였다. 작은 창문에는 더덕더덕 때가 끼어서 어두컴컴했고, 침실에서 풍기는 악취로 유리안느는 욕지기가 났다. 그녀는 창문가로 달려갔다. 창문은 뒤틀려져서 열기에도 힘이 든다.

"여길 조금 정리해요" 하고 그녀는 부인에게 말했으나, 부인은 아무 말 없이 멍청하게 그녀가 침대를 손질하는 걸 바라보고만 있다. 더러운 침대보를 건드리는 순간, 유리안느는 눈을 감아야만 했다. 욕지기가 났던 것이다. 눈치를 봐가며 아이들이 그녀 가까이로 몰려와 손가락을 빨며 이 낯선 여자를 쳐다본다.

유리안느는 그 중에서 제일 큰 애에게 소리를 질렀다. "물통을 가져와서 여기를 깨끗하게 닦아요! 어서요!" 소녀는 어머니의 눈치를 본다. 어머니는 그러라고도 말라고도 하지 않는다. 소녀는 묵묵히 물통과 걸레를 갖고 돌아와 뽀로통한 채 바닥에다 물을 퍼부으며 빗자루와 걸레로 훔치고 닦는다. 유리안느는 고개를 설레설레 저으며 소녀를 바라보다간 그만두어 버렸다. 어떻게 됐든 바닥은 깨끗해졌기 때문이었다. 물이 뚝뚝 떨어지는 너덜너덜한 의자를 문 밖으로 내어 놓자, 그때까지 문 앞에 앉아 있기만 하던 부인이 조용하지만 단호한 음성으로 절대로 안 되겠다는 투로 말했다.

"늘 거기 있던 거예요."

유리안느가 대꾸했다. "부인께서도 아이가 얼른 병이 낫기를 바라시겠죠?"

할 수 없다는 듯 부인은 묵묵히 의자를 치운다. 드디어 방도 어느 정도 깨끗해졌고, 침대는 뜨거운 굴뚝 열로 따뜻해 왔다. 이제는 병든 소녀를 부엌에서 옮겨 올 차례가 되었다.

가냘픈 어린아이는 유리안느의 팔에 안겨서도 잠을 자고 있다. 유리안느는 이상한 감정이 들었다. 잠시 동안이나마 어떤 느낌이 스쳤지만 무언지 분명하지는 않다. 헥클리프 생각도 났다. 팔에 연약한 어린 소녀의 몸이 느껴진다. 거기에 대해 그녀 자신이 무언가 책임을 져야 할 것 같다는 기분이 든다.

뭐라고 설명할 수는 없지만 순간적으로나마 행복감 같은 게 느껴졌다. 그러다가도 환자에 대한 걱정으로 그녀의 그런 감정들은 사라져버리고, 그 대신 건강한 애들에게도 아예 우두를 맞히는 게 어떻겠느냐고 헥클리프에게 물어보아야겠다는 생각이 난다. 그녀는 주사를 놓기 전에 환자의 체온을 잰 다음 판대기에다 적어 침대에 매달아 두었다.

다음은 세바스찬에게로 서둘러 갔다. 썰렁한 복도 벽에 어떤 총각이 기대어 서 있다. 그녀는 재빠른 걸음걸이로 그의 곁을 지나갔기 때문에 그 젊은이의 얼굴을 똑똑히는 보지 못했으나 사내답고 무서운 얼굴이었다. 우수가 번뜩이는 눈초리로 사내는 계단을 오르는 그녀의 뒤를 바라본다. 그러던 사내가 한달음에 그녀의 뒤를 따라오는 소리를 그녀는 듣지도 못하고 문을 닫아버렸다.

아이가 누워 있는 그 커다랗고 썰렁한 방은 어두컴컴했다. 눈을 부릅뜨고 벽을 노려보는 아이의 얼굴은 이글대고, 숨을 쉴 때마다 얇은 속옷이 부풀어올랐다. 열은 거의 40도를 넘어서고 있다. 유리안느로서는 속수무책이었다. 불안하고 초조해서 창 밖으로 헥클리프가 걸어올 거리를 내려다보았다. 그때 먼지가 끼어 검은 거울처럼 된 유리창으로 사내의 모습이 보이는가 했는데, 사내는 그녀에게로 살금살금 다가왔다. 유리안느는 소리를 질렀다.

"의사 선생님에게 뛰어가 보세요! 빨리요. 얼른 오셔야겠다고 하세요."

"오겠죠" 하고 그는 시큰둥한 목소리로 대꾸한다.

그녀는 화가 났다. "아이가 죽을지도 몰라요."

그는 어깨를 으쓱한다. 그녀는 어처구니가 없었다.

"도대체 누구세요?"

"아담이요."

"이 집 식구예요?"

그는 웃음을 터뜨린다. "내가 저 애의 형이지" 하며 세바스찬을 가리킨다.

"형이라고요?" 유리안느는 흥분으로 몸을 떨었다. "그런데도 의사에게 안 가려고 해요?"

그는 맥풀린다는 듯 손짓을 한다. "저 애는 죽지 않을 걸요."

그러는 그의 음성은 매정스럽긴 했지만, 그렇게 냉랭하다거나 적의는 느껴지지 않았다. 피곤에 지친 무관심일 뿐이었다.

얼마 뒤에는 헥클리프의 이륜마차가 굴러오는 소리가 들렸다. 그녀는 안도의 숨을 내쉬며 문간으로 마중을 나갔다. 헥클리프도 서둘러서 애의 목과 맥박을 짚어 본 다음 유리안느에게 말했다. "이제는 가서 자도록 해요."

"아직은 괜찮은데요……."

"집으로 가시오. 내일 일찍 다시 옵시다."

그날 밤에 그녀는 오랫동안 잠을 이룰 수가 없었다. 몸을 가눌 수 없을 정도로 피곤했었는데도. 달빛이 그녀의 방으로 비쳐 들어왔다. 헥클리프는 아직도 돌아오지 않았고 집 안은 죽은 듯 조용했다. 옆방 카탈리나의 방에서도 몸을 뒤척일 때마다 침대가 삐걱대는 소리가 들려왔다. 카탈리나도 아직 자지 않고 헥클리프를 기다리고 있다는 생각에 유리안느는 화가 났다. 그러나 세바스찬과 어린 소녀, 또 그녀가 보았던 다른 애들을 생각하자 그런 노여움은 깨끗하게 가셔져버린다. 갑자기 머리맡 책상에 놓아 두었던 쪽지가 생각난다. 그녀는 불을 켜고 헥클리프가 애들의 이름을 깨알같이 받아 쓴 그쪽지를 읽어 내려갔다.

자정쯤 되어 집에 돌아오면서 헥클리프는 멀리서부터 불이 켜진 그녀의 방을 바라보았다. 그는 며칠 동안의 흥분으로 부풀었던 긴장이 단번에 풀려버렸다. 유리안느는 그가 써 준 쪽지를 손에 든 채 깊이 잠이 들어 있다. 그는 잠시 동안 그녀를 내려다보다가는 재빠른 걸음으로 조용하게 그 방을 나갔다.

다음 날 아침, 유리안느가 시간에 맞춰 식사를 하려고 서둘러 아래층으로 내려갔을 때 그는 벌써 나가고 없었다. 식탁 끝에 쭈그리고 앉아 그녀는 부지런히 귀리죽을 퍼 넣고는 빵 한 조각을 들고 허둥대며 집 밖으로 나갔다. 카탈리나가 구두 손질도 해놓지 않았다는 걸 알았지만 화를 낼 짬도 없었다.

음식점 앞에는 마차가 한 대 서 있다. 마차에는 우편물들이 차곡차곡 쌓여 있는데, 키가 크고 힘세 보이는 젊은이가 비스듬하게 세워 둔 활차滑車 위로 통들을 차에서 굴러 내리고 있다. 팔소매를 어깨까지 걷어올려 갈색의 팔 근육이 짐을 들어올릴 때마다 부풀어 오르고, 푸른 줄무늬가 쳐진 내의가 찢어져 힘차고 나긋나긋한 등이 그대로 드러나 보인다. 아담이었다.

유리안느를 보자 사내는 굴러 내리려던 통을 붙잡고 마차 위에서 몸을 굽혀 그녀를 내려다본다.

그녀는 당황해서 빠른 말씨로 물어 보았다. “동생은 어때요?”

“모르겠소.”

그녀는 화가 나서 그를 쏘아보았다. 그는 웃음을 터뜨린다. 누런 이빨이 보인다.

“왜 웃어요?” 그녀는 흥분으로 소리를 질렀다.

“왜 내 동생 걱정을 그렇게 하는 거지?”

“앓고 있으니까요.”

“그게 그쪽과 무슨 상관이지?”

그녀가 잠시 머뭇거리자 그는 또 웃는다. “그가 돈이라도 줍니까? 의사가 말이오?”

“건방져요.” 그녀는 분통을 터뜨렸으나 그는 여전히 웃기만 했다. 그녀가 거길 떠나 집 안으로 들어가자, 그는 우울한 표정으로 그녀의 뒤를 멍하니 바라본다.

그녀는 저녁이 될 때까지 종일 밖에서 보냈고, 헥클리프는 점심식사 때도 집에 들르지 않았다.

"의사 선생님은 어디 계시지요?" 하고 카탈리나가 수프를 식탁에 다 올려놓으며 못마땅하다는 듯 물어 왔다.

"몰라요." 유리안느는 피곤에 지친 음성으로 대답했다. 그리곤 독한 살균약으로 꺼칠꺼칠해진 손을 걱정스럽게 들여다보았다.

카탈리나는 뽀로통해서 식탁 곁에 그대로 서 있다. 결국 유리안느가 물어볼 수밖에 없었다. "무슨 일이에요? 뭘 바라세요?"

"바란다고요?" 하고 카탈리나는 불을 불어 끌 때처럼 입을 삐죽했고, 유리안느는 속이 상해서 죽을 퍼 넣었다.

카탈리나가 또다시 말을 시작한다. "아가씨는 일을 너무 하는군요."

"나도 알고 있어요." 유리안느는 여전히 지쳐서 말했다. "왜 그런 말을 내게 하는 거죠?"

"아가씨는 내게 너무하는군요."

"피곤해요."

카탈리나는 잠시 입을 다물었으나 또 말을 꺼낸다. "만일에 아가씨가 선생님을 도와줄 생각이라면 집안일도 할 수가 있겠죠?"

유리안느는 깜짝 놀라 얼굴을 쳐들었다. "무슨 말이죠? 나더러 밥이나 빨래도 하란 말인가요?"

카탈리나는 고집스럽게 말을 계속한다. "나는 여길 떠나고 싶어요. 그러면 아가씨가 내 일을 대신할 수가 있을 텐데요."

"무슨 말이에요? 그런 식으로 말을 하지 마세요. 아시다시피 나는 여기 오래 있지는 않을 거예요."

"그래요?" 하고 카탈리나는 말끝을 흐리며 묻는다. 그녀의 눈이 번쩍였다. "그래요? 오래가 아니라구요? 얼마나? 1년요?"

"그걸 어떻게 알겠어요? 식사나 하게 놔둬요, 카탈리나. 마을로 또 가 봐야 해요."

카탈리나는 빳빳한 동작으로 부엌으로 들어간다.

내가 무슨 얘기를 했던가? 유리안느는 사념에 잠겼다. 여기에 오래 있지는 않겠다고? 왜 그런 말을 했을까? 그녀는 정신이 산란해서 수저를 놓고 허둥대며 밖으로 나갔다.

알 수 없는 의혹의 냄새

그녀가 오후 늦게 세바스찬한테 갔을 때, 거기서 헥클리프를 만났다. 그는 걱정스러운 시선이었다.

"늑막인데" 하고 그가 말했다. "붕대를 좀 감아야겠소."

그녀는 묻는 듯한 시선으로 그를 쳐다보았다.

"붕대 감는 거 말이오" 하고 그가 되뇌인다. "아직 해보지 않았소?"

그는 머리맡 책상에서 플란넬 천을 찾아 그걸로 유리안느를 단단히 묶는다. "이렇게―" 하고 그는 말했다. "이제는 할 수 있겠소?"

유리안느는 잘 알 수가 없었다. 그의 곁에만 있으면 정신이 얼떨떨했던 것이다. 그러면서도 그녀는 고개를 끄덕였다. "됐소" 하면서 그는 가방을 꾸려 나가다가 문지방에서 누구에게랄 것 없이 소리를 친다. "내가 올 때까지 여기에 있어요."

얼마 뒤에 세바스찬이 잠을 깼다. 유리안느는 헥클리프에게서 배운대로 잽싸게 붕대를 감았다. 잘 되는 게 자신도 이상스럽다. 헥클리프가 돌아와 이걸 알아줬으면……. 아이는 다시 잠이 든다. 그녀는 불편하게 생긴 의자지만 의자 하나를 창 곁에 끌어다 놓고 창틀에 팔을 올려 놓은 채 음식점 앞 광장을 내려다보았다. 세바스찬의 빠른 숨결 소리에도 기계적으로 신경을 쓰면서. 창 밖으로 회색빛의 커다란 개들이 보인다. 개들은 듬성듬성 잎이 핀 밤나무 밑 어두컴컴한 속으로 돌아다니며, 물을 마실 양으로 그 긴 코를 우물로 밀어 넣기도 한다. 그러다간 뭔가에 찔리는 듯 뒤로 주춤 물러 났다가 멍하니 땅바닥을 내려다보다가 잠시 후에는 또다시 조심스 럽게 우물 곁으로 되돌아가면서. 그런 광경은 어둠이 밀려 올 때까 지 계속되었고, 그녀는 피곤에 지쳐 눈이 감길 때까지 넋을 잃고 그 광경만을 내다보고 있었다.

헥클리프가 돌아왔을 때는 벌써 어두워진 뒤였다. "안녕" 하면서 그는 가방에서 청진기와 체온기를 꺼내곤 마치 낯선 사람이라도 대 하듯 그녀를 쳐다보지도 않고 말한다. "이젠 집으로 가도 되겠소."

유리안느는 착 가라앉은 목소리로 물었다. "세바스찬의 병세가 어떤지 정도는 말씀이라도 해주실 수 있지 않으세요?"

그는 놀랍다는 듯 그녀를 바라보면서 손에다 시계를 들고 세바스 찬의 맥박을 계속 재고 있다. 마치 그녀의 질문을 잊어버린 것 같 다. 잠시 동안 대답을 기다리던 그녀는 마침내 재킷을 집어 뒤집어 썼다. "안녕." 그녀는 거만스러운 음성으로 말하곤 거길 나와버렸 다. 그가 멍청하니 그녀의 뒷모습을 바라보는 걸 그녀로서는 눈치 챌 도리가 없었다.

속이 상해서 우울한 기분으로 그녀는 컴컴하고 주검처럼 고요한 골목길을 걸어갔다. "의사 선생님, 들어와 보세요. 계집애가 앓고 있어요" 하고 누가 느닷없이 그녀를 불러 세운다. 그녀는 체온을 재고는 아이의 목 안을 들여다보았다. 디프테리아라는 걸 곧 알 수 가 있었다. 그녀는 의사를 즉시 불러오겠다고 하곤 거길 떠났지만 감히 음식점으로 들어갈 엄두를 못내고 어둠 속에 앉아 기다렸다. 큰 개 한 마리가 주위를 스쳐 다녀 그 개를 쓰다듬어 주려고 손을 내밀면, 개는 몸을 웅크리며 소리 없이 뒤로 물러나곤 한다.

음식점 문은 닫혀 있다. 그녀는 추위에 떨면서 헥클리프와 아담 을 생각해 보며 화를 냈다. 실망과 슬픔으로 두 사람을 한 묶음에 넣어서. 마침내 헥클리프가 나왔다. 그들은 어린아이의 집까지의 그 짧은 거리를 아무 말 없이 우울하게 달려갔다. 그가 마차에서 내릴 때 그녀가 물었다. "저는 집에 가도 되겠죠?" 그는 이미 계단을 올라가고 있었다. "물론이지."

다음 날 아침 식사 때 그녀는 헥클리프와 만났다. 그는 걸쭉한 죽을 퍼 넣으며 의학잡지를 읽고 있다. 유리안느는 여러 번 말을 걸려고 망설이다가 한참이나 지난 뒤에 겨우 말을 꺼낼 수가 있었다.

"오늘은 집집마다 돌아다니며 어떤 애가 목이 아픈지 보겠어요. 매일 그렇게 하겠어요. 그런 식으로 하면 뭐든 그냥 지나치게 되지는 않을 것 같아요."

"그래요. 그렇게 해봐요." 헥클리프는 말하면서도 계속 잡지를 넘기고 있다. 그녀는 입술을 깨물었다. 눈에 눈물이 고인 것 같아 접시에서 고개를 들 수도 없었다. 헥클리프가 일어나자, 그녀는 그의 인사에 들릴락말락 겨우 대꾸만 했다.

오후에는 제네바에서 보내 온 커다란 상자 몇 개와 짐꾸러미와 바이올린이 도착했다. 그러나 몇 주일이나 방 안에 놔둔 채 풀어 볼 짬도 없었다. 돌림병이 절정에 이르러, 그녀는 어떤 때는 환자 집에서 겨우 헥클리프와 만날 수 있을 정도였던 것이다. 그는 무섭도록 수척해졌다. 그런 그를 그녀는 스쳐 지나가는 동정심으로 관찰하면서 그 사람과 함께 살아가는 데 익숙해지는 것이 이상스럽게 생각되었다.

몇 주일 후에야 애들은 위험한 고비를 넘겼다. 가장 심하던 세바스찬도 유리안느에게 이끌려 처음으로 따뜻한 햇빛을 쏘일 수가 있었다. 그녀도 이제는 별달리 더 할 일이 없어 짐을 풀어 볼 틈을 냈다. 카탈리나가 문가에 나타났을 때 그녀는 마침 상자를 열고 있던 참이었다.

"너무 시끄럽게 망치질을 하지 말아요. 의사 선생님이 지금 주무시고 계세요."

카탈리나의 목소리가 망치 소리보다 더 크게 들렸다. 유리안느는 일손을 멈추지 않은 채 그만큼 크게 소리를 질렀다. "의사 선생님이 아직 깨지 않았더라도 당신의 목소리에 깨었을 거예요. 의사 선생님은 10분 전에 나갔어요." 유리안느는 더욱 세차게 뚜껑을 열어젖혔다. 그러던 그녀가 몸을 돌렸을 때도 카탈리나는 여전히 문지방에 서 있다.

"뭐가 들었는지 알고 싶거든 제발 조용히 들어와 봐요."

또박또박한 말씨로 카탈리나가 말한다. "아가씨한테 얘기할 것이 있어 왔어요. 진찰실에 있는 기구들을 깨끗하게 정돈했으면 좋겠어요."

"뭐라구요?"

"진찰실에 있는 기구 말이에요. 이제는 환자가 없으니 시간이 남을 게 아니에요? 나는 이제는 의사 선생님 물건에 손을 대고 싶지도 않아요."

"카탈리나, 그따위 쓸데없는 소리를 그만두지 않으면 의사 선생님께 모두 일러바치겠어요."

"아가씨가 무슨 얘기를 해도 이젠 상관없어요" 하는 카탈리나의 목소리에는 미움과 절망이 뒤범벅이 되어 있다. 유리안느는 멍청히 그녀에게로 몸을 돌렸다.

"무슨 얘긴지 해봐요, 카탈리나. 나 때문에 마음이 불편하세요? 그건 쓸데없는 생각이에요. 카탈리나, 내가 어떻게 돼서 이 집으로 오게 되었는지 알 거예요. 의사 선생님이 저의 후견인이란 걸 모르셨던가요? 게다가 언젠가 말한 적도 있어요. 여기에 오래 있을 생각은 없다고요."

“설명할 필요는 없어요.”

“그렇다면 좋아요. 그러면 뭘 바라세요?” 그녀는 약간 장난기가 섞인 말투로 물었다.

“누구든 여기 있을 수 있겠죠.”

“무슨 뜻이죠?”

“아가씨 자신도 벌써 알았을 거예요.”

“카탈리나, 가세요. 다른 생각은 없어요. 나를 미워할 테면 하세요. 나도 그러겠어요. 서로 아무 상관도 말아요.”

“아가씨가 원한다면야. 이 방에 누가 있었던지 얘기해 드릴까요…….” 그녀는 거기서 말끝을 흐린다. 유리안느는 얘기를 하면서도 바이올린을 풀어서 음을 고른 다음 화음을 내어 보았다. 흥분에 떨며 눈에 눈물을 글썽이며 갑자기 바이올린을 턱에다 바짝 댄 채 독한 소독약으로 갈기갈기 해진 손을 들여다보았다. 줄에 닿을 때마다 쓰라렸으나, 이마를 찌푸린 채 다시 바이올린을 타 보려 했다. 그런 손으로 바이올린을 타는 건 불가능했다. 한숨을 내쉬며 바이올린을 다시 가죽 케이스에다 넣어버렸다. 다음엔 속옷이나 외투 따위가 든 상자를 풀기 시작했다. 부드러운 눈길로 그녀는 그 아름다운 옷들을 살펴보면서, 이런 옷은 슈타인휠트에서는 도저히 입고 다닐 수 없다고 스스로에게 소곤거린다. 그러면서도 옷을 하나만 입어 보고 싶다. 한참이나 고르고 고르다가, 그녀는 결국 붉은 꽃무늬가 놓인 은회색 옷으로 결정을 내렸다. 검은 고수머리를 매만지며 거울 속을 들여다보았다. 그때 마당에서 헥클리프의 마차 소리가 들려왔다. 그녀는 거울에서 떨어져서 재빨리 입었던 옷을 벗기 시작했다. 그러다간 별안간 동작을 멈추고는 잠시 동안 고개를 숙였다가 결연히 몸을 일으켜 다시 옷에다 단추를 채워버렸다. 그녀가 다시 거울 앞에 섰을 때는 거만스런 미소는 이미 사라지고 약간 흥분된 얼굴이 보인다.

얼마 되지 않아 식사 시간이 됐다. 가슴이 세차게 뛴다. 부엌에다 대고 소리를 지르는 헥클리프의 음성이 들려왔다. "아가씨를 불렀소, 카탈리나?" 대답을 기다릴 것도 없이 유리안느는 식당으로 내려갔다. 헥클리프는 언제나처럼 의학잡지를 읽고 있다가 쳐다보지도 않고 그녀의 인사를 받는다. 순간 그녀는 타는 듯한 호기심에 사로잡혔다. 가슴이 두근대면서 걸음을 옮길 때마다 비단옷자락이 살랑거리는 소리를 들렸다. 그러나 단번에 그렇게 소용돌이치던 긴장감이 풀려버리고 우스꽝스럽다는 생각이 든다. 그 순간이었다. 그가 쳐다보았던 것이다. 마치 시력이 나쁜 사람처럼 그는 눈을 가늘게 떠 보다간 다시 의학잡지로 몸을 굽혀버린다. 유리안느는 맥이 빠져서 자리에 앉았다. 그녀의 이마에는 식은 땀방울이 번졌다. 헥클리프가 눈치챌까 두려워서 땀을 닦을 용기도 내지 못하고, 접시에 얼굴을 떨군 채 목이 메도록 걸쭉한 귀리죽을 넘겼다. 헥클리프가 나가버린 뒤에도 그녀는 한참 동안이나 그대로 앉아서 입술을 깨물었다. 그리곤 천천히 몸을 일으켰다. 그때에 문이 열리고 이제는 식탁을 치워도 좋은지 카탈리나가 머리를 디밀다가 눈길이 유리안느에게로 못박힌다. 우울한 마음으로 유리안느는 거기에 서서 카탈리나의 무표정한 눈동자가 얼어붙는 것을 자세히 바라보았다. 카탈리나가 천천히 입을 열었다.

"그 옷은……" 하는 카탈리나의 음성은 너무도 놀란 투여서 유리안느 자신도 당황했다.

"옷이 어떻단 말이에요?"

"그 옷은…….." 카탈리나는 천천히 머리를 흔든다.

"무슨 일이에요?" 하고 유리안느가 초조하게 물었다.

카탈리나는 그때에야 정신을 차린 듯싶다 "아가씨, 그 옷 어디서

났어요?"

"어디서라구요? 모르겠어요……. 어머니가 돌아가셨을 때 어머니한테서 물려받은 물건 속에 있었던 것 같아요."

카탈리나는 신경질적으로 말한다.

"아가씨, 그 옷 다시는 입지 마세요."

"왜요?"

"우리 마을에선 어울리지 않아요."

"왜 안 되지요? 말해 보세요!"

카탈리나는 식탁을 치우면서 의식적으로 음성을 높인다. "그 옷은 의사 선생님의 마음에 들지 않을 거예요."

"그래요? 그렇게 생각하세요?" 유리안느도 약간 날카롭게 대꾸했으나 카탈리나는 아무 소리도 못 들은 양으로 일만 해 나간다.

"말 좀 해봐요, 카탈리나. 왜 걱정이죠? 뭘 입든, 뭘 하든, 의사 선생님 마음에 들든 안 들든 그게 무슨 상관이에요?"

카탈리나는 부엌으로 그릇을 옮긴 다음 문을 닫아버린다. 그녀로부터는 더 이상 아무것도 알아낼 수 없다는 건 너무나 분명했다.

다음 날 오전에 집을 떠날 때는 밤새 잠을 이루지 못해 피곤해진 눈으로도 고원에 봄이 왔다는 걸 처음으로 의식할 수가 있었다. 꽃들이 벌써부터 피어 있었는지, 그날 아침에야 처음으로 꽃봉오리가 터졌는지 아리송하다. 갑작스런 봄이 그녀를 당황하게 했다. 그녀는 놀람과 불안과 우울증이 뒤섞인 기분으로 천천히 마을을 둘러싸고 있는 과수원 사이로 미끄러져 들어갔다. 무성한 자두와 버찌나무의 향내가 바람 잔 여름날처럼 따뜻한 하늘 밑으로 퍼져서 그녀의 숨결 속으로 파고든다. 아름다워! 그녀는 흥분과 슬픔에 떨면서 점점 깊은 사념에 빠져들었다. 이건 참을 수 없을 정도로 아름답군……. 그러면서도 마음속으로는 차라리 낙엽이나 늦가을의 서릿발 내리는 창공이었으면 했다. 헥클리프는 어디 있을까? 갑자기 그에게 무슨 일이라도 생긴 것 같은 기분이었다. 그녀는 울타리에 기댄 채 어디서든 그의 마차 소리라도 들으려는 듯, 거기에 꼼짝 않고 서 있었다. 꿀벌들이 꽃망울 속에서 붕붕거려, 그녀의 귀에는 규칙적으로 윙윙거리는 그 소리만이 들릴 뿐이었다. 게다가 여러 날 동안에 걸친 불면의 밤으로 골치까지 쑤셨다. 점심시간이 됐다. 그녀는 갑자기 성 안에 들어가 보고 싶다는 생각이 들어 그늘진 골목길을 골라 가며 높은 담장 쪽으로 걸어갔다. 들어갈 만한 데라곤 한 군데도 없다. 철책 사이로는 제멋대로 핀 꽃들과 헝클어진 관목 더미만이 보인다. 공원 안쪽에선 활기에 차고 달콤한 새들의 지저귐 소리가 흘러 나온다. 그럴수록 그녀는 들어가 보고 싶다는 맹렬한 동경심뿐이다. 근처에 누가 보고 있지나 않을까 하고 주위를 살펴본 다음 철책을 기어오르기 시작했다. 철책은 미끄러워 꽉 붙들 수도 없어, 그녀는 신음 소리를 내면서 미끄러지고 말았다. 할퀴어진 손을 들여다보았다. 성문이나 담이 막혀 있다는 사실이 더욱 그녀를 못 살게끔 유혹했다. 그녀는 성벽을 따라 걸어갔다. 시계가 열두 번을 쳤으나 점심식사 따위는 걱정도 안 된다. 반 시간 뒤에 그녀는 다시 성문 앞에 서서 더위로 헉헉거렸다. 들어갈 만한 문도, 기어오를 수 있는 낮은 성벽도, 매달려 넘어갈 만한 나뭇가지도 없다.

  집에 돌아오니 그녀의 수저가 아직도 식탁에 놓여 있었다. 카탈리나는 보이지 않았고, 점심식사는 화덕 위에 그대로 남아 있는데 화덕의 불은 꺼져 있다. 유리안느는 단지 뚜껑을 열고 자기 몫의 걸쭉한 국 냄새를 맡아본 다음 아궁이에서 불덩이를 찾아보다가, 아궁이 문을 다시 닫아버리고 빵조각만을 든 채 부엌에서 나왔다. 복도에서 그녀는 헥클리프와 마주쳤다.

  "벌써 식사를 끝냈소?"

그녀는 고개를 저었다. 그가 그녀의 손에 든 빵을 가리킨다. "그것뿐이오?"

그녀는 빵을 씹으며 고개를 끄덕였다.

"어떻게 된 거요? 아무것도 없소? 카탈리나에게 얘기해 뒀는데……."

"있어요. 있기는 해요. 그런데 식었어요."

"식었다구? 데우면 되겠지."

"그럴 필요는 없어요" 하면서 그녀는 그의 곁을 지나 층계로 올라가려고 했다.

그가 길을 막는다. "쓸데없는 고집을. 빵 한 쪽으론 안 돼요. 카탈리나는 어디 있지?"

그는 부엌으로 들어갔으나 아무도 보이지 않자 으쓱한다.

그리고는 조금 전의 유리안느 모양으로 단지와 화덕을 살핀다. 유리안느는 웃음이 터져 나왔다. 그가 놀라서 그녀 쪽으로 몸을 돌린다.

"아무것도 아니에요" 하고 당황해서 그녀가 말했다.

그는 불씨를 뒤적거리고 거기다 장작을 넣는다. 곧 불이 붙었다.

"자, 이제는 식사를 해요" 하면서 그는 몸을 일으킨다. "우리들이 언제나 제시간에 점심식사를 하면 더 좋을 텐데."

우리들이라고 그가 말했지……. 그녀는 소스라치게 놀라 얼떨김에 말을 해버렸다. "성에 들어가 보려고 했어요. 문이 닫혔더군요. 거기서 그런 생각을 했어요……. 성 안을 뛰어다니는 생각 말이에요. 굉장할 거예요."

"그래요, 그래" 하고 그가 말했다. "그곳은 넓으니까."

"성에 들어가 본 적이 있으세요?"

"내가? 물론이지. 아주 옛날에……. 벌써 오래 전이오."

"그때는 주인이 살았었나요?"

"그래요."

"그런데 왜 주인이 그렇게 오랫동안 나가 있어요?"

"이제는 식사를 해야 해요. 국이 또 식을 거요."

그는 재빨리 부엌에서 나갔다가 다시 문을 열고는 말했다. "오후에는 나와 함께 갔으면 좋겠소. 바이올린 타는 소리를 들었지. 한 번이라도 음악을 듣고 싶어하는 환자들이 많답니다." 그는 문을 닫는다. 유리안느는 부엌 식탁에 앉아 국대접을 비웠다. 환자들 앞에서 연주하는 생각을 해보았다. 안 돼. 그럴 수는 없어. 왜 그는 한 번도 내게 간청하는 투로 말하지 않을까? 난 연주하지 않을 거야. 그를 돌보는 걸로도 충분해.

결심을 굳혔지만 그렇게 기분이 좋은 건 아니었다. 언짢은 기분으로 접시를 비워 옆으로 거칠게 밀어 둔 채 한참 동안이나 팔을 괴고 앉아 있었다. 정말이야. 그가 소원하는 걸 무엇이든 다 들어 줄 필요는 없어……. 반항심에 불타며 그녀는 자신에게 다짐을 했다. 나를 맘대로 할 수 있다고 생각하는 모양이지. 지금까지만 해도 벌써 많이 도와줬는데. 혹시 내가 맥이 빠져 어쩔 수 없이 그를 쳐다보고만 있다고 상상하는 건 아닐까? 도대체가 그의 위압적인 태도가 틀려먹었어. 한 번도 간청이나 감사하다는 말이 없었단 말이야. 언제나 '이랬으면 좋겠소, 해야 되겠소'였어. 안 돼. 나는 싫어. 그녀는 일어섰다. 그러고도 또다시 헥클리프의 마차에 타고 시골길을 달려갔다.

한밤의 소동

그날 밤, 유리안느는 소란스런 소음으로 갑자기 잠이 깨어 놀라서 귀를 기울였다. 소음은 마을로부터 들려왔다. 사람들이 큰 소리로 뭐라고 자꾸만 불러대고 있는데 무슨 소린지 이해할 수가 없다. 간간이 멀리, 가까이에서 뿔피리 소리가 들려왔다. 불이다! 그녀는 놀라서 침대에서 빠져 나왔다. 창살 때문에 머리를 밖으로 내밀 수는 없었으나 뭔가 보일 것도 같았다. 서둘러 옷을 입고 그녀는 층계를 뛰어 내려갔다. 대문은 열려 있다. 그러고 보니 헥클리프와 카탈리나도 밖으로 나간 게 틀림이 없다. 만월滿月이다. 대낮같이 밝아서 교회탑의 시계도 읽을 정도다. 자정쯤이었다. 회색빛의 돌지붕들이 번쩍이고 성벽과 골목길에는 그림자가 드리워져 있다. 바람 한 점 없이 조용해서 집 앞에 선 나뭇잎 하나 움직이지 않았으나 겨울 날씨처럼 춥다. 사람들은 골목길로 뛰어간다. 팔에다 뭔가 나무다발 같은 걸 끼고서. 유리안느는 어떤 사람에게 소리를 칠러 보았다. "무슨 일이에요? 불이에요?" 하지만 대답을 들을 수는 없었다. 한참 후에는 몸이 얼어 왔다. 어깨를 웅크린 채로 집 앞 돌층계에 앉았다가 사람들 틈에 휩싸여 함께 달려갔다. 그녀는 어떤 사람의 팔을 붙들었다. "무슨 일이 생겼어요?"

"서리가 내려요!" 하고 누가 소리를 질러준다. 이해할 수가 없다. 그들을 따라서 마을 앞 과수원까지 따라갔다. 사람들이 거기에 건초다발을 쌓아올리느라 애를 쓰는 게 보인다. 무엇을 하는 건지 이해할 수가 없다. 그들은 마을로 돌아갔다가는 또다시 건초다발을 안고 돌아오곤 한다. 유리안느는 울타리에 기대 서서 무슨 일이 벌어질까 하고 기다리고만 있었다. 점점 소란스러워져 갔고, 사람들은 말없이 우왕좌왕한다. 개들도 몰려다니고. 꽃이 핀 과목들은 밝은 달빛을 받아 희고 빳빳하게 서 있다. 어떤 남자가 그녀 가까이로 지나가다가 들고 가던 나무다발로 그녀의 팔을 스친다. 그녀는 깜짝 놀랐다. 헥클리프였던 것이다. 유리안느는 그의 모습을 자세히 보려고 몸을 앞으로 굽혔으나, 그는 이미 짚더미 둘레에 서 있는 사람들 속으로 사라져버렸다. 그녀는 어두컴컴한 여러 사람들 틈에 서 있을 그를 찾아내는 데 정신이 팔려 아까부터 그녀 바로 곁에서 들려오는 살랑거리는 소리에는 주의를 하지 않았었다. 그제야 그 소리를 알아듣고 몸을 돌렸다. 거기 관목더미 속에서 한 소년이 모습을 나타낸다. 세바스찬이다. 그 아이는 그 자리에 그냥 서 있다. 반짝이는 그의 눈이 보인다.

"이리 와!" 하고 그녀가 말해도 그는 고개를 흔든다. 도망치려고는 하지 않는다.

"집에 가! 넌 자야 돼!" 그래도 그 애는 말없이 고개만을 흔든다.

"그러다가 또 병이 들걸. 그때는 의사 선생님도 너를 다시 치료해 주지는 않을 거야."

세바스찬은 어깨를 으쓱한다. 그 아이는 앓는 동안에 무섭게 자랐다. 이제는 껑충하게 키가 크고 마른 그 아이가 고집스럽게 그녀 앞에 버티고 서 있다. 갑자기 어린애로 보이지가 않는다. 그녀는 잠시 망설이다가 그 애를 자기의 외투 속으로 들어오라고 말했다. "춥지 않아요" 하고 그가 입을 열었다. "그래? 춥지가 않다구? 그런데도 떠는구나. 이리 와! 이 바보녀석아!" 아이는 머뭇거리며 겨우 말을 듣는다. 그녀는 옷자락을 펴서 그를 감싸줬다. 과수원은 점점 조용해져 갔고, 사람들은 떼를 지어서 높다랗게 쌓아 놓은 땔감 나무더미 곁에 서 있다. 마을에서부터 횃불을 든 사람들이 그리로 가까이 와 땔감에 불을 당긴다. 사방에서 불꽃이 타오른다. "저러면 안 되는데…… . 저렇게 하는 게 아닌데" 하고 사내아이는 흥분해서 소리를 질러댄다.

"뭐라구?" 유리안느가 물었다.

"불꽃을 내서는 안 돼요. 그냥 연기만 피워야 되거든요" 하고 아이가 소곤거렸다. 그가 얼마나 초조해서 불 있는 쪽으로 뛰어가고 싶어하는지 알 만했다. 곧 사방으로 불꽃이 퍼져 갔다. 그러자 사람들이 나무에다 물을 뿌리고 버들가지와 젖은 풀이나 물기가 있는 흙을 던져 불꽃이 나지막하게 수그러지고 짙은 연기가 올라온다. 세바스찬은 됐다는 듯 안도의 숨을 내쉰다. 차가운 공기에 짓눌린 연기가 짙게 과수원 위로 내리덮인다. 바람 한 점 없어 연기는 나무들 위로 덮쳐 내린다. 세바스찬이 열심히 지껄이고 있다. "저렇게 해야 돼요. 저렇게 하지 않으면 서리가 과일 꽃을 전부 시들게 하거든요."

사람들은 이제 천천히 마을로 되돌아가는데, 달을 가리는 짙은 연기 때문에 누가 누군지 분간을 할 수가 없다. 그때 누가 별안간 유리안느 앞에 우뚝 선다. 그녀는 목소리로 그가 누군지 알아냈다. 아담이었다.

"넌 여기서 뭐 해?" 하며 그는 세바스찬을 뒤로 밀어젖힌다. "집으로 가! 애들은 여기 있어 봤자 소용 없어!" 그가 세바스찬의 팔을 끌어내려고 했으나, 소년이 세차게 저항을 했기 때문에 그는 완력을 써야만 했다. 그러던 그가 갑자기 비명을 지르며 동생의 팔을 놓아버리고는 "이 망나니가!" 하면서 세바스찬이 할퀸 손을 문지른다.

"걘 집에 가야 돼" 하고 아담은 세바스찬의 어깨 위에 팔을 올려놓고 서 있는 유리안느에게 말했다.

"내가 집으로 데려다 줄게" 하고 그녀가 말했다. "가자! 세바스찬."

"아담이 가라고 하면 가지 않을래요." 세바스찬은 골이 나서 이슬이 내린 땅바닥을 발길로 찬다. "가자!" 하고 유리안느가 되뇌이며 세바스찬을 잡아당기려고 했다.

"가!" 아담이 화를 내며 소리를 지른다. "안 가면 맛을 보여주겠다.”

“어림도 없어! 가고 싶어야 가지!” 세바스찬은 유리안느에게서 벗어나 겁도 없이 아담 앞에 버티고 서서 분노로 몸을 떤다. 그때 갑자기 아담이 웃음을 터뜨렸다. “이것 봐라, 장한데, 장해. 하지만 애들과는 흥미없다. 알아 둬라! 넌 아직도 꼬마야. 잠이나 자. 나는 이 아가씨와 꼭 할 얘기가 있단 말이다.”

유리안느는 세바스찬의 팔을 잡고는 아담에게서 몸을 돌리며 말했다. “추워요. 세바스찬을 집에 데려다 줘야겠어요.”

“안 돼” 하고 아담이 소리를 질렀다. “여기 있어요. 꼭 할 얘기가 있어요. 유리안느 양…….”

너무나 심각한 간청인 것 같아 그녀는 머뭇거리다가 세바스찬에게 말했다. “집으로 가. 내일 갈게. 네가 다시 병이라도 나지 않았나 보러 말이야.”

소년은 아담을 노려보고는 아무 말 없이 되돌아간다. 유리안느는 소년의 발걸음 소리가 서서히 사라질 때까지 기다렸다가 물었다. “뭐지요?”

아담이 그녀에게로 바싹 다가서며 말한다.

“나는 농장과 음식점이 있어요. 하지만 둘 다 낡고 퇴락해서 팔아 버렸어.”

“그래요, 그런데…….” 하고 유리안느가 말했다. “그게 나와 무슨 상관이죠?”

“난 여길 떠나겠어.”

유리안느는 입을 다물었다.

잠시 뜸을 두었다가 그가 다시 말을 꺼냈다. “같이 떠납시다!”

유리안느는 웃음을 터뜨렸다. “내가요? 도대체 어디로요?”

“몰라. 미국으로든지.”

그는 이상스럽게 눈을 번뜩이며 그녀를 노려본다. 그녀는 무의식적으로 뒤로 약간 물러났다.

우울한 목소리로 그가 다시 말한다. "그렇다면 안 가겠단 말야?"

"안 돼요, 아담. 싫어요."

"나는 튼튼해. 그러니 노동도 할 수 있어. 당신한테 잘해 줄 거야. 같이 가!"

유리안느는 잔뜩 긴장이 되었다. 그녀는 달빛으로 퇴색되어 보이는 연기 속으로 헥클리프의 검은 모습이 걸어오는 걸 보았다. 그리곤 정신을 잃고 아담의 얘기에는 건성이었다. "그래요" 하고 그녀가 말했다. "튼튼하다는 건 알아요. 그래도 난 갈 수 없어요."

"꼭 당신과 가야겠어."

"아니에요, 아담. 그만둬요. 집에 가 봐야겠어요. 잘 자요." 그 말을 끝으로 그녀는 헥클리프 쪽으로 뛰어갔다. 헥클리프는 좁은 들판길로 걸어가고 있다.

그는 천천히 생각에 잠겨서 걸어가고 있다. 외투 주머니에 한 손을 찌르고는 다른 한 손으로 길가의 나뭇가지들을 툭툭 치며 지나간다. 그녀가 그의 이름을 부를 때에야 겨우 그녀를 알아보고도 조금도 놀라지 않는다. 그녀의 인사에 건성으로 대꾸를 하고는 계속 걸어간다. 그녀와 동행하는 걸 조금도 달갑게 여기지 않는 성싶다. 그녀는 아담과의 얘기로 멍청해 있었다. 자기와는 아무 상관도 없는 일이라고 스스로에게 다짐해 봐도 소용이 없다. 느릿느릿 걷고 있는 헥클리프의 뒷모습을 멍청히 서서 바라보다가는 주뼛대며 몸을 돌려 뛰어갔다. 가시와 덤불을 피해 그녀의 발소리는 부드러운 초원 속으로 스며든다. 너무나 생각에 골똘해서, 소리를 죽이며 서둘렀기 때문에 벌써 과수원을 가로질러 마을과 경계를 짓는 울타리에까지 왔다는 사실도 자신은 몰랐다. 그때 조용하면서도 날카로운 목소리로 헥클리프가 그녀를 불러 세우곤 그녀에게로 바싹 다가왔다. 그녀는 이미 도망을 칠 수도 없었다.

마음이 뒤죽박죽이 되어 그녀는 어떤 말을 꺼내 볼까 하고 망설이며 말머리를 찾아보았다. 이렇게 만난 것을 아무렇지도 않게 해줄지도 모를 그런 말을. 하지만 아무 생각도 떠오르지 않는다. 헥클리프도 그런 때 그녀를 도와줄 생각이 없어 보였으므로, 그들은 잠시 동안 말없이 부동의 자세로 거기에 서 있었다. 유리안느는 순간 머리 속이 텅 비는 것 같았다. 이어 온몸의 피가 이상스런 소용돌이를 치며 머리로 올라온다. 현기증이 인다. 그녀는 고통에 휘말려 절망에 몸부림치면서도 어떤 하나의 사념에 집중하고 싶다. 아무리 해도 정신을 차릴 수가 없다.

"놀랐어요." 그녀는 미소를 지으며 말했으나, 어둠 때문에 그 미소는 헥클리프의 눈에 띄지가 않았다. "전 선생님을 알아보지 못했어요." 대답이 없자 그녀는 계속해서 얘기를 했다. 조그만 화제話題가 생각이 나서 다행스럽게 여겨졌던 것이다. "이 추운 밤에 애들이 전부 나왔더군요. 병이 재발이라도 되지 않았으면 좋겠어요."

"우리는 어린애 장난을 하는 게 아니오" 하는 그의 목소리에는 동정심이나 마을 사람들의 몰이해에 대한 몸에 배인 분노의 흔적도 없고 오히려 지나치리만큼 긴박감이 떠돈다. 유리안느는 또다시 당황스러웠다.

"세바스찬도 있더군요."

"세바스찬이라구? 우리가 겨우 살려 낸 음식점 애 말이요?"

"네, 그 애예요. 그런데 그 애가 추위 속에서 돌아다녀요. 그 애를 집에 데려다 주려고 했었는데도 가려고 하지 않았어요."

"그래요" 하고 그가 말했다. "갑시다!"

그녀는 그를 돌아보지도 않고 걸음을 옮기기 시작했다. 모래를 밟는 소리로 그가 뒤따르고 있다는 걸 알 수 있다. 과수원에서 흘러 나오는 연기는 점점 희미해져, 멀어질수록 연기는 초원 위에 드리운 가벼운 휘장처럼 되어 갔다. 달이 다시 나타났다. 얼마 뒤에야 그녀는 자신이 짙은 안개에 길을 잃고 집 쪽이 아닌 마을 쪽으로 가고 있다는 걸 알아채고는 얼떨떨해서 뒤로 바짝 따라오는 헥클리프를 돌아다보았다.

　“잘못 왔어요” 하고 그녀가 말했다.

　“곧 집이 나올 거요.” 그가 대꾸한다. “계속 앞으로 가기만 하면 돼요.” 그녀는 묵묵히 그의 말을 따랐다. 낮에 알던 그 길은 성벽에 바싹 붙어서 달리고 있다. 여기저기에 잎이 뒤덮인 나뭇가지가 땅 밑으로 휘어져 헥클리프와 유리안느는 몸을 굽혀서 지나가야만 했다. 낮에는 회색이던 성벽이 눈이 부시도록 희게 보이고 나뭇가지들은 거기에다 검은 그림자를 드리운다. 달빛 때문에 풍경은 더욱 딱딱해 보이고 들리는 것이라곤 자신들의 발자국 소리뿐이다. 유리안느는 등뒤에 헥클리프의 눈길이 느껴져 점점 걸음을 재촉했다. 한 번은 헥클리프가 멀리 처지기도 했다. 그가 멀리 떨어지자 그녀는 숨을 내쉬었으나 그것도 잠시였다. 그가 곧 그녀를 따라잡아서 그녀 곁으로 바싹 붙어서 걸어갔던 것이다. 유리안느는 나무 뿌리와 돌멩이에 비틀대며 앞으로 걷고 있으면서도 헥클리프와 떨어지고 싶다는 욕망뿐이었다. 마을 집들이 눈앞에 나타났을 때에야 그녀는 안도의 숨을 크게 내쉬었다.

　“됐어요” 하고 그녀는 헥클리프를 돌아보면서 짐짓 즐거운 듯한 목소리로 말했다. 그는 대꾸하지 않는다. 그들의 발소리가 잠든 골목길을 울린다. 아직도 약간은 타는 냄새가 안개에 섞여 온다. 대문고리를 잡았을 때, 그녀는 추위에 몸이 얼어붙는 것 같았다.

　“추워요” 하면서 그녀는 몸을 떨었다.

"기다려요." 헥클리프가 진찰실로 들어간다. 문을 열어 둔 채로 들어갔기 때문에 넓은 불줄기가 컴컴한 복도로 쏟아져 나왔고, 장을 여는 그의 모습이 보인다. 그는 병을 끄집어 내어 잔을 채운다. 그녀는 그러는 그의 동작 하나하나를 살피고 있었다. 다시금 정신이 뒤엉키고 괴롭다. 자신도 이미 알면서 아무리 털어버리려고 해도 소용 없는 그런 기분이다. 헥클리프가 나온다. 그녀에게 잔을 건네 준다. "단숨에 마셔요!"

독한 포도주였다. 그녀는 단박에 몸이 따뜻해 왔다. "고맙습니다" 하면서 그녀는 잔을 돌려줬다.

"잘 자요" 하고 그는 진찰실로 돌아가서 문을 닫아버린다. 그녀는 불도 켜지 않은 채 더듬거리며 천천히 자기 침실로 올라갔다.

두 사람의 죽음

다음 날 아침, 그녀는 늦게야 잠을 깼다. 첫눈에 헛간 문이 열려 있는 게 눈에 띄었다. 틀림없다. 헥클리프는 이미 나가고 없다. 그녀는 안도의 숨을 내쉬었다. 조그만 거울 앞에서 머리를 빗으면서 그녀는 이상스러웠던 밤길을 생각해 보면서, 헥클리프의 태도와 그녀 자신의 허둥대던 모습을 이해해 보려고 애쓸수록 점점 불안스러울 뿐이다.

밤에는 그렇게 춥던 날씨가 낮엔 지독하게 더웠다. 몇 달을 두고 고원 위로 불어젖히던 바람도 잠잠하고, 태양은 골목길을 내려쪼인다. 찍어 누르는 듯한 무더위와 길거리의 먼지, 시들은 꽃내음이 뒤범벅이 되어 숨이 탁탁 막힌다. 음식점 앞에서 유리안느는 팔을 팔꿈치까지 걷어올리고 샘물에 팔을 담그고 앉아 있었다. 그때 별안간 세바스찬을 찾아봐야겠다는 생각이 떠오른다. 그러자 공연히 불안스러워진다. 혹시 아파서 누웠을까? 돌보는 사람도 없이……. 그녀는 서둘러서 음식점으로 들어갔다. 어디에나 축축한 물이 흘러 있고, 세바스찬의 이름을 불러 봐도 대답이 없다. 그녀는 부엌으로 뛰어들어갔다. 세바스찬은 어디 있을까? 부엌은 비었고 화덕에는 불이 꺼졌으며 반쯤 익혀진 음식이 냄비에 그대로 담겨 있다. 고양이 한 마리가 고기 조각을 물고 식탁에서 뛰어내린다. 손님방도 여전히 텅 비었다. 식탁 위에는 빈 맥주병이 뒹굴고 의자는 넘어져 벽에 기대어 놓여 있다. 유리안느는 계속해서 세바스찬을 부르며 온 집 안을 뒤졌으나, 그 부르는 소리는 긴 궁형의 복도에 울려 퍼졌을 뿐이다. 마구간으로 서둘러 들어갔다. 소들은 들판에 매어서 닭들뿐이다. 닭들은 짚북데기 속에서 골골거리다가 사람 기척에 사방으로 흩어진다. 유리안느는 불안스런 생각으로 손님 방으로 되돌아갔다. 거기서 그녀는 진열대 뒤켠, 어두컴컴한 구석에 기대 있는 아담을 보았다. 그의 손에는 술잔이 들려 있는데 독한 냄새로 보아 그가 마시는 게 호도술 같다. 그는 전보다 더 난폭해 보였고, 유리안느가 그에게로 다가갈 때도 꼼짝도 하지 않았다. "세바스찬은 어디 있어요?" 그녀는 흥분과 불안에 떨면서 물었다.

그는 대답도 없이 반나마 비어 있는 술잔 너머로 우수에 찬 멍청한 눈으로 그녀를 노려본다.

"세바스찬은 어디 있어요?" 하고 그녀는 되뇌었다.

"몰라" 하며 그는 빈 잔을 다시 채운다.

"집에 무슨 일이 있어요? 아무도 없나요?"

그는 단숨에 잔을 비우고는 그 잔을 파리 떼가 윙윙대는 찐득찐득한 테이블에다 올려놓는다. "이리 와요!" 하고 그가 거칠게 말하면서 그녀의 팔을 잡으려다가 비틀거린다.

"취했군요" 하고 유리안느는 몸을 뒤로 빼면서 말했다. 그래도 아담은 그녀의 팔을 끌어잡고 그녀의 저항 따위는 아랑곳하지 않고 부엌을 지나 긴 복도로 나간다. "무슨 일이에요, 아담. 어쩌려고 이래요?" 그녀가 불안스런 목소리로 물었으나 그는 대꾸하지 않는다. 그 음식점의 그렇게 퇴락한 모습은, 유리안느로서는 처음이었다. 복도, 마구간, 헛간, 타작마당이 모두가 그 모양이다. 어디에나 벽에는 축축하고 썩은 흔적이 보이고, 몇 년씩이나 묵은 거미줄과, 썩고 검은 얼룩이 진 마룻장에는 온갖 벌레들이 득실거리는 틈서리투성이다. 게다가 썩는 냄새, 곰팡이 냄새, 맥주 냄새, 마당에 있는 우중충한 연못에서 나오는 악취조차 뒤섞여 풍겨 온다. 마침내 아담은 그녀를 광으로 끌고 갔다. 거기는 너무나 어둠침침해서 그녀는 바구니, 자루 따위의 잡동사니에 마구 부딪쳤다. 그때 갑자기 아담이 유리안느의 팔을 놓는다. 광 바닥에 음식점 여주인이 누워 있다.

"무슨 일이에요?" 하고 그녀는 불안에 떨며 소곤거렸다. "죽었나요?" 아담은 대답하지 않는다. 유리안느는 무서운 의혹감이 일어 아담의 표정을 읽으려 그의 얼굴을 바라보았다. 그 순간 그녀 머리 위 대들보에 목을 맨 육중한 음식점 주인의 몸이 보였다. 그녀는 비명을 지르며 뛰어나가다가 문지방에서 걸음을 다시 멈추었다. 그녀는 머뭇거리며 목맨 사람에게로 되돌아갔다. 사지가 떨려서 바로 서 있을 수도 없다.

"의사 선생님을 모셔 와야겠어요" 하고 그녀는 말했다. 아담에게라기보다는 자신에게 들려 주는 말이었다. 그때 목을 맨 몸이 움직이는 게 보인 것 같다. 바람 탓인지도 모르겠다. "끌어내려요!" 하고 유리안느가 소리를 질렀다.

아담은 머리를 흔든다. "벌써 죽은걸."

"빨리 끌어내려요!" 그녀는 소리를 지르며 발을 굴렀다. "아직도 움직이는 걸 보았잖아요?”

아담은 그녀를 노려보다가 비틀거리며 사다리를 가지러 나가고, 그녀는 그가 돌아올 때까지 노파를 살펴보았다. 노파의 몸은 이미 차가웠다. 아마도 남편이 목맨 것을 보고 기절을 한 모양 같다. 그러는 동안에 아담이 사다리를 들고 돌아왔다. 그는 사다리를 비스듬히 세워 놓기만 하고 기어 올라가려는 눈치는 아닌 것 같다.

“빨리 해요!” 하고 그녀는 화가 나서 소리를 질렀다.

“난 못 하겠어.” 그는 아무렇지도 않은 듯 말한다. 그녀가 그의 따귀를 갈겼다. “비겁해.” 그래도 그는 움직이지 않는다.

“당신 아버지야” 하고 그녀가 말했다.

그는 킬킬거리며 오히려 한 걸음 물러난다. 유리안느가 어떤 결심을 했다는 것은 알지만 그게 구체적으로 무엇인지 그로서는 모른다. 그녀는 사나이에게 경멸감을 있는 대로 드러내 보이며 온갖 욕설을 퍼부었다. 그러다가 여기저기를 두리번거리다 갑자기 벽에 걸린 낫을 들고 사다리를 올라갔다. 그녀는 육중한 몸이 바닥에 떨어질 때까지 끈질기게 밧줄을 잘라냈다. 일을 끝내자 그녀는 기진맥진해서 잠시 사다리에 그대로 서 있다가, 사다리에서 내려온 다음 낫을 던지고 광에서 나와버렸다. 그녀는 집 앞에서 우선 숨을 돌리려고 주저앉았다가 계속 달렸다. 길에서 여러 사람들과 마주쳤지만, 헥클리프에게 알리기 전에는 아무에게도 말하고 싶지가 않았다.

현관에 카탈리나가 서서 청회색 바닥을 쓸고 있다. “의사 선생님 계세요?” 하고 유리안느가 소리를 지르자 카탈리나가 빗자루로 진찰실을 가리켰다. “하지만 의사 선생님 방에는 손님이 있답니다.”

유리안느가 노크를 하자 헥클리프가 문간에 나타났다. 그녀는 흥분으로 말도 할 수가 없었다.

“무슨 일이요?” 하고 그는 귀찮다는 듯 화가 난 음성으로 묻는다.

"음식점 주인이 목을 맸어요. 얼른 가 보세요!"

"어디오?"

"광이에요. 선생님을 모시러 왔어요."

"기다려요. 아직 살았소?"

"모르겠어요. 그런 것 같아요."

진찰실 문이 닫혔다. 카탈리나가 빗질을 계속 하면서 다가온다. "아가씨가 그걸 봤어요?"

"그래요."

카탈리나는 점점 가까이 온다. "밧줄로 매달았던가요?"

"그래요."

속이 상하다는 듯 뭐라고 중얼대며 카탈리나는 물러난다. 헥클리프가 나오자 그들은 음식점으로 달려갔다. 더위는 조금 주춤해졌고 길 위에는 구름 그림자가 드리웠으며 고원 위로는 뇌우가 쏟아졌다.

광에 도착했을 때 그들은 세바스찬과 마주쳤다. 그 아이는 문설주에 기대 서서 머리를 길게 뽑고 어두컴컴한 광 속을 들여다보고 있다.

"어떻게 대들보에서 내려졌을까?" 하고 헥클리프가 밧줄을 집으며 말했다. "누가 그랬니?"

"저예요" 하고 유리안느가 말했다. "낫으로 잘랐어요."

"아가씨가…… 저런…….'' 하고 그는 보일락말락하게 미소를 지으며 유리안느의 어깨를 잡고 흔들었다.

"아가씨가 그랬단 말이지? 낫으로?"

"그러면 안 되나요?" 하고 그녀는 당황해서 물었다.

그는 다시 웃는다. 죽은 사람 앞에서 웃는 것이 그녀로서는 이해할 수가 없다.

"왜 웃으세요?"

"유리안느" 하는 그의 음성은 이상하게 음조가 바뀌어져 있다. 그는 노인의 시체를 이리저리 만진다. "집으로 가 봐요. 이 애도 데리고. 세바스찬 말이오."

그녀는 고분고분하게 광을 떠났다. "이리 와!" 하고 밀가루 푸대에 숨어 있는 소년을 향해 그녀가 말하자, 소년은 머뭇거리며 기어 나온다. "같이 가자!" 그들은 말없이 집 밖으로 걸어 나갔다. 걸으면서 유리안느가 물었다.

"무슨 일인지 알겠니?"

"알아요" 하고 소년이 대답했다.

"아담이 얘기하든?"

"아담이요? 아니에요. 그는 겁쟁이에요."

"넌?"

그는 어깨를 으쓱한다.

그들은 집에 도착했다. 그녀는 세바스찬과 거실에 마주 앉아 그림잡지를 보여주었다.

"그만둬요" 하고 소년은 잠시 그림책을 넘기다가 지루한 듯 말한다.

"이런 건 싫어요." 그리곤 그는 잡지를 책상으로 밀어 놓는다.

"그러면 어떤 게 좋으니?"

"병病이나 의사일 같은 게 좋아요."

그녀는 주저하다가 병리학책을 아이에게 넘겨 주었다. 그는 그걸 읽기 시작하더니 곧 거기에 너무나 몰두해서 유리안느가 일어나 나가는 것도 모른다. 그녀는 헥클리프가 돌아오는 소리를 들었던 것이다.

"죽었어요?"

그가 고개를 끄덕인다. "둘 다."

"어떻게 하지요?"

"사내애는 당분간 우리 집에 둡시다. 안에 있지요?"

"네. 병리학책을 읽고 있어요."

"병리학이라구?"

"그런 걸 읽고 싶대요. 그래서 소아병에 대한 책을 줬어요."

"애들에겐 어려울 텐데."

유리안느는 어깨를 으쓱했다. "그 애는 의사일에 대해 특별한 관심이 있어요. 제가 그를 돌볼 때면 무슨 약인가, 그게 자기 몸과 어떤 관계가 있나 하고 자세히 알려고 했어요."

"그래요? 애에겐 안됐군. 늙은이들은 잘됐을지 모르지만……. 그만 쉽시다. 아이를 음식점에 돌려보내지 말아요. 그 녀석 밥은 먹었나? 물론 먹지 않았겠지. 카탈리나!"

그녀가 곧 나타났다. 문에서 엿들은 것 같다. "카탈리나, 음식점 애가 이제는 우리 집에 있게 됐소. 그 애의 물건은 저녁에 가져옵시다. 우리 세 사람분의 식사를 줘요."

"우리 세 사람이라뇨?" 하고 카탈리나가 되뇌이며 입을 딱 벌리고서 있다.

"뭐요?" 하고 헥클리프가 묻는다.

"하지만 언제까지나 그렇게 할 건 아니시죠?" 하고 카탈리나는 당황해서 또 묻는다.

그녀는 잠시 꼼짝도 않다가 여러 번 머리를 설레설레 흔들고는 살금살금 부엌으로 들어간다. 유리안느와 헥클리프는 즐겁다는 듯이 그녀를 바라보다가 함께 웃음을 터뜨렸다. 그러던 유리안느가 별안간 웃음을 멈추고는 격렬하게 흐느껴 운다.

헥클리프는 그녀의 어깨에 손을 올려 놓는다. "너무 어려운 일이었소. 이리로 와요." 그는 그녀를 진찰실로 데려가 소파 위에 뉘이고 그녀의 신을 벗긴 다음 이불을 덮어 줬다. 그런 다음 그녀에게 진정제를 먹이고 창문을 닫았다. 뇌우가 고원을 넘어 밀려 왔기 때문이다. 굵은 빗방울이 떨어지기 시작했다.

제 2 부

낡은 성의 비밀

유리안느는 진찰실에 혼자 남아 소독을 끝낸 기구들을 유리장 안에다 넣고 있다. 창문 곁을 지나 헥클리프의 책상 쪽으로 가면서 그녀는 이제 악천후가 지나갔다는 사실을 깨달았다. 한 주일 이상 심한 가을 바람과 스콜이 고원으로 몰려 왔었다. 그녀는 창문을 열고 의자에 걸터앉았다. 진찰을 하면서 헥클리프가 쪽지에 휘갈겨 쓴 환자들 명부를 목록별로 정리하기 위해서였다. 일을 하면서도 그녀는 몇 번이나 눈을 들어 방 안을 둘러보았다. 방 안에는 진찰 기구나 유리창이나 가구들이 어느 것이나 나무랄 데 없이 깨끗하게 닦여져 번쩍인다. 소독약과 주사약의 냄새와 습기 긴 정원에서 올라오는 향기들이 뒤범벅이 되어 무언가 쾌적한 신뢰감 같은 걸 불러일으켜 준다.

얼마 뒤에는 대문이 열리는 소리에 이어 진찰실 문이 열린다.

"유리안느 누나, 나무가 쓰러져서 담장이 무너졌어요."

세바스찬이 숨이 턱에 닿아 뛰어들어온다. 머리칼이 푹 젖고 헝클어져서 얼굴 위로 흘러내린다. "어떤 나무가? 무슨 벽이 말이니?"

하고 유리안느가 물었다.

"성벽 말예요."

"그렇구나. 우선 들어오렴. 푹 젖었구나."

"그래요. 나무에 기어 올라갔다가 물방울이 떨어져서 그랬어요."

"들어오라니까."

그는 고분고분하게 가까이 다가온다. 물에 젖은 자기의 발자국을 미안한 듯 바라보면서.

"걱정 마" 하고 유리안느는 상냥한 목소리로 말했다. "여기는 내가 청소를 하니까. 카탈리나가 하는 게 아니란다. 얘기나 좀 해봐. 넌 도대체 왜 매일 바지를 이렇게 험하게 입니?"

세바스찬은 놀라서 아래를 내려다보다가 오른쪽 바짓가랑이가 커다랗게 찢어진 것을 찾아냈다.

"아, 이거. 성 안으로 뛰어내리다가 나무 가지에 걸렸어요."

"성에 들어갔더랬니?"

그는 고개를 끄덕인다. 찢어진 곳을 손으로 감추느라 애를 쓰면서.

"뛰어내렸는데, 성벽이 굉장히 높잖아요. 쐐기풀에 떨어졌어요." 아이는 그녀에게 팔뚝과 종아리에 생긴 붉은 상처 자국도 보여준다. "거기서부터 성까지는 풀밭뿐이었어요. 거길 따라서 걸어 나가다가 갑자기 누나에게 얘기를 해줘야 될 것 같은 생각이 들었어요. 우리가 얼마나 그 안에 들어가 봤으면 했었는데요. 그래서 얘길 해주려고 마구 뛰어왔죠."

"지금 곧 가야겠니? 그렇다면 여기 앉아 잠깐만 기다려라."

세바스찬은 조심스레 의자 끝에 앉아서 긴 갈색 다리를 오므리고 열심히 기구통을 들여다본다. 놀랍게도 기구통이 열려 있다.

조용히 종이에다 뭔가를 쓰고 있는 유리안느 쪽을 흘깃거리면서 그는 그 속에서 가위 한 개를 슬쩍 끄집어 낸다. 유리안느는 창문의 반사를 통해 그걸 보고 있으면서도 아무 말도 하지 않았다.

"됐다." 그녀는 쓰던 명단을 밀어 놓으며 말했다. "이젠 가자."

"세바스찬" 하고 그때 카탈리나가 부른다. 세바스찬이 유리안느와 함께 나간다는 걸 바깥에서 엿들었던 것이다. "넌 아직 학교 숙제도 끝내지 않았더구나."

세바스찬은 구원이나 바라는 듯 유리안느를 쳐다본다.

"돌아와서 하겠죠" 하고 유리안느가 말해 줬다.

"저 여자는 언제나 들들 볶아" 하고 세바스찬이 투덜거린다.

"놔둬라. 걱정이 돼서 그렇겠지."

"저 여자가 무슨 걱정인데요?"

"나도 모르지."

"내가 이 집에 있는 게 귀찮은가 봐요."

"내가 있는 것도 그 여자에겐 못마땅하단다."

그는 놀라서 그녀를 쳐다본다. "하지만 누나는 일을 거들어 주잖아?"

"바로 그때문에 화를 낸단다."

"못 알아듣겠어요."

잠시 후에 그가 또 말을 꺼낸다. "하지만 의사 선생님은 누나가 있어 줘서 기쁜가 봐요."

"그걸 어떻게 아니?"

"나한테 얘기해 준 걸요."

"뭐라구?"

"얘기했어요. 그러던데요. '유리안느 양이 있어 줘서 잘됐단다. 그 여자가 돌보지 않았으면 너는 죽었을 거야. 다른 애들도 많이 죽고. 유리안느는 대단하단다.' 그렇게 얘기한 걸요."

"그래? 그거야 별다른 말도 아닌데 뭘."

"누나 얼굴이 빨개지네요."

"바보 같은 소리 말아요" 하고 그녀는 화를 내며 말했다. "가자. 빨리빨리 가자."

"그렇지만 선생님은……."

"이제 그만. 세바스찬, 그런 얘기 이젠 듣고 싶지도 않아."

그녀는 한숨을 내쉬며 나뭇가지로 길 옆에 있는 관목을 두드려 댔다.

성 안 마당은 조용하다. 철새들도 벌써 날아간 뒤이기 때문이다. 잎이 누래지기 시작하는 밤나무 숲 뒤로 우뚝 서 있는 성은, 반나마 깨어진 창들이 가지런하게 보이고 2층까지는 담쟁어와 포도 덩굴이 덮여 있고 3층에 있는 어떤 창문 한 짝은 바람에 불려 열려 있다.

산산이 깨어진 유리조각들이 자갈밭에 널렸고 그 위에 썩은 포도 잎들이 쌓였다.

"이리 와 봐" 하고 유리안느가 말했다. "무척 쓸쓸하구나."

"여긴 뒤쪽이거든요" 하고 세바스찬이 대꾸했다.

유리안느는 정원으로 계속 걸어가면서 혼자 와 봤으면 좋겠다는 생각을 했다. 그렇다고 세바스찬에게 그 말을 할 수는 없다.

"가자. 이젠 싫어. 곧 어두워질걸. 봐! 박쥐야."

"괜찮아요. 저녁때는 더 멋진걸요."

"넌 숙제도 아직 안 했잖아."

"하지만 숙제는……."

"조금도 안 했니?" 그녀는 그의 머리칼을 부드럽게 쓰다듬어 주었다.

실망한 얼굴로 세바스찬은 그녀를 따라 담 쪽으로 타박타박 되돌아갔다.

다음 날 아침, 진찰 시간에 유리안느가 너무나 허둥대 헥클리프는 걱정스럽게 그녀를 여러모로 살핀다. 그녀도 그걸 눈치채고는 잔뜩 긴장이 되어 마치 열심인 어린 학생처럼 일을 해 나갔다. 진찰 시간이 끝날 때까지 억지로 버텼다. "왕진에 함께 가겠소?" 하고 가방을 꾸리며 헥클리프가 그녀에게 물어 왔다.

"그만두겠어요." 그녀는 키니네(약의 일종으로 특히 말라리아의 특효약으로 알려짐 : 편집자 주)를 그에게 건네 주며 말했다. "오늘은 어쩐지 안 되겠어요."

"몸이 불편한가?"

"제가요? 네. 좀 아파요" 하고 그녀는 웃었다.

그는 천천히 진찰실 밖으로 나가면서도 그녀가 따라오기를 바라는 눈치 같았다.

문을 닫은 뒤에 그녀는 심호흡을 한번 하고 서둘러서 정리를 끝내고 방을 나섰다. 밖에서는 맑고 따뜻한 가을날이 그녀를 맞아 주었다.

층계 위에서 잠시 햇볕을 쪼이며 기분 좋게 기지개를 켜고는, 곧장 담이 무너진 곳으로 뛰어들어가 허리까지 차 오는 풀밭을 가로질러서 성의 뒤쪽으로 갔다. 텅 비고 일그러진 창문을 찬찬히 바라보았다. 창들은 쉴새없이 바람에 흔들린다. 그런 다음 성을 가로질러 앞쪽으로 통한 길을 따라 정원 앞에 있는 테라스로 올라갔다. 정원에는 수많은 꽃들이 어울려 피었고, 공중에서는 춤을 추듯 날아다니는 나비 날개가 햇빛에 번쩍인다. 유리안느는 한참이나 망연히 서 있다가 층계를 내려왔다. 층계에는 적황색의 한련旱蓮 꽃이 어우러져 있어 꽃을 밟지 않으려고 걸음을 내디딜 때마다 조심을 했지만, 도저히 불가능하다는 걸 알고는 나중에는 꽃을 마구 밟으며 뛰어야만 했다. 왕나비와 신선나비 떼와 벌 떼들이 꽃밭에서 날

아온다. 그녀는 그 사이로 달려갔다. 채소밭 가운데 온실이 있는
데, 유리덮개는 깨졌고 낡은 판대기와 가마니들이 온실 안에 쌓여
있다. 유리안느는 그 안으로 기어 들어갔다. 화분이 보인다. 화분
에는 시들은 꽃들이 미이라처럼 되었다. 풀이 무성히 자라는 화분
들과 썩은 새끼로 묶여 있는 호박이나 오이 덩굴들도 보인다. 주인
이 집을 떠난 후 아무도 돌보지 않은 것 같다.

  쥐똥나무, 야생의 백당, 말오줌나무 숲 뒤에는 시골집 같은 게 서
있는데, 아마도 하인들이 살던 집인 모양이다. 하지만 성보다는 그
집이 훨씬 원상原狀에 가깝다. 창문은 닫혀 있고 문에는 빗장이 질
려 있어 틈새로 안을 들여다보려고 발돋움을 해보아도 소용이 없
다. 그녀는 천천히 정원을 지나 집으로 돌아왔다.

  점심식사를 마친 뒤에 유리안느는 창가에 앉아 세바스찬의 바지
를 깁기 시작했다. 바지는 더덕더덕 헝겊을 여러 겹 대어 바늘이
잘 들어가지가 않는다. 바느질을 마친 다음에는 고원 쪽을 멍하니
내다보았다. 거기서는 양 떼들이 풀을 뜯고 있고, 간간이 양떼들
의 울부짖는 소리가 바람결에 실려 들려왔다. 유리안느는 안절부
절못하며 의자에서 일어나 바지를 책상 위에 던지고 철책 사이로
창 밖을 내다보았다. 팔을 내려뜨려 얼굴은 주먹으로 괸 채 성 안
에는 누가 살았을까……. 그녀는 생각을 해본다. 마을에 나가서
누구에게든 한번 물어봐야지. 누군가 성이나 성주에 대해 아는 사
람이 있을 거야.

  그녀는 불안스럽게 방 안에서 왔다 갔다 했다. 그러던 그녀의 눈
에 침대 머리맡에 있는 밝은 타원형 얼룩점이 띄었다. 어떤 그림이
걸렸던 자리일까? 왜 떼어버렸을까? 헥클리프는 어떻게 어머니의
사진을 갖고 있을까? 왜 모든 것이 좀더 자연스럽지 못할까? 혹시
뭔가 있는 게 아닐까? 그녀의 생각은 갈피를 잡을 수가 없다. 한 해

여름이라도 여기서 조용하게 살아왔었던 게 이상스럽다. 갑자기 그녀에게 헥클리프에 대한 옛날의 증오감이 되살아났다. 오늘은 절대로 진찰실 일을 도와주지 않겠다고 스스로에게 다짐을 하고 성에 나가 보기로 작정을 했다. 대문을 나서려는데 오후의 첫 환자들이 몰려왔다. 관절염을 앓는 늙은 남자와 젖먹이를 포대기에 둘러 안은 젊은 부인과 손에 피가 배인 붕대를 감은 소년 하나. 소년은 유리안느에게 고개를 끄덕이며 상처를 가리킨다. "상처가 너무 심하니까 아가씨가 붕대를 매 주지 않겠죠?"

"왜요, 내가 피를 겁낼 것 같아요?"

"그럴 수도 있죠."

"매 줄게요. 들어가 기다려요."

그녀는 잠시 층계에 서서 풀포기를 쥐어뜯다가 잰걸음으로 층계를 넘어 성으로 가는 골목길로 들어섰다. 몇 걸음 걸어가다가는 멈춰 서 별다른 생각도 없이 말오줌나무 가지를 꺾어 들고는 천천히 집 쪽으로 되돌아서고 말았다.

그녀가 진찰실에서 진찰권과 탈지면이나 붕대 따위를 손보고 있는 동안에 대기실에서는 세바스찬의 목소리가 들려왔다. 이중문이 제대로 닫히지 않았던 모양이다.

"그래요" 하고 세바스찬은 약간 흥분되어 더듬거린다. "관절염에는 엄법罨法(상처 부위를 찜질하거나 열을 식히는 치료법:편집자 주)밖에는 없어요. 그리고 며칠 누워 있어야죠."

그 아이는 의사의 말씨를 흉내내고 있다.

"아! 그래?" 하고 늙은 농부가 말했다. "참 똑똑하군. 그런데 약은 안 주니?"

"두 시간마다 한 숟갈…… 한 숟갈씩……. 조금만 기다리세요. 유리안느 양에게 물어보겠어요."

“그만둬!” 하고 사내애가 소리쳤다. “산욕열産褥熱에는 어떻게 해야 되지?” 하며 젊은 부인이 낄낄거린다.

잠시 침묵이 흐른다. 세바스찬은 생각에 골몰한 모양이고 듣고 있는 사람들은 긴장해 있다.

“산욕열에는 침대에 누워서 가슴에다 산엄법酸罨法을 해야죠. 그리고는……”

웃음소리 때문에 그의 말은 중단된다.

그때 그의 밝은 목소리가 쨍쨍 울려 왔다. “왜 웃어요? 여러분들은 몰라요. 난 의사 선생님께 배웠거든요. 커서 의사가 될 거예요.”

“그래, 그렇구만. 그만하면 됐어.” 그리곤 다시 웃음소리가 난다.

유리안느가 문을 열었다. “세바스찬!” 그래도 그 애는 시치미를 떼고 그녀를 바라본다.

“이리 와요! 대기실은 환자용이란다. 그러니 넌 네 방으로 가.”

세바스찬은 가방을 끼고 잽싸게 방 밖으로 나가버린다.

“저 아이는 음식점 집의 아이가 아닌가요?” 하고 늙은 농부가 묻는다. “의사가 되겠다고 하는군요.”

“그래요” 하고 유리안느가 진지하게 말을 받았다. “똑똑해요. 아마 말한 대로 될 거예요.”

유리안느는 어깨를 으쓱하곤 진찰실로 눈길을 보냈다. 헥클리프가 거기에 없다는 걸 알자, 그녀는 의자에 앉아 노인과 얘기를 시작했다.

“연세가 어떻게 되세요?” 해놓고는 대답해 줄 사이도 주지 않고 말을 계속했다. “성 안에 사람이 살던 때가 기억나시겠죠?”

“물론 기억하지. 얼마 전이니까. 한 15년 전까지도 사람이 살고 있었다오.”

“어떤 사람들이었어요?”

"노부인 마트리와 아드님이었지요. 아들은 젊은 나이로 언제나 이 집의 의사 선생님과 함께 어울려 다녔어요. 우리는 그 사람과는 별로 어울리지 않았어요. 그는 나이도 젊은데다, 언제나 시내까지 먼 길을 걸어다니기를 좋아했던 때문이었지요" 하고 그는 노인답지 않게 건장한 모습으로 웃어 젖혔다.

"그리고요? 마트리 씨는 왜 떠났나요?"

"왜 떠났냐구? 그거야 아무도 모르죠. 어느 날 갑자기 떠나버렸으니까요. 그때부터 성에는 아무도 오는 사람이 없었어요."

"무슨 일이 생긴 건가요? 그렇게 갑작스레 떠난 건."

그는 어깨를 으쓱한다. "그건 아무도 몰라요."

유리안느는 그에게서 더 자세한 사정을 캐낼 수 없다는 걸 알고는 한숨을 쉬면서 진찰실로 돌아갔다.

의사가 되고픈 소년

잠시 후에 헥클리프가 들어왔다. 손을 씻는 그에게 그녀는 대기실에 있는 환자들에 대한 보고를 해주었다.

제일 먼저 늙은 농부가 들어왔다. 헥클리프가 약을 조제하는 동안 노인은 킬킬거렸다. "음식점 애가 얘기하더군요. 이 병에는 엄법뿐이라고."

헥클리프는 건성으로 듣고 있다. "그래요, 그래."

"네. 그 애는 벌써 반은 의사가 되었더군요. 산욕열에 대한 처방도 알고."

"누가요?"

"그 애 말이에요. 선생님께서 데려온."

"세바스찬 말입니까?"

"그렇습죠. 대기실에 있는데 우리에게 알려주던데요. 의사 선생님께 배웠다면서요."

"그래요? 그 애가 그런 말을 하던가요? 유리안느, 다음 분을 불러요."

늙은이는 문을 나가면서도 계속 킬킬거린다. 유리안느는 진찰실 문고리에 손을 대고 머뭇거리며 말했다. "네. 저어……. 의학에 대한 세바스찬의 열성은 대단해요. 도대체 다른 것에는 관심이 없거든요."

"그럴 수도 있겠지" 하고 헥클리프는 냉랭하게 말했다. "나도 그 나이때는 음악에만 관심을 쏟았거든."

"아! 그런데 그 뒤에 변하셨나요?"

"언제나 지나친 열정은 사라지는 법이요."

"그렇지만, 세바스찬은 정말 의사가 되고 싶은가 봐요."

"그렇소? 그 애가 그러던가요?"

"바로 그렇게 말하지 않았지만, 저는 알고 있어요."

"그렇다면 누가 학비를 대야 하는지 그 애에게 물어봐요."

유리안느는 입술을 깨물었다.

"다음 분!"

유리안느는 다음 사람을 들여보내려고 문을 열었고, 헥클리프는 그녀더러 붕대를 매 주도록 지시를 내렸다. 그러는 동안에 그는 옆에 서서 그녀의 손놀림을 자세히 들여다본다. 붕대를 맨 소년이 나가버리자 그녀가 말했다. "아담이 다시 영업을 하게 되면 세바스찬에게도 유산의 몫을 나누어 줘야 할 거예요. 그러면 그걸로 공부할 수가 있겠죠."

"아무것도 없는 곳에선 도둑질도 못하는 법이오" 하고 그가 대꾸한다. "뭣 때문에 그 애 걱정을 그렇게 하는 거요?"

"제가요? 왜냐하면……. 선생님도 걱정하시잖아요."

"그야 나는 의사거든."

"그런데 저는 그런 일에 관계 없는 사람이란 말씀인가요? 저는 다 알아요."

그녀의 얼굴이 창백해졌다. 그는 깜짝 놀라 그녀를 쳐다본다.

"뭣을 말이오?"

"아무것도 아니에요. 아무것도." 그녀가 너무나 빠른 동작으로 문을 열어서 그는 대꾸할 짬도 없었다. 그 이후로 그녀는 진찰 시간이 끝날 때까지 그의 시선을 피하기만 했고, 그도 그 대화를 완전히 잊은 것 같았다. 단 둘이 되고서도 거기에 대해 그가 한 마디도 운을 떼지 않았던 것이다. 유리안느는 서둘러서 방을 정돈한 다음 그보다 먼저 방을 나와버렸다. 성으로 가는 길은 그렇게 멀지 않다. 그녀는 도망이라도 하듯 여기저기를 흘깃거리며 뛰기 시작했다. 성벽을 뛰어넘어 풀밭에 서서 숨을 돌리는 사이에도 몸이 떨린다. 정원을 지나 날듯이 맨 꼭대기 층계에까지 올라갔다. 거기서 무릎 위에 손을 포개 놓고 멍하니 정원을 내려다보았다. 그러자 갑자기 울음이 터져 나온다. 그녀는 눈물이 쏟아지기 전에 머리를 뒤로 젖히고 눈을 훔친다.

계단에서 천천히 내려와 넓은 길에 다다랐다. 별다른 생각 없이 길로 들어섰던 것이다. 갑자기 이끼 낀 자갈밭에 차바퀴 자국이 눈에 크게 띄어 그녀는 몸을 굽혀 그걸 손으로 만져 보았다. 아직도 생생한 자동차 자국이다. 그 자국은 농장까지 이어졌다가 거기서 다시 공원 쪽으로 나 있다. 유리안느는 한 가닥 열기를 안고 큰 철문까지 그 자국을 따라갔다. 대문이 닫혀 있어 그녀는 다시 성으로 천천히 되돌아갔다. 자동차가 만일에 마을을 지나 왔다면 누군가 그걸 본 사람이 있을 거다. 혹 세바스찬이라면 보았을지도 모른다.

그녀는 너무나 서두르다가 목책木柵에 걸려 옷이 찢어졌다. 멍한 눈으로 찢어진 옷을 내려다본다. 왜 이럴까? 나와는 상관이 없는 일인데. 여기에 누가 살았건 그게 나와 무슨 상관이람⋯⋯. 그녀는 혼자서 자문자답했다. 그리곤 될 대로 되라는 체념 상태로 집으로 돌아왔다.

세바스찬도 자동차건은 모르고 있었다. 유리안느로서는 오늘 밤 잠을 자기는 틀린 일같이 생각되었다. 그 생생한 자동차 자국이 너무나 마음에 걸린다. 그녀는 결국 그것이 성주였을 거라고 확신했다. 헥클리프라면 알겠지⋯⋯. 진작에 그런 생각을 못한 게 이상스럽다. 내일 아침에 그에게 물어보겠다고 결심은 하면서도 결국은 그렇게 못 하리라는 것도 알고 있다. 자동차 자국을 발견했다는 비밀은 나만 혼자 간직하게 될 것이며, 그 조그만 발견이 그녀에겐 이상스럽게도 중요하게 여겨졌다.

여러 날이 흘러갔다. 특별한 일이 없는, 조용하고 따뜻한 가을날들이었다. 그런데도 유리안느는 끊임없이 긴장감 속에서 살아갔다. 너무나 생각에 골똘해서 그녀는 진찰 시간에도 멍청히 굴었고, 익숙했던 일도 제대로 해 나가지 못했다. 헥클리프는 담담히 그녀를 관찰하기만 한다.

어느 날, 환자들이 모여 있는 대기실에 세바스찬이 나타났다. 유리안느가 진찰실 문을 열었을 때도 그는 멍하니 구석에 쭈그리고 앉아 있었다. "세바스찬, 여기 대기실에 들어오면 안 된다고 그러잖았니?" 그래도 세바스찬은 말없이 자기의 손만을 가리킨다. 그 손에는 더러운 수건이 매여 있다.

"무슨 일이니? 들어와 봐!"

"제 차례가 아니에요" 하고 그는 맨발을 내려다보며 말한다.

"괜찮아. 들어와 봐."

"무슨 일이오? 누가 또 왔소?" 하고 그때 헥클리프가 성급하게 물어 왔다.

유리안느는 세바스찬을 잡아끌었다.

"어쩌려구 그러니?"

"난……."

"뭔데?"

세바스찬은 말없이 동여맨 자기의 손을 내민다.

"넘어졌니? 베었니? 아니면 불에 뎄니?" 하고 헥클리프가 물었다.

세바스찬은 머리를 흔들고 동여맨 걸 풀기 시작한다.

유리안느와 헥클리프는 긴장해서 몸을 굽혀 보았다. 깊숙하게 물린 상처가 보인다.

"물렸구나!"

세바스찬은 고개를 끄덕였다.

헥클리프는 이빨 자국이 뚜렷하게 난 손을 자세히 들여다본다. "그건 개가 문 자국은 아니구나!"

"네" 하고 세바스찬은 갑자기 큰 소리로 말한다. "여우가 문 자국이에요." 그는 동의라도 구하듯 처음에는 유리안느를 그리곤 헥클리프를 번갈아 쳐다본다.

"여우라고? 어떻게 된 거냐?"

헥클리프는 확대경으로 상처를 다시 살핀다. 그러던 그가 갑자기 실눈을 뜬다. "말해 봐라, 애야. 도대체 얘기가 어떻게 된 거냐?"

세바스찬은 목덜미까지 새빨개져서 목을 젖히고 큰 소리로 말한다. "여우였어요. 제가 관목 사이를 지나가는데 거기에 여우가 앉아 있었어요. 그랬는데 어느 틈에 여우가 달려들어 물었어요."

"그러냐? 그런데 그 여우의 이빨이 이상하구나!"

헥클리프는 유리안느에게 확대경을 넘겨 줬다.

"사람 이인데요. 아이들 이 자국이에요" 하고 그녀는 놀라서 말했다.

"그럴 거요."

"그렇군요." 유리안느는 갑자기 재미있다는 듯 웃음을 터뜨렸다. 헥클리프는 입맛을 다신다.

"이리 오너라. 깨끗하게 씻어야겠다. 여우 이빨이라면 위험하지는 않단다" 하고 그는 살점이 드러난 상처에 아르니카팅크를 발라준다. 세바스찬은 독한 물약이 상처에 닿을 때 약간 움츠렸지만 곧 태연한 체했다.

"뭐예요?" 하고 그가 묻는다.

"아르니카란다."

"치료를 하는 건가요?"

"소독하는 거지."

"그리고 그건 뭐예요?"

"고약이다."

"그건?"

"뭐 말이냐?"

"책상에 있는 것 말이에요."

"그건 네가 바를 게 아니다."

"그렇지만 뭔지 알았으면……."

헥클리프가 그를 유리안느 쪽으로 밀었다. "붕대를 감아 줘요."

"저 혼자 할 수 있어요" 하고 세바스찬은 익숙한 솜씨로 붕대를 손에 감고 양쪽 끝을 한 손과 이로 잡고 손목에다 묶는다. "됐다" 하고 그 애가 말했다. "또 언제 와야 하나요?"

헥클리프는 창 밖을 내다보고 있다.

"내일" 하고 그가 결국 말했다. "내일만. 그리곤 다시는 오지 말아라. 이 장난꾸러기야!"

"아!"

"이제 가라. 다른 손님들이 기다린다."

유리안느는 그를 문 쪽으로 떠밀고 "이 말썽꾸러기야" 하면서 그의 머리를 쓰다듬었다.

"아르니카가 하는 일은 뭐예요?" 하고 그 애는 재빨리 낮은 음성으로 묻는다.

"소독작용이야. 이젠 가야지."

헥클리프는 또다시 창 쪽으로 간다. "망할 녀석. 여기에 한 번 오려고 제 손을 깨물다니" 하고 그는 싱긋 웃는다.

"돈이 없어 안됐어요" 하고 유리안느가 말했다.

"다음!" 하고 헥클리프가 명령했다.

유리안느는 한숨을 쉬었다. 진찰실까지 가는 그 짧은 순간에 그녀는 어떤 결심을 했다. 세바스찬에게 바이올린을 가르쳐 주겠다는 결심이었다. 헥클리프가 환자를 치료하고 있는 동안에 그녀는 옆방에 있는 실험실로 갔다. 환자의 변 검사를 하려는 것이었다. 세바스찬이 팔이 짧아 과연 바이올린을 켤 수가 있을까? 그에게는 소아용의 3/4 바이올린을 사 줘야겠지. 그거라면 비싸지는 않을 거야. 내 돈으로도 되겠지. 내가 갖고 있는 게 85마르크는 되니까.

85마르크라……. 시험관을 창문에 비쳐 보면서도 그녀는 계속 생각에 잠겼다. 그게 내 돈의 전부야. 만약에 헥클리프가 나를 내쫓으면 구걸이라도 해야 되겠지. 하지만 그녀는 그 몇 달간 여러 번 생각해 봤었다. 그녀가 도망을 치지 않는 한, 그가 그녀를 내쫓지는 않을 거라고.

헥클리프에게 불려서 다시 진찰실로 갔을 때, 그녀는 그에게서 질문을 받았다. "세바스찬은 몇 살이오?"

“열한 살이 돼요.”
“학교에선 어떤가?”
“잘은 모르겠어요. 한번 물어볼게요.”
“그래 보도록 해요.”

돌아온 성주의 방문

그런 대화가 오고 간 다음 주일 동안 유리안느는 성 안에 들어가지 않았었다. 그러다가 어느 날 오전, 헥클리프는 시골로 가고 세바스찬도 학교에 가버리자 그녀는 도저히 참을 수가 없었다. 만일에 그날 그녀가 늘 다니던 길을 택했더라면, 성문의 그 어마어마한 빗장이 벗겨져 있는 것을 봤을지도 모른다. 그러나 그녀는 농장 뒤로 해서 정원의 뒤쪽으로 이어진 좁은 길로 갔던 것이다. 정원은 지난 일주일 동안에 추색秋色이 훨씬 짙어져 푸른 잎들은 황색과 적색이 더욱 두드러졌고, 성 뒤쪽에 있는 잔디밭에는 아침 이슬이 담뿍 맺혀 있었다. 그건 벌써 서리를 연상시켜 준다. 그래도 남쪽 화단은 아직도 울긋불긋하고 여름처럼 더웠다. 유리안느는 층계로 올라가기 전에 잠시 테라스에 서서 햇빛으로 따뜻해진 돌 위에 얼굴을 괴고 혼잣말로 중얼거렸다. 앞으로도 이 성 안에는 아무도 살지 말았으면……. 그렇게 되면 무엇이든 내 것이 될 텐데……. 그때 돌연 차바퀴 자국이 눈에 띄었다. 불안스러워 하면서 그녀는 채소밭을 가로질러 가다가 갑자기 가벼운 비명을 질렀다. 자갈길에는 아직도 선명한 차바퀴 자국이 그대로인데, 그것도 안쪽으로 들어간 자국뿐이었던 것이다. 유리안느는 관목더미 속을 기어 자스민 잎 뒤에 몸을 숨겼다. 가슴이 두근댄다. 그러면서도 자기가 지나치게 지각없는 아이 같은 생각이 들어 거기서 나오는 게 좋을 것같이 여겨졌다. 그녀는 테라스 앞에 있는 넓은 공터를 가로질러 갔다. 숨을 곳이라곤 키가 낮은 나무밑뿐이다. 난 기어갈 수는 없어. 그녀는 재미있으면서도 무언가 화가 나 중얼거렸다.

결국 관목에서 빠져나와 그녀는 햇볕으로 나와버렸다. 그때 근처에서 작은 접의자 위에 앉아 있는 어떤 사나이의 모습이 보였다. 담회색 옷에다 커다란 흰 모자를 썼는데 그 모자가 얼굴까지 가려져 있다. 사나이는 무릎에 펴 놓은 수건 위에다 돌덩이를 여러 개 올려놓고, 돌멩이 하나하나를 확대경으로 들여다보고 있다. 나뭇잎이 살랑대는 소리를 듣고 그가 쳐다본다. 유리안느는 몸을 숨기기에 너무 늦어 그 자리에 그냥 서 있었다. 사나이는 유리안느를 쳐다보다가 바짝 마른 손으로 얼굴을 매만지며 어깨를 으쓱한다. 다시 돌멩이로 몸을 굽히며 약간 계면쩍은 듯이 미소를 띄운다.

유리안느도 무척이나 당황했으나 결심이나 한 듯 말했다. "여기에 들어온 걸 용서하세요."

사나이는 갑자기 몸을 일으키느라 돌덩이를 땅바닥에 떨어뜨린다. "누구시죠?" 하고 무뚝뚝하게 묻는다.

"유리안느 브렌톤이에요." 그녀는 말을 하면서도 사나이의 얼굴이 갑자기 핼쑥해지는 걸 보자 자신이 오히려 당황했다.

"선생님은" 그녀는 상기된 채 말을 계속했다. "채석장과 이 성의 성주시군요. 그런데 왜 그렇게 쳐다보세요? 제가 귀신이라도 된단 말씀이신가요!"

그래도 그는 여전히 입을 다물고 있다. 그녀는 초조한 목소리로 조용히 덧붙였다. "전에도 누군가가 그런 눈으로 저를 쳐다보던데요."

"그게 누구였소?" 하는 그의 음성은 나지막하면서도 다그치는 어조다.

"선생님은 모르실 거예요. 카탈리나였어요. 헥클리프 의사 댁의 가정부죠.” 그녀는 헥클리프의 이름을 말할 때는 더욱 세밀하게 그의 얼굴을 살폈다.

그의 놀라는 모습은 대단하다. 흥분해서 거의 말도 못할 정도다.

“그 사람 집에 계십니까?” 하고 그가 묻는다. 그렇다고 그녀가 고개를 끄덕이자 몸이 떨리기라도 하는 듯 그는 어깨를 웅크린다. “어떻게 되어 그 집에 있게 됐죠?” 하는 그의 물음은 유난스레 음성이 크다.

유리안느는 소스라치게 놀랐다. “저의 후견인이에요.” 그녀는 겨우 알아들을 정도로 나직하게 말하다가는 갑자기 목소리를 높였다. “양친이 전부 돌아가셨거든요.

그때 그의 손에서 확대경이 떨어져서 산산조각이 났다. 그는 발로 그걸 밟아서 밀쳐버린다. 그제야 겨우 정신을 차린 모양이다. 어색한 듯 미소를 지으며 그녀 쪽으로 다가선다. “아직 제 소개를 드리지 못한 점을 용서하십시오. 너무나 놀랐던 때문이죠. 제 이름은 마트리입니다.”

유리안느는 기억을 더듬느라 눈썹을 찡그렸다. 그 이름은 얼핏 기억이 떠오르는데, 그걸 누구에게 들었는지 알 수가 없었던 것이다. 그녀는 따지듯 물었다. “제 어머니를 아시지요?”

그는 잠시 머뭇거리다가 대답을 한다. “네, 압니다.”

“그렇다면 헥클리프 씨도 제 어머니와 아는 사이란 걸 선생님은 아시죠?” 그녀는 여전히 그에게서 눈을 떼지 않았다.

“그렇소. 그도 아가씨의 어머니를 알죠. 아가씨는 그걸 모르셨나요?”

“두 분 선생님께서는 저의 아버지와도 아시는 사이였죠?” 그리곤 대답할 짬도 주지 않고 흥분으로 몸을 떨며 소리를 질렀다. “거기엔 도대체 어떤 비밀이라도 있는 건가요? 말씀해 주시지 않겠어요?

모두가 저를 어머니의 유령이라도 되는 듯이 바라보거든요. 무언가 감추는 게 있어요. 카탈리나는 어머니의 사진을 훔쳐 갔고, 선생님도 저의 어머니의 비밀을 알고 계시는 것 같아요. 그러면서도 아무 말씀도 없으시군요. 저로서는 이젠 더 이상은 참을 수 없다는 걸 모르세요?"

그의 얼굴은 점점 더 창백해져 이마에 땀방울까지 솟는다. 대답할 때의 그의 목소리는 무척이나 뜨겁게 들렸다. "너무나 많은 것을 알려고 하시는군요. 하지만 비밀은 없어요. 아가씨의 어머니는 헥클리프와 나, 둘 다의 친구였소. 어머니를 꼭 닮았군요. 그것뿐입니다."

"아니에요" 하면서 유리안느는 화가 나서 그를 노려보았다. "그게 전부는 아니에요."

그는 유감이란 듯 어깨를 으쓱한다. 인사도 없이 그녀는 거기를 떠나 꽃밭을 가로질러 갔다. 부끄러움과 분노의 눈물이 고인다. 집에 돌아왔을 때는 숨을 헐떡이며 헥클리프의 마차가 아직 헛간에 없다는 걸 확인했다. 그걸 확인하고 그녀는 집 안으로 들어갔다.

층계를 올라갈 때 방에서 나오는 세바스찬과 마주쳤다. 유리안느는 기진맥진이었다.

"너는 왜 나가지 않았니?"

"누나를 기다렸어요."

"그래, 나를 기다렸었구나. 혹시 선생님이 나를 찾으셨니?"

"그랬어요. 하지만 나는 아무 말도 안 했어요."

유리안느는 멍하니 그를 바라본다.

"왜?"

그는 시선을 떨군다. "선생님이 막 화를 내셨어요."

"화를 내시다니?"

"제가 성에서 어떤 남자와 얘기를 나눴다고 했더니 마구 화를 내시면서 유리안느 양도 거기 갔느냐고 물으셨어요. 그래서 저는 아니라고 했어요."

"넌 그걸 알고 있었니?"

그는 눈살을 찌푸리고 그녀를 바라보기만 한다.

"그래서?"

"그래서요? 그리곤 이렇게 말씀하셨어요. '다시는 가지 말아라, 알아들었니?' 하고요."

그녀는 아랫입술을 깨물었다.

"넌 바이올린을 배우고 싶지 않니?"

"모르겠어요."

"왜?"

"시간이 없어요."

"시간이 없다고?"

"그래요. 진찰실에서 의사 선생님을 돕자면 말이에요."

그녀는 놀랐다. "그래도 좋다든? 의사 선생님이 그렇게 말씀하시든?"

"누나도 의사 선생님께 그렇게 말씀드리려고 했었지요?"

"세바스찬, 하지만 의사 선생님은 네가 너무 어리다고 말씀하셨어."

"안 될까요?" 그의 눈동자는 절망으로 어두워진다. 그녀는 머리를 저었다.

"그렇다면 바이올린도 배우지 않겠어요" 하곤, 그는 그녀 곁을 지나 계단 아래로 뛰어내려간다. 잠시 후에는 그가 들판으로 뛰어가는 게 보였다.

불쌍한 녀석. 별안간 어떤 생각이 떠오른다. 마트리는 부자다. 만약에 그가 세바스찬에게 관심을 둔다면? 그녀의 가슴이 뛰었다. 그런 얘기를 헥클리프에게 해보면 어떻게 될까 하고 상상했던 것이다. 저녁식사 때 그녀는 헥클리프에게 뭔가를 얘기하고 싶은 강렬한 충동을 느끼면서도 그의 우울한 얼굴빛 때문에 도저히 그럴 수가 없었다. 세바스찬도 우울한 표정으로 식탁에 앉아 있고. 그렇게 그들 세 명은 묵묵히 식욕도 없는 식사를 했다.

그때 초인종이 울리고 복도로 나가는 카탈리나의 발걸음이 들렸다. 헥클리프도 허둥대며 수저를 든 채 문 쪽에 귀를 기울인다. 카탈리나의 말소리가 들린다.

"선생님은 식사중이십니다. 우선 들어오세요."

그리곤 카탈리나는 식당으로 뛰어 들어왔다. "선생님!" 그녀는 숨을 헐떡인다.

"무슨 일이오?"

"마트리 씨예요!" 그녀는 두 손으로 치맛자락을 꼬깃꼬깃한다. 헥클리프는 빵으로 가던 손으로 스푼을 들었다간 그걸 그냥 놓아버린다. "들어오시도록 해요."

카탈리나는 그대로 서서 치마폭만 만지작거리고 있다.

"가 봐요!" 하고 헥클리프가 짜증을 낸다.

"그렇지만……."

"얼른 나갔다 와서 식탁을 치워요."

그녀는 뭔가 알아들을 수도 없는 말을 중얼대며 마지 못한 듯 나간다. 그녀가 나가버리자 깊은 정적이 감돌았다. 그리곤 문이 열렸다.

"들어가시죠" 하고 카탈리나가 덤덤하게 말한다.

세바스찬이 유리안느를 툭 치면서 소곤거렸다. "그 사람이에요. 그 왜……."

"조용히 해" 하고 그녀도 나직이 소곤거렸다. 헥클리프는 몸을 일으켜 손님에게로 다가간다. "돌아왔구먼, 마트리."

카탈리나도 마트리에게 허리를 굽혀 인사를 했고, 유리안느는 자리에서 일어났다. "나가 봐도 되겠습니까?"

"그냥 있어요" 하면서 헥클리프는 마트리에게 의자를 권한다. "앉게! 세바스찬, 너는 사과를 들고 밖으로 나가거라! 숙제는 다 했니?" 세바스찬은 고개를 끄덕이곤 사과를 집어 한 입 베물며 나가 버린다.

"재미있는 녀석이군" 하고 마트리가 말했다. "마을 아이인가?"

"그렇다네. 음식점 집 애지. 그 늙은이가 자살을 했다네. 저 애의 어머니는 심장마비로 죽고. 내가 그 애를 데려왔다네."

헥클리프는 파이프에 불을 당긴다. 그러고는 손님에게 성냥불을 건네 준다. 손님은 담배를 빙글빙글 돌리고 있다. 성냥불이 땅에 떨어지자 헥클리프가 그걸 밟아 끈다.

"앞으론 이곳에 있을 작정인가?" 하고 헥클리프가 묻는다.

"그렇다네. 이젠 여행엔 질렸어. 여기 일도 직접 봐야겠어. 모두가 엉망이야. 우선 새 집을 지어야지. 자네는? 언제까지나 여기에 머물러 있겠나? 가끔 잡지에서 자네 이름을 읽었지."

유리안느는 귀를 기울여 듣기만 했다. 헥클리프가 손님의 말을 갑자기 중단시킨다. "유리안느 브렌톤 양일세. 지금 내 집에 묵고 있다네. 내가 후견인이 되었거든."

"알고 있다네."

"알다니?"

"브렌톤 양이 얘기해 주더군."

헥클리프가 그녀를 우울하게 바라본다. "아! 그랬던가? 서로 알고 있었군. 그런 줄 알았더라면 공연히 소개할 필요도 없었을 텐데."

유리안느는 입술을 깨물며 헥클리프의 얼굴을 쳐다보았다.

그녀 대신에 마트리가 대꾸한다. "오늘 성 마당에서 만났다네."

"그래?" 하고 헥클리프가 일어선다. "지하실에 부르군더가 한 병 있다네. 별로 대단한 건 아니겠지……. 자네야 더 좋은 것을 마실 테니까. 하지만 그것도 마실 만하다네."

마트리가 뭐라고 대꾸도 하기 전에 그는 촛불에 불을 당겨서 나가 버린다. 문이 닫히자, 일순간 정적이 엄습해 온다. 카탈리나는 방 안에 아무도 없는 줄 알고 머리를 디밀었다가 마트리를 보자 다시 물러나버린다.

"카탈리나였어요" 하고 유리안느가 말했다. "저를 아주 싫어한답니다."

마트리가 이상하다는 듯 그녀를 쳐다본다. "그러면서도 이곳에 사는 게 좋은가요?"

설명을 해주어야겠다고 생각하고 그녀는 간단히 얘기를 했다. "아버지께서 파산을 하셨어요. 제게 남은 건 아무것도 없어요. 그래서 의사 선생님이 저를 받아 주신 거죠. 그 대신 병원 일을 도와주고 있어요. 처음에는 거절했었지만 지금은……." 그녀는 손짓으로 끝말을 이었다.

잠시 후에 헥클리프가 지하실 문을 닫는 소리가 들려왔다. 마트리가 물었다. "저를 한 번 찾아 주시겠습니까?"

그녀는 재빨리 대꾸했다. "일이 많아서요." 헥클리프가 지하실 계단을 올라오는 소리를 들었던 것이다.

"일요일 오후는 어떻겠습니까?" 하고 마트리가 다급한 듯 묻는다. 헥클리프는 벌써 문 앞에까지 다가왔다. 촛불을 끄는 소리가 들린다. "4시, 차茶 시간에" 하고 마트리가 말했다. 유리안느는 그를 멍청히 쳐다보기만 했고, 헥클리프는 먼지투성이의 술병을 들고 문지방에 서 있다. 유리안느는 그 틈을 타서 몸을 일으켰다. 이번

에는 아무도 그녀를 붙잡지 않았다. 그녀는 재빨리 밖으로 나와버
렸다.

망설여지는 초대

　세바스찬의 방에선 아직도 불빛이 새어나왔다. 그녀가 살그머니
그의 방문을 열자, 세바스찬은 의자에 앉은 채 두 팔을 책 위에 올
려놓고 잠이 들어 있다. 그녀는 조심스럽게 책을 빼냈다. 전염병에
관한 책으로 여백에는 헥클리프의 글씨로 주註가 빽빽이 적혀 있다.
그걸 보자 유리안느는 이상하게 가슴이 저려 왔다. 그때 세바스찬
이 갑자기 눈을 뜨고 책을 더듬는다. 유리안느의 손이 보이자 그
손을 재빨리 끌어 잡아당긴다. 그녀는 손을 치켜 올렸다. "진찰실
에서 책을 가져오면 안 돼. 너도 그쯤은 알지?"
　그는 낭패스런 시선으로 그녀를 응시한다. "돈만 있다면 너는 틀
림없이 의사가 되겠구나."
　세바스찬이 의자에서 뛰어 일어난다. "정말? 그럴 수가 있을까?"
"그렇고 말고. 하지만 좀 기다려야 돼. 그러니 이제는 자라."
　유리안느는 자기 방으로 돌아오자 불도 켜지 않은 채 옷을 벗어
침대 위에 던졌다. 그녀가 겨우 제정신을 되찾았을 때, 두 사나이
의 목소리가 식당 쪽에서 들려온다. 그녀는 팔베개를 하고 어둠 속
을 응시했다. 머리가 뒤죽박죽이다. 마트리가 그녀를 초대했다. 그
초대를 받아들여야 할까? 헥클리프에게 얘기를 해야 되지 않을까?
두 사나이는 아래에서 무슨 얘기를 하고 있을까? 그녀 얘기를 할
까? 그렇지 않으면 그녀와 닮았다는 그녀 어머니 얘기일까? 그런
생각들이 그녀를 끝없는 불안에 몰아넣어 그녀는 다시 일어나서 불
을 밝히고 책을 폈다. 그러나 한 줄도 눈에 들어오지가 않아 결국

은 그만두어 버리고, 불을 끈 다음 어두운 창 밖을 내다보았다. 두 사나이를 비교해 보면서. 그들 두 사람이 똑같은 여인을 사랑할 수 있으리라고는 믿어지지가 않는다. 뚱뚱하고 우울하며 까다롭고 모든 일에 서툰 고독파 헥클리프와 밝고 날씬하며 냉정한 사고가며 사업가며 부자인 마트리가. 그녀는 어머니가 그들 중에서 누구를 더 좋아했을까 하고 상상해 보았다. 어머니는 누구도 사랑했을 것 같지가 않다. 전혀 다른 남자와 결혼하지 않았던가? 하지만 어머니는 아버지도 결코 사랑하지 않았으리라는 생각이 든다. 어머니는 그들 둘 중의 누군가를 사랑하면서도 아버지와 결혼을 해야 할, 그럴 만한 이유가 있었을지 모른다. 유리안느는 창문을 열고 탐욕스럽게 밤공기를 들이마셨다. 그녀의 생각은 점점 빨라져 갔다. 마트리는 그 모든 것을 사소한 일로 여기려 하는데 헥클리프는 그걸 더욱 중요하게 여기고 있다. 왜 그는 어머니의 사진을 감췄을까?

그러나 그런 생각과는 달리 헥클리프에 대한 신뢰감이 불현듯 세차게 인다. 숨이 막힐 지경이다. 이 순간이 무엇보다 중요하며, 앞으로 그녀에게 설사 어떤 일이 벌어져도 그를 결코 잊을 수는 없으리란 생각이 든다. 그녀는 눈을 감은 채 어둠 속에서 자기도 모르게 손으로 얼굴을 감쌌다. 그녀는 사념에 잠긴다. 어떻게 될까? 이러다간 병이 들지도 모르겠다. 몸이 떨리는군……. 그녀는 손으로 눈을 가리고도 벽에 부딪치지도 않고 정확하게 문 쪽으로 걸어갔다. 한참이나 문 곁에 섰다가 눈을 떼고 빗장을 벗겼다. 그러는 동안 다시 제정신이 들었다. 마치 어두컴컴한 바닷물에서 솟아오르는 듯한 기분이다. 그녀는 넋을 잃고 별빛으로 희미해진 방을 둘러본다. 달은 아직 뜨지 않았는데. 아래층에서 들리던 얘기 소리도 이제는 잠잠해졌다. 손님이 나간 기척도 들리지 않았다. 그녀는 살그머니 방 문을 열고 층계를 내려갔다. 복도에 있는 시계 소리도 들리지 않는다. 계단에 서 있을 수도 없다. 낡은 나무가 삐그덕거렸기 때문이다. 벽에 바짝 붙어서 소리가 나지 않도록 조심하면서, 그녀는 마침내 식당 앞에 이르러 문 틈으로 안을 들여다보았다. 캄캄할 뿐이다. 그녀는 다시 헥클리프의 서재로 살금살금 다가갔다. 거기엔 불이 켜져 있다.

그녀는 열쇠 구멍에 눈을 댔다. 헥클리프가 책상에 앉아 있다. 오른쪽 어깨의 움직임으로 그가 지금 글을 쓰고 있다는 걸 알 수가 있다. 그녀는 가슴이 너무나 거세게 두근거렸으므로 그가 혹시 그 소리를 들을까 봐 두려웠다. 그러면서도 한편으론 설사 그의 눈에 띄어도 상관없을 것도 같다. 그녀는 눈을 감고 몸이 얼어 올 때까지 거기에 꼼짝 않고 서 있었다. 다음 날 아침 식사 때가 되어 그와 마주쳤을 때, 그녀는 잠시나마 무언가 이상스러우면서도 달콤한 기분에 젖어들었다. 전날 밤에 가졌던 감정을 다시 불러일으켜 보려고 해도 그렇게 되어지지가 않았다. 별다른 동정심 때문은 아니지만 그녀는 알아차렸다. 그의 얼굴이 창백한 걸로 보아 밤새 잠을 이루지 못했다는 것을 알아냈던 것이다. 면도도 하지 않은 얼굴로 신문을 보며 빵을 집어 가는 그의 동작에서 그의 무언가 확고한 결단을 엿볼 수가 있다. 유리안느는 냉담하게 그를 바라보면서 그 결단이 마트리의 방문과 혹시 관계가 있지 않을까 하고 스스로에게 물어보았다. 그녀는 별안간 불안해졌다. 그리고 헥클리프나 뻑뻑한 귀리죽이나, 무엇보다도 자기 자신에 대한 불만을 느꼈다. 그런 기분을 도저히 정관靜觀할 수는 없어 괴로운 마음으로 아침식사를 끝냈다. 시간이 되어 진찰실에서 헥클리프가 그녀 이름을 부를 때마다 그녀는 깜짝 놀라곤 했다. 그녀가 자기를 쳐다보지 않을 때마다 그도 걱정스럽다는 듯 몰래 그녀를 바라보곤 했는데, 그녀는 그걸 알아차렸다. 그의 주위에선 무언가 괴로움이 넘쳐 나온다. 한 시간만 지나면 그의 곁에 있지 않아도 된다고 상상하자, 그녀는 공연히 불안해졌다. 그때 헥클리프가 뭐라고 했는데 그녀는 알아듣질 못했다.

"유리안느!" 그가 소릴 지른다. "들리지 않아요? 그 유리잔을 실험실에다 갖다 둬요!" 그가 다만 한두 번 유리안느의 이름을 불렀을 뿐인데도 그녀는 소스라치게 놀랐고, 그는 그녀에게는 이미 몸을 돌린 뒤였다. 그녀는 천천히 방 밖으로 나가면서도 그의 시선이 생각났다. 무언가 위협적인 게 숨겨져 있는 시선이.

실험실에는 어제 저녁부터 실험대가 닫혀져 있다. 어둠이 무척이나 고맙다. 유리안느는 실험대의 유리에다 머리를 댔다. 잠시나마 모든 생각에서 벗어날 수가 있다. 잠들기 전에 느끼는 무의식 상태 같다. 그녀는 실험실 창문을 열었다. 오전의 밝은 햇살이 그 작은 실험실 안으로 쏟아져 들어오고 가을의 과수원 향내가 지독한 약품과 산酸 냄새에 섞여진다. 유리안느는 문이 열리는 기척도 눈치채지 못했다. 그리고 헥클리프가 그녀의 이름을 불렀을 때는 너무나 놀라서 접시 한 개가 창틀에 부딪쳐서 깨져버렸다. 그녀는 산산조각이 난 그 접시를 멍하니 내려다보았다.

"왜 그렇게 신경이 날카로워? 브롬bromine이라도 먹어야겠군" 하고 그는 농담을 했지만 얼굴은 흐려져 있었다. "탈지면을 가져와야지요."

"그런 말씀은 하지 않으셨는데요."

"안 했다구요? 하여튼 좋소."

그녀는 유리 조각을 치우기 시작했다. "죄송해요" 하고 쓰레기통에다 유리 조각을 주워 담으며 그녀는 눈을 내리깐 채 말했으나, 헥클리프는 말없이 방을 나간다. 그녀는 멍하니 그의 뒷모습을 지켜보았다. 진찰 시간이 끝나도 여전히 답답하고 우울할 뿐이다.

그 주일에는 매일이 그녀에겐 보통 때보다 배나 지루했다. 주말은 아득하기만 하다. 일요일날 거울 앞에 섰을 때, 그녀는 창백하고 긴장한 자기 모습을 보았다. 마트리를 방문하려는 바로 그날인데. 도대체 예쁜 데라곤 없군. 입은 크고 광대뼈는 너무 튀어나오고 머리칼은 너무 거칠고……. 그녀는 화가 나서 자기 모습에 한숨을 지었다. 바보 같은 얼굴이야……. 머리를 빗질하는데 갑자기 헥클리프가 '유리안느' 하고 부르던 생각이 난다. 그녀는 허공을 노려보았다. 차츰 정신이 들기 시작한다. 마트리와 찻잔을 마주하면 어떻게 될까? 차라리 집에 있는 게 편할 것 같다. 헥클리프는 모르겠지……. 그런 생각을 해보자 얼굴이 붉어졌다. 왜 그에게 그 얘기를 하지 않았을까? 순간이나마 그의 힘에서 벗어나, 무언가 그가 모르는 비밀을 갖고 있다는 달콤하면서도 우울한 만족감을 그녀는 즐겼다. 그러나 점심식사 때가 되어 아래로 내려갔을 때, 그녀는 스스로에게 다짐했다. 부끄럽다. 물론 지금 그 얘기를 해야지……. 헥클리프와 식탁에 앉자 그걸 말하고 싶다는 욕망이 들끓는다. "마트리 씨가 오늘 초대했어요." 그리곤 자신의 얼굴이 핼쑥해진다고 생각하자 공연히 화가 난다.

"그래요?" 하는 그의 음성은 그답지 않게 조용하다.

유리안느는 음식 접시를 내려다 보며 그가 입을 열 때를 기다렸지만, 국물을 퍼 넣는 규칙적인 소리 외에는 아무 대답도 없다. 그녀는 몹시 실망감을 맛보았다. 난 내 정신이 아니야. 빨리 정신을 차려야지. 아무래도 성으로 가지 않는 게 좋겠지……. 그런 결심을 하고 나자 이상스럽게도 마음이 후련해진다.

헥클리프를 쳐다보려고 했으나, 그는 텅 빈 접시만을 노려보고 있다. 그 모습을 보자, 성의 방문을 포기하겠다는 그녀의 결심이 다시 사라져버린다. 그녀는 서둘러서 식사를 했다. 마지막엔 화가 나기까지 한다. 그때 세바스찬이 돌아왔다. 문에서부터 손수건을 펄럭이며 소리를 지른다. "과자를 얻었어요!" 누구에게서 얻었느냐고 아무도 묻지 않자, 실망을 했다는 듯이 그 애는 의자에 앉더니 가방을 올려놓았다.

"내려 놔" 하고 유리안느가 소곤거렸다.

"왜요?"

"내려 놔!"

그 애는 묵묵히 그녀의 말을 따르면서도 무언가 못마땅한 표정이었다. 그녀가 식사를 끝내고 일어나자 세바스찬이 유리안느를 뒤쫓아 왔다. "잊으면 안 돼. 4시나 그렇지 않으면 좋은 때로 하라고 그 남자가 말했어." 그 애는 다짐이나 하듯 소곤거린다. 유리안느는 잽싸게 그녀의 방으로 돌아가 어둠 속에 앉아 이마를 유리창에 대고 그 어느 때보다도 더 멍하니 밖을 내다봤다. 시간이 되자 조심스레 준비를 하기 시작했다. 망설임도 없이 카탈리나가 그렇게도 놀랬던 적회색 비단옷을 꺼내 입었다.

4시 조금 전이다. 헥클리프의 서재를 지나갈 때 그녀는 약간 가슴이 아파왔다. 자기가 하는 짓이 구체적으로 얼마만큼 그의 마음을 상하게 할는지는 모르지만, 아무튼 그가 마음 아파할 거라는 느낌은 들었다. 그녀는 잠시 숨을 들이마셨다. 일요일의 깊은 정적 속에서 헥클리프의 펜 소리만이 들려 온다.

대문을 닫고 그녀는 숨을 내쉬었다. 성으로 가는데 그렇게 서두르지는 않았다. 시계가 4시를 쳤다. 그녀는 마을에서 성으로 가는 길가의 쥐똥나무 울타리를 손으로 스치면서 잠시나마 자기에게는 아무런 책임이 없다고 생각해 본다. 비단옷은 살랑거리고 몸은 가뿐하다. 잔잔한 가을 바람을 마주하고 머리칼이 나부낀다. 돛단배 같다고 생각했다. 앞으로 나가는 돛단배. 생각에 잠겨서 그 말을 되뇌이면서도 무언가 그것을 방해하는 듯한 불안감은 여전하다. 다시 돌아서는 게 좋지 않을까 하고 심각하게 생각해 보았다.

이상한 놀라움들

바로 그럴 때, 마트리가 문 앞에 섰다가 그녀에게로 다가왔다. 그를 솔직하고 당당하게 대해야겠다고 결심하면서도 왜 꼭 그래야 할 필요가 있는지는 알 수가 없었다. 그러나 그가 너무나 나긋나긋하고 기분 좋게 말을 늘어놓았기 때문에 그에 대한 저항이 자기도 모르게 사라지고 있다는 걸 그녀는 깨달았다.

그들은 성 옆에 있는 조그마한 흰 집으로 들어갔다. 늙은 남자 하나가 말없이 그녀의 외투를 받는다. 그녀의 얼굴을 보자 노인은 놀라서 눈을 휘둥그렇게 떴다. 그 일은 너무나 순간적이어서 그녀는 그걸 눈치채지 못했다. 아래층에 있는 어떤 방으로 들어가자 소파 위에는 한 노부인이 검은 비단옷 차림으로 장기판을 앞에 놓고 앉아 있다. "기다려라. 곧 끝난단다." 그러자 마트리가 유리안느에게 의자를 내놓으며 말했다. "우리 어머니이십니다." 유리안느는 놀라움으로 가벼운 탄성을 냈다. 믿기지가 않는다. 시골 아낙네 같은 이 늙은 부인이, 이렇게도 날씬하고 고상하며 얼굴이 창백한 사나이의 어머니라곤 도저히 납득이 가지 않았던 것이다.

"그렇군" 하며 노부인은 만족스런 목소리로 크게 말한다. "이젠 이겼다." 그녀는 장기쪽을 가죽 주머니에 담은 뒤에야 그들을 쳐다보았다. 그러던 노부인이 갑자기 눈을 크게 뜨고 몸을 굽히며 머리를 흔들며 중얼거린다. "이럴 리가 없어. 이 늙은 것을 너무 놀리지 말아라."

"농담이 아니에요" 하고 마트리가 말했다. "저도 처음에는 놀랐어요."

　노부인은 어쩔 줄을 모르며 "이 여자는 도대체 누구냐?" 하고 소리친다.

　유리안느는 멍청히 섰다가 깜짝 놀라 말했다. "유리안느 브렌톤입니다." 노부인은 마치 유리안느가 어디로 사라져 없어지기라도 하는 듯이 그녀를 찬찬히 뜯어보더니 나직한 목소리로 묻는다. "도대체 어디서 오셨소?"

　마트리가 대답한다. "헥클리프 씨 댁에 있어요."

　"무슨 얘긴지 빨리 해 봐라!"라고 말하고, 유리안느의 얼굴이 헬쑥해지는 것을 본 노부인은 그 크고 억센 손으로 유리안느의 팔을 잡고 으르렁거리며 말했다. "나를 이해하게 될 거요. 하지만 내게 숨기고 있으니 낸들 이러지 않을 수 있겠소."

　"속이는 건 없어요" 하고 유리안느는 몸을 떨며 소리쳤다. 그런 다음 국어책을 낭독하는 생도처럼 설명을 계속했다. "양친이 돌아가셨어요. 그 뒤에 헥클리프 의사님이 저의 후견인이 되었거든요."

　노부인은 놀라움과 분노가 뒤섞인 탄성을 발하다가는 중얼거린다. "그가……." 그러다가 갑자기 음성이 날카로워진다. "그렇다고는 하더라도 왜 하필이면 그 사람 집에 있는지?"

　유리안느는 약간 거만스러운 말씨로 말했다. "아버지께서는 돈을 다 잃으셨고 저는 지금 가난하기가……." 그러다가 마땅한 비유가 생각나지 않아 화가 난 듯이 말했다. "좌우간 지금은 형편없이 가난하게 됐어요. 그러니 어쩌겠어요?"

　노부인은 다그쳐서 계속 묻는다. "그러면 거기서 무슨 일을 하고 있는지?"

　유리안느는 간단하게 대답했다. "그의 병원 일을 도와주고 있어요."

　"그래요? 일을 하시는 거요?" 노부인은 놀랍게도 관심과 호의가 뒤범벅이 된 얼굴로 그녀를 바라본다. "그렇군요. 이리로 앉으시오. 아니, 이쪽으로 가까이 와요. 내가 무례하게 한 일을 이해해 줘요. 하지만 난 무언가 비밀이 있다면 참을 수가 없었던 거요. 인생은 연극이 아니거든요. 이젠 됐어요. 차나 마시도록 합시다."

"아니에요" 하면서 유리안느는 힘을 주어 덧붙인다. "제게 비밀 같은 것은 없어요." 그녀의 눈이 노부인의 눈과 마주쳤다. 노파의 눈에는 이제는 호의로 가득 차 있다. 유리안느는 그 부인이 좋아질 것 같은 기분이 들었다.

복도에서 그녀의 외투를 받아 걸던 늙은 남자가 차를 날라왔다. 그 동안에 그녀는 오랜만에 느긋한 기분에 잠겼었다. "아! 여긴 참 좋군요."

"저희들도 즐겁습니다" 하고 마트리가 대꾸했다. "이곳이 마음에 드신다니 앞으로는 자주 오도록 하십시오."

노부인은 놀랍다는 듯 그를 흘낏 쳐다본다. 그는 눈을 돌려버린다. "그럴 시간이 없는 걸요." 그녀는 재빠른 어조로 대꾸하면서 마트리가 또 뭐라고 할까 봐 두렵다는 듯 말을 끊지 않았다. "진찰실에서는 선생님을 거들어 주고, 왕진을 갈 때는 함께 가곤 하니까요. 병원이 큰데다 집들이 여기저기에 흩어져 있어서요."

그녀는 헥클리프에 대한 얘기를 하는 게 즐거웠다. 그 기쁨은 그녀와 이 차茶모임 사이에 깊고도 먼 거리감을 만들어 주었다. 노부인은 그녀의 얘기를 흥미롭게 듣고 있다. 마트리도 침묵을 지키다가 불쑥 말했다. "성을 구경하는 게 어떨까요?" 노부인이 그에게 핀잔이라도 주는 듯한 시선을 보냈으나 그는 그걸 외면한다.

"그러죠. 구경하고 싶군요. 전에는 거기서 사셨나요?"

"아주 오래됐습니다" 하고 그가 대답했다. 그가 열쇠를 집자 유리안느는 그보다 먼저 정원으로 나갔다. 불안하다. 그러면서도 헥클리프와 보잘것없는 그의 집과 싸구려 식기들과 거친 음식들을 생각하자 혐오감이 인다. 실로 오랜만이다. 가난해진 이후 처음으로 자기와는 단절되어버린 옛날 생활에 대해 주체할 길 없는 그리움에 젖어들었다. 알지 못하는 사이에 그녀는 두 남자를 비교해 보면서 마트리 쪽에 자신이 서 있는 모습을 발견했다. 그러면서도 거기서 느껴지는 양심의 가책 같은 것이 그녀의 그런 결심을 믿어서는 안 된다고 경고해 준다. 생각을 계속할 수가 없었다. 마트리가 그녀를 뒤따라왔기 때문이었다. 그녀는 무엇으로도 주체할 수 없는 곤혹에 싸여 그의 곁을 따라 가면서 그에게 물었다. "선생님은 도대체 슈타인휠트에서 무슨 일을 하세요?"

"저요? 저야 채석장 일을 감독하죠."

"오랫동안 떠나 계셨죠? 그 동안에도 일은 잘되어 가지 않았나요?"

그는 놀란다. "물론 제가 없어도 일이야 돼 가죠. 하지만 제가 있으면 훨씬 더 잘될 걸요."

"어째서요?"

"주인이 곁에 있다는 걸 알면 일을 더 잘하거든요. 이곳 사람들은 천성이 게을러서요."

그녀는 뭔가 그렇지 않다는 시선으로 그를 쳐다봤다. "그들은 가난해요."

"그래서요?" 하고 마트리가 묻는다.

"그들은 가난했었고 앞으로도 언제나 가난할 거예요."

그녀의 말에 그는 멍청해진다. "그들은 그런 버릇을 고치려 들지 않아요" 하는 그의 음성은 냉랭하다. 한참이나 그를 따라가다가 그녀가 또 말했다. "헥클리프 선생님도 그 사람들에 대해 화를 내시지만, 그 사람들을 잘 참아 내요."

"그래요? 당신은?"

"저도요" 하고 그녀는 다짐하듯 말했다. 그는 입을 다문다. 그들은 성에 이르렀다. 열쇠 소리가 유난히 크게 들렸고 자물통은 녹이 슬어서 열기가 여간 힘이 들지 않았다. 마침내 문이 열리자 그들은 어둠과 냉기가 도는 곰팡이 냄새 속으로 들어갔다. 유리안느는 주저주저하며 마트리를 따라서 천장이 낮은 복도로 걸어갔다. 벽에는 옛날 무기들이 걸려 있다. 발걸음 소리가 너무 크게 울려서 그녀는 발끝으로 걸었다. 마트리가 그걸 봤다. "누가 잠이라도 깰까 봐 겁이 나나요?"

"누가 깨다니요? 무슨 뜻이에요?"

"누가 여기서 잠이라도 자고 있는 줄 아세요? 그렇게 조심스럽게 걷고 있으니 말입니다."

그 말에 유리안느는 오싹하는 전율을 느꼈다. 어디에나 날개를 활짝 펴고 있는 박제된 새들이 바람이 불 때마다 일렁거린다. 홀이 나타났다. 홀에는 먼지 낀 창문을 통해 들어오는 희미하고 누런 광선으로 가득 차 있다. 검은 옻칠이 된 시렁에는 죽은 새들이 여기저기 놓여 이상한 냄새를 풍기고 있다. 그들은 높은 출입문을 지나 홀을 빠져 나왔고, 마트리가 문 하나를 열었다. 그들은 다시 어떤 커다란 방으로 들어갔다. 방 안에 갇혔던 공기로 가슴이 답답해 왔다. 마트리가 창문을 열려 했으나, 야생의 포도덩굴이 밖에서 자라 창문은 꼼짝도 하지 않는다. 유리안느는 불안한 기분으로 서성대면서도 딱딱한 기분이 드는 방을 휘둘러보았다. 여기저기 검은 옻칠을 한 틀에는 얼룩이 진 벽거울이 걸렸다. 그들은 방을 차례로 지나갔는데, 방마다 먼지와 곰팡이 냄새가 엉겨 붙어 있다. 의자에 새겨진 금빛무늬는 퇴색되었고, 유리안느가 두꺼운 커튼을 만지자 그것들이 무너져 내리는 느낌이었다. "냄새가 나는군요." 그녀는 몸을 떨었다. "선생님은 여기서 사셨나요?"

"아닙니다. 여기는 아니었죠. 한 층 위였습니다." 그는 미소를 짓는다.

"우린 이런 곳에는 어울리지 않습니다. 우리 선조가 농사꾼이었다는 사실을 잊지 마십시오. 아버지가 공장을 지으려고 이 성을 샀지요. 그러기 전에 돌아가셨지만요."

"하지만 선생님은" 하다가 그녀는 갑자기 소곤거렸다. "선생님은 여기에 아주 썩 잘 어울리시는데요."

그는 대답하지 않았는데 그녀의 말을 들었는지 알 수가 없다.

"저 안에는 뭐가 들었나요?" 어떤 문 앞을 지나면서 그녀는 호기심으로 물었다.

"여기요? 뭐 특별한 것은 없습니다. 다른 방들이나 마찬가지죠. 위로 올라갑시다. 거기가 훨씬 기분이 좋으니까요."

"이 방을 구경하면 안 될까요?" 그녀는 고집스럽고 짓궂게 물었다. 그래도 그는 그 질문에는 건성으로 위층을 향해 걸어간다. 거기엔 빛깔이 밝은 가구들과 부드러운 커튼이 쳐진 약간 아늑하고 작은 방들이 있다.

"여기선 살 수가 있겠군요?" 하고 유리안느가 물었다. "그래요. 그럴 것 같아요?" 그의 다그치는 듯한 목소리에 그녀는 오히려 놀랐다.

"물론이죠. 안 될 게 뭐예요? 여기서 사시려 하세요?"

"모르겠습니다." 그는 머뭇거리며 차분한 어조로 말했다. 그러나 그의 얼굴에는 신경질적인 경련이 일고 있다. 왜 그가 갑자기 그렇게 흥분하는지 이상스러웠다. 그때 그녀의 시선이 벽에 걸린 사진에 못박혔다. "우리 어머니군요!" 하고 그녀가 소리쳤다. "헥클리프 씨 댁에 있는, 저의 침대 위에 걸린 것과 똑같은 타원형 사진이에요. 거기 것은 누가 떼어버렸더군요."

"그래요?" 하고 그는 아무렇지 않은 듯 응수했다. "그 사람도 이 사진을 갖고 있을 줄은 몰랐는데."

유리안느는 증오심에 가득 차 그를 노려보았다. "이젠 집에 가야겠어요" 하고 그녀는 빠른 말씨로 말했다.

"여기서 식사를 하실 줄 알았는데……."

그의 목소리에 실망이 가득 차 있다.

"아니에요, 안 돼요. 선생님께 말씀도 드리지 않았는데 그럴 수는 없어요."

"헥클리프에게 너무나 자상하시군."

냉랭한 말투였다. 그녀는 대꾸할 말이 없었다.

집 안은 완전히 어두워졌다. 죽은 새들이 살아서 날개를 펴는 것 같고 두터운 담에선 냉기가 흘러 나온다. 문을 닫고 밖으로 나오자 유리안느는 비로소 숨을 내쉬었다. 마트리가 문을 완전히 닫기도 전에 그녀는 서둘러 테라스로 나갔다. 정원은 가을 향기와 오랜 연륜에 절은 저녁 냄새가 풍긴다. 우울한 분위기였다.

낡고 녹슨 대문의 자물쇠는 잠그기가 어려운 것 같았다. 마트리가 한참이나 따라오지 않았기 때문이다. 유리안느는 거실 옆에 있는 나무등걸에 걸터앉았다. 관목 사이로 거실에서 흘러 나오는 불빛이 보인다.

어디선가 얘기 소리가 들려온다. 그녀는 긴장을 했다. 무슨 얘기인지 짐작은 할 수가 있다. 어떤 부인이 얘기를 하고 있다. 마트리 부인은 아니었다. "그렇기는 해도 그 아가씨는 그 사람을 좋아하지는 않을걸. 젊은이는 젊은이를 좋아하니까."

어떤 남자가 그 말에 대꾸를 한다. "그 얘기야 두고 봐야지."

"당신은 바보예요" 하는 대꾸가 들린다. "물론 될 대로 되겠죠. 우리가 그걸 변경시킬 수나 있는 줄 아세요?" 목소리는 낮지만 날카롭다. "내 말은 이런 거예요. 옛날 그녀의 어머니처럼 결말이 좋지 않을 거란 말이지요. 좋은 일은 없어요. 제 말이 틀림없어요."

문이 닫히고 대화는 중단되었다. 유리안느에게는 그 얘기에서 번개처럼 지피는 게 있다. 그녀는 우울하게 거기에 앉아 있었으나 홍분을 점점 참을 수 없어, 갑자기 몸을 일으켜 집 안으로 뛰어 들어갔다.

불투명한 어머니의 사인死因

노부인은 여전히 소파에 앉아 책을 읽다가 유리안느가 돌아오자 책을 덮는다. 그리곤 놀라서 그녀를 마주 본다.

"왔군요. 아들은 어디 있소?"

유리안느는 말을 할 수가 없었다.

"무슨 일이오? 얼굴이 헬쑥하군요. 여기가 어두워 그런가요?" 하고 노부인은 램프불을 들었다. 그래도 유리안느는 꼼짝도 하지 않았다.

"혹시 우리 애가 무슨 잘못이라도 저질렀나요?"

유리안느는 머리를 저었다. "아니에요. 그럴 리야 없지요. 하지만 더 이상은 못 참겠어요."

노부인은 그녀를 주의 깊게 살피다가 묻는다. "무엇을 못 참겠다는 거지요?"

"전부요!" 유리안느는 정신 없이 소리를 질렀다. "온통 비밀투성이에요."

"저런" 하고 노부인이 말했다. "무슨 얘기를 하는 건지 설명을 좀 해 주시겠수?"

"하겠어요" 하는 유리안느의 목소리는 갑자기 차분해졌다. "해드릴까요? 할머닌 저의 어머니를 아셨어요?"

"그거요?" 하고 노부인은 한숨을 지었다. "알고 있었소."

"잘 아셨어요?"

"그렇다고 할 수도 있지."

"그런데요?"

"뭘 알고 싶은 건가요?"

머리를 흔들어 그만두라는 몸짓을 하면서도 유리안느는 헥클리프의 이름을 들먹이려 애썼다. 말이 더듬거려졌다.

"한 번은 의사 선생님 댁에서 우리 어머니의 젊은 시절의 사진을 봤어요. 그런데 내가 그걸 봐서는 안 되는 양 그걸 치워버리더군요."

"그리고요?" 노부인은 그녀를 흥미롭다는 듯 바라본다.

유리안느는 말을 계속했다. "그런데 이 성에서도 방금 똑같은 타원형 틀에 들어 있는 어머니의 사진을 봤어요. 의사 선생님 댁의 제 침대 위에도 똑같은 사진이 걸려 있었어요. 떼어버려서 이제는 볼 수가 없지만."

"그리고요?"

"그리고……. 아드님은 말씀하셨어요. 헥클리프 선생님과 아드님이 똑같이 저의 어머니를……. 뭐라고 할지 모르겠어요. 하여간 어머니와 아버지와 결혼하기 전에 두 사람이 어머니를 사랑했대요. 그러면서 아드님은 그런 건 하찮은 일이나 뭐, 그 비슷한 일이었다고 하더군요."

"그렇게 말했어요?"

"그래도 의사 선생님은 그걸 진지하게 여겨요!" 거기서 유리안느는 소리를 질렀다. "그리고 다른 사람들도 그렇게 여기구요."

노부인은 아무렇지도 않은 듯 말한다. "염사艶事(남녀간의 정사나 연애에 관한 일 : 편집자주)는 생각할 탓이죠. 진지하게 생각할 수도 그렇지 않을 수도 있고 있어요. 그건 견해에 따라 달라지거든요.”

유리안느는 초조한 몸짓을 했다. “좋아요. 제게 말씀을 안 하시려는군요. 그렇다면 부엌에 가서 하인들에게 물어봐야겠어요.”

노부인이 그때 손으로 책상을 쳐서 유리잔이 모두 흔들렸다. “그럴 수는 없소.”

“좋아요” 하고 유리안느는 쌀쌀하게 말했다. “그러시다면 말씀을 해주셔야죠.”

“뭐라구?” 노부인은 흥분한다. “도대체 나더러 강도 얘기라도 꾸며대란 말인가?”

유리안느는 입술을 깨물며 얼굴을 붉혔다. 그리곤 침착하게 또 물었다. “저의 어머니가 두 사람을 사랑했었나요?”

“아가씨,” 하고 노부인이 말했다. “죽은 이를 들먹여서는 안 돼요. 자기가 자기 마음도 모르는데, 어떻게 남의 마음속을 알겠소?”

“부인께서는 아셔요” 하고 유리안느는 고집스럽게 말했다. “어머니는 헥클리프 선생님을 사랑했죠? 그랬죠?”

대답이 없다. “하지만 왜 그들은 결혼을 하지 않았죠? 혹시 그가 어머니를 사랑하지 않았던가요?”

노부인은 펄쩍 뛰며 소리를 친다. “무슨 얘기요? 그는 그 여자를 사랑했어요. 하지만 그때 사정이야 어떠했는지 알 게 뭐요.”

“그래서요?”

“사정이야 어떠했던 그는 아가씨의 어머니와는 결혼을 하지 않았어요.”

유리안느가 재빨리 물었다. “아드님도 저의 어머니를 사랑했었나요?”

노부인은 어깨를 으쓱한다. “부모들이 그 속마음을 어떻게 알겠소.”

유리안느는 미심쩍다는 시선으로 노부인을 쳐다보았다. "의사와 아드님은 친한 친구지간이었나요? 그랬나요?"

"그랬소. 학창 시절부터 떨어질 수 없는 사이였어요."

유리안느는 승리감에 취해 소리를 질렀다. "그렇다면 혹시 아드님께 여자를 넘겨주려고 헥클리프 씨가 포기를 한 거군요."

"뭐라구요? 그가 포기를 했다구요? 천만에요. 여기 정원에서 결투까지 했었다오."

"그래서 누가 이겼나요?"

"모릅니다."

"하지만 그들은 총을 쏘았을 거 아니에요?"

"헥클리프는 쏘지 않았었소."

유리안느는 입을 다물었다. 노부인은 말을 계속한다. "그는 한 방 맞았죠. 손목에 상처가 있어요. 아직 그걸 못 보았나요?"

"봤어요."

잠시 후에 탁상시계가 7시를 알렸다. 유리안느는 조용한 목소리로 또다시 물었다.

"그래서요?"

"그래서라니? 어떻게 되었건 아가씨의 어머니는 결혼을 했어요."

"그리고는요?" 유리안느는 옷장에 몸을 기대며 정신을 바짝 차렸다. "그리고요?" 그녀는 그 말을 되풀이했다.

"그 이상은 얘기할 게 없소. 그 이후야 아가씨가 더 잘 알고 있지 않소."

"아니에요" 하고 유리안느는 소곤거렸다. "몰라요. 전연 짐작도 못 해요. 어머니가 어떻게 해서 돌아가셨는지도 몰라요."

"심장마비였소. 그렇게 알고 있어야 해요."

"마트리 부인" 하고 유리안느는 실망에 차서 말했다. "말씀해 주시지 않으면 다른 사람에게서라도 알아내겠어요. 제게 직접 얘기해 주시는 것이 좋지 않을까요? 하인들의 말로는 끝이 좋지 않았다고 하더군요. 그게 무슨 뜻이죠?"

"쓸데없는 주둥아리들을" 하고 부인은 언성을 높인다. "아무것도 아닌 사건을 쓸데없이 주절거려 무서운 얘기로 만드는 거죠. 들어 봐요. 어머니는 결혼 후에도 가끔 여기에 와서 우리 성에서 거처하면서 아들과 함께 음악을 합주하기도 했어요. 그랬는데 어느 날 갑자기 심장마비를 일으켰던 거요."

유리안느는 깜짝 놀랐다. "이곳 성에서요? 요양원에서였다고 하던데요." 그녀는 다시 정신을 가다듬었다. "어떤 방에서였죠? 제발 말씀해 주세요. 2층 구석방이었죠?"

"그 방에 들어가 보았소?"

"아니에요. 왜 죽었나요? 만일에 심장마비를 일으킬 정도로 흥분을 했다면 무슨 그럴 만한 동기가 있었을 게 아니에요? 그게 뭐였죠?"

노부인은 몸을 일으켜서 그녀 어깨에 손을 얹는다. 시골 아낙네처럼 무거운 손이었다.

"내가 지금 얘기를 하면 아가씨는 공연히 그 무서운 얘기를 더 알아내고 싶을 뿐이요. 하지만 알 때까지는 마음이 편하지 않을 테니 얘기를 하리다. 아가씨의 어머니는 그 의사가 어머니의 방에 들어가 있었을 때 죽었어요."

유리안느는 비명을 질렀다. 그리곤 소곤거렸다. "부인께서는 11년 간이나 그 사람을 못 보셨지요? 그렇죠?"

노부인은 말없이 긴장과 동정으로 그녀를 살피고 있다.

"고마워요." 유리안느는 몽유병자처럼 밖으로 나왔다.

누구의 눈에도 띄지 않고 그녀는 집 밖으로 나갔다. 밖은 완전히 어두워졌다. 그녀는 성문으로 이르는 길을 못 찾고 관목 속에서 길을 잃었다. 마술에라도 걸린 듯 그녀는 집 앞 광장으로 자꾸만 되돌아나오곤 했다. 그때 자갈밭 위로 발걸음 소리가 들렸고 관목 사이로 비치는 램프 불빛이 그녀를 드러냈다. 그녀는 눈이 부셔서 어둠 속으로 뛰어들어갔다. 나무 뿌리에 걸리고 가시에 찔리며, 뛰면서도 자신이 방향을 잘못 잡았다는 걸 알았다. 불빛은 정원을 샅샅이 비쳤고 그녀의 이름을 부르는 소리가 들려왔다. 그녀는 대답도 하지 않고 결심을 한 듯 곧바로 불빛을 향해 걸어 나갔다. 길이 구부러지는 골목에서 그녀는 마트리와 마주쳤다. 그는 그녀 쪽으로 팔을 내미는 것 같더니 유리안느의 눈이 부시지 않도록 램프를 아래로 내린다.

그들은 어둠 속에서 마주 보고 섰다. 그 동안에 정원은 불안정한 불빛 속에서 깨어났다.

"왜 그러오?" 하고 마트리가 결국 입을 열었다. 노여움을 억지로 억제한 음성이었다. 유리안느는 그를 냉담하게 바라보기만 했다.

그는 추궁하듯 나지막하게 말을 계속한다. "어머니가 무슨 말을 하셨소?"

"제가 궁금했던 얘기예요."

"유리안느, 늙은 부인들은 지루할 때면 이상스러운 얘기들을 생각해 내는 것을 좋아하오. 우리 어머니의 상상이 나의 설명보다 좋소?"

그녀는 냉소 어린 눈길을 그에게 보냈다. "어머님은 솔직한 분이셨어요. 말씀하신 것은 절대로 상상이 아니었어요."

"도대체 그런 질문을 해서 어디까지 알아내겠다는 거요?"

그녀의 시선에는 곤혹감과 놀라움으로 가득 찼으나 목소리만은 신랄하게 울렸다. "우리 어머니의 죽음에 대해 무슨 새로운 설명이라도 할 수 있으세요?" 대꾸가 없다. 그녀는 조소하는 듯 무서움이 가득 담긴 목소리로 말을 계속했다. "그게 사소한 일이라고 하시면서도 왜 얘기를 하지 않으시죠?"

"유리안느, 저는 당신보다 아는 게 별로 없어요. 왜 나를 믿지 않아요?"

그녀는 입을 다물었다. 그에게서 더 이상의 것을 알아낼 수는 없으리라는 생각이 들면서도, 결국 전부를 알고 있는 사람은 바로 이 사람 하나뿐이란 확신도 들었다. 그녀는 심한 피로감을 느꼈다. 발병發病 직전의 미열 같은 게 느껴졌다.

"늦었군요." 그녀는 피곤에 지쳐서 말했다. "내가 어디에 와 있는지 결국은 아무도 몰라요."

그는 그녀를 돌아보았는데, 그 눈초리에 그녀는 소름이 끼쳤다. "어머니가 돌아가신 방을 보고 싶군요. 아까 저를 그 방 앞으로 데려가셨죠?"

그는 아무런 감정도 없는 담담한 목소리로 말했다. "내일 보도록 합시다."

"안 되겠어요. 지금 보고 싶어요."

"거긴 어두워요."

"램프가 있으니 불을 이리 주세요. 저 혼자라도 가고 싶어요."

"무서울 거요."

"그럴지도 몰라요. 열쇠 갖고 계세요?"

"문까지 데려다 주리다."

그들은 묵묵히 이끼 낀 길을 걸어갔다. 발이 푹푹 빠진다. 길은 끝없이 보여, 혹시 고의적으로 그가 길을 엉뚱한 데로 인도하지나 않나 하는 생각이 들었다. 마침내 테라스 계단이 불빛에 드러났다. 문을 열면서 마트리가 그녀에게 램프를 넘겨 주고 그는 뒤에 남는다. 유리안느는 앞만을 노려보며 곧장 걸어갔다. 램프갓의 그림자가 벽에서 춤을 추었고 그녀의 발소리는 유난스럽게도 크게 울렸다. 어둠에 휩싸인 긴 복도를 희미한 램프불로는 반나마도 밝혀 주지 못했다. 망설임도 없이 그녀는 몇 시간 전에 지나쳤던 문에다 열쇠를 꽂았다. 불빛이 작은 방으로 흘러 들어가자 그녀는 긴 한숨을 내쉬었다. 방 가운데에는 피아노가 뚜껑이 열린 채 놓여 있었고 악보도 스탠드에 펼쳐져 있다. 망가진 두번째 의자에는 첼로가 세워져 있는데 현絃은 저음 부분까지 모두 망가졌고 태엽도 풀려 있다. 양탄자 위에는 악보가 흩어져 있고, 두 개의 촛대에는 양초가 넘어져 있다. 촛불 끄는 것도 잊어버렸던 것 같다. 꽃병에는 앙상한 꽃가지뿐인데 시들은 꽃잎은 사방으로 흩어져 있다. 갑자기 램프불이 펄럭이고 창문이 흔들렸다. 유리안느는 깜짝 놀라면서도 물러서지 않았다. 그녀는 불을 높이 쳐들어 창문이 열려 있는 걸 보았다. 창문 하나에는 유리가 없다. 불빛을 사방으로 비추자 벽과 마루의 썩은 얼룩점이 뚜렷하게 보였다. 여러 해에 걸쳐서 비가 들이쳤던 것이다. 창문 곁에 놓인 안락의자는 습기로 검은색이 되어 있다. 유리안느는 묵묵히 그걸 쳐다보다가 마루 위로 램프를 내렸다. 방은 다시 어둠에 싸인다. 그녀는 문을 열고 천천히 계단을 내려갔다. 마트리가 문 앞에 기다리고 있다.

"어떻던가요?" 하고 그가 나지막한 소리로 물었다. "기분이 좋지 않죠? 그렇죠?"

"아니에요" 하고 그녀는 쏘아부쳤다.

그들은 묵묵히 정원을 가로질러 성 밖으로 나갔는데 유리안느는 성문을 지났다는 것도 모르고 있었다. "이젠 댁에 다 왔습니다" 하고 마트리가 말해 올 때에야 그녀는 겨우 정신이 들었다.

악수도 나누지 않고 그녀는 층계로 올라갔으며, 문고리에 손을 대기 전에 망설이듯 한번 뒤를 돌아보았다. 마트리는 들고 있는 램프불에 비쳐 불안스럽게 거기에 서 있다. 그가 말하는 게 들린다. "다시 만날 수 있을른지요?" 그녀는 내키지도 않으면서도 무의식적으로 대꾸를 했다. "네, 물론 다시 뵙도록 하죠." 그러면서도 자신의 목소리가 지나치게 결연하고 냉담한 것에 놀랬다. 그의 전 존재를 손 안에 넣고 주무르면서도 그걸 모르는 그런 냉담함이었다.

미 궁迷宮

문은 이미 잠겨져 있어 그녀는 벨을 눌러야만 했다. 어둠 속에 혼자 서서 기다리는, 그 얼마 안되는 사이에 그녀는 몇 년이나 더 나이를 먹은 것 같은 기분이었다. 그 순간이 그녀의 가난과 사고무친과 헥클리프 곁에 매달려 있는 생활보다 더 참기 힘든 짐스러움으로 느껴졌다.

세바스찬이 문을 열었다. "이제야!" 하고 그는 원망하는 눈초리로 말했다. "배가 고파 죽을 뻔했어요."

"아직도 식사를 안 했니?"

대답 대신에 그는 식당에 있는 식탁을 가리킨다. 저녁식사가 손도 대지 않은 채 놓여 있다.

"선생님은 어디 계시니?"

세바스찬은 머리로 옆방을 가리킨다.

"모셔 와."

세바스찬은 어깨를 으쓱한다. "그러지 않는 게 좋을 거예요."

"어째서?"

그는 찌푸린 얼굴을 흉내냈다. 유리안느는 얼굴로 피가 몰리는 것 같았다. "그래도 가 봐. 널 잡아먹기야 하겠니?"

“날 잡아먹지는 않겠지” 하고 중얼거리며 마지못해 세바스찬은 갔다.

그녀는 세바스찬의 대담함과 관찰력에 미소가 지어졌다. 그러면서도 고통이 다시금 되살아나, 헥클리프가 들어올 문을 향해 가슴을 두근거리며 쏘아보았다. 문이 열리자 그녀의 무릎은 휘청거렸다. 그러나 그건 세바스찬이었다.

“안 오신대요.” 세바스찬은 사명을 완수했다는 듯한 가벼운 말투다.

“안 오신다구?” 그녀는 실망에 몸을 떨었다. 그 순간에야 비로소 그녀는 자신이 알아낸 것을 한시바삐 그에게 알려 주고 싶다는 욕망에 차 있는 자신을 깨달았다.

“‘싫다. 너희들이나 먹어라’ 하고 말했어요.” 세바스찬은 의자에 앉아 빵을 집으며 설명했다. 유리안느는 소리를 지르고 싶은 심정이었다. 그렇다면 나도 안 먹겠어. 그러나 그녀는 그런 흥분을 억지로 누르고 식사를 시작했다. 우유를 마실 때는 이상하게 안정감이 느껴졌다.

비어 있는 헥클리프의 의자를 자꾸만 바라보며 널찍하고 우울한 그의 얼굴을 떠올려 보았다. 헥클리프가 어머니의 죽음에 대해 무슨 책임이 있을라고. 그도 나처럼 어떤 비밀에 휩싸여 있는 거겠지……. 이런 때에 그가 들어와서 그녀의 눈길에 대답이라도 해줬으면 하고 그녀는 몹시 열망했다. 신뢰감과 용서만이 가득한 그녀의 눈길에. 그러나 그는 오지 않았다.

“세바스찬, 천천히 먹어.”

조그마한 방해만 있어도 그녀의 이성을 흐리게 할 수가 있을 것 같다. 정신의 혼란이 커질수록 그녀의 예감도 커져 갔다. 갑자기 마트리가 죄인일 거라는 생각이 떠올랐다. 그 죄가 어떤 것인지 알 수는 없어도 말이다. 헥클리프도 전연 무죄일 것 같지는 않다.

세바스찬의 목소리가 그녀의 사념의 끈을 잘라버렸다. "왜 밥을 안 먹어요?" 하고 그가 말했던 것이다. "숟갈만 들고 왜 먹지를 않아요?"

"네 걱정이나 해." 그러면서도 자신의 냉담함이 부끄럽게 여겨졌다.

세바스찬은 아무렇지도 않게 말을 받았다. "왜 번갈아 가며 신경질을 내지?"

"누가?" 하고 그녀는 멍하니 그를 바라보았다.

"선생님과 누나."

"뭐라고? 먹기나 해."

"벌써 끝낸 걸요."

"그러면 네 방으로 가."

문을 열기 전에 세바스찬은 여느 때보다도 나직한 소리로 소곤거렸다. "아줌마! 선생님이 기다렸어요. 7시부터 집 앞에 서서 길을 내다보시고 계셨어요. 그리곤 식사하러도 오시지 않았던 거예요."

"올라가. 잘 자."

그는 방 밖으로 빠져나갔다. 유리안느는 무언가 고통스러웠다. 음식이 반이나 남아 있는 접시를 치우고는 팔꿈치를 식탁에 괸 채 감정을 정리하기 시작했다. 사념은 끊임없이 제자리를 맴돈다. 그가 나를 기다려 줬어. 왜 기다렸을까? 내가 마트리와 함께 있는 걸 싫어하는 걸까? 왜 싫어할까? 숨기려는 걸 내가 알게 될까 봐 겁을 내는 걸까? 왜 그는 그 사건에 대해 한 마디도 없을까? 뭣 때문일까? 머리가 터지는 것 같다.

그녀는 갑자기 자리에서 벌떡 일어났다. 잠시 후에 그녀는 헥클리프의 방 안에 섰다. 그는 글씨를 쓰던 일을 멈추지도, 그녀를 쳐다보지도 않고 물었다.

"무슨 일이오?"

그녀는 목이 메었다. 대답이 없자 그가 몸을 돌렸다. 그녀를 보자 그는 약간 놀라기만 했을 뿐이었다.

"이리로" 하면서 책상 곁에 있는 의자를 가리킨다. 마치 환자에게나 하듯.

유리안느는 그대로 서서 말을 꺼냈다. "방금 성에서 오는 길이에요. 어머니의 죽음에 대해 몇 가지 사실을 알았어요."

그는 놀라지도 당황하지도 않는다. 그런 조용한 시선이 오히려 유리안느를 당황하게 했다. 그녀는 고집스럽게 얘기를 계속했다. "어머니가 돌아가시기 전날 얘기도 좀 해주더군요."

"그랬어요?"

그의 우울함과 태연함 때문에 그녀는 격분했다. 그녀의 자제심이 무너졌다. "그저 그런 말뿐이에요? 마치……." 더 이상 말이 나오지 않는다. 그는 천천히 잉크병을 닫고 몸을 일으킨다. 그녀의 타는 듯한 시선은 그의 동작 하나하나를 좇고 있었다. 그는 책들을 서가에다 밀어 넣고 손바닥으로 책 등을 두드린다. 그런 식으로 서가를 한 줄 한 줄 정리해 가다가 느릿하고 나지막한 목소리로 묻는다. "왜 그런 얘기를 내게 하는 겁니까?"

"왜냐구요?" 그녀는 뜨거운 목소리로 되뇌었다. "선생님도 아셔야 하니까요."

그는 계속해서 책을 정리하면서 대답은 하지 않는다.

"저의 어머니가 어떻게 해서 돌아가셨죠?"

"심장마비였소."

"그렇다면 왜 하필 선생님이 방에 들어가 계셨을 때 심장마비가 일어났을까요?" 그래도 그는 대답하지 않았다. 그녀는 노여움이 난

폭함으로 번지는 것 같아 기절할 것 같았다.

"어머니를 사랑하셨죠? 그렇지 않았나요?"

그는 다시 책장을 넘기기 시작한다. 그녀는 안중에도 없는 듯한 모습으로.

"헥클리프 선생님, 이 얘기가 중요하지 않으세요? 듣지도 않고 대답도 하지 않으시니 말예요."

그는 책장을 닫고 그녀에게 몸을 돌린 채 팔을 내려뜨린다.

그녀는 그를 바라보면서 얘기를 계속했다. "선생님은 어머니를 사랑하셨어요. 그것 때문에 마트리 씨와 결투도 하시고요. 그런데 왜 결혼은 하지 않으셨나요?"

그제야 그가 느릿느릿하게 대답했다. "그런 질문을 해서 어쩌자는 겁니까?"

자신이 진실을 알려는 것보다는 차라리 그를 괴롭히려고 하기 때문일 거라는 생각이 그녀에게 들었다. 그래서 그녀는 큰 소리로 말했다.

"알고 싶어요."

"무엇을 알고 싶소?"

"알아서는 왜 안 되나요? 왜 제게 모든 걸 말씀해 주지 않으세요?"

"얘기해서는 안 될 일도 세상에는 있는 법이오. 그걸 알아야 하오, 유리안느."

초조하다거나 비난하는 흔적은 하나도 찾아볼 수 없는 음성이었다.

대화는 어쩔 수 없이 끝장이 나고 말 것 같았다. 그녀는 늘 패배의 쓴 잔만을 마셔 왔었고, 그것을 당연한 것으로 알아 왔었다. 그러나 이번만은 흥분된 내적 고민이 그녀의 통찰력보다는 훨씬 강했으므로 그녀는 말을 계속했고, 또 그럴 때면 헥클리프를 우울하고 냉담하게 쳐다보았다. "그러시면 마트리 씨 집의 하인들에게라도 알아보겠어요.”

그는 이마에 어두운 주름살을 짓는다. “어떻게?”

“그들은 그런 얘기를 떠벌였거든요. 들었어요. 그들은 아마도 그 얘기를 죄다 아는 것 같았어요.”

그가 마지못해 하는 표정으로 그녀를 바라보았기 때문에 그녀는 공연히 부끄러웠다. 그가 얘기를 꺼냈을 때는 그의 얼굴에는 그런 표정은 이미 가셔져 있었다.

“안 돼요. 그러지 마시오.”

그때 발자국 소리도 없이 노크 소리가 나고 카탈리나가 방 안으로 머리를 디밀었다.

“선생님! 저녁식사를 그냥 놔둘까요?”

헥클리프가 초조한 듯 대꾸한다. “치우시오. 그만두겠소.”

카탈리나는 중얼거리며 사라진다. 유리안느는 순간 강렬한 해방감을 맛보았다. 그러나 그런 기분은 잠시뿐, 헥클리프의 책상 위를 노려볼 때 그에 대한 뜨거운 분노로 몸이 다시 불타 올랐다. 책상 위에는 기호와 그림으로 깨알같이 박아 쓴 종이들이 흩어져 있었고, 그녀가 한마디만 하면 혼란에 빠져 버릴 텐데도 헥클리프는 조용히 일을 하고 있었기 때문이다.

“선생님으로부터는 알 수가 없을까요?”

“유리안느!”

드디어 그는 정말로 마음이 괴로운 모양이다. 그의 이마가 젖어 있었다. 그걸 보자 그녀는 고소했다.

“안녕히 주무세요.” 그녀는 아무렇지도 않다는 식으로 말을 하곤 나와버렸다. 그는 그 인사에 대꾸도 하지 않았다. 그녀가 세바스찬의 방 앞을 지나갈 때, 세바스찬이 문 밖으로 그 머리를 내밀었다. “아직도 선생님은 화를 내고 계세요?”

"제발, 나를 좀 놔둬."

세바스찬은 멍하니 그녀가 문을 닫을 때까지 그녀의 뒷모습을 바라보았다. 그녀는 어둠 속에서 침대 모서리에 앉아 아직 잘 시간이 멀었는데도 옷을 벗기 시작했다. 헥클리프와의 대화를 연상해 보자, 자신의 형편이 절망적이라는 게 뚜렷해졌다. 소위 '비밀'이라고 불리던 그것의 정체를 벗겨 볼 결심을 했다. 그러나 도저히 뛰어넘을 수 없는 것 같은 장애에 부딪쳤다. 혹시 그것을 너무나 지나치게 생각했던 것은 아닐까? 사람들이 벌써 모든 것을 얘기하지 않았던가? 거기에 무슨 비밀이란 게 있단 말인가? 그녀는 불을 끄고 어둠 속에 누워 이불을 뒤집어 썼다. 틀림없이 전보다 더한 미궁 속에 빠져 들었어⋯⋯. 그물에 걸려든 것같이 고통스런 기분이 든다. 전에도, 비록 느슨하기는 했으나 헥클리프와 마트리를 함께 묶어 두었던 그런 그물에, 이제 그녀는 두 사람을 함께 묶어서 미워하기 시작했다. 누구에게라고 할 것 없이 그녀는 온몸으로 증오심을 불태우며 노여움의 눈물을 흘렸다.

갑자기 무서운 생각에 싸여 그녀는 침대에서 뛰어 일어났다. 자기에게는 자신과 어머니를 위해 복수를 할 힘이 없단 말인가? 어떻게 하면 헥클리프와 마트리가 서로를 우롱하게 만들 수가 있을까? 다른 어떤 생각보다도 강렬하고 음험한 어떤 감정이 그녀에게 속삭인다. 그녀가 마트리를 사랑하고 있다고 두 사람이 다 같이 믿게 만들기는 쉬운 일이다. 그렇게 해서 두 사람을 똑같이 괴로움에 빠지게 할 수 있다고. 헥클리프가 마트리보다 더 하겠지만⋯⋯. 미소를 지으며 그녀는 다시 침대에 누워 잠을 청해 보았으나 정신이 더욱 말똥말똥해진다. 그런 계획은 시일을 요하는 것이 아닌가. 복수하고 싶다는 마음을 그렇게 지체시킬 수가 없다. 무슨 방법이 없을까? 헥클리프로 하여금 자기의 자만심 때문에 후회하는 벌을 받게 할 방법은 어떤 것일까? 마트리에게 세바스찬의 진학을 간청해 보면 어떨까? 마트리는 부자다. 그것도 대단한 부자다. 그러니 아마 그 청을 들어주겠지. 만일에 헥클리프로 하여금 질투심에 불타도록만 한다면, 세바스찬을 잃어버리는 데도 그는 괴로워하겠지. 난폭할 정도의 확고한 결심이 그녀의 내부로 휘몰려 오고 잠은 점점 멀어져 갔다. 자정이 지나서야 헥클리프가 방으로 돌아가는 기척을 그녀는 들었다.

빛나간 혼자만의 계획

다음 날 아침은 맑게 개여 여름이 다시 돌아온 듯 따뜻했다. 유리안느는 밤에 했던 생각을 확실하게 이해하지는 못했으나, 고집스럽게 그녀의 계획에 매달렸다. 그러나 이상하게도 전날 느꼈던 지나친 감정은 사라지고, 무관심하고 지친 상태에 자신이 빠져 있다는 생각이 든다. 오전 중에는 헥클리프에 대해 반감도 호의도 느끼지 않고 담담히 그의 곁에서 일을 할 수가 있었다. 그녀는 가끔 흘깃거리며 그를 쳐다보았다. 그는 언제나 여전했는데, 어제의 대화를 생각하고 있다는 인상이나 말 한 마디도 없다.

그날은 무척이나 지루했으나 유리안느는 차분한 기분이었다. 오후 진찰 시간의 마지막 환자도 가버렸고, 4시가 조금 지났다. 유리안느가 성에 가까이 이르렀을 때 태양은 부드럽고 따뜻하게 잔디밭을 내리비쳤다.

길이 구부러지는 곳에서 그녀는 뜻밖에 마트리와 마주쳤다. 그는 참나무 앞에 서서 거대한 나무 등걸을 촬영하고 있다가 유리안느를 보자 눈빛이 번쩍였다. 그녀가 당황할 정도로.

그러나 그 거대한 고목 속에도 곰팡이나 이끼와 버섯들이 자란다고 설명을 시작할 때의 그의 목소리는 언제나 마찬가지로 다시 냉담했다. 그를 따라가려고 해보았으나 그녀의 생각은 자꾸만 비틀거려 자신의 계획이 전연 불가능하고 우스꽝스러워 보인다.

그녀는 마트리를 자세하게 관찰했다. 조그마한 머리, 모난 어깨, 길고 가냘픈 목놀림을. 그런 걸 바라보는 것은 결코 기분 좋은 일은 아니었다. 그때 먼 곳에서라도 들려오듯 그의 말소리가 들렸다. "이 두 나무들은 서로 같은 운명을 타고 났습니다." 그녀 자신의 대꾸도 들려왔다. "나무가 하나뿐인 것 같은데요."

"아닙니다." 그가 말을 받았다. "나무는 두 그루죠. 그러나 너무나 바짝 붙어 있어서 바람이 불 때마다 서로 마찰을 일으키지요. 그 소리를 나는 어린 시절부터 들어왔습니다. 밤에도 그 소리로 잠을 이룰 수가 없었습니다. 나무 하나를 베어버릴 계획도 해봤으나 힘이 모자랐어요. 두 나무 사이의 공간은 점점 좁혀져서 마찰을 할 때마다 그들은 서로 상처를 입습니다. 지금도 널찍하게 벌어진 그 상처 자국이 생생하게 기억납니다. 거기에는 말할 수 없는 냄새를 풍겨 주었거든요. 그랬는데 오늘 여기에 와 보니 상처 자국은 이미 없어졌군요. 두 나무가 마침내 하나로 완전히 붙어버린 겁니다. 이젠 함께 자라게 됐어요."

"그렇군요. 그럴까요?" 하고 그녀는 시들하다는 듯이 말을 했다. 그러던 그녀의 시선이 성 쪽으로 옮겨졌다. 그녀는 탄성을 질렀다. 창문들은 모두가 열렸고 커튼들도 내려져 있었기 때문이다. 방마다 일꾼들과 청소부들이 일을 하고 있다.

"정말로 성으로 이사를 하시려는 거군요?"

"모르겠습니다."

그녀는 그의 옆 얼굴을 쳐다보았다. "그렇다면 왜 수리를 시키는 거죠? 굉장한 역사役事인데요."

그는 여전히 건성으로 대답한다. "언제나 준비하는 기쁨이란 것이 있다는 걸 모르세요?"

그녀 쪽에서 오히려 당황했다. 그는 단호하면서도 힘차게 대화를 중단하고는 렌즈를 닫아 사진기를 주머니에 넣은 다음, 팔까지 기어 오른 개미들을 흔들어 털어버린다.

"갑시다" 하고 그가 말했다. "차라도 함께 들까요?"

"아니에요." 그녀는 재빨리 말을 받았다. "절 좀 도와달라고 부탁 드리려고 왔을 뿐이에요."

그는 이상하다는 듯 그녀를 쳐다본다. 그녀는 애기를 하며 얼굴을 붉혔다. "돈 애기예요."

그는 그녀가 애기하는 동안에 그녀에게서 눈도 떼지 않았다. "헥클리프 씨의 양자를 아시죠? 세바스찬 말예요. 그 애가 의사가 되고 싶대요."

"그래요?"

유리안느는 자기가 무슨 말을 하려는지를 그가 얼핏 알아차리지 못하는 게 화가 났다. 그녀는 흥분에 떨며 말을 계속했다. "그런데 돈이 없어요. 빚뿐이고……. 헥클리프 씨는 틀림없이 그 애를 공부시키겠지만……." 거기서 입을 다물고 적개심에 불타서 그를 쳐다보다간 거의 절망적인 목소리로 덧붙였다. "병원은 돈벌이가 엉망이에요. 가난한 환자들뿐이죠. 대부분의 환자는 돈 한 푼 내려고 하지 않아요. 저는 잘 알아요. 경리일까지 보니까요."

그러다가 필요 이상으로 자기가 헥클리프를 감싸주고 있다고 생각되자 그녀의 얼굴은 아주 붉어지고 말았다.

"그래서 생각해 봤어요. 선생님이라면……."

"그러지요. 기꺼이 들어드리죠." 느릿느릿한 대답이었다. "그런데 어떻게 이 일에 내가 뛰어들지요? 더구나 헥클리프의 양자 일인데.”

“의사 선생님과 얘기만 하시면 돼요. 걱정거리가 없어진다면 틀림없이 기뻐할 거예요.”

마트리는 담배를 빙빙 돌린다. 그녀는 그러는 그를 초조하게 바라보았다. “반드시 그럴까요?”

그의 말이 옳다고 생각될수록 그녀는 점점 자신의 계획에 집착이 간다. “틀림없어요! 그는 그 애를 위해서 쓸 돈이 없어 마음이 상해 있어요.” 그녀는 소리를 질러댔다.

그는 뭔가 알아내려는 눈빛으로 그녀를 쳐다본다. “그게 당신에게 그렇게 중요합니까, 유리안느?”

“네, 대단히 중요해요.”

“좋습니다. 당신을 위해 해드리죠.”

그녀는 세차게 말을 받았다. “저를 위해서요? 왜 저를 위한다는 거죠? 세바스찬을 위한 일인데요.” 그러다간 곧 평정을 되찾고 차분하게 물었다. “헥클리프 선생님과 상의하시겠죠?”

“그러죠. 내가 얘기하겠습니다.”

“언제요? 하시려거든 제발 빨리 해주세요.” 그녀의 그 세찬 어조에 그는 멍해서 그녀를 뚫어지게 바라본다. “오늘이 어떻겠소?”

“그러세요.”

“헥클리프는 언제 집에 있죠?”

“저녁식사 뒤에요. 8시쯤.”

“당신이 그 일을 내게 부탁한 걸 그도 알고 있습니까?”

“아니에요. 모르고 있어요.”

“어떤 일이 있어도 내가 꼭 그와 얘기를 해야 되겠습니까?”

그녀는 잠시 머뭇거렸다. 그러다간 큰 소리로 말했다. “어떤 일이 있어도 그래 주셔야겠어요.”

그는 어깨를 으쓱한다. “유리안느, 왜 그런 일을 하는 겁니까?”

그녀는 길가에 스치는 나뭇잎을 뜯어 그걸 손 안에서 으깨었다. “세바스찬이 공부할 수 있다는 것뿐이죠. 뭐가 또 있겠다고 그런 질문을 하시죠?”

그는 걸음을 옮기며 말한다. “그게 당신에게 그렇게 중요한 일이 아니라면, 나는 이 사건에 관여하지 않았을 겁니다.”

“왜 그러시죠?”

대답 대신에 그는 그녀를 흘깃 쳐다보았다. 득의와 냉담함이 번쩍이는 눈초리다. 그녀는 하마터면 소리를 지를 뻔했다. ‘그런 게 아니에요. 그만두세요. 헥클리프 씨에게 얘기하지 마세요. 우리도 그대로 친구로 지내도록 해요…….’ 될 대로 되라 하는 자포자기적인 무관심이 그녀를 엄습해 왔다. 그녀는 비틀거렸다.

집에 돌아왔을 때 그녀는 마구간 문이 열려 있는 걸 보았다. 벌써 어둑어둑해지기 시작해서 헛간 안에 헥클리프가 있는지 없는지 알 수가 없다. 갑자기 그와 타협하고 싶은 강렬한 욕망에 사로잡혀 벌여 놓은 일을 모두 팽개치고 싶어졌다. 그때 그가 헛간에서 나와 말오줌나무 그늘에 묻힌 담장에 몸을 바싹 기댄다. 방향을 잊기라도 한 양으로 그는 걸음을 멈춘다. 주체할 수도 없는 피로감에 젖어 있다는 인상이 풍긴다. 양팔을 늘어뜨린 채. 유리안느는 그에게로 달려가고 싶은 충동으로 무슨 말을 해야 될지도 모르면서 걸음을 재촉했다. 가슴이 세차게 두근댔다.

그녀의 발자국 소리를 눈치 챈 듯, 그는 깊은 잠에서 깨어나는 사람처럼 보였다.

“무슨 일이죠?” 하고 그녀를 지친 모습으로 쳐다본다. 머리칼이 얼굴까지 내리덮여서.

“아무 일도 아니에요” 하고 유리안느는 그를 응시했다. 더 이상 아무 말도 할 수가 없다. 그는 천천히 그녀 곁을 지나 집 쪽으로 걸어간다. "세바스찬의 학비를 대주겠다고 나선 사람이 있다는 걸 말씀드리려고 했어요." 그는 걸음을 멈추고 묻는 듯한 몸짓으로 그녀를 바라본다.

"마트리 씨가 그러고 싶대요." 그녀는 힘을 주어 다짐하듯 말했다.

"돈이 없다고 말씀하시길래 제 생각으로……."

그가 그녀의 말을 가로막는다. "그래요? 잘됐군요."

한참이나 그가 사라진 문 쪽을 응시하면서 그녀는 사념에 잠긴다. 그는 그 일에 아무런 관심도 없는 게 아닐까? 난 그를 마음 아프게 했어. 그랬을 거라고 확신이 서자 그녀는 이상한 감정에 사로잡혔다. 여태까지 느껴본 어느 감정보다 더욱 헝클어진 기분이다. 이런 느낌은 후회의 감정일까? 승리의 감정일까? 혹은 둘 다일까? 그렇지 않으면 전혀 다른 걸까? 아무튼 숨이 막히게 답답했다.

그녀는 집으로 들어갔다. 방에 들어서자, 말을 매어 두고 마당 밖으로 나가는 헥클리프의 기척이 들려왔다. 그는 저녁식사 때까지도 돌아오지 않았다. 그녀와 세바스찬은 묵묵히 여느 때보다도 일찍이 식사를 끝냈다.

방으로 돌아가기 전에 유리안느는 부엌에다 대고 소리를 질렀다. "선생님은 누구 집에 가셨나요? 카탈리나."

"몰라요. 언제는 어디 가신다고 말을 했나요?"

유리안느는 속이 상해 한숨을 쉬었다. 그녀는 방문을 살짝 열어놓고 책을 펴 책상 앞에 앉았다. 읽지는 않았다. 잠시 후에는 세바스찬이 계단을 내려가는 소리가 들렸다.

"어딜 가니?"

대답은 없었으나 걸음을 멈춘다.

"길에 나가면 안 된다. 벌써 밤이 됐단다."

그는 뭐라고 투덜대며 뽀로통해서 돌아선다.

"그래 봐도 소용없어. 네가 밖에 서 있는다고 선생님이 더 일찍 돌아오시겠니?

그는 말없이 방으로 사라진다. 그녀는 혼자서 중얼거렸다. 저 애는 왜 저렇게 그를 따를까? 이상할 정도야. 그런데도 헥클리프는 아무런 관심도 두지 않는단 말이야. 책을 읽으려고 했으나 그녀의 시선은 자꾸만 시계 쪽으로 옮아 가곤 했다. 거의 몇 분마다였다. 8시가 됐고 다시 15분을 쳤다. 여전히 헥클리프도 마트리도 오지 않는다. 문득 마트리는 오지 않으리라는 생각이 든다. 그가 오지 않는 게 어쩌면 다행한 일인지도 모른다는 안도감이 들기도 했으나, 한편으로는 그 때문에 자기가 곤란한 입장에 빠지게 됐다는 감정이 거세게 밀어닥친다. 일들을 좀더 조리 있게 생각해 볼 수도 있었을 텐데. 그녀는 얼음장처럼 차가운 자조의 감정에 눈이 뒤집힐 지경이었다. 울음이 터질 것만 같았지만 도저히 그럴 수는 없었다. 다시 책상에 앉아 오만가지 생각에 잠겼다.

10시가 지난 뒤에야 헥클리프의 마차가 마당으로 들어오는 소리가 들렸다. 그녀에게는 자기의 계획을 관철한다는 것이 어려우리라는 게 분명해졌다. 더욱이 최초의 시도는 이미 실패한 것이 아닐까? 그녀는 침대에 누워 어둠 속에서 속삭였다. 모르겠어, 모르겠어. 어떻게 해야 할까? 그녀는 어린아이처럼 흐느끼며 베개에 얼굴을 파묻었다.

날이 밝고 오전 진찰 시간이 되어서도 헥클리프는 전보다 더 말이 없었다. 그녀나 환자들에게나 마찬가지로 거의 입을 다문 채 일을 해 나간다. 유리판 위에 부딪치는 금속기구들의 울림 소리만이 더욱 크게 들렸을 뿐이다. 늙은 환자들은 말없이 그를 쳐다본다. 그의 이상스레 어두운 얼굴이 그들에겐 수수께끼 같았던 것이다.

　점심때가 되어 그녀가 방으로 돌아가자 거기에 편지 한 통이 놓여 있었다. 그녀는 급히 편지를 뜯어 읽어 내려갔다.

　친애하는 유리안느, 당신은 제게 화를 내셨습니다. 전 그걸 알고 있습니다. 당신이 잘못 생각한 것입니다. 세바스찬 일로 헥클리프와 얘기를 나누어 봤더니 헥클리프는 자기가 그 애를 공부시킬 결심이라고 하더군요. 그때가 되면 학비도 자연히 준비가 될 거라면서. 언제 다시 뵙게 될까요? 충심으로 뵙기를 간절히 바랍니다.

B · M으로부터.

　유리안느는 편지를 발기발기 찢었다. 헥클리프가 교묘하게 그녀의 일격을 벗어났다는 걸 알았다. 그녀는 얼굴이 핼쑥해져 허둥대며 종이 조각을 난로에 넣고 불을 질렀다.

　난로 뚜껑을 덮은 다음, 창문으로 달려가서 문을 활짝 열었다. 신선한 공기를 마셔도 가슴속은 여전히 답답하다. 갑자기 편지의 마지막 구절이 생각났다. 자기를 기다려 주는 사람이 있다는 생각으로 그녀는 기쁨에 벅찼다. 그러나 그런 기분은 마트리를 생각할 때마다 느껴지는 불쾌감과 공포감으로 퇴색해 간다. 무엇으로도 변명할 수 없는 감정이었다.

조그만 파문

　저녁식사 때 헥클리프가 머뭇거리며 말했다. 그녀를 쳐다보지도 않고 신문을 넘기면서.

　"당신이 필요한데……. 내가 계획하는 일을 해줄는지 모르겠소."

　"무슨 일인데요?"

"북슈타인휠트에서는 애들이 열 명이나 성홍열을 앓고 있소. 그렇게 심한 건 아니지만, 그쪽 사람들은 여기 사람들보다도 병 간호를 더 할 줄 모른단 말이오."

그는 입을 다문다. 따라 나서겠다는 그녀의 대답을 그가 간절히 고대하고 있다는 사실을 그녀는 느낄 수가 있었다. 그러나 그녀의 혀가 갑자기 마비되어 버렸다.

그들은 식사를 계속했다.

세바스찬이 호기심에 눈을 반짝이며 물었다. "거기 가요?"

유리안느가 화가 난 눈초리로 세바스찬을 노려보았으나 세바스찬은 끄떡도 하지 않는다.

헥클리프가 지나가는 말로 입을 연다. "몇 주일이면 되는 일인데……. 간호원의 방은 따로 준비가 돼 있어요." 그러면서 그녀를 응시하다가는 여태껏 들어볼 수 없었던 이상한 음성으로 말을 계속한다. "내겐 당신밖에 아무도 없소."

그녀는 빵을 꿀꺽 넘겼다. 식사가 끝나자 그녀는 즉시 방으로 돌아왔지만 잠을 이룰 수가 없었다.

다음 날 진찰 시간이 되자, 그녀는 헥클리프가 다시 물어 오기를 기다렸으나 그는 아무 말도 없었다. 그녀가 그곳으로 가지 않으리라고 믿는다는 표정이다. 그녀는 몰래 그를 살펴보곤 했다. 거의 밤이 되도록 일을 하고 난 뒤로 그의 눈 언저리에는 그림자가 점점 어두워져 갔다. 피곤해 보인다. 무언가 안됐다는 생각이 그녀에게 들었다. 마지막 환자도 가버리자 헥클리프는 왕진 가방을 꾸린다. 손을 씻으면서 유리안느는 또 하나의 자기 자신과 말없는 싸움을 벌이고 있었다. 망설일수록 점점 말을 하는 게 어려워졌다. 그녀는 느닷없이 무뚝뚝하게 말을 꺼냈다. "북슈타인휠트에 가서 특별히 조심해야 할 일이라도 있나요?"

헥클리프는 짐꾸리는 일을 멈췄지만 아무 말도 하지 않았다. 그녀의 말을 듣지 못한 것도 같다. 그녀는 눈을 감았다. 엄청난 피로감이 엄습해 온다. 퇴짜를 맞았을 때와 같은 피로감이. 그런데 그가 말했다. "가려오? 고맙소." 믿기지 않는다는 듯한 목소리로 그는 그 말을 했다. 그녀는 얼굴로 피가 몰려오는 기분이었다. 깊은 정적이 뒤따라 물방울 떨어지는 소리뿐이었다. 유리안느가 그에게 몸을 돌리자 헥클리프는 문 밖으로 나가며 빠른 말씨로 말했다.

"그러면 오후에 그리로 가도록 하겠소."

유리안느는 천천히 방을 치우며 고맙다는 그의 말을 들었을 때 느꼈던 부끄러운 기분을 털어버리려고 애를 썼으나, 그렇게 되지가 않는다.

점심식사 전에 그녀는 마트리에게 간단하게 편지를 썼다. 북슈타인휠트에서 돌아오면 그를 방문하겠노라고. 그런 결정을 하는 데는 굉장한 결단력이 필요했었다. 점심식사가 끝나자 헥클리프도 보는 앞에서 그녀는 그 편지를 세바스찬에게 줬다. "이걸 성에다 갖다 주고 와." 세바스찬은 이상스럽다는 듯이 그녀와 헥클리프 쪽을 번갈아 쳐다본다.

의사는 신문만 들여다보고 있다. "얼른 가" 하고 유리안느는 말했다. 신문을 보면서도 헥클리프가 그런 장면을 살피고 있다는 걸 알 수 있었다. 헥클리프는 비위가 상했을 거야……. 그녀는 그렇게 고집부려 보았으나 그의 마음을 아프게 해준 것이 그리 유쾌하지는 않았다.

오후의 진찰 시간도 끝났다. "이젠 출발해도 되겠소?"

그녀가 고개를 끄덕이자 그가 덧붙인다. "첫날 저녁에 먹을 빵을 준비하도록 하시오."

유리안느는 짐을 꾸린 다음 부엌으로 들어갔다.

카탈리나 곁에 헥클리프가 서 있다. 카탈리나는 얼굴을 찡그리며 커피를 갈고 그는 유리통에서 커피 열매를 꺼내 분쇄기에 담는다. "벌써 가득 찼어요" 하고 카탈리나가 분쇄기를 닫으려고 해도 헥클리프는 계속 퍼 붓는다. 식탁 위에는 커다란 광주리가 놓였는데 여러 가지의 쨈통과 길다란 소시지가 내다보인다.

"솔을 잊지 말아요. 음료수는 거기 가도 살 수 있을 거고."

유리안느는 마차 위에 탔다. 짐과 광주리는 뒤에 싣고 헥클리프 옆 자리에 앉았다. 흐린 날씨였다. 습기 찬 바람에 몰린 구름이 고원을 넘어와서 깊은 골짜기까지 내리깔린다. 유리안느는 몸이 떨렸다. 그들은 얼굴을 수건으로 싸고 계속해서 차를 몰아 나갔다. 가끔 가다가 말이 무덤 위로 날아오르는 검은 까마귀 떼들을 바라본다. 길은 끝이 없어 보였다. 평평한 길을 달리는 동안에 유리안느는 깜박 잠이 들었다가 마차가 갑자기 뒤뚱하는 바람에 깨었는데, 자기가 헥클리프의 어깨에 몸을 기대고 있었다는 걸 알았다. 그녀는 재빨리 몸을 빼고는 그가 두터운 외투를 입고 있어서 그걸 몰랐을 거라고 스스로에게 다짐해 보았다. 이상스런 감정이 그녀의 내부에 번져 왔다. 손가락 끝에까지 느껴지는 감정이. 그런 새로운 상념을 음미해 보자 가슴이 걷잡을 수 없이 두근거린다. 잠을 못자서 피곤했던 거야. 그것뿐이야. 그녀는 마차 밖으로 몸을 굽히고 뜨거워진 얼굴을 바람에 식혔다.

"감기 걸리겠소" 하고 헥클리프가 소리를 질렀으나 그녀는 머리를 저었다. 안개가 너무 짙어서 길을 알아볼 수도 없는데 음산한 어둠이 또 깔려 왔다. 빗방울이 떨어지기 시작했다. 그때 멀리에서 어둠을 뚫고 불빛이 반짝였고, 얼마 가지 않아서 작은 여관 앞에 차가 멈췄다. 어떤 부인이 집 밖으로 급히 달려 나온다. "고맙습니다, 의사 선생님. 우리 아가테가 죽어 가요."

"괜찮을 거요." 헥클리프는 부인을 안심시키며 말한다. 유리안느는 다시금 전에도 가끔 지켜봤던 일들을 놀라움에 차서 확인할 수가 있었다. 헥클리프의 시선이나 한 마디 말은 사람들에게는 거의 미신에 가까운 신뢰감을 준다. 그런 생각을 해보자 조금 전 마차에서처럼 가슴이 다시 세차게 두근거린다.

"약속했던 간호원이 왔습니다. 유리안느 양입니다. 올라갑시다."

유리안느는 부인과 악수를 나누면서 쳐다보는 부인의 시선에 당황했다. 그들은 말없이 좁고 삐걱거리는 계단을 올라갔다. 부인이 조그마하고 냉기가 어린 방을 촛불로 밝혀 줬다.

"너무 초라해서요" 하고 부인은 송구스럽다는 표정이다.

"방을 따뜻하게 하세요" 하는 헥클리프의 말은 부드러우면서도 약간 명령조였다.

부인이 나가자 그는 외투 주머니를 뒤진다. "밤을 밝힐 때나 필요할 때 이걸 쓰시오" 하며 그는 사과주 한 병을 탁자 위에 놓는다.

"고맙습니다." 유리안느는 미소지었다. 그러면서도 이 냉랭한 방에 혼자 있게 된다는 것이 두려웠다. 헥클리프는 잠시 그녀를 응시하는데 뭔가를 얘기하고 싶어하는 표정 같았다. 그러나 그는 혼잣말로 중얼거렸을 뿐이었다. "오래 걸리지는 않을 거요."

"걱정하지 마세요. 그렇게 나쁘지는 않군요. 그 밖에 뭐 특별한 말씀이 있으세요?"

그의 얼굴이 일그러지면서 파리라도 잡으려는 듯한 이상스런 손짓을 한다. 그리곤 담담한 목소리었다. "광주리에 약품이 있어요. 간이우체국에 가면 전화기가 있어요. 자! 이제는 따뜻한 걸 좀 마십시다."

제3부

성주의 구혼

　북슈타인휠트에서 일을 한 지 3주가 됐다. 전염병은 절정에 이르러 헥클리프는 매일 그곳으로 넘어 다녔다. 유리안느는 매일 밤 세 시간 이상은 잠을 잘 수도 없었다. 11월 말경이 되자, 몇 주일 동안이나 그 작은 마을을 넘어 산 아래로 불어대던 폭풍도 잠잠해지고 철 늦게 부드러운 태양이 고원 위를 따뜻하게 비쳐 주었다. 유리안느는 거친 돌담에 머리를 기대고 여관집 앞에 놓인 의자에 앉았다. 피곤에 지쳐 깜박 잠이 들었는데, 누가 그녀의 이름을 부를 때도 그녀는 잠에서 깨지 못했다. 그림자가 그녀를 감싸 몸이 떨릴 때에야 그녀는 흐릿하게 눈을 떴다. 아직 잠에 취한 눈길에 마트리가 보였다. 그녀의 눈에는 즉각 싫다는 그림자가 스쳐갔다. 보이는 얼굴은 무서움에 찬 인상이어서 그녀는 다시 눈을 감았다. 그렇게 하여 현실을 꿈으로나 돌리려는 듯. 그러다가 마트리의 목소리에 소스라치게 놀랐다. "몸이 불편한가요? 유리안느."

　"아니에요. 아녜요" 하는 그녀의 음성은 무척이나 거칠었다. "피곤할 뿐이에요. 얼른 일을 하러 가야 해요."

“여기서 더 견딜 수 있겠소?” 하면서 그는 초라한 여관과 바람에 일렁이는 잿빛 마을을 바라본다.

“왜 못 견뎌요? 그런데 왜 앉지 않으세요?”

“많이 말랐군요.”

“그래요? 말랐어요?” 그리곤 그녀는 자기 몸을 둘러보았다. “괜찮은데요.”

“유리안느, 왜 이런 일을 하는 거요?”

“뭐 말이에요?”

“자기를 너무나 희생하고 있어요. 왜 그러죠? 무엇 때문이죠?”

“희생이라구요? 희생이랄 건 없어요. 자청한 일인데요. 무슨 일을 할까 하고 스스로 결정한다는 건 즐거워요. 여기서 많은 걸 배웠어요.”

그는 더욱 날카로운 음성으로 대꾸한다. “당신은 헥클리프를 위해 그런 일을 하고 있는 거요?”

그녀는 그에게 냉랭한 눈길을 보냈다. 그러는 그녀의 얼굴이 어두워졌다.

“아니에요. 잘못 생각하신 거예요.”

“그러면 누굴 위해서죠?” 그는 계속 다그친다.

“누굴 위해서라뇨? 애들을 돌볼 사람이 없기 때문인데요.”

그는 그녀의 눈을 고집스럽게 들여다본다.

“이곳 애들이 당신에게 그렇게도 소중한가요?”

그녀는 점점 화가 났다. “왜 그런 말을 물으세요? 여기에서 제가 필요하다는 걸 아시면서요.”

그의 얼굴에 그늘이 지더니 갑자기 화제를 바꾸면서 말한다. “함께 돌아가지 않겠소? 피곤해 보이는군요. 몇 주일 동안 우리 집에 와서 몸조리를 하시도록 하십시오. 헥클리프에게 얘기를 하겠소.”

“무슨 말씀이세요!” 그녀는 아무 소득도 없는 이런 대화에 지쳤다. “떠날 수는 없어요. 애들이 앓고 있는 한은 절대로 안 돼요.”

그는 펄쩍 뛴다. “애들이라구! 유리안느, 당신 자신이 중요해요. 여기는 당신이 있을 곳이 못 돼요.”

그녀는 그를 조용히 바라보았다. 그의 시선에는 적의감이 드러나 보인다. “이젠 가 봐야겠어요. 안녕히 가세요.” 그리곤 그의 걱정은 아랑곳도 없이 그녀는 재빠른 걸음으로 오두막집 사이로 사라져버렸다.

그날 밤을 꼬박 밝히고 다음 날 점심때나 되어서야 그녀는 집으로 돌아왔다. 여주인이 상기된 얼굴로 그녀에게로 달려온다. “마트리 씨가 와 계셨어요. 아가씨에게 짐꾸러미 하나와 광주리를 두고 가시더군요. 오실 때까지 기다리겠다고 하시길래 아가씨께서는 하루 종일 돌아오시지 않을 거라고 말씀드렸어요.”

짐꾸러미에는 초콜릿과 통조림이 들어 있고 광주리에는 과일즙과 포도주 병이 담겨 있었다. 유리안느는 그것들을 허겁지겁 먹으면서 달콤한 포도주를 벌컥벌컥 들이마셨다. 그런 다음 물건들을 보자기에 꾸려 집 밖으로 서둘러 나갔다. 문 앞에서 그녀는 헥클리프와 마주쳤다.

“뭘 그렇게 들고 가오?”

“과일즙과 과자예요.”

“웬 거죠?”

“마트리 씨가 제게 보냈어요.”

그들은 서로 마주 바라보았다. 그녀의 눈에는 순간적이나마 조소의 그림자가 어렸으나, 유리안느는 우선 그런 느낌을 털어버리고 웃었다. 진정으로 웃는 웃음은 결코 아니었다. “아시겠어요? 저는 술에 취했어요. 포도주를 두 병이나 얻었거든요.”

"그런데 그걸 다 마셨소?"

"아니에요. 전부 마시지는 않았어요." 그녀는 허탈한 웃음을 지었다. "이따가 올라오세요. 함께 마셔요."

그는 걱정스럽고 믿을 수 없다는 듯 그녀를 살핀다. 그러나 오두막집을 다 돌아다니는 동안에 그녀는 점점 조용해져 갔다. 회진을 끝내자 헥클리프가 말했다. "오늘 바로 당신은 집으로 돌아가는 게 어떻겠소?"

"왜요?" 그녀는 이마를 찡그렸다.

"당신은 여기서 할 일을 다한 셈이요. 이제는 애들 걱정은……."

"아니에요." 그녀는 소리를 질렀다. 그에게 설복을 당하고 싶지 않았던 것이다. "가지 않겠어요. 이제 겨우 시작을 하려는 판인데 왜 그만두라고 해요?"

그는 그녀를 환한 눈빛으로 바라본다. 목소리만은 침착했다. "그렇다면 좋소. 좋을대로 해요." 마차에 올라 탄 다음 그는 다시 한 번 소리를 지른다. "같이 가지 않겠소?"

그녀는 머리를 흔들었다. 피로하나 부드러운 몸짓으로 그는 떠났다. 마차가 어둠 속으로 사라져 버리자 그녀는 느릿느릿 집 안으로 들어갔다. 오늘 저녁은 밤을 세우지 않아도 된다. 잠잘 생각에 그녀는 마음이 즐거웠다. 꿈에 취한 듯이 그녀는 헥클리프의 걱정하는 얼굴을 떠올려 보면서 미소를 지었다.

다음 날, 그녀가 숙소로 돌아왔을 때 마트리의 진홍색 자가용이 여관 앞에 세워져 있었다.

"물건을 보내 줘서 고마웠어요." 유리안느는 빠른 말씨로 말했다. "애들은 언제나 목이 마르거든요. 그 애들에게 과일즙을 먹일 수 있어 참으로 잘됐어요."

그는 아무런 표정도 짓지 않는다. "헥클리프와 얘기했더니 그도 당신이 요양이 필요하다는 의견이더군요."

"그럴 수도 있겠죠." 그녀는 냉담하게 대꾸했다. "선생님께 한 가지 청이 있어요. 여기에 다신 오시지 마세요."

"왜 그래요?"

"선생님의 멋진 자동차나 옷이 이 마을에선 어울리지 않아요. 여기 사람들은 가난해요. 여기는 선생님의 채석장에서 일하는 사람들이 많아요. 그들을 화나게 해서는 안 돼요. 제 말을 이해하시겠죠?"

그는 어깨를 으쓱한다. "그런 문제에 대해 아가씨는 독특한 견해를 가지셨군요." 그는 초조한 듯이 말했다. 자기가 실수를 했다는 걸 금세 눈치챘던 것이다. 그는 차에 시동을 걸면서 부드러운 목소리로 덧붙인다. "애들에게 과일즙을 보내는 것은 허락해 주겠죠?"

"그거야 기꺼이 받겠어요."

그녀는 자동차에서 풍기는 먼지 구름을 조용히 바라보다가 머리를 흔들고는 재빨리 집으로 들어갔다.

이런 대화가 오고 간 뒤에 얼마되지 않아 헥클리프가 예언했던 대로 마지막 환자도 회복이 되었다. 일요일이었다. 12월 중순경인데, 날씨는 초가을처럼 따뜻했고 부드러운 높새바람이 산에서부터 불어내렸다. 유리안느가 모자와 천으로 감싸 준 애들이 마을 앞에서 놀고 있다. 유리안느는 멀리 언덕에까지 뻗친 길을 내다볼 수가 있었다. 길 위에 먼지가 인다. 그녀는 아무런 생각도 없이 마차가 다가오는 걸 눈으로 좇고 있었다. 뭔가 불안스럽다. 헥클리프가 모자도 쓰지 않고 마차에 앉아 있다. 외투를 풀어 헤치고 검은 머리카락을 바람에 흩날리며 얼룩덜룩한 넥타이를 매어서 어딘가 대담성이 엿보였다. 유리안느는 한참이나 재미난다는 듯 그의 모습을 바라보다가는 다시 우울해졌다.

"다 끝났어요!" 그는 만족한 듯 소리를 지른다. "얼른 돌아갑시다. 날씨가 그만이군."

그녀는 마차로 기어 올라갔고 헥클리프가 그녀의 짐을 마차 뒤에 실었다. 그때 여주인이 허둥대며 집에서 나오더니 유리안느에게 작별인사를 보내면서 보리떡을 넣어 준다.

"가요" 하고 유리안느는 피곤에 지쳐서 몸을 뒤로 기댔다. 그녀는 여주인에게만 오늘 떠날 거라고 알려 뒀던 것이다. 그랬는데도 애들이 여기저기서 뛰어와서는 잠시 동안 서로 눈짓을 하다가는 울면서 마차에 매달린다. "너희들을 보러 또 올게!" 하고 유리안느는 소리를 질렀다. 그녀는 눈을 감고 아무것도 쳐다보지 않았다. 잠시 뒤에 헥클리프의 손이 그녀 손 위로 따뜻하게 느껴졌다. 순간 그녀는 포근한 마음으로 그의 옆으로 몸을 돌렸다가 재빨리 물러났다. 그녀가 다시 눈을 떴을 때는 우울한 모습으로 앞을 노려보고 있는 그의 모습이 다시 보였다. 말고삐를 떨군 채.

그녀는 오랫동안 그를 응시했다. 갑자기 그의 어깨 위에 팔을 올려 놓고 싶다. 그럴 수는 없다고 생각할수록 그런 욕구가 점점 강렬해진다. 그때 갑자기 헥클리프가 말고삐를 굳게 잡고 말을 급하게 몰아 유리안느는 깜짝 놀라서 몸을 돌렸다. 순간 그녀의 얼굴에는 우울할 정도의 곤혹스런 빛이 스쳤다. 그것은 점차 가슴을 저미는 쓰라림이 되어 갑자기 몇 살 더 나이를 먹은 기분이었다. 성벽을 따라 달릴 때 헥클리프가 말을 했다. "마트리가 며칠 동안 그의 집 에 와 있으면 어떻겠느냐고 묻더군요." 대답이 없자 그는 그녀에게로 몸을 돌린다. "차를 세울까요?"

그때 그녀가 그렇게 마음만 아프지 않았더라도 그가 지금 팽팽한 긴장에 싸여 있다는 것을 눈치챘을지도 모른다. 슬픔이 뒤섞인 긴장감에. 그녀는 화난 투로 말했다. "좋을 대로 하세요."

그는 성문에 다다를 때까지 아무 말도 없었다. "자! 여기서." 냉담한 목소리다. "물건들은 곧 보내 주도록 하겠소."

"좋도록 하세요." 그녀는 똑같이 냉담하게 말했다. "그러면 여기 있도록 하겠어요."

그녀는 뒤도 돌아보지 않고 마차에서 내려, 피로와 고집으로 몸이 뻣뻣해서 정원으로 들어갔다. 마차 소리는 멀어져 간다. 그녀는 나무에 기대어 눈물을 흘리며 자신과 싸웠다. 그때 마주 오는 마트리가 보였다.

그에게는 예상 밖의 일이었던 듯 그녀를 보자 소스라치게 놀란다. 얼굴색이 변하며 그 얼굴은 승리감에 가까운 만족의 빛이 되어 간다. 유리안느는 눈짓으로만 그에게 답례를 보냈다. 헥클리프와 헤어질 때의 냉담함이 아직 남아 있어서 그를 화나게 한 듯싶었는데도 그는 그걸 겉으로 나타내지는 않았다. "좀 쉬려구요?" 하고 그는 태연스럽게 묻는다. "얼굴이 핼쑥하군요, 유리안느."

"아니에요." 그녀는 필요 이상으로 거칠게 대꾸했다. "피곤하지는 않아요. 잠시 정원에 있고 싶어요."

"추워질 텐데요" 하는 그의 음성은 생각에 잠긴 말투였다. "하늘이 흐려지는군."

그녀는 그의 말을 듣지도 않았다. "따뜻해요" 하고 그녀가 고집을 부렸기 때문에 그는 말도 꺼낼 수가 없었다. 입을 다무는 게 좋겠다고 여겨져서 그녀에게로 놀라움과 기대가 뒤범벅이 된 시선만을 보냈을 뿐이다. 그들은 온 정원을 쏘다녔다. 백양나무와 관목 사이로 작은 인공연못이 보이고 담벽이 비스듬히 물가로 넘어져 낙조가 회색빛의 돌멩이를 비춘다. 옆의 사람은 아랑곳도 없이 혼자인 양 그녀는 그 담 위에 앉아 조용한 물 속을 들여다보았다. 마트리가 뭐라고 얘기한 것 같았으나 피곤해서 물어보기도 싫었다. 확실하지는 않았지만, 그녀는 몸에 열이 있다는 걸 알았다. 그녀는 억지로 버텨 나갔다. 마트리는 입을 다문 채 그녀 곁에 앉아 있었으나 그녀는 그를 쳐다보지도 않았다. 곁에 앉아 있는 사람이 헥클리프라고 여겨진다. 그런 상상은 너무도 그녀의 정신을 혼란시켰다. 그녀는 결심이라도 한 듯이 마트리에게로 몸을 돌렸다. 만약에 지금 그에게 몸을 기대면 어떻게 될까……. 그녀는 조금 물러났다. 몸을 굽혀 담벼락에서 돌멩이 한 개를 뽑으려고 했다. 그때 마트리의 모습은 보이지 않고 헥클리프의 영상이 다시 그녀 곁에 나타났다. 몸이 얼어 오는군. 그녀는 중얼댔다. 그래서 몸이 떨리는 거야. 집으로 돌아가야지. 하지만 그러면 모두가 헛일이 되겠지. 그녀는 다시 마트리에게로 몸을 돌렸다. 그들의 시선이 마주쳤다. 벌써부터 그는 그녀의 태도를 주목하고 있었던 게 틀림이 없다. 그런 표정을 감추지 못한다. 그들은 서로 상대방을 저울질하다가는 드디어 마트리가 먼저 미소를 지으며 말을 꺼냈다. "춥지 않소? 유리안느."
　"괜찮아요."
　그녀의 눈빛이 흐려졌다. 그녀는 다시 말없이 물 속을 들여다보기 시작했다. 해가 지고 어두워지기 시작한다.
　유리안느는 헥클리프에 대한 미움으로 온몸이 떨렸다. 지금 당장에 무언가 일어나야 될 것 같았다. 저기에 앉은 까마귀가 오른쪽으로 날아가면 그렇게 해보겠어. 까마귀는 언제까지나 나뭇가지에 그대로 앉아 있다. 유리안느는 눈을 감고 마트리의 팔을 잡으려고 자기의 손이 올라가는 것 같았으나, 막상 눈을 떴을 때는 아직도 손은 무릎 위에 그대로 놓여져 있다는 걸 알았다. 그렇게 해보지도 못하고 시간이 헛되이 지나갈 것 같은 불안이 엄습해 왔다. 그녀는 끈적거리는 결심으로 눈을 감고 마트리의 손을 더듬었다. 낯설고 차가운 손에 닿자, 그녀는 몸을 떨면서도 그의 손목 위를 쓰다듬었다. 딱딱한 커프스에 손이 닿았을 때 놀라기는 했지만 손을 거둬들이지는 않았다. 저항도, 마주 잡아 오지도 않는다. 연못 물이 검어지며 까마귀 떼들이 멀리 백양나무 숲으로 날아간다. 그때 느닷없이 마트리가 몸을 빼면서 소근댄다. "왜 그러죠? 무엇 때문입니까?"

"저도 모르겠어요."

그는 몸을 일으켜 크고 무뚝뚝한 목소리로 말한다. "당신이 그걸 알았으면 좋겠소."

그녀는 얼떨떨해서 입을 다물었다. 어둠 때문에 윤곽이 뚜렷치 못한 그의 얼굴이 그녀 앞에 버티고 서서 맥빠진 목소리로 말한다. "뭐라고 해야 아시겠소? 저는 당신을 사랑하고 있습니다."

"아니에요" 하고 그녀는 단번에 생기에 넘쳐 말했다. "그건 정말 아니에요. 저는 잘 알아요. 괜찮아요. 이젠 됐어요."

그녀는 몸을 일으켰다. "이젠 추워요."

그가 그녀의 앞길을 막아 섰다. "유리안느, 이젠 됐다는 게 무슨 뜻입니까?"

"모르겠어요." 그녀는 중얼거렸다. 그건 참말이었다.

그의 곁을 지나가려고 하자 그가 그녀의 팔을 굳게 잡는다. "조금만 기다리십시오."

그가 갑자기 걷잡을 수 없이 흥분했다는 게 눈에 역력하다. "묻겠습니다. 유리안느, 대답을 해줘야 합니다. 대답을 알고 계시니까요."

"뭘요?" 하고 그녀는 냉담하게 미소를 띠며 물었다. 그는 그녀의 팔을 놓는다.

"여기에 계서 주겠소?"

여전히 냉담하고 조소에 찬 목소리로 그녀는 대답했다. "몇 주일 여기 있으라고 헥클리프 씨와 미리 얘기하셨다면서요?"

"아!" 하고 그가 초조하게 말을 받는다. "그 얘긴 그만둡시다. 제가 뭘 바라는지 아실겁니다. 당신은 여기에 영원히 계셔 줘야 합니다. 모르시겠습니까?

"여기서 뭘 하죠?"

"당신을 사랑한다고 말씀드리지 않았습니까? 당신을 부인으로 맞아들이고 싶습니다. 유리안느, 이제는 분명해졌지요?"

"모르겠어요." 그녀는 지치고 피로해서 그의 말을 이해해 보고 싶지도 않았다. 자고 싶다는 생각뿐이다. 끝없는 잠 속으로.

"집 안으로 들어가고 싶어요. 고단해요." 그녀는 소곤거렸다. 그는 그녀의 팔을 부축해서 묵묵히 그녀를 집 안으로 데리고 들어갔다. 나중에 가서야 그녀는 그때의 상황이 희미하나마 생각이 났다. 마트리 댁의 늙은 가정부가 그녀를 따뜻하고 밝은 방으로 데려가서 곧 침대에 눕혔던 것이다. 그녀는 탁자 위에 놓인 커피 주전자의 물끓는 소리에 정신이 들었으나 피곤해서 눈조차 뜰 수가 없었다. 눈을 감은 채 가정부 알리네가 얼른 나가 주기만을 기다렸다. 가정부가 나가자 그녀는 천천히 몸을 일으켜 자기에게 갖다 놓은 물건들을 들여다보았다. 그런데 이제는 너무나 피곤해서 침대로 갖다 주는 음식조차 먹을 수가 없다. 초콜릿 한잔을 탔다. 이런 아침식사를 맛본 게 얼마나 오랜만인가! 어머니가 돌아가신 뒤로는 처음이 아닌가.

방을 휘둘러보면서 원하기만 한다면 이 아름다운 물건들이 모두가 그녀의 것이 되리라는 상상을 해보았다. 그래도 만족스럽기는커녕 마음 밑바닥에서 몰려오는 불쾌감뿐이다. 연못가에서의 대화가 열병 같은 꿈이었기를 그녀는 바랐다.

다시 돌아오다

"아니에요. 일어날 수 있어요." 유리안느는 놀라서 말했다.

"아닙니다, 아씨. 아씨께선 몸이 불편하시니까 누워 계셔야 한다고 마트리 님이 말씀하셨어요."

"그랬어요? 하지만 아씨라고 하지 말고 그냥 브렌톤 양이라고 부르세요."

"좋으실 대로 하겠습니다. 어떻든 몸을 쉬도록 해요, 아씨. 아씨께서 애들을 위해 얼마나 희생을 하셨는가를 주인님께 들었답니다."

"뭐라구요?" 유리안느는 속이 상해서 말했다. "희생한 건 없었어요. 그런데 또 아씨라고 하는군요."

"익숙해지지가 않아 그랬어요. 마트리 님의 말씀을 믿으셔야 해요. 이곳에 사는 사람들은 애써서 도와줄 가치도 없다고 말씀하시더군요."

유리안느는 미심쩍다는 시선으로 알리네를 바라보았다. 그 여자는 입을 다물고 골똘히 생각에 잠겨 있는 것 같다. 방을 나가면서 그 여자가 말한다. "마트리 님이 아씨를 뵈러 와도 좋겠냐고 여쭈어 보랍니다."

"좋아요. 그렇게 하도록 하세요."

이어 노크 소리가 들려왔다. 유리안느는 깜짝 놀랐다. 들어온 사람은 노부인이었기 때문이었다. 검은 비단옷을 입은 당당한 체구의 그 노부인이.

"이제야 기어이 아가씨를 붙잡았군요."

유리안느는 어떻게 대답을 해야 할지 망설였다. 노부인은 기분이 좋다는 듯 말을 계속한다. "이제야 겨우 아가씨를 쉬게 만들었군요. 그래야 될 거예요. 아가씨는 죽도록 일을 했거든요. 그렇게 아가씨가 도와줬으니 헥클리프로서는 즐거웠겠군."

유리안느는 긴장했다. 자신이 지금 시험대에 올려져 있다는 사실을 그녀는 분명하게 의식할 수가 있다. 노부인은 계속 말을 한다. "그러나 그 사람도 너무했어요. 그 따위 채석장 일꾼들만 사는 곳으로 아가씨를 혼자 보내다니. 그런 데를 가면 어떻게 되는지쯤은 알 텐데."

"그거야," 하면서 유리안느는 신경질적으로 헝클어진 머리칼을 쓸어 넘겼다. 잠시 뜸을 두었다가 부인은 다시 말을 이었다. "설명할 필요는 없어요. 갑자기 심장마비로 죽는 일은 흔하지 않아요. 그런 건 동화 같은 얘기일 뿐이지."

유리안느는 성급히 몸을 일으켰다. "무슨 뜻으로 하신 말씀인가요? 무슨 말씀인지 모르겠군요."

노부인은 부드럽게 유리안느를 베개에다 다시 눕힌다. "속박을 느껴서는 안 돼요. 그게 전부예요. 제발 천천히 하세요."

부인이 나가버리자 유리안느는 오랫동안 눈을 멍하니 뜨고 누워 있었다. 부인은 내가 여기 있으리라는 것을 믿지 않는 걸까, 그렇지 않으면 헥클리프에게 어떤 의무감을 갖지 말라는 뜻일까? 그때에야 비로소 전날 밤에 마트리가 그녀에게 하던 말이 생생하게 떠오른다. '나는 당신을 사랑합니다'라고 말하지 않았던가. 그녀는 갑자기 몸이 떨렸다. 그게 그의 진심일까? 그러나 조리 있게 생각해 보려 해도, 뚜렷한 어떤 감정이 있어 그를 믿어서는 안 된다고 말해 준다. 헥클리프가 그런 말을 했다면 어떨까 하는 생각도 든다. 그럴 때의 헥클리프의 얼굴과 목소리를 상상해 보려고 애쓰면서도, 그녀는 점점 혼란과 우울증에 빠질 뿐이다. 책상 위에 놓인 책으로 손을 뻗쳐서 몇 페이지를 읽다가 다시 잠이 들었다. 그날 중으로 두 번이나 문이 열리고 마트리가 이름을 부르는 소리를 들었으나, 그에게 대답할 힘도 없었다. 다시 정신이 들었을 때는 완전히 어두워져서 보이는 것은 석탄난로의 불꽃뿐이었다. 사람들은 그녀를 완전하게 쉬도록 내버려 두었고 그녀도 그걸 다행으로 여겼다.

다음 날 아침에 그녀는, 일어나 보려고 했으나 일어설 수 없다는 걸 알게 되었다. 몇 번이나 애를 써 보아도 헛일이었다. 결국 신음 소리를 내며 그녀는 다시 침대에 눕지 않을 수 없었다.

눈이 내리기 시작한다. 그녀는 몇 시간이고 눈발을 내다보며 쉬고 싶다는 욕망뿐이었다. 다른 모든 것들은 그대로 흘러가 버리고 만다. 가끔씩 노부인이 건너왔고 때때로 마트리도 다녀갔지만, 대부분을 그녀는 혼자 누워 지냈다. 온갖 사념들이 떠오른다. 헥클리프가 나의 안부를 물었을까? 그러나 그런 생각은 다른 것들처럼 사라져 흔적도 남기지 않았다.

크리스마스 전날에 그녀는 비로소 일어났다. 별달리 애를 쓰지 않아도 일어설 수가 있어 그녀는 오히려 당황했다. 손을 가슴에 대고 창틀에 앉아 눈이 쌓인 정원을 내다보았다. 성까지 이르는 높은 설벽雪壁 사이로 좁은 길이 뚫려 있다. 왜 길을 뚫어 놨을까? 잠시 후에는 꾸러미를 든 마트리가 성으로 가는 게 보이고 그 뒤로 알리네의 남편, 요셉이 커다란 잣나무를 들고 뒤따르고 있다. 요셉은 하인 일에서 운전수, 정원사 일까지 하는 사람이다. 그 광경을 보자 그녀는 흥분에 몸이 떨리며 다시금 실의의 기분이 내부에서부터 번져 나온다. 요양 기간 동안에 경험했던 마술 같은 것은 일격에 무너지고, 자신의 처지가 가슴이 찢겨지는 슬픔으로 느껴진다. 밤이 되어 마트리가 들렀을 때 그녀는 공연히 불안스러웠다. 이런저런 지나가는 얘기를 나누다가 그녀는 느닷없이 헥클리프의 안부를 물었다.

"당신이 어떻게 지내고 있는지는 매일매일 그에게 알려 주고 있습니다" 하고 마트리는 쌀쌀맞게 대답한다.

"그렇다면……. 거기는 별일이 없는 건가요?" 그러자 마트리가 대답을 주저하는 것 같아 보여 그녀는 다그치듯 그 질문을 되풀이했다.

"그저, 그렇고 그렇죠" 하고 마트리는 빠른 말씨로 심드렁스럽게 말한다. "모든 일이 성탄절처럼 평화로워요."

그날 밤, 유리안느는 잠을 이룰 수가 없었다. 난로통에서 바람이 윙윙거리는 소리가 들려 탈지면으로 귀를 막고 이불로 머리까지 푹 썼다. 거길 가 봐야겠어. 그녀는 수백 번이나 그 말을 되뇌었다. 크리스마스 축제에 여기에 있으라고? 안 돼. 다시는 이곳에 오지 않겠어……

깜박 선잠에서 깨었을 때 창 밖은 침울한 날씨였다. 빗방울이 유리창을 때린다. 밤 동안에 푸근해졌던 것이다. 눈은 질척해져서 잔디밭에 쌓였고, 성으로 가는 길은 물탕투성이었다.

유리안느는 서둘러서 준비를 끝낸 다음, 마트리의 방에 노크를 했다. 방 안에는 요셉 혼자서 먼지를 털고 있다. 유리안느는 방으로 들어간 다음 문을 닫아버렸다.

"요셉" 하고 그녀가 말을 꺼냈다. "헥클리프 의사 댁에 아무 일도 없다는 건 거짓말이죠?"

"별일은 없습니다" 하고 그는 머뭇거리며 대답한다. "사내애가 약간 아플 뿐이죠. 아마 감기일 거예요. 그것뿐입니다."

"감기라구요?" 유리안느는 소리를 질렀다. "성홍열일 거예요. 틀림없어요. 그런데 왜 알리지 않았어요?"

"아씨" 하고 요셉은 조심스럽게 말을 꺼낸다. "아씨는 안정을 하셔야 합니다."

"또 그 말이군요." 유리안느는 속이 상했다. "마트리 씨에게 얘기 좀 전해 줘요. 거길 가 봐야겠어요."

요셉은 빗자루를 땅에다 떨어뜨리더니 멍하니 그녀를 쳐다본다. "그러나 오늘 밤에는……. 용서하십시오. 오늘 저녁엔 마트리 님이 잔치를 벌이십니다. 그런데 아씨가 없으면 어떻게 됩니까?"

"그래요?"

"그렇답니다" 하고 요셉은 설복을 해 보려는 듯 갖은 애를 쓰면서 말을 잇는다. "이 댁에선 여러 해 동안 크리스마스 축제도 없었는데요."

유리안느는 호기심에 차서 그를 바라보았다. "그게 얼마나 됐죠?"

"20년쯤 됐을 걸요."

유리안느는 속으로 계산을 해 보았다. "왜 20년이나 그런 일이 없었죠?"

그 말을 하면서 그녀는 갑자기 긴장이 되었다. 그래서 대답도 기다리지 않고 계속해서 물었다.

"댁도 저의 어머니를 아시죠? 틀림없죠?"

"네, 압니다" 하며 그는 머뭇거린다.

"잘 아세요?"

"어머니께서는 가끔 이 댁에 오셨습니다."

"요셉" 하고 그녀는 결심이나 한 듯 단호하게 말했다. "당신이 그 사실을 전부 알고 있다는 걸 저는 알아요. 그런데 왜 아무도 사실대로 얘기해 주지 않죠?"

그는 맥없이 어깨를 으쓱한다. "제가 어떻게 사정을 알겠습니까?" 그는 회피하려는 듯 반문해 왔다.

"당신은 알고 있어요" 하고 유리안느는 딱딱한 말투로 다그쳤다. "그런데 어머니가 왜 마트리 씨와 결혼을 하지 않았나요?"

요셉은 동정에 가득 찬 아버지 같은 눈길을 그녀에게 보낸다. "말

쓸드려도 좋으시다면, 모친께서는 다른 분을 사랑하셨기 때문이었습니다."

"그게 저의 아버지였던가요?"

"모르겠습니다."

유리안느는 화를 냈다. "슬슬 피하지 마세요. 그건 헥클리프 의사였죠?"

요셉은 입을 다문다. "그런데 무슨 이유로 헥클리프 씨가 어머니와 결혼을 하지 않았나요? 누가 방해를 한 건가요? 그렇지 않아요?"

요셉은 신경질적으로 두 손으로 책상 위를 문지르다가 느닷없이 말을 꺼낸다. "이런 말씀을 드리기는 뭣하지만 아씨께서는 그런 일에는 관여하지 마십시오. 지나간 일인데요. 오늘 밤엔 여기 계시는 게 좋을 듯 싶군요."

마음속으로는 그가 다른 말을 하려 한다는 건 분명하다. 그래서 유리안느는 얼른 그의 말을 막았다. "그렇게 해보도록 하겠어요. 마트리 씨에게 그렇게 전해 줘요."

집을 나서기 전에 그녀는 잠시 방 가운데 서 있었다. 평화로운 나날을 보냈던 방이다. 그런 다음 서둘러서 밖으로 나가 발목까지 빠지는 질척거리는 길을 따라 성문까지 걸어갔다. 비가 얼굴을 때린다. 마침내 의사의 집이 보이자 안도의 숨이 흘러 나온다.

대기실에서 환자들의 목소리가 흘러 나왔다. 그 사람은 집에 있구나. 유리안느는 진찰실 문 앞에서 걸음을 멈추었다. 금속이 부딪치는 소리, 깊고 컬컬한 헥클리프의 목소리가 들려온다. 한순간 그녀는 격렬하고 짜릿한 행복이 찬 흥분이 느껴졌다.

카탈리나가 부엌에 나타난 유리안느를 보자 눈이 휘둥그래진다. 유리안느가 막 세바스찬의 방쪽으로 가려는 때였다. "성홍열이죠?"

카탈리나는 고개만을 끄덕거린다.

"열은 어느 정도예요?"

"모르겠어요."

유리안느는 계단 위로 뛰어 올라갔다. 세바스찬이 열에 들뜬 눈 초리로 그녀를 뚫어지게 쳐다본다. "이젠 여기에 있을 거지?" 하고 그가 묻는다.

"그래."

"아주?"

"그럴 거야." 그녀는 세바스찬의 팔밑으로 체온계를 넣었다. "내가 돌아올 때까지 가만히 누워 있어야 한다."

그녀는 자기 방으로 갔다. 추위에 덜덜 떨며 냉랭한 흰 벽과 거친 침대와 횅한 방바닥을 둘러보다가, 철책이 된 창문으로 다가가서 비가 내리는 밖을 내다보았다. 잠시 후에 세바스찬에게로 되돌아갔다.

"옛날 얘기 해줘" 하고 그가 졸라댄다. "눈의 여왕 얘기 말이야."

그녀는 앉아서 얘기를 시작했다. "옛날, 옛날에……."

세바스찬이 말을 막는다. "그게 아니야. 게르다가 강도들에게로 가는 장면을 다시 해줘. 거기까지 얘기했었어."

"아직도 그걸 기억하는구나. 두 달 전이었는데. 좋아. 그러면 거기서 시작한다. 동굴에는 나이 먹은 강도의 어머니가 앉아 있었단다. 남자들처럼 구레나룻을 기르고 말이야. 그 여자는 활활 타는 불 곁에 앉아 불꽃을 바라보고 있었지. 그때 어디서 어린 처녀가 그 여자의 목으로 뛰어올라가더니 수염에다 입을 맞췄단다."

세바스찬은 큰 소리로 웃어댔다. 바로 그럴 때, 문이 열리고 헥클리프가 들어섰다. 유리안느는 얘기를 중단하고 그를 마주 바라보았다. 헥클리프는 꼼짝도 하지 않고 문지방에 서서 나직하고 거친 음성으로 말한다. "왔소?"

"네, 세바스찬이 앓는다는 소식을 들었어요."

세바스찬이 열심히 소리를 지른다. "이제는 여기에 아주 있겠다고 했어요."

헥클리프가 다가온다. "성홍열이지요."

"마을에 그런 환자가 많은가요?"

"아직은 없어요."

세바스찬의 맥을 재면서 헥클리프가 중얼거린다. "그런데 당신은……. 오늘 밤에는 여기에 있겠소?"

그녀는 고개를 끄덕거렸다. 그의 동작에는 처음으로 산만함이 엿보인다. 그는 허둥대며 방 밖으로 나가버린다.

"얘기 더 해줘." 세바스찬이 조른다.

그가 잠이 들 때까지 유리안느는 얘기를 계속했다.

잠시 뒤에 카탈리나가 들어왔다. "선생님이 시내에 가셨다가 저녁에 오신다고 전하랍니다. 이런 날씨에." 그녀는 화가 난 듯 투덜거린다.

오후는 무척 더디게 지나갔다. 유리안느는 세바스찬의 곁에서 그가 잠이 들면 그 애를 들여다보다가 잠이 깨면 다시 얘기를 계속했다. 바람이 윙윙거리고 창문을 두드려대는 빗방울에는 질척질척한 진눈깨비가 뒤섞이기 시작했다. 날이 어두워지자 멀리서 낯익은 마차 소리가 들리는 것 같아 그녀는 얼른 아래로 내려가 대문을 열었다. 빗발과 눈과 어둠이 흐릿하게 두터운 장막을 쳐서 고원 쪽의 시야를 가린다. 마차가 굴러오는 소리가 뚜렷해지자 더 의심의 여지가 없어 그녀는 빗발을 뚫고 마구간으로 달려갔다. 마차가 길에서 곧바로 들어올 수 있도록 마구간 문을 열어 놓으려고 했던 것이다. 그리곤 비에 젖은 머리카락으로 축축한 양말을 신은 채 헥클리프의 기척이 들려올 때까지 현관에 섰다가 세바스찬에게로 서둘러 갔다. 불도 켜지 않고 그녀는 창 곁에 앉아 헥클리프가 허둥대며 바삐 왔다 갔다 하는 소리를 듣고 있었다. 잣나무 가지들이 복도에 스치는 소리가 들리는 것 같다. 그녀는 깜짝 놀랐다. 크리스마스 트리를 세울 모양이지. 세우기만 하고 꾸미지는 않을 모양인가. 그렇다면 참을 수 없어. 그녀는 소란스런 소음에 귀를 기울였다. 갑자기 마당에 무언가 떨어져 밝은 음향을 내면서 깨지는 소리가 들렸다. 크리스마스 트리에 쓸 유리공이군. 그녀는 중얼거렸다. 세바스찬을 위해서라도 나무에 장식을 해줬으면. 아이에겐 크리스마스 선물을 해줘야겠지……. 그녀는 자기의 방으로 돌아가 선물을 찾았다. 마트리가 북슈타인휠트로 보내준 과자상자가 눈에 띄인다. 짐 속에서 고급 양피지로 표지를 씌운 《오디세이》를 꺼냈다. 어머니가 남겨준 책이다. 과자상자와 책을 손에 들고 그녀는 잠시 방 가운데 섰다. 어쩐지 몸이 떨리고 불안스러워졌다.

마음의 갈등

대문 종이 울리고 헥클리프가 문에 나타났다. 몇 분 뒤에는 그가 카탈리나에게 큰 소리로 지시를 내리는, 집이 떠나갈 듯한 소리가 들려왔다. "먼저 식사를 하도록 해요. 돌아오자면 몇 시간 걸릴 거요. 분만分娩이 있어서."

집은 다시 정적에 빠졌다. 유리안느는 헥클리프의 서재로 갔다. 크리스마스 트리가 서 있고 은색종이와 방울도 매달려 있다. 책상 위에는 끈으로 포장이 된 꾸러미도 몇 개 놓였고. 유리안느는 자기도 모르게 기쁨에 들떠 나무를 바라보았다. 그녀의 얼굴이 다시 어두워지며 재빨리 몸을 돌렸다. 어색한 것이나 부끄러운 일을 목격한 기분이었던 것이다. 그녀는 헥클리프가 잘라 낸 잣나무 가지 하나에다 촛불을 매단 다음 그걸 세바스찬에게로 가져갔다. 그 곁에 과자상자를 놓아 두고 그가 깨기를 기다렸다. 그가 눈을 뜨자 그녀는 초에 불을 밝혔다. 세바스찬은 눈을 반짝이며 그걸 바라본다. "오늘이 성야聖夜란다. 잊었니?" 그녀는 과자상자를 그에게로 밀어 줬다. 과자를 보고 그는 환성을 지르다가도, 이불을 다시 쓰고는 열에 들떠 잠에 빠져든다. 유리안느는 그대로 촛불을 밝혀 뒀다. 그녀의 생각은 의사 집과 고성古城 사이로 쉴새없이 헤매다닌다. 시선은 냉기가 감도는 작은 방을 헤매면서. 그 시선이 흰 벽에 못박혔다. 그것을 성 안에 있던 방으로 상상하기는 아주 쉬웠다. 자신이 원하기만 한다면 거기에 앉아 즐길 수도 있을 방이 아닌가? 무언가 알 수 없는 힘으로 그녀를 붙들어 두는 이 집에 대한 맹목적인 증오감이 들끓어 손에 얼굴을 파묻고 꼼짝도 않고 앉아 있었다. 조금만 움직여도 안정을 잃고 화풀이로 무엇이든 때려부술 것 같았기 때문이다. 그러나 그런 생각도 점차로 누그러지고 유리안느의 뺨에는 눈물 자국만이 남았다. 카탈리나에게도 선물을 하고 싶어 또다시 얼음장처럼 차갑고 쓸쓸한 그녀의 방으로 들어갔다. 옷장을 뒤져보니 비단천으로 만든 손수건 세 개가 나온다. 그녀는 천천히 계단을 내려갔다. 부엌에서는 석탄불 튀는 소리뿐이었고, 카탈리나는 부뚜막에 앉아 입을 굳게 다물고 깊이 잠들어 있다. 유리안느는 그녀 곁에다 손수건을 놓아 두고 살그머니 밖으로 빠져나왔다. 크리스마스 트리를 다시 한 번 손보고는 헥클리프에게 줄 선물을 책상 위에 놓아둔 다음 구석에 앉아 기다렸다. 시계의 찰칵거리는 소리뿐, 들리는 거라곤 아무것도 없다.

그를 기다리고 있는 거군. 그녀는 중얼거렸다. 밑도끝도없는 놀라운 기분이다. 왜 기다릴까? 그와 함께 크리스마스를 축하하려는 건가? 화가 난다. 그녀는 일어서다가 다시 앉았다. 가슴이 두근거린다. 변명을 해 보기로 했다. 무엇보다 여기가 따뜻하고 아늑하기 때문에 여기 앉아 있는 거야. 헥클리프가 돌아오는 소리가 들리거든 올라가야지. 그녀는 서가에서 책을 아무거나 꺼내어 뜻도 모르면서 열심히 읽기 시작했다. 시계가 열 번을 치고, 다시 열두 번을 쳤다. 깜박 잠이 들었다가 책이 바닥에 떨어지는 소리에 잠이 깼다. 자정을 지난 지가 오래였다. 헥클리프는 벌써 집에 돌아왔을 거야. 그녀는 잠에 취한 채 자기 침대로 돌아갔다. 그러나 딱딱한 침대는 아무리 해도 따뜻해지지가 않는다. 마을에서 소음이 들려왔다. 그녀가 이런 시각에 깨어 있었더라면 언제나 들을 수 있는, 그런 상관도 없는 밤의 소음이었다. 그녀는 눈을 뜨고 누워 있다가 결심이라도 한 듯이 몸을 일으켜 추위에 몸을 떨며 잠옷 바람으로 복도를 살금살금 내려갔다. 그리고 헥클리프의 방의 거친 나무문에다 귀를 기울여 보았으나, 귀 속에서는 피가 소용돌이 쳤을 뿐으로 아무것도 들을 수가 없다.

그는 아직까지 돌아오지 않았구나. 그에게 불길한 일이라도 일어났을 것 같다. 혹시 지금 방에 있는지도 모르겠어. 그녀는 절망에 가까운 불안감에 싸여 문고리를 잡았다. 추위와 흥분 때문에 조심할 수도 없다. 문이 열렸다. 유리안느는 문지방에 잠시 그대로 섰다. 어떻게 그런 용기가 생겼는지 자신도 알 수가 없다. 문이란 문이 모두 삐걱거린다. 그녀가 문을 열 때 문이 그렇게 삐걱거렸다면 문을 닫을 때도 그럴 것이 아닌가. 유리안느는 몸을 움직일 수도 없었다. 열어 놓은 그녀의 방에서 흘러나오는 불빛으로 그녀의 실루엣이 그려지리라는 생각도 든다. 헥클리프가 만일에 방 안에 있다면 틀림없이 그녀를 봤을 것 같다. 그러면서도 그녀는 헥클리프의 침대로 다가가기 시작했다. 이 세상의 어떤 힘이라도 지금의 그녀를 제지하지는 못할 것 같다. 수수께끼 같은 꿈을 꾸고 있다고 여겨진다. 억누를 수 없는 호기심으로 그녀는 침대 위로 몸을 굽혔다. 침대는 비어 있다. 그녀는 자기 방으로 다시 살금살금 되돌아 온 다음 즉시 깊은 잠에 골아떨어졌다. 마차 소리에 놀라서 잠에서 깨었을 때는 벌써 아침이었다. 헥클리프는 밤새 밤을 밝히며 힘든 일을 하고도 아침식사 때는 아주 만족스러워 했다. 그는 자청해서 어려웠던 분만 얘기와 북슈타인휠트까지의 험한 찻길 얘기를 했다. 어린애같이 즐거워하면서. 그녀는 놀랬다. 그렇게 기분이 좋은 그 의 모습을 볼 때마다 그녀는 이상스럽게도 두려움에 빠져들곤 했었 다. 그는 마치 봄이나 만추에 가끔 찾아드는 위험스러운 날씨 같았 다. 그런 날씨는 언제나 무서운 높새바람을 몰고 오는 사자가 아니 었던가! 식사가 끝나자 그들은 헥클리프의 서재로 갔다. 그는 묵묵 히 촛불에 불을 당기기 시작하면서 카탈리나를 부른다. 그러자 카 탈리나가 얼굴을 붉히며 불에 굽는 거위 냄새를 몰고 들어왔다. 책 상 위에는 아직도 끈에 묶인 꾸러미가 놓여 있다.

 "이건 당신 거요, 카탈리나." 헥클리프가 말했고, 카탈리나는 그 꾸러미를 받는다. "고맙습니다, 헥클리프 님" 하면서 속을 풀러 보 지 않고 서둘러서 밖으로 나간다. 현관에까지 나가서 그녀가 소리 를 지른다. "아가씨도 고마워요. 손수건을 주셔서." 헥클리프는 눈 을 크게 떴으나 말은 없었다. 유리안느도 자기 몫의 선물을 싼 종 이를 풀었다. 검은 비로드 옷감이다. 그녀는 자기도 모르게 놀라서 소리를 질렀다. 고맙다는 말을 해야 하는데 당황한 나머지 우스꽝 스럽게도 어린애들 같은 고통을 느꼈다. "고맙습니다." 그녀는 결 국 그 말밖에 할 수가 없었다. 그 말을 하는 데도 얼굴이 붉어졌다. 그녀가 헥클리프 쪽으로 책을 밀어 놓자, 그는 그걸 힘차고 검은 손으로 조심스럽게 잡는다. 마치 깨지는 물건이라도 된다는 몸짓으 로 "제 것입니까?" 하면서 어쩔 줄을 모른다.

 유리안느도 더듬거렸다. "더 좋은 걸 찾아낼 수가 없었어요. 늘 여기만 있으니.”

그는 책을 펴 책장을 넘기며 중얼거린다. “선물을 받아 본 건 평생 처음이군요.”

“세바스찬에게 가 봐야겠어요.” 유리안느는 재빨리 몸을 돌리고 옷감을 팔에 끼고 뛰어나갔다. 세바스찬은 침대에 앉아 집짓기 장난감을 가지고 놀고 있는데 숨도 못 쉴 정도로 장난에 몰두해 있다. “선생님이 주신 거예요” 하면서 쳐다보지도 않는다.

유리안느는 그녀의 방으로 돌아가 옷감을 옷장에 넣으려다 그걸 다시 곰곰이 들여다보았다. 무언가 새로이 불신감이 솟아나 감사하다는 생각보다는 이상하다는 생각이 든다. 그런 선물은 자기 부인이나 딸이 아니면, 옷을 살 수 없는 가난한 사람들에게만 할 수 있다는 생각이 들었던 것이다. 그러면서도 참을 수가 없어 결국은 천을 풀어서 몸에 걸쳐 보았다. 황홀한 심정으로 거울을 들여다보았다. 그 부드러운 검은 비로드 옷을 입어 보고 싶다. 하지만 천을 몸에서 풀고 다시 말아서 옷장 속에 깊숙이 처넣었다. 그만두겠어. 그에게선 선물도 받지 않을 테야. 그의 선물은 필요가 없어. 그녀는 자신의 그런 말이 이상스러웠다. 밑도끝도없는 갈등에 빠져서 진종일 거기서 헤어날 수가 없었다. 그러면서도 마음속에서는 갖가지 계획이 익어 갔다. 거친 계획이었다.

그믐날이었다. 점심식사를 할 때, 그녀가 난데없이 헥클리프에게 말했다. “세바스찬도 이제는 위험은 벗어났어요. 그렇지 않은가요? 이젠 돌봐 주지 않아도 되겠어요. 어떨까요?”

헥클리프는 무언가 생각하면서 천천히 그녀를 올려다본다. “그렇군” 하고 멍청하게 대꾸를 한다. 그녀는 그 눈을 바라보았다. 그 눈속에는 차츰 유리안느의 이야기가 무슨 소리인가 하는 이해의 빛이 번뜩이기 시작한다. 그녀는 그런 시선을 생생하게 기억할 수가 있었다. 그 눈이 점점 흐려져 간다. 밝은 날씨가 차츰 흐려져 가는 듯한 시선이다. 그리고 몰려드는 구름으로 잔광이 꺼져가듯 헥클리프의 얼굴에는 우울한 이해의 빛이 가늘게 흔들린다. 그녀는 큰 소리로 고집스럽게 말했다. "다시 가겠다고 마트리 씨와 약속을 했거든요."

"그래요? 잘됐군요." 그는 그렇게만 말하고 아무 일도 없었다는 듯 식사를 계속한다. 그럴 때, 요셉이 헥클리프에게 보내 오는 편지를 갖고 왔다. 썰매타기에 초대한다는 내용이었는데, 헥클리프는 그걸 유리안느에게 넘겨 줬다. 그녀는 그걸 읽고는 기대에 부풀어 그를 쳐다보다가 머뭇거리며 말했다. "함께 가시겠죠? 그렇죠?" 그러다간 갑작스레 열정적인 목소리로 말을 계속했다. "파란 하늘을 보세요! 멋질 거예요. 절대로 춥지는 않을 거예요. 고원을 마구 달려 봐요!" 그가 천천히 머리를 든다. "가 보도록 해요. 꼭 가도록 하시오."

"선생님도 가세요. 그렇게 하세요."

그는 머리를 세차게 젓는다.

"왜 가시지 않아요?"

"그럴 시간이 없어요."

"환자도 없는데요."

그는 그녀를 뚫어질 듯이 바라보다가 수저를 놓고 일어선다.

"즐겁게 보내요." 그는 이미 문지방을 넘어선다.

문이 찰칵하고 닫힌다. 유리안느는 그의 뒷모습을 멍청히 바라보았다. 그가 비웃는 것 같군. 그녀는 얼굴이 창백해졌다. 그녀는 몸을 일으켜 화가 난 듯이 웃어젖혔다. 승리감으로 얼굴을 이글거리며. 그가 질투를 하는구나……. 가슴이 세차게 뛰기 시작한다. 그러면서도 그런 감정을 떨쳐버렸다. 그는 나를 사랑하지 않아. 그런데 왜 질투를 하겠어? 그 생각은 아주 당연한 사실 같으면서 그걸 딱히 확신할 수가 없다. 그때 그녀가 며칠 전부터 품고 지내던 계획이 다시 고개를 들었다. 헥클리프를 마지막으로 결정적인 시험대에 올려놓겠다는 그 결심이. 오늘은 청혼을 받아들이겠노라고 마트리에게 얘기해야지. 순간적으로 그 계획의 위험성이 확실하게 의식되면서도 그녀는 망설임을 전부 팽개쳐버렸다. 끝없는 어둠 속으로 빨려 들어가는 기분이다. 더 이상 선택의 여지가 없었다.

한 시간 뒤에 그녀는 이미 마트리와 썰매 안에 함께 앉아 있었다. 어디에서도 헥클리프가 눈에 띄지 않자 마트리는 어깨를 으쓱한다. 그의 입가가 비웃음에 차서 일그러진다. 그녀는 그를 때려 주고 싶었다. 그러나 그녀는 먼 곳으로 눈을 돌려버렸다.

요셉은 구식의 썰매에다 말채찍을 쳐댔다. 고원은 파란 하늘 끝없이 희고 넓게 펼쳐져 있다. "더 빨리요" 하고 유리안느가 청했다. 그들은 날듯이 여우길과 족제비 굴을 가로 질렀고, 까마귀 떼를 놀래주었다. 수건으로 묶은 유리안느의 머리칼은 바람에 휘날렸으며, 그녀의 눈은 생기에 넘쳐 번쩍였다. 갑자기 헥클리프의 말이 다시 생각난다. 즐겁게 보내요, 하던 그 말소리가 그녀의 얼굴을 세차게 때린다. 우울하다. 걷잡을 길 없는 슬픔이 몰려온다.

"유리안느, 추워요? 돌아가도록 할까요?"

그녀는 소스라치게 놀라서 몸을 돌렸다. 여태까지 마트리를 잊고 있었던 것이다. 그녀는 낯선 사람처럼 그를 꼼꼼히 뜯어보았다.

"아니에요. 더 가요." 그들은 채석장까지 달려 갔다가, 거기서 계곡 저 멀리로 시가지가 내려다 보이는 데까지 계속 달려갔다.

"이젠 돌아가야겠군요" 하고 마트리가 말했으나 유리안느는 대답을 하지 않았다. 깊은 실망의 그림자가 그녀의 얼굴에 나타났고 마트리의 시선에도 무언가 불확실하지만 조소의 빛이 흘깃 엿보였다. 그러다가 그의 굳은 얼굴에 다시 미소가 나타났다. 자기 물건은 아주 안전하다는 걸 확신할 때에 짓는 그런 미소가.

끝없는 혼란

늦게야 성에 도착했을 때는 벌써 검은 밤나무 위에 초저녁 별들이 걸려 있었다. 썰매는 테라스 앞에 멈췄고, 성은 기분 좋은 온기에 젖어 밝게 불이 밝혀져 있다. 계단을 올라가면서 유리안느는 눈을 두리번거렸다.

"새들은 어디 갔어요?"

"모두 풀어 줬습니다."

"왜요?"

"서로 사랑하지 않는 것 같아서요."

"그래요?" 그녀는 냉랭한 어조로 말했다. "제겐 상관 없어요." 그러나 그녀 자신이 혼란에 빠졌다는 사실은 결코 상관 없는 일이 아닌 것 같았다. 그가 정말로 나를 사랑한다면? 그녀는 그런 이상스러운 관계나 가능성을 꿰뚫어볼 수가 없어 기다릴 작정이었다. 그리고 적어도 오늘 밤만은 이 아름다운 집의 아늑함에 몸을 맡기고 싶다. 그녀는 일종의 장난기 어린 가벼운 기분으로 그런 계획을 세웠던 것이며, 그런 일에 대해 속죄를 해야 된다는 기분은 조금도 없었다.

마트리는 그녀를 방으로 안내했다. 방에 들어서자 우선 그녀의 침대 머리맡에 걸린 사진이 눈에 띄인다. 그녀 어머니의 초상화였다. "기념으로 드립니다" 하고 마트리는 그녀를 뚫어지게 쳐다보며 말한다. "고맙습니다." 그녀는 불안정스런 말씨로 간단히 대꾸했다. 마음속에서는 날카로울 정도로 불신감이 자라나며 그녀에게 소곤거린다. 의심을 털어버리려고 갖은 수단을 다 하는군.

그 선물도 어쩌면 과거를 보상하려는 것일지도 모른다. 그녀는 미소를 지었다. 어른들의 짓이 속이 들여다 보일 때 애들이 짓는 그런 미소였다.

그러나 막상 마트리의 방에서 찻잔을 마주하고 앉았을 때는 따뜻함과 아름다운 방 안 분위기에 휩싸여 그의 청혼을 정말로 진지하게 받아들이고도 싶었다. 그는 그런 그녀의 속마음을 눈치챈 듯 입심좋게, 홀리도록 얘기를 해 나간다. 우아한 몸놀림도 그녀를 매혹시킨다. 그녀는 자신의 출생과 어린 시절이 생각났으나, 의사의 집을 생각할 때는 몸이 떨렸다. 지금까지 자기에게 구혼을 해 온 남자는 아무도 없다. 마트리만이 교묘한 방법으로 구혼을 했을 뿐이다. 그녀는 그 점을 꿰뚫어보았지만, 점점 마트리가 그녀를 압도해 왔다. 그녀는 멍하니 점점 이상한 그의 말솜씨에 빨려 갔다. 습관과는 달리, 그날 밤 그는 줄곧 담배를 피워 방이 연기로 가득 찼다. 실은 그가 벌써부터 입을 다물고 있었는데도 그녀는 그가 아직도 계속 떠들고 있다는 착각을 했다.

지금 그에게 대답한다면 모든 일이 결판이 나는 거야. 내 자신이 지금 어떤 상태인지 나는 알고 있어. 그렇게 되면 이런 혼란과 괴로움의 상태는 끝장이 나는 거야……. 그때 조그만 벽시계가 시간을 알렸다. 유리안느는 기계적으로 시계 소리를 세었다. 6시였다.

아직 나는 성년이 되지 않았으니 헥클리프가 후견인으로써 반대를 할 수도 있겠지. 헥클리프에 대한 생각은 이상한 아픔을 안겨 줘 따뜻한 방 안에서도 몸이 떨리기 시작한다. 그를 생각할 때마다 느껴지는 감정이 되살아나, 그럴 때마다 그녀는 깊은 나락으로 빠져 들었다.

다시 정신이 들었을 때는 마치 깊은 잠 속에서 깨어나듯 냉기가 느껴지고 소름이 끼쳤다. 맑은 정신으로 사람을 죽이는 살인자가 갖는 그런 오한이다. 물론, 누가 그 살인의 희생자가 될는지는 그녀로서는 알 수가 없다. 그때 요셉이 들어왔다. "식사 준비가 다 됐습니다."

그들은 몸을 일으켰다. 문 쪽으로 걸어가면서 유리안느는 지나가는 말처럼 말했다. "제게 언젠가 청혼을 하셨죠? 저는 그 청을 받아들이겠어요."

그 말을 끝내자 그녀는 기절할 것처럼 머릿속이 텅 비었다. 그녀는 재빨리 그보다 먼저 방을 빠져나갔다. 마트리가 어떻게 생각하든 상관도 없다. 묵묵히 긴 복도를 걸어가며 그녀는 그렇게 생각했다. 식당 앞에서 몸을 돌리자 광채로 번뜩이는 그의 시선이 보였다. 만일에 그녀가 그렇게 지치지만 않았거나 그의 시선을 유심히 주의해 보았더라면, 그녀는 아마도 그 시선에 몸이 얼었을지도 모른다.

노부인은 벌써 식탁에 앉아 힘차고 위풍이 당당한 시선으로 그들을 쳐다보면서도 말은 별로 없다. 마트리는 언제나처럼 가볍고 쾌적한 담소를 이끌어 갔고, 유리안느는 어느 때보다도 그가 더욱 미워졌으나 아무 내색도 하지 않았다.

크리스마스 트리에 촛불을 켜려고 마트리가 식당 밖으로 나가자 그 틈을 타서 노부인이 말했다. "결심을 하기가 그렇게 힘이 들었던가요, 유리안느?" 그러나 대답도 기다리지 않고 노부인은 말을 계속했다. "전에 했던 얘기를 잊지 말아요. 상심으로 죽는 사람은 없어요. 남자도 그렇고. 그 점을 명심해요."

마트리가 돌아왔다. 크리스마스 트리를 바라보며 유리안느는 노부인의 말을 되씹어 보았으나 이해가 되지 않았다. 그 말이 정확히 누구를 지적하는 말인지 알아낼 수가 없었기 때문이었다.

노부인은 일찍이 잠자리로 간다. "자네들끼리 축제를 벌이게나. 이 늙은이에게는 연말연시 따위는 아무 의미도 없으니까."

문이 닫히자 마트리가 물어왔다. "약혼식은 언제 하겠소?"

유리안느는 그가 말하는 것 이상으로 그를 잘 알았다. 조급한 그의 행동이 그런 낌새를 차리게 했던 것이다. 그녀는 차분하게 대구했다. "헥클리프 의사에겐 좀 있다가 알리도록 하세요." 그러자 노여움의 그림자가 그의 얼굴 위로 스쳐간다. 그녀는 그런 기회를 포착했다. "저를 사랑하세요?"

그가 몸을 일으켜 그녀를 포옹하려 했으나 그녀는 그의 어깨를 눌러서 다시 의자에 앉혔다. "기다리세요. 제가 어머니와 너무나 닮았기 때문에 저를 사랑하는 거겠죠? 그렇죠? 말하자면, 어머니의 대용물인 거죠?"

"유리안느!" 하는 그의 외침 소리에는 놀라움과 격분과 고통 등이 이상스럽게 뒤섞여 있었다. 그녀도 따라서 불안스러워져 혀에 맴돌기만 하는 말을 꺼낼 수가 없다. 이젠 만족하시죠? 이번에도 완전한 승리가 아닌가요? 그런 말을 하고 싶었으나 그녀는 겨우 이렇게만 말했다. "그래도 의사 선생님을 미워하시겠어요?"

그는 펄쩍 뛰면서 소리를 친다. "도대체 누가 그럽디까? 내가 그를 미워한다구요? 무슨 생각을 하고 있는 거요, 유리안느? 그와는 예부터 친구지간인데."

그녀는 조용히 이상스런 미소를 지었다. 그는 그녀의 팔을 붙잡고 열정적으로 키스를 퍼부었다. 찐득찐득하고 힘찬 입맞춤이다. 그녀로 하여금 미심쩍게 하지 않으려는 듯.

밤중에 그녀는 잠에서 깨어, 열에 들떠서 누워 있었다. 내가 왜 그런 짓을 했을까? 그녀는 절망적인 생각에 빠져 침대에서 벌떡 일어나서 맨발로 방 안을 서성대기 시작했다. 회한의 고통이 너무나 커 그 밤을 무사히 살아 넘길 것 같지도 않다. 그녀는 상처받은 짐승처럼 다시 침대로 기어 들어갔으나, 아침이 밝아 왔을 때도 여전히 뜬눈이었다. 이불을 걷어차고 창문으로 달려갔다.

그녀는 서릿발 이는 새해 아침을 노려보았다.

난 그와 결혼하지는 않겠어. 절대로 그럴 수는 없어. 그녀는 수백 번이나 그 말을 되뇌이며 얼굴을 유리창에 대고 있어서, 유리창의 성에가 그녀의 이마의 열로 녹아 내렸다. 얼굴은 물기와 눈물로 뒤범벅이 되어 갔다.

그녀는 또다시 방 안을 돌아다니기 시작했다.

왜 그와 결혼하고 싶지 않을까 하고 그녀는 스스로에게 고집스럽게 물어보았다. 그는 다른 사람들보다는 똑똑한 사람이고 부자야. 나도 이곳에 정이 들게 될 거야. 그러면 근심 걱정 따위는 끝장이 나는 거야. 만일에 그가 없으면 내가 장차 어떻게 될까? 헥클리프의 집에서 언제까지나 있을 수는 없지 않은가. 그녀의 생각은 거기서 막혀버린다. 도대체 왜 결혼을 해서는 안 된다는 말인가? 그녀는 다시 창에 몸을 기댔다. 성에가 희미한 아침 햇살에 번쩍거린다. 그녀는 별 생각 없이 손으로 창에다 그림을 그렸다. 그러자 단번에 온갖 고통들이 사라져버렸다. 그녀는 그 약속을 지킬 결심을 했던 것이다. 우린 곧 결혼할 거야. 억세고 냉정한 힘이 다시금 용솟음치기 시작했다. 밤새 뜬눈으로 지새웠으면서도 아침식사 때는 벌써 다정한 말씨로 조잘댈 수가 있었고, 방 안에 있는 물건들도 휘둘러볼 수가 있었다. 오전에는 마트리가 밝은 햇살을 받으며 그녀에게 방 안을 구경시켰고, 다시 그녀를 눈 덮인 정원에서부터 의사의 집까지 바래다주었다. 결혼식 때까지는 거기서 살면서 헥클리프를 도와주겠다는 그녀의 말에 그도 반대를 하지 않았던 것이다.

유리안느는 현관에 들어서자 안도의 숨이 쉬어졌다. 열이 내려 이제는 침대에 앉아 열심히 집짓기 놀이를 하는 세바스찬을 보고 난 뒤에 그녀는 자기 방으로 가서는 불을 지폈다. 얼마 안 되는 세간이나마 정리하고 싶어, 온 정신을 다 쏟아서 옷장과 짐을 비우고 정리하거나 옛날 편지들을 불태우면서 온 하루를 보냈다.

다음 몇 주일 동안은 환절기로 여러 병자가 생겨 그녀는 자기 처지를 생각해 볼 틈도 없었다. 마트리와는 거의 만나지 않았다. 마트리쯤은 염두에도 없었던 것이다. 뒷날 그녀가 그때를 회상해 볼 때면, 몇 주일 동안 자신이 몽유병자였던 것처럼 생각되곤 했다. 아담이 그녀의 이름을 불렀던 날의 기억도 희미하다. 그 주일은 그녀가 음식점을 지나가던 저녁의 일이었다.

그때 아담은 컴컴한 현관에 서 있었다. 바람이 눈을 몰아 복도에까지 휘몰아쳤다.

"이리 와." 아담은 거칠게 말하며 그녀를 음식점으로 끌어들였다. 방은 텅 비었고, 스탠드 뒤에만 희미한 남포불이 불타고 있었다. 아담은 맥주잔을 가득하게 채웠는데, 맥주는 오래된 것이어서 거품도 일지 않았다. "마셔!" 하고 그가 거칠게 명령했고, 그녀는 겁이 나서 그대로 따랐다. 신 맥주와 썩어 가는 나무 냄새가 역겨웠다. "됐어. 이게 이별주야" 하고는 아담은 술잔을 구석으로 던져서 산산이 부숴버렸다.

"아담!" 유리안느가 소리를 질렀다. "취했어."

그는 우울한 듯 머리를 흔들었다. "나는 떠나."

"어디로?"

그는 몸짓으로 먼 곳을 가리켰다.

"다시는 돌아오지 않을 거야."

유리안느는 겁이 났다. "설마 아버지와 같은 짓을 하려는 건 아니겠지?" 하고 다짐을 받는 듯 물었다.

그는 웃어젖혔다. "무슨 상관이지? 지금까지 내 걱정은 하나도 하지 않았잖아? 나는 너를 다른 일로 불렀어" 하며 그는 주머니에서 지갑을 꺼냈다. "오늘 이 집을 팔아버렸어. 그 안에 동생 몫이 들어 있어. 당신들이 그 애를 돌봐 주겠지? 그렇겠지?"

"우리가?" 하고 그녀는 놀라서 말하자 아담은 그녀를 미심쩍다는 듯이 뜯어보았다. 그녀는 말했다. "그래, 그 애는 걱정 없을 거야." 그가 그녀에게 지갑을 넘겨 주자, 그녀는 그걸 받아 넣었다. 그리고 두 사람은 입을 다물었다. 그때 계집애 하나가 살금살금 들어와서 식탁에서 재빨리 빵을 훔쳐 갔다. 아담은 이마를 찡그려 보였지만, 아무 말도 하지 않았다. 그러다가 난데없이 큰 소리로 물었다. "결혼식은 언제지?"

"어떤 결혼식 말이지?"

"네 결혼식 얘기지. 의사 선생님과 결혼하는 거 말이야."

"아니야." 유리안느는 필요 이상으로 큰 소리를 질렀다. "잘못 생각한 거야."

그는 씩씩거렸다. "내게는 숨길 필요가 없어. 나는 떠난단 말야. 무슨 일이 있든 내게는 상관이 없는 일이야."

그들은 다시 입을 다물었다. 흘러 넘친 맥주가 이상한 냄새를 풍기며 곰팡이 낀 바닥으로 스며들었다. 아담은 벽에 기대어 눈을 감고 있었기에 유리안느는 그가 잠이 든 줄로 알고 살짝 빠져나가려고 했다. 그러나 한 발자국도 내딛기도 전에 그가 이미 눈치를 챘다. "그대로 있어" 하고 그가 말했다. "얘기 할 게 있어." 무슨 말인가 하고 유리안느는 의아하게 생각했다. 여전히 눈을 감은 채 그는 거세게 말했다. "의사 선생님과 결혼해야 돼."

"그만 해둬." 그녀는 마음이 아파 거의 간청하듯 말했다. 그는 주먹으로 식탁을 치면서 외쳐댔다. "의사 선생님도 그러기를 원하고 있어. 그걸 모르겠어?" 그녀도 똑같이 목소리를 높였다. "그게 댁하고 무슨 상관이지?" 아담은 그녀의 말은 듣지도 않고, 그녀의 말에는 조금도 개의치 않는다는 투로 계속했다. "다른 쪽과는 그만 둬. 그는 의사 선생님의 적이야. 그건 모르겠지?" 그는 그녀의 어깨를 흔들어댔다. 그의 숨결이 너무 가깝게 느껴져서 몸서리가 쳐졌다. 맥주와 화주 냄새를 풍기며 여전히 그는 그녀를 꽉 붙잡고 있다. "그 사람은 의사 선생님을 괴롭히기 위해 네가 필요할 뿐이야."

"미쳤어." 유리안느는 그의 얼굴을 갈겨 주고 싶었다. 노여움과 구역질이 나면서도 그의 말이 옳다는 의식은 버릴 수가 없었다. 그의 말은 너무나 옳았다. 그때 그가 그녀를 풀어줬다. "이젠 가 봐" 하며 그는 갑자기 지친 듯 말했다. "세바스찬에게 줄 돈을 잊지 말아. 아침에 떠날 거야." 그는 몸을 돌려서 화주잔을 채워서는 단숨에 그걸 마셨다. 유리안느쯤은 안중에도 없는 듯.

사랑의 심연深淵

저녁식사가 끝나고 세바스찬이 자기 방으로 돌아가 버리자 그녀는 헥클리프에게 돈지갑을 건네 주었다. 그와 얘기를 나누면서 그녀는 헥클리프와 아담이 이상스럽게 닮았다는 생각을 했다. 딱히 설명할 수는 없지만 검은 피부와 푸른 눈은 두 사람이 너무나 닮아 보인다. 일종의 난폭함과 분명치는 않지만 어떤 마력적인 힘……

그녀는 식탁 위에다 돈을 세어 놓았다. "이거면 세바스찬의 학비가 되겠어요?"

그는 머리를 저었다. "상관 없어요. 이 돈이 아니라도 세바스찬은 여기 계속 있을 수 있을 텐데. 우리는 언제까지나 그 애를 데리고 있을 거예요." 그러면서 길게 한숨을 짓는다.

우리라고 했어. 유리안느는 생각했다. 잠결에서 듣듯 그녀는 그 소리를 들었고, 그 말을 생각해 보면 해볼수록 점점 깊은 절망감에 빠져든다. 그녀는 너무나 맥이 빠져 될 수 있으면 빠른 시일 안에 헥클리프에게 얘기를 해버리라고 마트리에게 간청하겠다고 결심을 했다. 그러면서도 다음 날도 또 다음 날도 그녀는 도저히 성에 갈 수가 없었다. 아직도 찌르는 듯한 자책감에서 벗어나지를 못했던 것이다. 그녀는 점점 신경질적이고 흥분된 상태에 빠져 들어가서 격렬한 노동으로만 그걸 이겨 낼 수가 있었다.

어느 날 밤, 환자에게 다녀오는 길인데 마트리가 울타리에 숨었다가 그녀에게로 다가왔다. 거기에 숨어 일꾼들이 여자를 기다리듯 그녀를 기다리고 있었던 것이다.

"왜 그렇게 오지 않아, 유리안느?" 하고 그가 소곤거린다. 어둠 속에서 열에 들떠서 번쩍이는 그의 눈이 보인다. "두 주일 동안이나 당신을 못 봤어" 하는 그의 목소리는 흥분과 노여움에 떨고 있다.

"보시다시피 일이 너무 많아요." 유리안느는 차분한 목소리로 대꾸했다. "밤이 늦었어요. 이젠 집에 가 봐야겠어요."

"그게 이유는 안 돼" 하고 그가 딱딱하게 잘라 말했다. "일요일도 오지 않고선."

"일요일엔 잠을 잤어요" 하고 그녀는 피곤에 지쳐 대꾸했다. 그녀의 손을 잡은 마트리의 손이 얼음장처럼 차다. 그 손이 가늘게 떨고 있다. "왜 성으로 이사를 하지 않지?"라고 그는 다그치듯 묻는다. "여기 일이 당신을 완전히 지치게 했어요. 당신이 그렇게 고생을 하는 걸 도대체 헥클리프는 모른단 말이오?"

그는 그녀의 얼굴과 온몸이 긴장으로 굳어져 있다는 사실을 어둠 때문에 눈치채지 못한다. 그녀는 결심을 한 듯 이렇게 말했다. "좋아요. 내일 저녁에 오셔서 헥클리프씨와 얘기하세요. 이젠 됐죠?"

그는 그녀를 살핀다. "아무리 해도 만족하지는 않소" 하고 그가 되뇌인다. "그렇지가 않단 말이오."

"하지만 그게 당신이 원했던 것 아니었나요?" 하고 그녀는 단도직입적으로 말했다.

그는 입을 다물어버린다. 대꾸를 할 수가 없었던 것이다. "안녕히 주무세요" 하고 말하곤, 그녀는 필요 이상으로 부드러운 목소리로 거기다 덧붙였다. "오늘은 정말로 피곤해요. 내일 저녁에 오도록 하세요."

그는 그녀를 더 이상 붙잡으려고는 하지 않았다.

다음 날 새벽에 누가 창문에 돌을 던지는 바람에 그녀는 잠이 깼다. 잠에 취한 채 무슨 일인가 하고 그녀는 일어났다. 창문 아래에 아담이 서서 배낭을 메고 구식 여행가방을 손에 들고 뭐라고 손짓을 하며 말없이 그녀를 올려다본다.

"잘 가요." 유리안느가 소곤거렸다.

"같이 가자고!" 하고 그가 뜨거운 목소리로 소리를 질렀다. 그녀는 머리를 흔들었다. 그는 가버렸다. 오랫동안 그녀는 그의 뒷모습을 바라보았다. 그는 바람과 싸우면서 가고 있다. 그 모습이 조그마한 점이 되어 멀리 고원으로 빨려 들어갈 때까지 그의 뒤를 바라보면서, 그녀는 창틀에 기댄 채 별다른 슬픔도 느끼지 않으면서도 눈물을 흘렸다.

오후의 진찰 시간이 끝나자 헥클리프는 책상 주위를 빙빙 돌며 말했다. "보험료 지불인들에게 진찰권을 보내야 할 텐데 그걸 잊었어요. 보나마나 엉망이 됐을 거요. 이런 일엔 내가 얼마나 엉터리인지 알 거요."

"그렇지 않아요. 꼭 그런 건 아니에요."

어린애 같은 기분으로 그는 계속 말을 이어 간다. "나는 나를 잘 알아요. 원래 서류 정리 같은 것에는 엉터리거든. 내 대신 좀 해주겠소, 유리안느?"

"해드릴께요." 그러자 숨을 돌렸다는 듯이 헥클리프는 그녀를 칭찬하더니 문고리를 잡은 채 말한다. "내 서재에서 해요. 책상과 큰 탁자도 있으니 펴 놓고 하는 게 쉬울 거요."

유리안느는 깜짝 놀랐다. 오늘 저녁에는 마트리가 올지도 모른다. 그와 마주치고 싶지가 않아 그녀는 성급하게 헥클리프의 말을 받았다. "여기서 그냥 하겠어요."

"여긴 추운데? 벌써 서류를 그쪽으로 옮겨 놨어요."

오후 왕진에서 돌아오자 그녀는 곧 그 일을 시작했다. 마트리가 오기 전에 끝내려고 했던 것이다.

저녁식사 때 그녀는 건성으로 말했다. "마트리 씨가 오늘 잠깐 들리겠다고 전하라던데요." 그 말을 하면서도 자기가 그렇게 침착하게 말할 수 있는 게 이상스러웠다. 내 일이 아니고 다른 사람 얘기 같군…….

헥클리프가 머리를 들어 화가 난다는 투로 물었다. "마트리가요? 오늘?"

유리안느는 서둘러서 식사를 끝냈다. 그를 피하고만 싶다. "일을 해야겠어요." 그녀는 밖으로 나와서 문을 닫고는 당장에 위험을 피하기라도 한 듯 안도의 숨을 내쉬었다.

얼마 뒤에 초인종이 울렸다. 유리안느는 깜짝 놀랐다. 헥클리프의 목소리가 들린다. "내가 열어 주겠어, 카탈리나."

그녀는 열병에라도 들린 듯 서류를 정리하고 소인을 찍고 메모를 하면서 마트리와 헥클리프가 함께 식당으로 들어가는 소리를 들었다. 큰일이야. 여기선 얘기가 다 들려. 견딜 수가 없어……. 그녀는 밖으로 나가려고 조용히 문 쪽으로 갔으나, 문고리에 손을 대기도 전에 다시 한 번 서류가 흩어진 책상 위를 돌아다보았다. 내가

안 해주면 아무도 저것을 정리할 수가 없겠지……. 헥클리프에 대
한 동정과 노여움이 그녀를 휩싼다. 그녀는 속마음과 그렇게 싸우
면서 서류뭉치 쪽으로 되돌아갔다. 듣지 않으면 되겠지……. 그녀
는 큰 소리로 서류를 세기 시작했다. 그러나 듣지 않으려고 할수록
귀는 옆방의 얘기 소리에 점점 민감해 갔다. 옆방의 대화는 낯선
사람 사이의 이야기처럼, 여행에서 일로 그것이 다시 학문적인 문
제 따위로 옮겨가고 있다.

"자넨 논문을 포기했나?" 하고 마트리가 묻는다. "유감이네. 자네
의 논문을 읽은 지가 5년이 됐군. 파리의 어떤 서점에서 보았어. 대
단히 중요한 논문이라고 하더군. 지금도 신경의학 분야에서는 자네
의 연구 업적을 기다릴 텐데."

"그래?" 하고 헥클리프가 대꾸한다. "사람들이 그러던가?"

"그렇다네. 자네가 어떤 사람이냐고 내게 묻더군."

헥클리프는 웃음을 터뜨렸고 마트리의 목소리에는 갑자기 당황한
흔적이 뒤섞인다. 그의 말소리를 듣는 데 굉장히 신경을 써야만 했
다. "왜 자네는 아까운 재주를 이런 벽촌에서 썩히고 있는가?"

헥클리프는 대답하지 않고 마트리 혼자서 계속 말을 잇는다. "원
하기만 하면 멋진 장래가 자네를 기다릴 텐데. 그러면서도 여기에
파묻혀 있는 게 이해가 안 가네." 만약에 벽으로 차단이 되어 있지
만 않았더라면 유리안느는 그에게 그런 말은 말라는 눈짓을 보냈을
것이다. 마트리는 초조감 때문에 침착성을 잃은 것 같다. "아직도
늦지는 않았어. 왜 고집을 부리나? 왜 이런 곳에서 썩고 있나?"

오랜만에 헥클리프의 대답이 들린다. 보통 때와는 달리 날카로운
목소리다. "자네야말로 왜 이리로 되돌아왔는가? 무슨 바람이 불어
서 여생을 여기서 보내려 하나?" 유리안느에게는 두 사나이가 지금
조소와 적의감을 감추고 짐짓 미소를 짓는 흔적이 보이는 듯하다.

헥클리프가 먼저 평정을 되찾은 것 같다. 유리안느는 그의 자제력이 자랑스럽게 여겨졌다.

"난 새 논문을 시작했다네. 보여주지" 하는 소리가 들렸기 때문이다.

그런 다음 의자에서 일어서는 소리가 들리더니 문이 열리고 그가 들어왔다. 관심도 없다는 시선으로 흘깃 유리안느를 쳐다보더니 서랍에서 깨알 같은 도표가 그려진 종이뭉치를 끄집어 내간다. 그 후로 오랫동안 옆방에서는 종이 넘기는 소리, 간간이 중얼거리는 헥클리프의 설명, 마트리의 질문이나 반론 소리 등이 들려왔다.

시계가 아홉 번을 쳤다. 유리안느는 거의 일을 끝내 서두르기만 하면 10분 후엔 방을 떠날 수도 있었으나 그러기에는 너무 늦었다. 나가고 싶지가 않았던 것이다. 그녀는 느릿느릿 정리를 끝내고 소인 찍힌 종이를 꾸렸다. 그러면서 마트리의 방문이 특별한 목적이 있는 게 아니라 의례적인 방문이라고 헥클리프가 믿을까, 그녀는 스스로에게 물어보았다. 그녀는 점점 초조해져 갔다. '마트리가 얼른 그 얘기를 하지 않으면 내가 해야지'라고 그녀는 스스로에게 다짐했다. 그런 생각을 하자 자기가 문을 연 다음 문지방에 버티고 선 모습이 그려진다. 그런 상상에 골몰하느라 그녀는 두 사나이 사이에 무슨 대화가 이어지는지 알 수가 없었다. 이윽고 옆방에서는 깊은 정적이 깨어진다.

헥클리프의 거칠고 무뚝뚝한 목소리가 들렸던 것이다. "이제는 얘기하지 않겠나? 무슨 일인가?"

유리안느는 얼굴이 헬쑥해져 두 손으로 입을 막았다. 마트리가 침착하게 대답을 한다. "자네 말이 옳네. 얘기하겠네. 자네의 논문에 너무 정신을 빼앗겨서 무슨 일로 여기에 왔던가도 잊어버렸어."

유리안느는 속이 상했다. 마트리가 얘기를 계속한다. "유리안느

양과 약혼한 사실을 알리고 싶었었네.”

헥클리프는 입을 다물고 마트리는 계속 말한다. “자네는 그 여자의 후견인일세. 그녀가 아직은 완전한 성년이 못 되었지만, 자네가 그녀의 결심을 방해하지 않을 줄로 믿겠네.”

유리안느는 숨을 죽이고 그의 대답을 기다렸다. 아무런 대답도 들려오지 않았고 마트리도 머뭇거리는 것 같다. 그러다간 그는 좀 전보다는 훨씬 크고 빠른 말씨로 계속한다. “우리는 아주 갑작스레 합의를 보았다네. 곧 결혼했으면 싶네.” 그의 목소리는 다그치는 것 같기도 하고 아주 냉담하게 들리기도 했다. “유리안느가 내 편을 택한 것이 자네에게는 아무런 의의도 없겠지? 내가 어떤 짓을 하더라도 꼭 그 일을 성사시킬 작정이란 걸 자네에게 설명할 필요야 없겠지?” 그는 거기서 갑자기 입을 다문다. 아마도 헥클리프가 그만두라고 세차게 손짓을 했기 때문일 것 같다. 유리안느는 차가운 벽에다 이마를 댔다.

“자네는 후회하는 것 같군” 하는 마트리의 말이 들리고, 그 말이 끝나자 또다시 침묵이 흐른다. 무언가 위협적인 것이 숨어 있다. 마트리가 다시 말을 꺼냈을 때 그의 목소리는 한층 불안하다. 그가 악령에라도 쫓기며 사력을 다하고 있다는 느낌이 든다. “오늘의 상황은 그 당시와는 전연 다르다는 생각이 드네. 그러나 당연한 얘기가 아닌가? 자네는 그 여자와 1년 동안이나 함께 살았으니 자네의 입장을 그녀에게 충분하게 밝힐 수 있었네. 자네들은 함께 일을 했고 서로를 알고 있네. 그러니 이번에는 자네가 물러나야겠네.”

유리안느는 점점 마트리를 조소하기 시작했고, 헥클리프에 대해 느껴지는 것도 미움뿐이었다. 왜 그는 아무 말도 하지 않을까? 그녀는 끊임없이 그 생각만을 했다. 그녀는 그 고통스런 대화를 얼른 끝장을 내주고 싶다는 욕망을 억지로 억눌렀다. 두 주먹으로 문을 두드리고 싶다는 강렬한 소원뿐이었다.

그때 느닷없이 마트리가 째지는 듯한 목소리로 말했다. "자네도 그녀를 사랑하는 거지?"

유리안느는 너무나 놀라서 눈을 멍하니 뜨고 있었다.

"아니야" 하고 헥클리프는 태연한 목소리로 대답한다.

그 순간이었다. 유리안느는 검은 소용돌이로 빠져 들어가 무슨 얘기가 계속 벌어지는지조차 들을 수가 없다. 그녀는 책상으로 몇 걸음 다가가서 서류뭉치를 움켜잡으면서 아직도 묶여지지 않은 서류뭉치 하나를 던져버렸다. 종이뭉치가 땅바닥에 떨어져서 사방으로 종이가 흩어졌으나 그대로 버려둔 채 그녀는 방 밖으로 뛰쳐나갔다. 대문을 열자 바람이 몰려왔다. 높새바람이다. 아직도 그렇게 거센 바람은 아니지만, 그 바람은 지붕에 쌓인 잔설殘雪을 휘몰아가고, 나뭇가지들이 삐걱거리는 소리가 들린다.

자기가 문 닫는 소리를 혹시 누군가가 듣지 않았을까 하는 의구심도 일지 않는다. 그녀는 무턱대고 어두운 밤 속으로 달려 자기도 모르게 새벽녘에 아담이 가버린 길 쪽으로 들어섰다. 그녀의 사념은 분명한 한 점으로 귀착되어 갔다. '나는 헥클리프를 사랑하고 있어.'

그녀는 언덕에서 발걸음을 멈추고 자신감에 넘쳐서 얼굴을 높이 쳐들었다. 이젠 알게 됐어. 그제야 단단한 돌덩이라도 때려부술 수 있을 것 같다. 열광과 희열이 그녀를 휩싼다.

그러다가도 그녀는 다시 절망의 심연 속으로 빠져 들어갔다. 그런데…… 그는 나를 사랑하지 않아……. 아니야, 하던 그의 둔탁한 목소리가 자꾸만 되풀이하는 듯 들려온다. 그에 대해 화를 내 보려고 해도 그래지지가 않는다. 그대로 죽어버리고 싶다는 순간이 지나가고 또다시 희열과 억센 힘이 파도처럼 밀려왔다. 나는 그이를 사랑하고 있어……. 그녀는 스스로에게 다짐했다. 그가 그녀를 사랑하든 하지 않든 자신에게는 아무 의미도 없어 보인다. 행복에 취한 눈물이 얼굴 위로 흘러내린다. 너무나 끈덕지고 강렬한 감정이다. 그녀는 그런 감정에 아주 몸을 맡겨버려 영원히 거기에서 깨어나지 않을 것 같았다. 그녀는 느린 걸음으로 집으로 돌아갔다.

성급한 약속

아무도 그녀의 귀가 소리를 듣지 못하는 것 같다. 아마도 그녀가 나갔던 사실도 눈치채지 못한 모양이다. 그녀는 살금살금 진찰실로 들어가서 불을 켜고 약장을 뒤지기 시작했다. 그녀는 자기가 필요로 하는 조그만 약병을 끄집어 내서는 불빛에 대고 내용을 검사했다. 그런 다음 유리잔에다 물을 가득 채우고 그 흰 가루약을 쏟고는 빈 병은 마개를 조심스럽게 닫아 약장에 집어 넣었다. 그녀는 가루약을 물에 녹인 다음에 그걸 책상 위에 세워 두고 다시금 약장을 뒤지기 시작했다. 빈 몰핀병 외에는 다른 독약은 아무것도 없다. 잔을 다시 잡을 때 눈길이 거울 속에 비쳤다. 낯설고 생소한 얼굴이어서 자신도 놀랄 지경이다. 그 얼굴이 핼쑥하다. 그녀는 그 눈동자를 오랫동안 진지한 표정으로 들여다보다가 미소를 지으며 잔을 쏟아버렸다. 그녀는 물로 잔을 가시고 조심스럽게 닦아 냈다. 그 낯선 얼굴로부터 명령이라도 받고 있는 듯이 그녀는 그런 모든 동작을 해 나갔다. 진찰실의 불을 끄고는 그녀의 방으로 돌아가 거기서 그녀는 짐을 꾸리며 밤을 밝혔다.

새벽녘에야 침대에 누워 잠깐 동안 잠을 잤는데 깨어날 때는 정신이 상쾌했다. 그녀는 오전 내내 헥클리프 곁에서 일을 하면서도 아주 침착했고, 전에 보이던 멍한 흔적은 하나도 보이지 않았다.

헥클리프는 무언가 불안하다는 듯 그러는 그녀를 멍청히 바라보기만 한다.

그가 난데없이 말을 꺼냈다. "어제 저녁엔 수고를 해주어 고마웠소."

"아니에요." 그녀는 이상할 정도로 공손한 태도로 대꾸했다. 그런 모습에 놀라 헥클리프가 그녀에게로 몸을 돌렸고, 그녀는 멍한 눈길로 그를 마주보았다. 만약에 언제나 그녀를 휩싸고 있는 강렬한 느낌으로 그를 면밀하게 관찰했더라면, 그의 눈에 절망과 곤혹의 그림자가 스쳐가는 것을 그녀는 알아차렸을 것이다. 그는 거의 화를 내듯 몸을 다시 돌려버린다.

진찰 시간이 끝나고 할 일도 별로 없으면서 그는 책상 주위를 서성댄다. 그러다가 머뭇거리며 말을 걸어 왔다.

"마트리가 당신의 약혼을 알려 주더군요."

"고맙습니다."

헥클리프의 목소리는 생각했던 대로 아무런 흔적도 엿보이지 않는다. 그는 가방을 꾸려서 방을 나가면서 담담한 어조로 말한다. "그러면 당신의 일도 오늘로 끝을 내야겠소."

"아니에요." 그녀는 침착하고 부드러운 말씨로 대꾸했다. "여길 떠날 때까지는 계속 도와드리겠어요." 그녀의 목소리에, 숨겨진 새로운 음조에 그는 완전히 어리둥절한 모양이다. 그는 그녀를 쳐다보다가는 어깨를 으쓱해 보이고 진찰실을 나가버린다.

방을 치우고 유리안느도 밖으로 나갔다. 망설이지도 않고 그녀는 성으로 구부러져 들어갔다. 무엇인가에 이끌려가듯 그녀는 정원을 건너갔다. 약속이라도 한 듯이 작은 연못가에서 그녀는 마트리와 마주쳤다. 마트리는 습기진 땅바닥 위에 무릎을 꿇고 담장 위에 달라붙은 이끼를 떼어 내다가, 유리안느를 보자 몸을 일으켜 팔을 활짝 벌리며 그녀에게로 다가왔다. 그녀는 그를 그냥 지나쳐서 돌 위에 앉았다. 그는 걱정스럽게 그녀를 바라본다. "어디가 아픈가요, 유리안느? 얼굴색이 아주 좋지 않군요."

"아니에요. 괜찮아요. 아프지는 않아요. 얘기를 좀 드려야겠어요. 선생님, 저는 결혼할 수가 없겠어요."

그는 무엇인가 알아내려는 애들처럼 그녀를 찬찬히 뜯어본다. "왜 안 된다는 거죠?" 그는 대수롭지 않다는 투로 말했다.

그녀는 차분하게 그를 쳐다보기만 하고 대답은 하지 않았다.

그의 얼굴에 이해의 표정이 스치며 조심스럽게 묻는다. "옛날의 일을 아직도 용서하지 않는군요?"

그의 질문에는 아랑곳없이 그녀는 담담하게 말했다. "여기를 떠나고 싶을 뿐이에요. 결혼하지는 않겠어요. 곰곰이 생각해 보았어요. 일자리를 얻고 싶어요."

"유리안느!" 그가 소리를 질렀다. "여기에 있기가 싫다면 모든 걸 팔아치우고, 원한다면 외국으로라도 갑시다. 그러면 직업도 가질 수 있고……. 또 음악공부도 계속해요. 유리안느! 하고 싶은 건 뭐라도 할 수 있어요. 하지만 나를 떠나지는 말아요." 그의 말투 속에는 자기 소유는 어떻게 하든 놓치지 않겠다는 남자들의 절망적인 고집이 숨겨져 있다.

유리안느는 머리를 저었다. "저는 마트리 씨를 사랑하지 않아요. 그런데 어떻게 결혼을 하겠어요?"

그는 어깨를 으쓱한다. "사랑이란 한순간에 생기기도 하고 없어지기도 하는 거죠."

그녀는 경멸에 가득 찬 눈길로 그를 쳐다보다가 몸을 일으켰다. "왜 저와 결혼하자는지 이제는 알았어요."

"알기는 뭘 안다는 거요?" 하고 그가 소리를 질렀다. 얼굴이 하얗

게 질렀다. "당신은 몰라요. 난 당신을 사랑하고 있어요."

그러나 그런 외침은 그녀의 내부에 불신감만 불러일으켰을 뿐이다.

세상 풍파를 다 겪은 부인이라도 된 듯이 그녀는 침착하게 말했다. "당신은 승부만을 사랑한 거예요. 그러니 일단 먹이를 잡으면 더 이상 사랑하지 않을 거예요."

그가 몸을 떠는 게 보인다. 그걸 보는 순간, 그녀는 말할 수 없이 즐거웠다. "약속을 어기게 된 것이 유감스러워요. 그러나 너무 성급한 약속이었어요. 약속을 했을 때는 그걸 아직 몰랐는데 어젯밤에야 알았어요."

"뭘 알았다는 거요?" 조용하나 무언가 알아내려는 듯한 목소리로 그가 묻는다. 그녀는 그에게 대답을 할 필요도 없을 것 같았다. "안녕히 계세요." 그녀는 뒤도 돌아보지 않고 거기서 떠나버렸다.

노부인이 집 앞에서 이불을 뒤집어 쓰고 햇빛을 쬐며 앉아 있다. 노부인을 보자 유리안느는 맥이 쭉 빠져 부인의 팔에 몸을 던지고 서럽게 울었다. 아무런 말도, 몸짓도 하지 않았으나 노부인만은 모든 걸 이해할 것도 같다. 그녀는 몸을 일으킨 다음 뛰어 달아났다. 철문이 닫혀 있어 소스라치게 놀랐으나, 후회라든지 슬픔의 감정은 아무것도 없다. 깊숙이 감추고 있던 고집스런 힘이 그녀를 더욱 무장시켜 줬던 것이다.

헥클리프는 점심식사 때 집에 오지 않았다. 이상스러울 것도 없고 불안스럽게 여기는 사람도 없다. 유리안느는 짐을 마저 꾸리며 오후를 보냈다.

노부인에게 편지 한 장을 썼다가 다시 찢어버렸다. 설명을 할 필요가 없다는 걸 알았기 때문이었다.

헥클리프는 저녁식사 때도 돌아오지 않았다. "아마 어려운 분만을 돕고 있는 거겠지" 하고 유리안느는 중얼거렸다. 식사가 끝나고 그녀는 세바스찬과 잡담을 벌였다. 그러나 세바스찬은 조그만 소음에도 마을 쪽으로 귀를 기울이기만 한다. 그녀는 그를 잠자리로 보내고 방에 앉아 책을 읽기 시작했다.

불안스런 밤이다. 하루 종일 온화하던 높새바람이 다시 강풍으로 변한다. 10시가 조금 지나서 카탈리나가 노크를 했다. "선생님은 어디 가셨어요?" 하고 카탈리나는 치맛단을 손으로 꼬면서 물었다.

"잘은 모르겠지만…… 아마 조산助産하러 갔을 거예요." 그렇게 대답을 하고도 유리안느는 건잡을 수 없는 불안감이 되살아나 그 무뚝뚝한 사람이라도 붙잡고 얘기라도 나누고 싶었다. "의사 선생님은 늘 늦게 오시잖아요" 하고 그녀는 전보다 훨씬 친절하게 말했다. "마음놓고 주무세요."

카탈리나는 그래도 고집스럽게 서 있다.

"무슨 일이죠?" 하고 유리안느는 놀라서 물었다. 카탈리나가 눈을 휘둥그레 뜨고 그녀의 짐을 바라보았으나, 유리안느는 아무 말도 하지 않았다. 카탈리나의 돌처럼 딱딱한 얼굴이 차츰 풀어지는 게 재미가 있기도 했고 당황스럽기도 했다. 순간 카탈리나가 느닷없이 울음을 터뜨리고 넋두리를 했다. "의사 선생님이 더 이상 녹초가 되어 가는 걸 볼 수가 없어요. 어린 여자의 코 끝에서 휘청거리는 꼴을 눈뜨고는 도저히 못 보겠어. 그러다가는 병이 날 거예요."

유리안느는 당황해서 소리를 질렀다. "도대체 무슨 얘기를 하고 있는 거죠, 카탈리나?"

"내가요?" 하며 카탈리나는 치마를 얼굴에서 잡아 내린다. "내가 말이죠, 아가씨가 의사 선생님의 머리를 돌게 했다는 얘기를 하는 중이에요. 당신이요! 당신이고 말고! 아가씨는 의사 선생님을 아주 주저앉게 했어요. 그 얘기지 딴 얘기가 뭐가 있겠어요."

그녀는 흐느끼며 층계를 뛰어내려간다. 부엌문을 닫아버린다. 유리안느는 머리를 흔들며 그녀를 물끄러미 바라보았다. 이상한 사람이야……. 그녀는 다시 책을 읽으려고 해보았으나 불안감만 점점 더해 가 결국은 더 이상 견딜 수가 없었다. 그녀는 집 밖으로 뛰쳐나갔다. 높새바람이 얼굴을 때려 숨을 쉴 수도 없다.

마을에서 헥클리프를 찾는다는 게 헛일이라는 걸 알면서도 그녀는 고집스런 애들 모양으로 집집마다 기웃거리며, 행여 그의 깊고도 거친 목소리가 들려오지 않나 하고 귀를 기울여 보았다. 온 마을은 잠이 들어 있고 개들조차 짖지 않았다. 아마도 성에 들어가 있는가봐. 그녀는 눈에 익은 철문을 격렬하게 흔들어댔다. 철문은 마트리가 돌아온 이래로 처음으로 빗장이 벗겨져 있다. 그걸 보자 즐거워져 잠시나마 그녀는 다시 자유가 갖는 행복감에 젖어들었으나, 다시 불안감이 파도처럼 밀려왔다.

그녀는 성벽을 따라서 걸어갔다. 그는 여기로 지나갈 거야. 북슈타인휠트로 갔을지도 모르거든. 그녀는 담 옆 관목 속에 몸을 숨겼다. 그가 지나갈 때까지 여기서 기다리겠어. 그녀는 생각에 잠겼다. 나긋나긋한 정감이 그녀를 휩싸 준다. 그녀는 거기에 앉아 앞으로 닥쳐올 여행길의 세세한 일까지 상상해 보며 한 시간이나 보냈다.

계획은 확정됐다. 우선 고모들에게 가는 거야. 거기서부터 일자리를 얻는 거지. 자기는 훌륭한 간호원이 되었다는 자신이 든다. 일자리를 얻는 건 어려울 것 같지 않다. 나머지 돈은 시험준비를 하는 강습소에 다니는 데 쓸 작정이었다. 그녀의 머리는 침착하고도 명료해진다. 그렇게 되면 그를 잊게 될 거야. 그러나 가슴을 에이는 아픔이 그녀에게 말해 준다. 절대로 그이를 잊지 못할 거야. 그녀는 얼굴에 손을 대고 다시 좌절감에 빠져 들어갔다. 몸이 얼어오기 시작하고 산등성이 위로 뿌연 새벽이 밝아 오기 시작했다. 그녀는 새 희망에 차서 그걸 바라보았다. 이제는 그이가 곧 오겠지. 그이를 봐야지.

그녀는 그가 다가올 길로 시선을 던진 채 미동도 하지 않았다. 눈 앞의 초원이 밝아오고 아침이 왔다. 헥클리프는 그때까지도 지나가 지 않았다. 유리안느는 천천히 집으로 돌아갔다.

영원한 귀로

카탈리나는 부뚜막에서 깊은 잠이 들어 코를 골고 있는데 얼굴은 눈물로 얼룩져 있다. 유리안느는 찻물을 올려놓으면서 동정어린 시 선으로 카탈리나를 쳐다보았다.

유리안느는 차를 마신 다음 나머지는 보온병에 넣고 럼주와 설탕 을 타서 헥클리프의 책상 위에 올려 놓았다. 그런 다음 그녀는 의 자 팔걸이에 머리를 올려놓고 잠이 들었다.

벨소리에 잠이 깨었다. 30분 후면 진찰 시간이 시작된다. 얼굴을 유리창에 바짝 대고 그녀는 아홉 점을 칠 때를 기다렸다가 흰 간호 복을 꺼내 입고 대기실로 들어갔다.

"의사 선생님은 집에 계시지 않습니다. 하지만 가벼운 상처나 병 이 그렇게 심하지 않은 분은 진찰실로 들어오세요."

"그러지요. 그러고말고요. 우린 아가씨가 의사 선생님만큼 해낼 수 있다는 걸 알고 있습니다" 하고 한 늙은 일꾼이 말했다.

"아니에요. 아직 멀었어요." 유리안느는 대꾸하면서도 칭찬에 얼 굴이 붉어졌다.

일을 하자 그녀의 걱정은 말끔히 가셔졌다. 벌써 6명의 환자를 치료했다. 그때 차가 굴러오는 소리가 들리고 이어 헥클리프의 목 소리가 대기실에 울려 퍼졌다. "곧 가겠어요. 오늘은 사람이 별로 없군요."

여러 명의 목소리가 그의 질문에 대답한다. "다른 사람들은 벌써 끝난 걸요. 간호원 아가씨가 전부 치료를 했습니다." 유리안느는 가슴이 두근거려 붕대를 매는 손이 떨렸다. 그녀는 헥클리프가 들어올 때 힐끗 머리를 쳐들었다. "끝냈군요. 별다른 일은 없소?"

"특별한 일은 없었어요." 그녀는 침착하게 대답했다. "가벼운 찰과상 환자가 한 명 있었어요."

헥클리프가 나타나자 그녀는 같은 환자에게 붕대를 두 번씩이나 갈아 맬 정도로 몸이 굳어졌다. 환자들이 가버리자 그녀는 땅바닥을 내려다보며 말했다. "아직 아침식사 전이지요? 병에 차를 넣어 뒀어요."

"고맙소" 하고 그는 냉담할 정도로 공손하게 대꾸한다. 그녀는 얼굴에 피가 몰렸다. 거울 속으로 흰 가운을 입는 그의 모습이 보인다. 그는 손을 씻기 시작한다. 그때 그녀가 소곤거렸다. "저는 여길 떠나는 게 좋을 것 같아요."

잠시 침묵이 흘렀고 대야에서 물을 쏟아 버리며 그는 착 가라앉은 목소리로 말했다. "그럴 줄은 몰랐는데……." 그는 손수건을 집어 든다. "물건들은 성으로 보낼까요? 그쪽에서 와서 가져가도록 할까요?"

"성으로 가는 게 아니에요."

그가 성급하게 몸을 돌린다. "가지 않는다니?"

"안 가요" 하며 그녀는 그의 책상에 몸을 기대고 헥클리프를 바라보았다. 겁날 것은 아무것도 없다는 듯이 모든 감정을 눈에다 모았다. 저 사람은 몰라…….

"그렇다면 어디로 가겠다는 거요?"

어쩔 줄을 모르는 어린애 같은 말투다. 이제야 그가 지금 어떤 상태인지 유리안느는 알 것도 같다. 그의 머리카락은 물기에 젖어 축축하고 얼굴은 구레나룻으로 뒤덮였다. 게다가 눈은 움푹 들어가고 구두는 찐득거리는 오물투성이다. 들판을 뛰어왔겠지…… 그녀는 우울해졌다.

"고모님들에게로 가겠어요. 거기에서 간호원이나 뭐, 그 비슷한 일자리를 찾아보겠어요."

그의 눈동자가 점점 놀라움으로 짙어 간다. "그렇다면 마트리와 결혼을 하는 게 아니오?"

"안 해요. 그런 건 집어치우겠어요."

그는 그녀를 쏘아본다. "진찰 시간이 끝나거든 내 방으로 와요. 아니, 지금 바로 갑시다."

그녀는 묵묵히 흰 간호복을 벗고 그걸 못에다 걸었다. 이것과도 이제는 이별이군. 그녀는 깨끗하게 손질이 된 방을 휘둘러본 다음 천천히 방을 걸어 나왔다.

그때 카탈리나가 튼튼한 구식 여행가방을 양손에 들고 층계를 내려왔다. 그녀는 유리안느를 쳐다보지도 않고 곧장 진찰실로 가더니 노크를 한다. 헥클리프가 밖으로 나왔다.

"무슨 일이오?"

"저는 갑니다" 하면서 카탈리나는 흐느끼기 시작했다. 헥클리프가 그녀의 팔을 잡고 진찰실로 데리고 들어간다. 잠시 후에는 문이 다시 열리고 카탈리나는 몸이 꼿꼿한 채 여전히 흐느끼며 밖으로 나왔고, 헥클리프는 소리를 질러댄다. "그렇다면 지금 당장에 가요. 제기랄! 가고 싶거든 누구든지 맘대로 어디로든 나가버려요. 다 가버려!" 그는 문을 닫아버린다.

카탈리나는 대문으로 다가간다. "23년간이었어……. 그런데 이젠 떠나야 돼. 쫓겨난 셈이지……." 그녀는 다시 넋두리를 시작한다.

자기 쪽에서 나가려고 한다는 사실은 깨끗이 잊은 듯. "고것 때문이야. 처음에는 제 에미가 그러더니만 이젠 딸이……." 카탈리나는 몸을 돌려 난폭하고 위협적인 시선으로 진찰실 문을 노려본다. "하지만 알게 되겠지. 알게 될 거야." 그리곤 발로 대문을 쾅 닫고 나가버린다. 유리안느는 동정과 긴장이 뒤섞인 눈으로 멍하니 그녀의 뒷모습을 바라보았다. 불쌍한 카탈리나. 그러면서 자신의 마음이 갑자기 약해진 데 놀랬다. 이제 나까지 가버리면 헥클리프와 세바스찬은 어떻게 될까 하고 그녀는 자신에게 물어보았다. 그녀는 시계를 쳐다보았다. 11시군. 식사를 준비해야 할 시간이야.

그녀는 마음을 굳히고 부엌으로 들어갔다. 부엌은 어디나 없이 깨끗하게 정돈이 되어 있다. 그녀는 부뚜막에 앉았다. 요리는 처음이었다. 그녀는 불안한 마음으로 감자, 당근, 샐러리를 야채국에다 넣었다. 우유가 보인다. 푸딩은 할 수가 있어……. 그러자 마음이 약간 가벼워졌다. 냄비에선 국이 끓고 푸딩이 모습을 갖추어 나가자, 그녀가 불렀던 말마차가 떠나는 소리가 들렸다. 그녀가 아니라 카탈리나를 태우고. 그녀는 어깨를 움츠리며 생각했다. 내일은 내가 떠나야지.

그때 세바스찬이 부엌으로 뛰어 들어왔다. "정말이야? 카탈리나가 보따리를 싸고 떠났다며? 말 좀 해줘. 정말이야?" 그는 책가방을 식탁 위에 올려 놓고 의자 위로 뛰어다니기 시작한다. 그러다가 생각에 잠긴 듯 뜀박질을 멈춘다. "오늘은 누나가 요리를 해?"

"그렇단다. 너도 보다시피." 그 애는 미심쩍다는 듯이 부뚜막 위의 냄비를 들여다본다.

"도대체 요리를 할 줄이나 알아요?"

세바스찬이 나가자 그녀는 식당에다 식탁을 꾸미기 시작했다.

그때 헥클리프가 들어왔다. "여기 있소!" 하며 그는 그녀에게 조그만 노트를 내민다. 그가 들어오는 통에 유리안느는 너무나 당황해서 그게 무엇인지 모를 지경이었다. 그가 빠른 말씨로 말을 계속한다. "무슨 일이든 처음 시작하자면 돈이 많이 필요한 거요. 여기 수표책이 있으니 필요한 대로 내 구좌에서 찾아 써요."

그녀가 멍하니 그를 쳐다보자 그는 얼굴을 붉히며 말한다. "정말 나는 돈이 있어요. 글을 좀 써서 벌었지. 그게 그 일의 선금이요."

그러다가 그녀가 하고 있는 일이 갑자기 눈에 띄인 모양이다. "도대체 무슨 일을 하고 있었소?"

"식탁을 차렸어요."

그는 생각에 잠겨 앞을 응시한다.

"좀 잡수셔야죠." 유리안느는 즐거운 기분으로 말했다. "제가 요리를 했어요."

"당신이?"

그의 놀라는 모습엔 아랑곳없이 그녀는 말을 계속했다. "그러면 누가 했겠어요? 카탈리나도 없는데."

"불쌍한 여편네지" 하고 그는 중얼거렸다. "못된 것 같으니라고. 하지만 잘됐소."

유리안느는 상을 다 차리고도 방 밖으로 나가지는 않았다. 그녀는 신경의 올을 모두 곤두세워 헥클리프의 전부를 느끼고 있었다. 지금처럼 그와 이렇게 가까워 본 적은 없었어.

헥클리프도 나가지 않았다. 방 안엔 끝없는 정적이 흘렀고 지붕 위로 날아가는 새 떼 소리도 들리지 않았다. 유리안느는 천천히 눈을 감았다. 나의 감정을 그이가 알아도 상관없어. 보지 않고도 그의 시선이 얼마나 절망적으로 자기를 바라보는지를 그녀는 전신으로 느낄 수가 있었다. 별안간 그녀는 울음을 터뜨렸다. 그러면서도 손 하나 까딱하지 않고 눈물이 흐르는 대로 내버려 두었다. 그가 천천히 다가오는 게 보인다. "무슨 일이오?" 그가 다시 한 번 되뇌인다. 이번에는 나직이 곤혹에 찬 음성으로. 그 순간에 그는 무언가 이해가 가는 모양이다. 아니야. 아니고말고. 그는 정신을 못 차리고 중얼거린다. "그건 정말이 아니오."

"정말이에요" 하고 그녀는 착 가라앉은 목소리로 대꾸했다. 그의 입술이 움직이는 게 보였으나 그 입술에서는 아무 말도 흘러 나오지 않았다. 그는 결연히 몸을 돌려 창문으로 다가갔고 그녀는 가만히 앉아 사랑이 가득 고인 눈길로 그의 넓찍한 어깨, 검은 머리카락, 갈색의 힘센 손을 바라보았다. 그녀는 온몸으로 행복을 느꼈다. 분명하지는 않지만, 이 순간이야말로 앞으로 어떤 일이 벌어져도 그들 두 사람을 영원히 연결시켜 주리라는 의식에 싸여. 그가 갑자기 몸을 돌려 그녀에게로 다가왔다. 그의 눈은 어두웠고 아무런 저항도 없이 그녀는 그 어둠 속으로 빨려 들어갔다. 별안간 그녀는 마루에서 몸이 들리는 것 같았으며 세찬 몸짓으로 그의 품 안으로 안겨 들었다. 숨이 막히고 기절할 것 같은 격렬한 포옹이다.

그는 아무 말도 하지 않았으나 그의 가슴이 망치처럼 그녀의 가슴에 부딪쳐 오는 걸 느낄 수가 있었다.

그들은 문이 열리는 소리도 듣지 못했다. 세바스찬이 문지방에 서서 이상하다는 듯 그들을 바라보고 있다. 아이는 그런 모습으로 서서 잠시 아랫입술을 깨물다가 소리를 지른다.

"채석장에 가 보셔야 돼요, 선생님!"

유리안느는 깊은 잠에서 깨어난 사람처럼 세바스찬에게로 고개를 돌렸다.

"빨리요. 일꾼 세 사람이 돌에 깔렸대요. 짐차가 와 있어요."

"선생님, 들었어요?" 유리안느가 소곤거렸다.

헥클리프는 건성으로 고개를 끄덕거렸고 유리안느는 그의 팔에서 미끄러져 나왔다. "가요" 하며 그녀는 그의 소매를 잡아끌었다.

"그래" 하고 그는 마지못해 말했다. "응, 갈게."

몽유병자처럼 그는 유리안느를 따라 진찰실로 가서 유리안느가 건네 주는 가방을 서둘러서 꾸린다. "함께 가겠어?" 하고 그가 물었다.

"물론이죠."

눈을 반짝이며 문지방에 서 있는 세바스찬은 생각도 않고 그는 다시 한 번 그녀를 안고 오랜 입맞춤에 빠져들었다. 그리고 그들은 허둥대며 밖으로 뛰어나갔다. 유리안느와 의사를 채석장으로 데려 갈 짐차 위로 세바스찬이 기어오르는 걸 말리는 사람은 아무도 없었다.

□ 작품론

인간의 사명을 알고 간 여류작가, 루이제 린저

홍경호(문학박사, 한양대 명예교수)

1971년, 회갑을 맞는 자리에서 루이제 린저는 이런 말을 했다.

　1911년 4월 30일, 내가 이 세상에 태어나던 날, 어떤 아주머니 한 분이 나의 침대 머리맡에다 수를 놓은 양탄자를 걸어 주셨다. 그것은 일생을 통해 나와 함께 있었으며 지금도 여전히 나의 머리맡에 걸려 있다. 꽃다발을 든 소녀가 벼랑길을 걸어가는 모습을 수로 짜 넣은 양탄자이다. 소녀는 자신의 길이 얼마나 위험한지를 모르는 것 같지만 자신의 뒤쪽에 떠도는 천사 같은 존재를 느꼈을 것이다. 나는 어린 시절 그 존재를 나를 보호해 주는 천사라 불렀고 그 후에는 신神이라 불렀으며 나중에는 운명이라 불렀고 에로스라고도 불렀으며 이제는 그걸 다시 신이라 부르게 되었다.

비록 그 모습이 때에 따라 다르게 보이기는 하지만 신은 일생 동안 이 작가를 지배해 온 존재였다. 그것은 또한 작품의 줄기를 결정하고 대상을 보는 작가의 눈이기도 했다. 습작기라고 할 수 있는

20세까지 쓴 그녀의 시詩 속에는 신에 대한 외경심이 처녀의 결백성과 함께 지나치게 두드러진 느낌을 준다. 그리고 그녀가 항상 생각한 것은 신과의 근접과 도덕적인 상향上向이었다.

14세가 될 때까지 이 소녀는 평화스러운 가정에서 평범한 아가씨로 성장해 갔다. 비록 제1차 세계대전의 소용돌이에 휘말렸어도 소녀에게는 아무런 부족함이나 고통이 없었다. 그녀는 교사인 아버지와 구교舊敎 가정의 딱딱한 분위기 속에서 성서의 계명을 외우며 자랐다.

그녀의 일생을 바꾸어 준 결정적인 계기가 14세 때에 찾아왔는데, 그것은 독일어 선생에 의해 알게 된 횔덜린의 세계였다. 그 세계와 그 여선생에게 너무나 심취한 나머지, 그녀는 〈히페리온〉을 암송하다시피 하면서 꿈의 세계를 펼쳐나갔으며, 심지어는 그 선생을 디오티마(히페리온의 여주인공)에 비유해서 부르기도 했다.

이 시기의 경험을 그린 것이 이 작가의 처녀작 《잔잔한 가슴에 파문이 일 때》이다. 꿈 많은 한 소녀가 드디어 같은 또래 사내아이들의 세계를 넘보면서 사랑과 성性이라는 그 어려운 과제를 뛰어넘게 된다. 어두컴컴하면서도 몸을 떨게 하는 사춘기의 문턱을 지나서 여성으로서의 세계를 갖게 된 것이었다.

한적한 시골의 성당, 거기에 펼쳐져 있는 자연, 함께 뛰놀던 사내아이들의 색깔과 음조가 다르게 보이고 느껴질 때, 소녀는 이미 그 세계와는 멀리 떨어진 곳에 도달해 있다. 그녀가 거기에서 느낀 것은 냉엄한 정신의 법칙만이 자신의 인생을 끌고 가리라는 예감이었다.

유리알처럼 맑은 파문들이 소리 없이 물 위에 번졌다가 되돌아오면서 교차하고, 이상스럽지만 일정한 법칙에 따라서 무늬를 이룬다. 나는 비로소 알았다. 앞으로 나의 생애를 이끌어갈 것은 뒤엉키고 어두컴컴하며 괴로움에 찬 인간적인 격정이 아니라 맑고도 냉엄한 정신의 법칙이라는 것을.

그러나 이 작가가 생각하는 신은 현대 신학이 말하는 신은 아니다. 그녀는 무엇보다 이론과 학리學理로 따지고 증명하려는 신학자들의 태도를 증오한다. 그녀가 생각하는 신은 일상 속에 존재하는 신이지, 결코 지적知的 산물은 아니기 때문이다.

가정적인 분위기와 성장과정에서 얻은 소박한 종교관이 인간 형성의 기본적인 거름이 되었다면, 그 후로 읽게 되는 책의 세계는 작가로서의 성장에 가장 많은 도움을 준 요소였다. 특히 철학서적을 통해서 얻은 문제 제기와 더불어 어떤 명제를 추구해 나가고 푸는 과정은, 자칫하면 작가에게 결여되기 쉬운 논리적인 사고방식을 기르는 데 큰 역할을 해주었다. 만일 이 과정이 없었더라면 지나치게 뚜렷한 이 작가의 종교적인 작품 의도 때문에 그녀가 창출한 인물은 생명이 없는 인형 같은 존재가 되었을지도 모른다.

그녀의 독서에 어떤 체계나 독특한 방법이 있었던 것도 아니고, 또한 그녀가 독서를 통해서 어떤 특정의 철학자에게 경도傾倒된 것도 자신의 철학적 이론을 세워 간 것도 아니었다. 거기에서 얻어진 것이 있다면 앞서 말한 논리적 사고 방식과 과학적 실증력實證力이었다. 그리고 무엇보다 중요한 것은 무엇에 대해서든 의문을 품고 그것을 끝까지 밀고 나갔다는 점이다.

뮌헨 대학에 입학한 뒤에도 이런 의문은 계속 그녀를 따라다녔다. 대학에서는 주로 심리학 강의를 열심히 들으며 아들러와 프로이트 등을 알게 되었고, 융의 세계에 깊이 빠지기도 했다. 한편 그녀는 새로운 교육방법의 연구를 위해서 고심하면서 장차 여교사가 되어 자신의 포부를 직접 실천에 옮길 결심도 한다. 그리하여 1937년에는 그 꿈이 실현되어 교단에 서게 되었으나 문교 당국이나 학교 당국의 간섭으로 그 실현의 어려움을 통감하고 스스로 물러나고 말았다. 이미 나치가 학교 사회에까지 파고들었던 것이다.

1939년, 그녀는 오랫동안 교제해 오던 애인과 결혼식을 올렸다. 남편은 힌데미트 문하에서 사사한 젊은 작곡가였다. 부부는, 비록 대우는 보잘것 없지만 조그마한 시골 극장의 지휘자가 된 남편의 직장에 그런 대로 만족하며 새 살림의 행복을 맛볼 수 있었다.

그리고 린저 자신도 마침 피셔출판사의 청탁으로 소설을 쓰기 시작하였으므로 그들에게는 제2차 세계대전의 개전開戰도 별로 대수롭지 않은 것으로 여겨질 정도였다. 제2차 세계대전이 시작되던 날 원고를 쓰기 시작하여 그 다음 해에 탈고를 보게 된 작품이 바로 그녀의 출세작이자 처녀작인 《잔잔한 가슴에 파문이 일 때》이다. 이 소설이 거둔 성공은 대단한 것이어서 그녀의 문명文名은 일시에 드날리게 되었고, 그녀는 작가로서의 자리를 비교적 쉽게 차지하게 되었다.

그러나 이러한 행복도 하루 아침에 깨어지고 말았다. 독일의 군국주의가 그녀의 작품과 같은 감상적이고 종교적인 문학 경향을 용납하지 않았던 것이다. 그녀의 작품은 나치로부터 출판 금지령을 받고 남편은 반反사회주의자로 낙인이 찍혀 투옥되었다가 강제로 러시아 전선으로 끌려나가 그곳에서 죽고, 린저 자신도 투옥되었다. 그녀에게 남겨진 것은 굶주림과 어린아이들뿐이었다. 전쟁은 한 평범한 여인에게 참기 어려운 고통과 시련을 안겨 주었으며, 인간성에 대한 회의조차 품게 함으로써 문학에 대한 집념조차 흐트러지게 했다.

종전終戰 이후 그녀는 작가 생활로 되돌아왔다. 그녀가 치렀던 옥

고의 체험을 일기 형식으로 쓴 《옥중기》가 바로 나치에 대한 고발이었다.

　악의 수렁으로 그들을 또다시 불러들이는 것은 정말 위험한 일이라고 말하는 사람들에게, 나는 진실을 묵살하고서 악의 범죄에 대한 기억은 은폐하려고만 하며 '아름다운 영혼의 세계'로만 도피하려는 것은 더 위험천만한 것임을 염두에 두라고 말하고 싶다.

　인간의 기억으로부터 억지로 추방된 모든 것은 언젠가 다시 강력한 위력을 가지고 새로 나타나게 된다. 그러므로 조심스레 진단하는 자의 입장에서, 여러 각도로 다시 관찰하고 숙고한 후에 올바르고 근본적인 치료법을 써야만 오늘의 악을 결정적으로 극복할 수 있다는 것이 나의 신념이다.

　이 작품은, 작가 자신의 말로는 제3제국의 옥사獄舍에서 일어났던 일상사를 기록으로 남겨 두려는 것에 불과하다고 하지만 후일을 경계하려는 작가의 의도를 숨길 수는 없다. 말하자면 개인이나 가족의 테두리에서 살던 한 여인이 인인애隣人愛에 눈을 뜬 결과의 산물이라고 할 수 있는데, 이후 이 작가의 사회적 활동을 분석해 보면 이를 짐작할 수 있다.

　작가의 이런 심리적 변화는 그 다음에 씌어진 중편 《바르샤바에서 온 얀 로벨》에서 명백하게 드러난다. 수용소에서 탈출한 유태계 폴란드 사람인 로벨은 도망할 곳도, 뿌리를 내릴 곳도 없는 실향민이다. 이 주인공의 비극은 바로 인류와 유태인들의 운명이다.

　이어서 그녀의 대표작 《생의 한가운데》가 발표되고 이것은 읽은 이들을 전율케 했다. 생生이라는 그릇 속에는 인간을 휘감는 허다한 굴레가 어디에나 도사리고 있어서, 인간은 스스로 만든 그 굴레에서 헛되이 몸부림치며 좌절감에 빠지게 마련이다. 이러한 '삶의 한 가운데'로부터 탈출하려는 주인공, 니나의 용기, 부딪쳤다가는 후 퇴하고 다시 전진하는 니나의 예지, 결국은 자신을 또다시 그 삶의 한가운데로 노출시키는 당위성이 작품 전체를 압도한다.

'니나'는 현대 여성의 복잡한 심층 심리에서 태어난 하나의 표본 이며 어떠한 외적 조건이나 폭풍에도 끄떡없는 거목 같은 여인이 다. 그녀는 사랑과 삶의 근원적인 의미를 쫓으며 거기서 생성된 하 나의 테두리 속에서 인간이 지닌 존재 가치를 심오하게 추적한다. 그리고 결국 그 추적이 무의미한 것이 아님을 스스로 발견한다.

《생의 한가운데》가 원죄에서 탈출하려는 여인의 싸움을 그렸다면 1953년에 출판한 《다니엘라》는 보다 적극적인 의지로 사회참여를 시도하려는 여인을 그린 작품이다. 다니엘라를 통해 보여준 여인의 적극적인 의지와 사회 참여는 중년 이후의 루이제 린저 자신이 벌 여 온 여러 가지 사회활동과 작품활동에 비교될 수 있다. 《생의 한 가운데》 이후에 발표된 그녀의 작품 주제들이 그러하며, 나병환자 들을 돕기 위한 모금 운동을 비롯한 이 작가의 봉사 활동이 그러하 다. 때문에 1954년 이후에 발표된 작품의 배경에서는 언제나 작가 자신이 갖는 목적 의식이 엿보인다.

1954년, 루이제 린저는 재혼을 했다. 남편은 현대 작곡가를 대표 한다고 할 수 있는 카알 오르프였다. 그리고 그 다음 해에는 〈속죄 양〉이라는 중편을 발표했다. 여인의 고집과 슬기와 사랑, 그 밑바 닥에 깔린 작가의 인인애. 그것들이 하나로 어울려 이 작가가 노리 는 인간성의 계발이이라는 목적이 은밀하게 엿보이는 작품이다.

1956년에는 그동안 발표해 왔던 단편들을 묶어서 《백수선화》라는 단편집을 냈으며, 1957년에는 《생의 한가운데》의 속편이라고 할 수 있는 《덕성의 모험》을 발표해 소위 '니나 소설'을 완성시켰고, 그

후로는 한동안 계속 무게 있는 수필집들을 내어 젊은층의 스승 노릇을 해 왔다.

《9월의 어느 날》, 《떠나려면》, 《난점》, 《희망에 대하여》, 《생의 문제들에 대하여》, 《사람과 사람과의 대화》, 《의문과 대답》, 《건축 부지》, 《선을 넘어서》 등이 이러한 수필집들이었다.

1962년부터 그녀는 다시 소설을 쓰기 시작했다. 그 동안 재혼했던 남편과도 이혼을 하기도 했다. 그녀는 때로는 독일에, 때로는 이탈리아에 체류하면서 본격적인 장편소설에 붓을 들었고, 이러한 노력의 결실이 1962년에 출간된 《완전한 기쁨》과 1963년에 나온 《고원의 사랑》이다.

《완전한 기쁨》은 분량으로나 내용으로 보아 그녀의 대표작을 능가하는 작품이라고 해도 무리가 아니다. 마리 카타리느를 둘러싼 연인 삼대三代의 이야기를 다룬 《완전한 기쁨》은 그녀가 쓴 작품의 총화라고 해야 마땅하며, 《고원의 사랑》은 여류 작가의 섬세한 필치로 비단처럼 짜여져 구성면이나 내용면에서 오늘을 대표하는 작품이라 할 수 있다. 뿐만이 아니라 이 작품은 작가가 사랑에 고민하는 젊은 처녀가 방황과 혼돈을 헤치고 그 사랑을 어떻게 높은 경지에까지 순화하느냐 하는 문제를 다루고 있어서 우리 젊은이들에게 삶의 지표를 제시해 주기도 한다.

루이제 린저는 말년에 이르러서도 계속 작품을 냈다. 《검은 당나귀》와 《그늘진 사람들》이 그러한데, 그 가운데 뒤의 것은 소설이라기보다 나병환자들을 위한 모금 운동의 한 방편으로 쓰여진 보고문이라 해야 마땅하다.

루이제 린저는 인간의 위대성에 대한 설교자도, 또 인간의 비참함을 사진으로 찍듯 그대로 복사한 작가도 아니다. 대개의 평자들이 그녀를 단순한 '가톨릭 작가'나 '여류 작가'로 규정해 버리지만 이것은 올바른 견해가 아니다. 그녀는 독실한 가톨릭 신자이긴 하지만 그 교리를 그대로 대변하지는 않았으며 언제나 가톨릭 자체의 변화를 주장해 왔다.

《건축 부지》에서 그녀는 자신의 입장을 이렇게 밝히고 있다.

> 나는 교회에 계속 머무르려 하지만 거기에서 침묵을 지키지는 않겠다. 교회 자체의 변화를 바라기 때문이다.

또한 루이제 린저는 단순히 '여성의 이야기를 다루는 작가'인 것만은 아니다. 여성을 통한 남성의 구원이라든지, 여인의 적극적인 삶의 의지를 그렸다고 해서 그렇게 규정할 수는 없다. 그녀가 그려내려는 여인상은 남성과의 대립적인 존재로서의 여인이 아니라 신으로부터 받은 소명을 남성과 함께 실천해 나가는 존재이다. 남성과 여성의 상호보완이 이루어질 때, 양쪽 모두가 구원을 얻을 수 있다고 이 작가는 굳게 믿었다.

이 작가가 믿는 신은 현대적인 교리나 신학자들의 강론 속에 존재하는 것이 아니라 일상의 빵 속에, 소박한 믿음 속에 존재한다. 때문에 신은 우리의 삶, 그 자체이기도 하다. 그러므로 그 삶을 적극적으로 수용하고 그것을 내부에서 용해시켜 외부로 확산시켜 나가는 것이 바로 인간의 의무이자 구원을 받는 길이다. 이러한 사명은 남성에게만 주어진 것이 아니다. 그러므로 그녀 자신이 벌였던 사회활동이나 작중 여주인공들의 적극적인 삶은 모두가 이런 신념에서 비롯된 행동이라고 할 수 있다.

루이제 린저가 91세를 일기로 작고한 지 벌써 두 해가 지났다. 그녀와 그녀의 문학적 성취는 이제야 비로소 올바른 평가가 가능하게 된 것인지도 모른다.

□ 연 보

1911년　4월 30일 독일 오버바이에른주 피츨링에서 출생.

1934년　뮌헨 대학 졸업(교육학과 심리학 전공).

1935년　교사였던 아버지의 뒤를 이어 고향에서 초등학교 교사로
　　　　재직.

1939년　나치에 가입하라는 독촉으로 인해 교직 생활 접음.
　　　　젊은 작곡가와 결혼, 본격적인 소설 집필 시작.

1940년　처녀작 《파문(유리반지)》 발표.

1942년　《가축》 발표.

1944년　반反나치주의자로 체포, 기소되어 사형 선고를 받음.
　　　　남편도 같은 이유로 러시아 전선에 징집되어 전사.

1945년　종전으로 인해 석방됨. 이후 53년까지 뮌헨의 《노이에차이
　　　　퉁》지誌에 근무.

1946년　《옥중기》, 《첫사랑》 발표.

1947년　《페스탈로치와 우리들》 발표.

1948년　《바르샤바에서 온 얀 로벨》, 《고원의 사랑》, 《강자强者들》
　　　　발표.

1949년　《마르틴의 여행》 발표.

1950년　《생의 한가운데》 발표.

1952년　《별과 함께 가다》 발표.

1953년　《다니엘라》, 《크리스마스 이야기》 발표.
　　　　작곡가 카를 오르프Carl Orff와 재혼.

1954년　《콘너스 로이츠에 대한 진실》 발표.

1955년 《속죄양》 발표.

1956년 《백수선화》 발표.

1957년 《덕성의 모험》 발표.

1959년 《가라면 가라》 발표.
　　　　　남편 카를 오르프와 이혼, 거주지를 로마로 옮김.

1960년 《난점》 발표. .

1962년 《나는 너의 이름을 알아》, 《완전한 기쁨》, 《비애의 의미》 발표.

1964년 《9월의 어느 날》, 《희망에 대하여》 발표.

1966년 《생의 문제》, 《기도의 의미》, 《나는 토비아스》 발표.

1967년 《고독한 당신을 위하여》, 《현대의 젊은이들》 발표.

1968년 《의문과 해답》, 《신부神父》 발표.

1970년 《부지》 발표.

1972년 《선線을 넘어서》 발표.

1974년 《그늘진 사람들》, 《검은 당나귀》 발표.

1975년 10월, 한국을 소재로 한 작품 구상차 내한.

1977년 작곡가 윤이상尹伊桑과의 대담록인 《상처입은 용》 발표.

1979년 더하임시의 문학상인 로즈비타 기념메달 수상.

1980년 3월, 약 3주간에 걸쳐 북한을 방문.
　　　　　북한 기행문인 《또 하나의 조국》 발표.

1983년 《미리암》 발표.

1984년 독일 녹색당에 의해 대통령 후보로 추천됨.

1987년 구동독 학술원의 하인리히 만 문학상 수상.

1988년 엘리자베스랑게서 문학상 수상.

1991년 《아벨라르의 사랑》 발표.

1999년 《개 형제》 발표.

2002년 바이에른주 운터하힝의 한 양로원에서 사망(91세).

▨ 옮긴이 소개

김문숙
서강대학교 독문학과 졸업. 독일 뮌헨에서 수학.
서강대학교, 독일문화원 강사 역임.

홍경호
서울대학교 독문과 및 동대학원 졸업. 빈 대학에서 수학.
문학박사(독문학). 한양대학교 명예교수.
역서로《데미안·크눌프·로스할데》《젊은 시인에게 보내는
편지》《히페리온》《방랑》《잔잔한 가슴에 파문이 일 때》
《지와 사랑》《마의 산》《백장미의 수기》《개선문》《나비》
등이 있음.

고원의 사랑·옥중기   값 10,000 원

| 1975년 | 9월 | 25일 | 초판 | 1쇄 | 발행 |
| 2004년 | 4월 | 20일 | 2 판 | 1쇄 | 발행 |

지은이 루 이 제 린 저
옮긴이 김문숙·홍경호
펴낸이 윤 형 두
펴낸데 **범 우 사**

등 록 1966. 8. 3 제 406-2003-048호
413-832 경기도 파주시 교하읍 문발리 535-10
대 표 (031) 955-6900 / FAX (031) 955-6905

＊ 파본은 교환해 드립니다.   교정·편집/김혜연·김지선

ISBN 89-08-07200-4 04850 (홈페이지)http://www.bumwoosa.co.kr
    89-08-07000-1 (세트) (E-mail)bumwoosa@chollian.net

범우사　www.bumwoosa.co.kr　TEL 02)717-2121

사르비아총서 A Salvia's Library of Bumwoo

인간 발육에 있어서는 필요한 영양을 적시에 공급해줘야, 정상발육이 가능합니다.
마찬가지로 심성발달에 있어서도 적시에 교양도서를 읽어야 하는 까닭이 여기에 있습니다.
때를 놓치면 독서 효과의 완전수용이 어렵게 됩니다. 청소년 시절에 정서 비타민섭취를 강조하는 까닭이 여기에 있습니다. 독서도 제때에 해야 합니다.
지성의 밑벽돌이 되는 교양도서에 나침반이 들어 있고, 지성의 방향을 제대로 가리키는 나침반 역할을 바르게 하는 사르비아총서가, 새로운 체제로 정리 개정된 일은 범우 출판정신의 개화만이 아닌 한국지성의 축복이랄 수 있습니다.

— 유경환(시인 · 한국간행물윤리위원회 위원)

101 인물 · 전기

101 백범일지　102 만해 한용운　103 도산 안창호　104 단재 신채호 일대기　105 프랭클린 자서전　106 마하트마 간디　107 안중근 의사 자서전　108 이상재 평전　109 윤봉길 의사 일대기　110 디즈레일리의 생애　111 윤관 장군과 북벌

근간 예정도서 ●마가렛 미드 자서전 ●잔다르크 ●쇼팽 ●J. S. 밀 자서전 ●이사도라 덩컨 ●마리아 칼라스

201 한국고전 · 신소설

201 목민심서　202 춘향전 · 심청전　203 난중일기　204 호질·양반전·허생전(외)　205 혈의누·은세계·모란봉　206 토끼전·옹고집전(외)　207 사씨남정기·서포만필　208 보한집　209 열하일기　210 금오신화·화왕계　211 귀의성　212 금수회의록·공진회(외)　213 추월색·자유종·설중매　214 홍길동전·전우치전·임진록　215 구운몽　216 한국의 고전 명문선　217 흥부전 · 조웅전　218 북학의　219, 220 삼국유사(상,하)　221 인현왕후전

근간 예정도서 ●한중록 ●계축일기 ●치악산

301 한국문학(근 · 현대소설)

301 압록강은 흐른다　302 그래도 압록강은 흐른다　303 이야기　304 태평천하　305 탈출기 · 홍염(외)　306, 307 무영탑(상,하)　308 벙어리 삼룡이(외)　309 날개·권태·종생기(외)　310 낙엽을 태우면서(외)　311 상록수　312 동백꽃 · 소낙비(외)　313 빈처　314 백치 아다다　315, 316 탁류(상,하)　317 이범선 작품선　318 수난이대

근간 예정도서 ●감자·배따라기 ●메밀꽃 필무렵

401 한국문학(시·수필)

401 효 402 김소월 시집 403 역사를 빛낸 한국의 여성 404 독서의 지식 405 윤동주 시집 406 한시가 있는 에세이 407 이육사의 시와 산문 408 님의 침묵 409 옛시가 있는 에세이

근간 예정도서 ●이상화 시집 ●김영랑 시집 ●우리가 잃어가는 것들 ●하늘 그린 수채화 ●진달래와 흑인병사

501 동양문학

501 아큐정전 502, 503, 504 삼국지(상, 중, 하) 505 설국·천우학 506 법구경 입문 507 채근담 508, 509, 510 수호지(상, 중, 하)

601 서양문학

601 인간의 대지·젊은이의 편지 602 기탄잘리 603 외투·코·초상화 604 맥베스·리어왕 605 로미오와 줄리엣(외) 606 어린왕자(외) 607 예언자·영가 608 서머셋 몸 단편선 609 토마스 만 단편선 610 이방인·전락 611 노인과 바다(외) 612 주홍글씨 613 포 단편선 614 명상록 615 잔잔한 가슴에 파문이 일 때(외) 616 싯다르타 617 킬리만자로의 눈(외) 618 별·마지막 수업(외) 619 젊은 시인에게 보내는 편지 620 니체의 고독한 방황 621 이상한 나라의 앨리스 622 헤세의 명언 623 인간의 역사 624 사람은 무엇으로 사는가 625 좁은 문 626 대지 627 야간비행(외) 628 여자의 일생 629 그리스 로마 신화 630 위대한 개츠비 631 젊은이의 변모

701 역사·철학·기타

701, 702 철학사상 이야기(상, 하) 703 사랑의 기술

서울대 선정도서인 나관중의 '원본 삼국지'

범우비평판세계문학 41-①②③④⑤
나관중 / 중국문학가 황병국 옮김

新개정판

원작의 순수함과 박진감이 그대로 담긴 '원본 삼국지'!

원작에 가장 충실하게 번역되어 독자로 하여금 읽는 즐거움을 느끼게 합니다.

이 책은 편역하거나 윤문한 삼국지가 아니라 중국 삼민서국과 문원서국
판을 대본으로 하여 원전에 가장 충실하게 옮긴 '원본 삼국지' 입니다.
한시(漢詩) 원문, 주요 전도(戰圖), 출사표(出師表) 등
각종 부록을 대거 수록한 신개정판.

·작품 해설: 장기근(서울대 명예교수, 한문학 박사)　·전5권/각 500쪽 내외·크라운변형판/각권 값 10,000원

제갈량

＊중·고등학생이 읽는 사르비아 〈삼국지〉

1985년 중·고등학생 독서권장도서(서울시립남산도서관 선정)
최현 옮김/사르비아총서 502·503·504/각권 6,000원

＊초등학생이 보면서 읽는 〈소년 삼국지〉

나관중/곽하신 엮음/피닉스문고 8·9/각권 3,000원